KB252878

김기림과
그의 세계

김기림과 그의 세계

김윤 정

Kim Ki-Rim and His World

金起林

푸른사상

 책머리에

　이 책은 지난여름 박사 학위를 위해 썼던 논문을 엮은 것이다. 학문의 세계에 발을 디딘 후 몇몇 논문들을 쓰고 여러 작가들을 접해왔지만 이들과의 만남이 이루어질 때마다 그것이 결코 우연에 의한 것이 아니라는 것을 느끼곤 한다. 하다못해 서평이나 비평을 할 때에도, 그리고 그것이 자발적인 선택에 의한 것이 아니라 누군가의 기획에 의해 요구된 것일 때에도 이러한 느낌이 달라지는 것은 아니다. 필자가 대상에 접근하는 태도가 지극히 주관적이기 때문에 이러한 생각을 갖게 되는 것일까? 이 책에서 다루고 있는 '김기림'도 예외는 아니다. 처음 박사 논문의 주제로 '김기림'을 택한 것은 단지 그가 '모더니즘'을 대표하는 인물이었기 때문이다. 평소 모더니즘 작가들을 중심으로 이러저러한 모색을 해 오던 터라 '김기림'을 선택한 것은 별다른 고민이 필요하지 않은 자연스러운 일이었다. 말하자면 '김기림'은 내면적 동기에 의한 것이 아니라 필요에 의해 연구하게 된 것이었다.

　그러나 그에 대한 탐색을 진행하는 동안 기존에 그에 대해 지니고 있었던 생각들이 하나하나씩 마른 껍질처럼 벗겨져 나가면서 가려져 있던 그의 실존이 필자에게 육박해오는 듯한 느낌을 받게 되었다. 때로 그의 모습은 허망하고 우울하게 때로 무언가를 계획하는 사람답게 강하고 씩씩하게 그려졌다. 김기림의 삶의 궤적과 운명을 떠올리고 그의 이미지를 그리면서 필자는 그가 세상을 향해 다하지 못한 이야기가 무엇일까를 궁리하게 되었다. 그 이야기는 전쟁 중 납북된 후 그대로 실종 인물로 남게 된 그의 비극적 삶에서 전해오는 무게와, 세상을 향해 거대한 기획을 달성하고자 한 듯한 강한 열정과, 어린 시절 어머니를 잃고 어두운 내면 속을 헤매 다녀야 했던 자아의 비애 등이 한데 뒤엉켜 만들어지는 것이었다.

이러한 궁리의 와중에서 추려진 테마가 그의 '담론' 연구이다. '담론'은 '말'이 사람과 사람 사이를 이어주는 매개에 다름 아니라는 전제 하에, 발화를 행한 자의 의도가 결과로 그대로 이어지는가를 탐구케 하는 언어적 장치이다. 사람의 '말'이 상대방을 고통스럽게도 행복하게도 할 수 있듯이, 그리고 발화하는 '말'에 의해 자기 자신의 성격이 규정되듯이 '담론'은 작가에 의해 구성되고 또 사회에 던져진 순간 모종의 강한 효과를 발하게 되어 있다.

김기림은 스스로 '담론'이라는 말을 사용하지는 않았지만 한편의 글이 혹은 시가 이러한 '담론'의 성격을 지니고 있다는 사실을 민감하게 의식했다. 때문에 그는 시가 그것을 읽는 독자에게 좋은 영향만 미치는 것이 아니라 경우에 따라서는 해악이 될 수 있다는 것을, 그리고 식민지이자 근대를 살고 있는 조선의 독자들이 그러한 환경에 대한 대자적(對自的) 관점을 획득해야 한다는 것을 염두에 두고 문필 활동을 하였다. 이러한 관점에서 보면 김기림은 당시의 지식인답게 자기 자신보다는 타인과 민족을 더 염려했던 성숙한 사람이었음을 알게 된다. 필자의 이러한 판단이 물론 주관적일 수 있을 것이나 이러한 관점에 설 때 김기림에 대한 오해가 많은 부분 해소되고 그의 본질적인 면모가 이해될 수 있으리라고 생각한다. 필자의 관점에 동의하든 그렇지 않든 이 책을 계기로 김기림에게 더 많은 관심이 기울여졌으면 하는 바램을 갖게 되는 것은 과도한 욕심일까?

이 책은 혼자만의 힘으로 쓰여진 것이 아니다. 좋은 책이 될 수 있도록 세심하고 자상하게 지도해주신 오세영 선생님과 신범순 선생님, 그리고 박성창 선생님과 금동철, 김유중 선생님들께 다하지 못한 감사의 인사를 드리고 싶다. 또한 필자가 시간을 쪼개어 공부할 수 있도록 애써주고 양보해준 남편과 한창 어리광을 부려야할 시기에 그것을 제대로 발산하지 못하고 이를 감내해 준 어린 아이들에게도 고마움의 마음을 전하고자 한다.

2005년 봄

김 윤 정

책머리에

제1장 서 론

제2장 근대적 제도의 성립과 주체의 형성

제3장 주체의 강화와 대화적 담론

서 론

1. 김기림 문학의 위치

김기림은 우리 문단에 모더니즘 이론을 소개하고 그에 따라 실제 창작을 주도해간 시인으로서 그 업적이 하나의 사조를 도입한 것으로 그치지 않고 한국 문학의 현대화를 이루는 데 공헌하였다는 점에서 많은 주목과 인정을 받아온 작가이다. 김기림을 필두로 한국 문학은 비로소 미학과 철학을 지닌 독자적인 예술 영역을 경험할 수 있게 되었다. 그의 문학은 단순히 사상이나 정서의 차원에서 성립된 것이 아니라 일정한 세계관과 특정한 미적 방법론에 의해 이루어졌다. 이러한 사실은 그의 문학의 장르적 범위가 시, 소설, 수필, 희곡을 넘어서서 시론과 문학론, 그리고 '과학적 시학'에까지 이르고 있다는 점에서 알 수 있다. 김기림은 시론을 통해 자신의 시적 경향을 제시하는 것에 그치지 않고 다른 모든 양식들을 평가할 수 있는 '과학적 시학'을 마련함으로써 시적 양식의 다양성을 품을 수 있는 장(場)을 마련한다.

김기림의 이러한 노력은 자신의 사상과 자신들의 시적 양식만을 배타적으로 옹호하며 비생산적인 논쟁에 머물러 있던 당시 문단의 풍토에 비해 포용적이고 성숙한 모습을 보여주는 것이라 할 수 있다. 실제로 김기림은 우리 문단의 한 줄기를 형성하고 있던 프로 문학의 의의를 부정한 적이 없으며 다만 그들이 보여주고 있던 창작 방법에 대한 안일한 태도가 그들 실천의 의도와 배치됨을 지적한 바 있다. 또한 자신의 시적 양식에 대해서도 고정된 어느 하나만을 고집하지 않고 성실하게 끊임없이 반성함으로써 시대와 사회, 그리고 타 양식들과 교류하고 대화하는 자세를 보여주었다.

지금까지 이루어진 김기림에 대한 연구는 모더니즘의 범주에서, 일차적으로는 영미의 이미지즘을 수입 소개한 측면에서 다루어져 왔다. 영미의 이미지즘은 구라파의 아방가르드와 함께 20세기 초에 서구에서 발흥한 모더니즘에 포함되는 것으로[1] 김기림은 이중 전자를 대표하는 인물로 주목될 수 있었다. 이때 연구의 대상은 「기상도」를 포함하여 소위 회화시, 사물시라 불리는 초기 이미지즘 양식에 의해 쓰여진 것들과 「시의 모더니티」, 「시의 회화성」 등 그러한 시적 경향을 지지해주는 초기의 몇몇 시론들이었다. 이들 연구는 김기림의 문학을 이미지즘이라 규정한 만큼 이를 엘리어트나 파운드에 의해 전개되었

---

1) 우리 문학사에서 거의 일반화된 이러한 분류에 대해 오세영은 모더니즘에 이미지즘 이외에 다다, 초현실주의 등을 포함시키는 것이 일종의 미국식 패권주의에 의한 결과라고 지적하며 모더니즘은 영미의 이미지즘만을 가리키는 개념이라고 밝힌 바 있다.
오세영, 『문학과 그 이해』, 국학자료원, 2003, p.75.

던 영국의 이미지즘 및 그것의 이론적 토대가 되었던 흄의 고전주의
와 비교 고찰함으로써 그 영향관계 및 수용의 정확성 여부를 가려내
었다.[2]

　이 가운데 송욱은 모더니즘과 관련한 김기림의 진술이나 창작된
시가 영미 모더니즘의 본질이나 수준에 미치지 못하는 것이라고 하면
서 김기림은 내면성이나 정신성, 전통의식이나 역사의식이 결여된 채
외국풍의 모더니즘을 천박하게 추구했던 모던보이였다고 혹평했다.[3]
시론에 초점을 맞추어 영미 이론의 수용을 논한 한계전은 김기림이
특히 흄의 고전주의와 엘리어트의 비개성론을 잘못 받아들여 고전주
의를 '비인간적'인 것으로 오인하였다고 지적하고 있다.[4] 오세영은
또한 김기림이 영미의 이미지즘을 수용하되 그것을 소개하는 과정에
서 오류를 보이고 있다고 한다. 그에 의하면 이미지즘은 '사물들 사이
의 관계에서 생성되는 정서적 등가물을 표상하고 또한 그러한 사물들
의 관계성 속에서 돌연한 자유의 지각을 인식하고자 하는 태도'[5]에서
쓰여진 것이라고 한다. 그런데 김기림은 이미지즘을 시인의 주관적

---

2) 송　욱, 「한국 모더니즘 批判」, 『詩學評傳』, 일조각, 1963.
　한계전, 「모더니즘 詩論의 수용」, 『韓國現代詩論硏究』, 일지사, 1983.
　오세영, 「韓國 모더니즘 詩의 展開와 그 特質」, 『20세기 한국시 연구』, 새문사, 1989.
　김종길, 「한국 현대시에 끼친 T.S.엘리어트의 영향」, 『진실과 언어』, 일지사, 1974.
　이창배, 「현대 영미시가 한국의 현대시에 미친 영향」, 『한국문화연구』 제3집, 동국대학교 한국문화연구소, 1980.
　이재선, 「한국 현대시와 T.E.흄」, 『한국문학의 해석』, 새문사, 1981.
3) 송　욱, 앞의 글, p.189.
4) 한계전, 위의 글, p.163.
5) Natan Zach, 「Imagism and Vorticism」, 『Modernism』, ed. M.Bradbury and J.McFarlane, Penguin book, 1976, p.235. 오세영, 앞의 책 재인용, p.145.

감정을 표출하거나 형상화하는 것으로 여겼다고 진단하면서 우리의 모더니즘이 분류상 영미 이미지즘에 가깝다는 것이지 일치하는 것은 아니라고 부언하고 있다.6)

김기림이 일본에서 영문학을 전공하였고 당시 일본의 영문학계에 소위 주지주의운동이 일고 있던 점과 문단에 영미 모더니즘이 유행하고 있던 점으로 미루어7) 그의 문학과 영미 모더니즘과의 비교문학적 연구는 마땅히 이루어져야 했고 또 많은 연구 성과를 드러낸 것이 사실이다. 뿐만 아니라 문학의 모든 장르와 이론에 걸친 적지 않은 양의 저작을 남기면서 외국의 저서들에 기대 교양과 사유를 형성해온 김기림의 경우 외국 문학과의 비교문학적 연구는 더욱 활발하게 이루어져야 할 것이다.

외국문학과의 비교문학적 연구는 자료의 실증적 근거를 확보한다는 충분한 장점이 있는 반면 그 자체로 완강한 틀과 기준으로 작용해 작가의 자발적인 동기와 창조적인 노력들을 덮어버리는 단점을 지니고 있다. 지금까지 김기림을 보았던 일반화되고 왜곡된 관점들, 가령 김기림을 근대 도시의 풍물에 매혹되어 감각적이고 이국적인 세계를 보인 작가라거나 서구의 새롭고 참신한 문예 사조를 피상적으로 도입한 작가로 여기는 것, 김기림의 문학이 서구적인 것에 대한 호기심과 기호로 비롯된 것이라는 지적, 혹은 「기상도」에 '문명비판'의 함의가 부족하다고 보는 진단들은 모두 김기림 문학을 외국문학의 답습이라는 차원에 고정시키는 편향을 드러내는 것들이라 할 수 있다. 이러한

---

6) 오세영, 앞의 책, p.146.
7) 문덕수는 김기림 문학과 외국문학과의 영향관계를 검토하면서 영미 이미지즘 이외에도 뉴컨트리파 및 일본 주지주의 문학과의 상관성을 고찰하고 있다. 문덕수, 『한국 모더니즘 시 연구』, 시문학사, 1981.

시각에서 보았을 때 김기림은 주체적 세계 인식을 결여한 피동적이고 경박한 시인으로 규정되고 만다.

그러나 문학 연구에서 중요한 것은 작가의 자발적인 동기와 창조적인 노력들이라는 점에 비추어 볼 때 외국 문학의 수용 연구는 이러한 관점에 임하여, 즉 작가가 특정 외국 문학을 수용하게 된 계기와 근거, 나아가 창의적 변용을 일으킨 동인 등을 밝히는 차원에서 그 실증성이 검토되어야 할 것이다. 이는 비교문학적 연구가 수용의 공과를 따지는 수준에서 그치는 것을 경계하는 의미를 지닌다. 특히 이미지즘이 단순히 문예사조라는 함의만 지니는 것이 아니라 당대의 사회, 문화적 요인들과의 간섭에 따른 해당 주체들의 고도의 대응 전략이었기 때문에 김기림의 모더니즘을 구명할 때에도 이러한 문맥들을 짚어내는 것이 중요한 과제가 된다.

이런 점에서 한계전과 오세영이 지적한 왜곡과 굴절의 모습은 김기림 문학이 보여주는 수용의 오류와 한계에 대해 분명히 인식시켜 주는 동시에 이들 오류와 한계의 동인을 해명토록 하는 과제를 안겨 준다는 점에서 연구자들의 주목을 요한다. 외국문학의 수용과정에서 그것을 정확히 수용하는 것도 중요한 일이지만 단순히 모방하는 데서 그치지 않고 의식적이든 무의식적이든 그것의 변형이 이루어진 데에는 내적 필연성이 있기 때문이다. 김기림의 이미지즘을 '시인의 주관적 감정을 표출하거나 형상화하는 것'이라고 말한 오세영은 김기림의 시가 출발하는 지점을 매우 정확하게 포착하고 있는 바, 이에 입각하여 김기림 문학의 변형 양상과 그것의 내적 근거를 고찰해 나갈 때 김기림 문학의 특수성과 본질이 밝혀질 것이다.

김기림의 경우 외국 문학과의 비교 문학적 연구는 비단 이미지즘과 관련해서만 이루어진 것은 아니다. 김기림의 시를 스펜더의 시와 대비시켜 고찰[8)]한 경우가 있는가 하면 김기림의 시론 중 '과학적 시학'에 해당하는 부분에 관하여 리차즈 이론의 수용이라는 측면에서 고찰한 경우도 있다.[9)]

이와 달리 김기림 문학을 영미 이미지즘의 수용이라고 보는 틀에서 벗어나 그것을 당시 경성에 형성된 도시 체험의 결과로 본 연구[10)]는 김기림 문학을 사회 문화적 콘텍스트와의 상호 관련이라는 측면에서 검토하였다는 점에서 의미를 지닌다. 주로 수필과 시론을 텍스트로 삼으면서 도시에서 살아가는 자아의 존재론적 측면을 조명하고자 하는 신범순의 연구는 근대 도시적 환경이 그것을 일상으로 겪는 개인들의 감수성과 의식을 새로이 형성하는 조건에 해당된다고 전제하고 김기림의 모더니즘을 끝없이 유동하는 도시 한가운데에서 그와 함께 운동하며 생성되는 주체와 언어의 문제로 보고 있다. 그는 김기림 연구를 경험과 자아의 문제, 그 속에서 형성된 주체와 표현 기술의 문제들로 초점 이동시킴으로써 김기림 문학을 단순히 외국 문학의 수용

---

8) 김용직, 「한국시의 스티븐 스펜더 수용」, 『한국근대문학론고』, 서울대출판부, 1985.
　　문혜원, 「김기림과 스티븐 스펜더의 비교문학적 고찰」, 『한국 현대시와 모더니즘』, 신구문화사, 1996.
9) 송 욱, 앞의 책.
　　한계전, 앞의 책.
　　서준섭, 「한국 현대문예비평사에 있어서의 시비평이론 체계화작업의 한 양상」, 『비교문학 및 비교문화』제5집, 한국비교문학회, 1980.
　　김유중, 「김기림의 '과학적 시학' 연구」, 서울대 대학원, 1989.
10) 신범순, 「도시거리의 작은 축제」, 『한국 현대시의 퇴폐와 작은 주체』, 신구문화사, 1998.
　　신범순, 「1930년대 모더니즘에서 '작은자아'와 군중, '기술'의 의미」, 같은 책.

이 아닌 내적이고 필연적인 토대 위에서 구축된 것으로 자리매김하는 성과를 보여준다.

신범순이 지적한 자아와 기법의 문제는 김기림 문학뿐 아니라 근대 문학의 본질을 파악하기 위한 핵심에 속하는 부분이다. 그것은 비단 모더니즘의 범주로 환원될 수 있는 것도 아니고 리얼리즘과의 대결 구도에서 형식주의로 치부될 수 있는 것 또한 아니다. 한 작가가 환경에 어떻게 대응하며 체험을 어떻게 형성하고 어떠한 주체를 구성하는가, 그리고 그 과정에서 예술의 양식적 특질은 어떻게 현상하는가를 밝히는 일은 작가의 고유하고 내밀한 존재론에 해당하는 동시에 예술적 원리의 구성적 표현에 다름 아니다. 우리는 김기림의 문학을 면밀하게 고찰할수록 이미지즘이나 모더니즘 혹은 리얼리즘 등의 하나의 사조나 양식으로서의 규정된 틀을 만나기보다는 근대 문학의 본질적 범주들과 김기림 고유의 예술성이 만나는 지점에 인도된다. 바로 이 점이 우리 근대 문학에서 김기림 문학이 지니는 의의가 될 터인데, 따라서 앞으로의 문제는 김기림 특유의 표현 기술들과 경험의 양상들을 통해 김기림을 어떠한 존재로 볼 수 있는가 하는 데에 놓여져야 할 것이다. 김기림 문학의 연구는 이 지점에서부터 시작하여 다양하게 전개되어야 한다.

김기림 연구에서의 논의의 초점을 자아와 기법의 문제로 옮겨놓은 신범순은 최근의 「능금의 기호학 새로운 감각의 유토피아」[11], 「원초적 시장과 레스토랑의 시학」[12] 등의 논문을 통해 김기림에 대한 심화

---

11) 신범순, 「능금의 기호학 새로운 감각의 유토피아」, 『시와정신』3, 시와정신사, 2003, 봄.
12) 신범순, 「원초적 시장과 레스토랑의 시학」, 『한국현대문학연구』12집, 한국현대문학회, 2002.

된 논의를 이끌어가고 있다. 이들 연구에서 신범순은 자연으로서의 육체가 욕망이 교차하는 지대임에 주목하고 감각의 자아가 펼치는 유토피아 이미지들이 억압에 대응하는 한 양태라고 함으로써 김기림 문학에서 드러나는 주체의 미세한 존재 양상을 탐색하고 있다. 그런데 여기에서 우리는 그가 다루는 텍스트의 대상을 눈여겨볼 필요가 있는데 주로 수필과 시론, 그리고 시의 경우 몇몇 이미지와 모티브에 초점이 놓여진 고찰에서 드러나는 주체의 성격은 김기림 시의 전체적인 의장들을 통해 구성되는 의식적이고 사회적인 주체와 일정 정도 차이를 보이고 있다는 점이다.

이는 김기림의 문학에서 시와 수필, 시론 등의 장르적 차이가 한 작가의 문학성을 구명하는 데 어떠한 변수로 작용할 것인가와 관련된 문제를 담고 있다. 가령 시론이 구조적 유형이기보다는 기능적 유형[13]이며 시라는 일차 텍스트를 대상으로 하는 메타 담론이므로 그곳에서 이루어진 진술들의 의미를 논리적으로 따라가는 것으로 해당 주체의 의식을 파악할 수 있는 계기가 된다면 시는 음성적, 철자법적, 의미론적 형상화로 읽어야 하는 구조적 담화라는 점에서 진술 내용보다는 의미론적 건축물로서의 독서를 통해[14] 주체의 성격을 파악할 수 있게 된다. 이들 장르들과 비교해 볼 때 문학적 산문에 속하는 수필은 '나'에 근원을 둔 실제적 진술[15]이면서 시에 비해 표현이나 형태 면

---

13) 토도로프는 산문을 문학적 산문과 문학이 아닌 산문으로 나누면서 전자는 구조적 유형학에 후자는 기능적 유형학에 속하는 것이라 하고 있다. 츠베탕 토도로프, 「문학장르」, 김현 편, 『장르의 이론』, 문학과 지성사, 1987, p.16.

14) 위의 글, p.17.

15) 르네 웰렉, 「장르 이론·서정시·<체험>」, 앞의 책, p.24. '실제적 진술'은 웰렉이 인용한 함부르거의 장르 이론에서 빌어온 것이다. 함부르거는 시를 허구적 혹은 모방적인 시와 서정적 혹은 실존적인 시로 구분하고 있다. 그는

에서 구성적 요소가 약하다는 속성을 지닌다. 김기림의 경우 수필의 이러한 특징은 의지적이고 선언적이기보다는 감각적이고 무의식적인 자아, 대사회적으로 구성된 자아보다는 본래적이고 내면적인 자아가 발현될 수 있는 여지를 제공한다고 할 수 있다. 일반적으로 수필이 작가 자신에 대한 직접적인 정보를 주리라고 기대되는 것도 이와 관련된다. 이 자아의 모습들은 그러나 분열적이고 격리되어 있는 것이 아니라 서로 길항하고 간섭하며 새로운 자아를 형성하기 위한 동력으로 작용한다.

텍스트의 측면에서 보았을 때 김기림 연구에서 가장 많은 조명을 받았던 것은 시나 수필보다는 시론이다. 시가 초기의 이미지즘 시 일부[16]와 「기상도」[17]에 국한되어 간헐적으로 다루어졌던 것에 비해 시론 연구[18]는 양적으로 상당한 축적을 보이고 있다. 그러나 텍스트 선

후자가 서한문 혹은 역사 이야기와 마찬가지로 '실제적 진술'이며, 서사시와 극시는 행위와 인물을 만드는 '허구'라고 말한다. 이때 기준이 되는 것은 화자인 바, 후자가 시인 자신이 말을 하는 것이라면 전자는 시인이 다른 사람들으로 하여금 말을 하게 한다는 점에서 차이가 난다고 본다. 함부르거의 구분에 기대면 수필은 허구적이기보다는 실제적 진술의 장르에 속하는 것으로 생각된다.

16) 김용직, 「모더니즘의 시도와 실패」, 『서울대 교양과정부 논문집 6』, 1974.
　　김용직, 「새로운 詩語의 革新性과 그 한계」, 『문학사상』, 1975.1.
17) 최재서, 「現代詩의 生理와 性格」, 『文學과 知性』, 인문사, 1938.
　　박상천, 「기상도 연구」, 『한국학논집6』, 한양대학교 한국학연구소, 1984.
　　문덕수, 앞의 책.
18) 김윤식, 「모더니즘의 限界」, 『韓國近代作家論攷』, 일지사, 1974.
　　김윤식, 「전체시론－김기림의 경우」, 『韓國近代文學思想史』, 한길사, 1984.
　　김윤태, 「韓國모더니즘詩論硏究」, 서울대대학원, 1985.
　　김유중, 『한국모더니즘문학의 세계관과 역사의식』, 태학사, 1996.
　　문혜원, 「김기림시론에 대한 고찰」, 『한국현대시와 모더니즘』, 신구문화사, 1996.
　　김인환, 「김기림의 批評」, 『김기림』(정순진 편), 새미, 1999.
　　정순진, 「김기림 비평 이론 고찰」, 위의 책.

택에서 그 폭의 제한이라는 형편은 시의 경우와 크게 다르지 않다. 시론 가운데에서 주로 주목을 받은 부분이 '이미지즘'과 관련된 것들과 소위 '전체시론'이기 때문이다. 더욱이 전자로부터 후자로 변화되어 가는 중간 과정의 논의들은 섬세하게 논의되지 못하였는데 그 결과 '전체시론'과 관련하여 수많은 오해와 다양한 견해들이 나타났다. 가령 '전체시론'이 기교와 현실을 종합한 새로운 문학적 경지를 보인다고 찬사를 보내는 것[19]과 '전체시론'이 내용과 형식을 무리하게 종합하려 했던 형식논리에 불과하다[20]는, 서로 동일하지만 상반된 견해 사이에 어떠한 논리적인 해명도 이루어진 바가 없는데 이는 김기림의 시론을 전체적인 운동과 변모의 과정으로 보기보다는 단절적이고 계기적인 것으로 보는 데에서 비롯된 것이다.

김기림 시론 연구에서 보였던 이러한 양상들은 김기림의 문학을

오세영, 「과학으로서의 시학과 새로운 시」, 『한국현대시인연구』, 월인, 2003.

19) 김윤태는 김기림의 시가 이미지즘의 경향으로부터 스펜더 류의 경향으로 옮아간 것과 시론의 경우 초기 기교주의 시론에서 사상과 기교의 통일이라는 전체주의 시론으로 나아간 점이 서로 대응한다고 보고 이를 한층 진보적 형태로 나아간 것이라 보고 있다.(김윤태, 앞의 글, p.52) 또한 정순진 역시 김기림의 과학적 시학이 사회적 심리적 방법을 종합한 것이듯이 전체시론은 시단에서의 모더니즘과 사회성이 종합된 것이라며 긍정적으로 보고 있다.(정순진, 『김기림 문학 연구』, 국학자료원, 1991, p.110)

20) 김윤식은 임화의 "오직 그 내용과 기교의 통일 가운데는 양자가 등가적으로 균형되어 있는 것이 아니라, 이 통일은 위선 전체로서의 양자를 가능케 하는 물질적 현실적 조건으로서 성립하고 그것에 의존하며, 동시에 내용의 우위성 가운데서 양자가 스스로 형식논리학적이 아니라 변증법적으로 통일되는 것이다"(임화, 「기교파와 조선시단」, 『문학의 논리』, 서음출판사, 1989, p.392)를 인용하며 김기림의 전체시론을 형식논리학적이라고 말한 임화의 비판을 옹호하고 있다. 김윤식은 김기림이 이해한 근대시의 방향성이 낭만적 감상적, 주관적인 시에서, 내용 편중의 경향시를 거치고, 모더니즘적인 기교주의를 지나, 이 모두를 종합하는 전체시로 가야 한다는 매우 단선적고도 일직선적인 파악의 수준에서 크게 벗어나지 못한다고 보고 있다. 김윤식, 『한국 근대문학 사상사』, 한길사, 1984, p.465.

이미지즘 혹은 주지주의라고 하는 하나의 문예사조적 범주에서 고찰하였기 때문에 빚어진 것이다. 즉 김기림의 모더니즘이 당시의 사회, 경제, 문화적 콘텍스트에서 발원한 것이라기보다 한 순간 유행하다가 사라지는 기법상의 문제에 불과하다고 본 것이 그것이다. 그럴 경우 모더니즘은 낭만주의나 사실주의, 다다, 초현실주의 등의 문학적 현상들과 질적인 계통 관계로 맺어지지 못한 채 추상화된 등가로 환원되고 만다.

시론에 관한 초기의 연구들이 이같은 경향에 고착되어 있다면 문혜원은 김기림의 시론을 '실용론'의 관점에서 파악함으로써 김기림 문학 연구에서의 중요한 시사점을 제시하고 있다. 그는 김기림이 그의 시론에서 일관되게 문학과 사회의 관계를 염두에 두고 있었음을 보여주고 있으며 이 점에서 김기림이 '미학적 자율성'으로 대표되는 여타 모더니즘 작가들과 상이하다고 한다. 또한 이 점이 김기림의 변모의 과정을 해명할 수 있는 내적 틀을 제시한다고 하면서 김기림의 시론은 독자와 시인과의 관계 하에서 초기의 이미지즘 경향과 기법의 매개적 역할 발견, 해방기 정치 우위의 문학론의 세 단계로 구분할 수 있다고 보고 있다.[21] 이 연구는 기존의 김기림의 시론 연구에서 다루었던 텍스트의 범위를 벗어나 김기림 시론을 폭넓게 해석하고 있으며 각 시기 시론에서 보인 변모가 독자를 지향하는 일정한 목적 하에 이루어진 것을 보여주었다는 점에서 의의를 지닌다.

오세영 또한 김기림 시론 전체를 관통하고 있는 요소로 '시학의 과학화'와 '새로운 시의 확립'을 지적하면서 김기림 시론을 일관된 체계

---

21) 문혜원, 앞의 글.

로 조망하고 있다. 오세영은 김기림이 '시학의 과학화'를 통해 제시하는 리차즈의 이론과 '새로운 시'의 정의가 사실상 같은 관점에 의해 비롯된 것임을 논증하면서 이는 실제 창작에서 이미지즘 및 주지주의 시와 그것과 휴머니즘이 결합된 시로 나타났다고 한다.[22] 오세영의 연구는 지금까지 김기림 시론에서 제각각 분리된 채 논의되어 왔던 '과학적 시학'의 부분과 시론을 논리적으로 연결시키는 동시에 이를 통해 시의 창작을 해명하는 유기적인 시각을 보여주었다는 점에서 큰 성과를 보여준 경우이다.

오세영이 밝히고 있듯이 김기림의 문학에서 시와 시론, 그리고 그가 체계화시키고자 했던 '과학적 시학' 사이에는 일정한 관점이 존재하며 시와 시론, '과학적 시학' 각각의 층들은 서로의 입지와 논리의 도움을 받아 끊임없이 자신을 조율하고 정립하는 모습을 보여준다. 각각의 층들 사이를 가로막는 어떠한 장치도 없으며 김기림은 시와 시론, '과학적 시학'의 각 범주를 통해 일관된 자신의 목적을 실현하고 있다. 그의 시는 시론에 의해, 그리고 '과학적 시학'의 논리에 의해 의식적으로 조작되고 구성되며 그 속에서 김기림은 시대가 요구하는 과제를 치밀하게 기획한다. 시가 쓰여지는 이와 같은 정황은 시를 고도의 지적인 장치로 구조화하도록 강제하는 요인이 된다. 시의 이러함은 수필과 다른 점이며 희곡이나 소설을 포함한 김기림 문학에서 시가 차지하는 비중을 말해준다. 김기림 문학에서 시론과 '과학적 시학'은 모두 김기림의 '시'를 향해 그들의 목소리를 발하고 있으며 그 층들은 모두 김기림의 시적 구현을 통해 비로소 자신의 모습을 확인

---

22) 오세영, 앞의 글.

하는 것이다.

그렇다면 김기림이 시를 통해 해결하고자 했던 시대적 과제는 무엇이었을까? 우리는 이 문제를 풀어가기 위해 먼저 김기림의 시론과 '과학적 시학'의 목소리에 주목해야 할 것이다. 그것은 무엇보다도 '시는 사람과 사람 사이의 교섭이라는 부면을 가진 언어의 한 특수형태'23)라는 시론에서의 선언과 "시의 심리적 사회적 사실로서의 일반적 성질에 대한 분명한 인식 없이는 개개의 구체적 작품의 심리적 효과와 그 사회적 역사적 성질을 해명할 수는 없을 것이다"24)고 한 '과학적 시학'의 관점에 의해 구체화될 것이다. 또한 이미지즘의 수용 과정에서 김기림이 노출할 수밖에 없었던 굴절과 왜곡의 양상에 대해 다루면서 김기림 문학에서 나타난 변용이 시론과 '과학적 시학'에서 제시하는 관점의 일단과 만날 수 있는가를 살펴보아야 할 것이다. 이는 김기림이 내세운 '이미지즘'이 단순히 외래 사조를 소개한 차원에서 그치는 것이 아니라 '사람과 사람 사이의 교섭'이라는 관점에 의해 조율된 것으로서, 이 때문에 김기림의 이미지즘 속엔 서구의 것과 구별되는 특정한 시적 의장이 개재되어 있을 것이라는 가정을 함축한다. 자신의 시론과 '과학적 시학'에 의해 보완되는 김기림 시의 의장(意匠)들은 김기림의 의식 내부에서 그 성격이 구해질 수 있는 것이며, 따라서 김기림이라는 존재와 맞물리며 형성된 것이다.

다시 말해 본고는 시와 시론, '과학적 시학'으로 밀도있게 구축되고

---

23) 김기림, 「시학의 방법」, 『전집2』, p.17.
24) 오세영은 김기림이 과학으로서의 시학을 강조한 평론 「방법론 시론」에서 은연중 리챠즈의 시론을 암시하는 대목들이 발견된다고 하면서 이 인용문에서 말하는 것이 문자 그대로 리챠즈 시론의 핵심을 다루는 것이라 지적하고 있다. 오세영, 앞의 글, p.138.

있는 김기림 문학의 관계망 속에서 김기림 시의 시적 의장들이 형성하고 있는 의미가 무엇인가를 고찰하고자 한다. 김기림에게 그것은 앞서 언급했듯 '기교를 위한 기교'의 측면에서 논의될 수 있는 것이 아니고 리얼리즘과 대비되는 모더니즘을 구현하기 위한 것도 아니다. 또한 서구의 이미지즘을 이식하기 위한 것도 아니었다. 오히려 이미지즘은 초기의 또 다른 시적 유형과 함께 논리적 범주를 공유하고 있는 바, 김기림의 초기시는 이미지즘으로 완전히 포괄될 수 있는 것이 아니라 오히려 이미지즘이 초기시의 한 하부 유형을 점유하고 있다는 편이 옳을 것이다. 김기림을 보다 잘 이해하기 위해 우리는 이미지즘이나 모더니즘 혹은 형식주의라는 일련의 선입견을 배제하고 김기림의 전체 초기시를 포괄할 수 있는 적절한 범주들을 구해야 한다. 이러한 범주들이 중요한 이유는 『태양의 풍속』으로 엮인 김기림의 초기시가 그것으로 그치지 않고 이후에 쓰여진 『기상도』, 『바다와 나비』 및 『새나라 송』에 의해 대화적으로 작용하고 있기 때문이다. 『기상도』 이후의 시들은 모두 세계와 역사에 대한 동일한 관점 하에 놓여 있는데 이는 초기시의 그것과 일정한 차이와 지속에 의해 형성된 것이다. 즉 초기시는 후기시에 의해 완전히 부정되고 폐기된다고 하는 단절의 시각으로 보기보다 그 구조적 특성이 창조적으로 변형되면서 새로운 시를 창출했다고 하는 연속의 시각으로 볼 수 있다.

이러한 시도를 위해 이 글에서는 먼저 김기림의 시에서 특정한 시적 대상이 다루어지는 방식을 살펴볼 것이다. 외부의 사물에서부터 자신의 내면, 정서, 의식에 이르기까지 이것들이 시적 자아에 의해 대상화되고 객체화됨에 따라 주체와 어떤 의미망 속에 놓이게 되며 그러한 의미망이 일정한 전략에 의해 형성된 것인지 만일 그러하다면 어떤 의도가 작용하여 어떤 결과를 산출하였는지를 가늠해 볼 것이다. 이 속에서 대상을 인지하고 인지된 내용을 표현하는 자아는 기획하고 실천하는 자아와 겹치면서 텍스트를 구성하는 주체로 정립된다. 하나의 시적 텍스트는 자아의 의식을 단의적으로 서술하면서 이루어지는 것이 아니라 이들 제 계기들의 총체적인 짜임에 의해 구조적으로 형성된다. 그리고 이처럼 건축학적으로 설계된 시적 텍스트를 통해 우리는 궁극적으로 그러한 구조적 담론을 구성한 시적 주체와 만나게 될 것이다.

김기림의 경우 시적 텍스트는 그의 시론과 '과학적 시학'에 의해 방향지어지고 조절된 것이다. 김기림의 시는 시론 및 '과학적 시학'과의 상호관계 하에 놓여 있다. 이는 김기림의 시가 내적 충동에 의해 자연발생적으로 탄생한 것이 아니라 특정한 의지와 계획에 의해 의식적으로 구성되고 제작된 것임을 뜻한다. 다시 말하면 김기림의 시는 일정한 의도를 내포하면서 그 의도를 구현하기 위해 실천적으로 구조화된 측면이 강하다. 바로 이 점이 김기림의 시적 텍스트를 하나의 전략적 담론으로 보게 하는 근거가 될 것이다. 김기림의 시를 실천적 의도에 따른 언술의 구조체로 보는 담론 이론에 따라 그 의미를 풀어갈 때 우리는 김기림 시가 지닌 문학사적 의의를 해명할 수 있을 것이다.

2. 김기림 문학에 대한 한 시각

담론(discours)은 의미론적 심층구조와 통사적 구조를 가지는 문장 초월적 언어 표현으로서 문장을 포함하는 언어군들이 일정한 관계와 규칙에 따라 결합되고 구성되어 있는 것을 가리킨다. 이는 언어학에서 화용론이 중요시되면서 주목을 받게 된 것으로서 담론 이론에서는 진술되는 내용 못지 않게 어떻게 전달하는가의 문제, 무엇이 서술되는가 이외에 서술 행위에 분석의 초점을 맞추게 된다. 시적 담론에서 언어는 음운론과 의미론, 음운론과 화용론, 의미론과 화용론 사이의 제 측면에서 이해되어야 한다. 특히 문학적 담론에서 '어떻게'라고 하는 문장 표현의 방식은 곧 화자와 청자의 관계 속에서 청자에게 일정한 방향으로 영향을 주는 기도를 담고 있다. 문장 초월적 구조에서 이는 전체적인 줄거리를 지닌 하나의 이야기 진술로 기능하며 이러한 이야기 줄거리의 화자는 텍스트가 일정한 작용을 하도록 꾀하는 행위 주체가 된다.[25] 이 행위 주체의 담론적 실천은 텍스트에 사회 의미론적 성격을 부여한다.

푸코는 담론이 언술(enonce)에 의해 형성되며 언술의 기능과 작용은 다음의 네 가지 담론 내적 단위에 의해 조절된다고 보았다. 그것은 첫째, 표현된 객체의 존재 형태와 둘째 표현 유형을 통해 확인할 수 있는 언술 주체의 위치, 셋째 언술의 물질성, 즉 언술이 어떤 지위와 함께 나타나며 사용의 장 속에 자리잡게 하는 제도적 장치들, 넷째 언술 영역, 즉 여러 종류의 문맥이 그로부터 개별화되는 문맥적 가능성들의 장을 의미하는 외적 공간으로 구성된다.[26] 담론 분석은 이러한 대상, 주체, 개념, 전략이라는 네 가지 요소들을 통해 지식을 중심으로

---

25) P.V.Zima, 『이데올로기와 이론』 (허창운 역), 문학과지성사, 1996, p.399.
26) 푸코는 담화 이론의 방법론에 관해 성찰하고 있는 『지식의 고고학』에서 언술의 기능을 유도할 수 있는 요소로 크게 이 네 가지를 제시하고 있다.
　　 M.Foucault, 『지식의 고고학』 (이정우 역), 민음사, 1992. 참조.

하여 이루어진다. 이를 통해 특정 시대에 특정 담론이 형성된 가능성의 조건들을 탐색할 수 있게 된다.[27]

담론이론은 하나의 담론이 그것의 내재적인 요소에서만 의미를 지니는 것이 아니라 필연적으로 담론 외부 영역과 관련되어 실천적인 성격을 지닌다는 관점을 통해 텍스트에 사회 의미론적 성격을 부여한다. 담론은 말하는 사람과 듣는 사람을 상정하여 화자가 상대방에게 어떤 방식으로로건 영향을 줄 의도를 가진 말[28]이며 그러한 관점에서 구성되는 것이다. 이 때 담론의 이면에서 담론의 성격을 방향짓는 의도란 타자를 지배하기 위한 것일 수도 있지만 타자에게 저항하기 위한 것일 수도 있다.[29]

특정 의도에 의해 담론이 구성된다는 점에서 여기에는 담론을 통해 실천을 하는 행위 주체 문제가 자리잡는다. 지마는 담론의 목표 자

---

27) 푸코에 의해 주로 분석된 대상은 시민 민주주의 체제가 고도로 발달된 근대 서구 사회이다. 푸코는 이러한 사회에서 억압적 형태가 지식 등의 담론을 통해 미시적으로 뿌리내린다고 보았기 때문에 지식은 일종의 사회 통제 장치로 규정된다. 푸코의 담론 분석은 지식의 권력 구조, 지식이 이데올로기와 결합되는 양상을 드러내준다. 푸코의 담론 이론은 제도화된 지식의 이데올로기적 성격을 폭로함으로써 담론이 사회 제도와 관련되며 따라서 구체적인 행위를 전제하는 것임을 보여주고 있다. 푸코는 지배자의 담론이 타자에 대한 지배 의도에 따라 어떻게 권력이 행사되는가를 밝히고 있지만 그의 분석틀은 여타 일반 담론에서 주체가 현상하게 되는 과정을 분석하는 데에도 적용될 수 있다는 점에서 유용하다.

28) Antony Easthope, 『Poetry as Discourse』, (London:Methuen), 1983, p.41.

29) 후기 산업 사회에서 우리는 생활 곳곳에서 의도화된 담론을 접할 수 있다. 그 중 가장 대표적인 것이 광고일 것이다. 광고는 그 무엇보다도 뚜렷한 의도를 내포하고 고도의 기술적인 구성에 의해 만들어지는 담론이다. 광고 담론 이면에 존재하는 의도는 물론 일반 청자를 소비자, 즉 상품을 구매하는 주체로 정립하는 일이다. 상품에 관심을 갖고 욕망하게 되며 그것을 실현시키기 위해 행동을 하기까지 광고의 담론은 철저하게 관리된다. 광고의 담론뿐 아니라 대부분의 담론은 특정 주체의 유도를 위해 조작되고 주조된 것이다.

체가 개인과 사회 집단을 행동할 수 있는 주체로 확립하는 일이라고 분명히 하면서 담론을 구성하는 주체의 행위가 집단을 지향하는 이데올로기적 성격을 띤다고 한다.30) 즉 담론이 일정한 청자를 대상으로 하여 의식적으로 제작된 만큼 청자와의 의사소통을 계기로 한 동일화 및 공동체 형성을 겨냥한다는 것이다. 이는 하나의 담론이 고립되어 추상적으로 존재하는 것이 아니라 그 자체로 사회적인 관계망 속에 놓인다는 점을 보여준다고 할 수 있다. 또한 담론을 처리하는 주체적 입장에서 담론의 이데올로기적 성격을 지정하는 것은 담론이 권력에 의해 독점되고 전유되는 것이 아니라 그 누구에 의해서도 사용될 수 있음을 말해준다.

이러한 담론의 행위 이론에서 보았을 때 진술은 내용의 옳고 그름에 의해 판단되기보다는 그 진술이 무엇을 하고 있는가에 의해, 그것이 무엇을 말하고 있는가보다는 어떻게 말하고 있는가에 의해 그 의미가 구해진다. '무엇'과 '어떻게'의 두 계기들은 서로간 일정하게 구조화되어 의미를 생산한다. 그 둘은 서로를 지시하면서 보완의 관계를 지닐 수도 있지만 극단적으로 배치될 수도 있다.

이 점은 시적 담론에서 더욱 강조될 부분이다. 시적 담론은 일상의 대화나 과학적 담론에서 기표와 기의가 거의 일치하는 지시적 의미를 공유하는 것과는 달리 함축적 기호 차원에서 그 의미가 실현되기 때문이다. 시는 일차 기호의 체계 위에 함축적 기호라는 이차 기호 체계가 부가된 것으로, 가령 일차적인 체계에서 기호에 해당하는 것이 이차적인 체계에서 단지 하나의 기표가 되는31) 담론이다. 이는 시적 담

---

30) P.V.Zima, 『텍스트 사회학』, (허창운 역), 민음사, 1991, p.37.
31) R.Barthes, 『신화론』, (정원 역), 현대미학사, 1995, p.25.

론이 공시의(共示義)적 기호 체계에 속한 것이며 의미론적인 부분과 소리, 리듬, 글자의 반복과 같은 비의미론적인 부분과의 결합으로 이루어지는 구조체임을 말하는 것이다. 공시의적 기호 체계에서 하나의 말은 어떤 한 대상만을 지칭하지 않게 되며 기표는 제도적으로 수용자의 기억에 불러일으킬 수 있는 모든 문화적 단위들의 총합이 된다.[32]

시적 담론이 행위를 목표로 언어를 고도로 조직하였을 때 그것은 더 이상 순수하게 형식적인 구조체가 아니다. 더욱이 시의 언어는 일반 언어의 한 부분으로 일상 언어와 엄격히 구분될 수 있는 것이 아니기 때문에 언어의 순수 구조물을 만든다는 것은 특수한 방법론을 요하는 것이다. 일반적으로 말해 언어는 이데올로기적으로 매개된 자료이며 언어적 형식은 특정한 이데올로기적 콘텍스트 속에서 화자와 결합한다.[33] 이는 언어 자체가 사회적 성격을 띠며 언어의 구조를 통해 이데올로기가 파악될 수 있다는 사실을 말해준다.[34]

---

32) 시적 담론의 분석 층위에 대한 이러한 관점은 로트만의 기호 이론에서도 확인될 수 있다. 로트만은 언어를 자연언어와 이차적 모델링 체계로 구분하고 시적 담화가 문화적 의식, 사회적 이데올로기적 전달과 함께 이차적 모델링 체계에 속한다고 말한다. 그것은 자연언어를 토대로 하되 더욱 복잡하게 구조화된 체계임을 명시한다. J.Lotman, 『예술텍스트의 구조』,(유재천 역), 고려원, 1991, p.39.

33) M.Bakhtin, 『마르크스주의와 언어철학』, (송기한 역), 흔겨레, 1988, p.32.

34) 컬러 역시 언어의 복합적 구조체가 문화를 분출시키는 방식이 된다고 함으로써 텍스트와 외부 세계를 관련시키고 있다. 컬러에 의하면 문화는 이면에 존재하는 사회, 정치적인 총체성의 징후이며 그 자체로 변모하는 이데올로기적 구성체이다.(J.Culler, 『문학이론』, (이은경 역), 동문선, 1999, pp.79~85.) 컬러가 제시하는 '문화'의 개념은 바흐찐이 말한 언어가 놓인 이데올로기적 콘텍스트와 다르지 않다. 이들은 모두 텍스트의 서술이 아닌 구조가 의미를 발화하는 것이며 이때 구성된 구조가 특정한 이데올로기적 콘텍스트에 놓인다는 데에 인식을 일치시키고 있다. 특히 컬러는 바흐찐에 비해 '언어적 형식' 부분에

또한 시적 담론이 언어의 고도로 조직된 '구조물'이라 하였을 때 우리는 여기에서 언어학에서 밝힌 기호 구조, 즉 기표와 기의의 대응 관계를 도입할 수 있다. 그런데 시와 같은 다의적이고 개방적인 텍스트에서 기표는 기의와 엄격하게 일대 일의 대응 구조를 이루지 않으며 기의로 환원되지도 않기 대문에 시를 분석함에 있어 기표가 하나의 기의를 지시할 것을 전제하고 그 기표의 의미를 단선적으로 해독해간다면 오류를 범하게 된다. 이 점에서 시적 텍스트에 적합한 기호 구조는 소쉬르의 기의-기표 개념보다 옐름슬레우의 내용-표현 개념일 것이다.

옐름슬레우는 '기호 기능'에 주목할 것을 전제하면서 각각 하나의 기능소의 역할을 하는 표현층위와 내용층위라는 상대적으로 자율적인 층을 제시한다. 이들은 상호 관련이 없으면 기호기능이 없다는 점에서 연대성을 지니지만 표현이 내용과 결합되어 있다고 해서 반드시 의미가 있는 것은 아니므로 기표-기의의 대응구조와는 구별하여 이해해야 한다. 내용과 표현은 각각 상대적으로 독립되어 있으며 각 계열체 안에 실질과 형식을 각기 지니고 있다. 표현이 내용과 결합하여 반드시 의미를 발휘하는 것이 아니라는 것은 그 관계가 단지 형식적일 수도 있음을 의미한다. 표면상 기호의 구조는 내용형식과 표현형식이 결합되어 있는데 이것이 실질적인 의미로 나타나든가 그렇지 않

대해 구체화시키고 있다. 컬러는 텍스트를 통한 행위, 즉 발화 행위와 그것이 일으키는 작용 및 기능에 주목하여 시란 기의를 흡수하고 재구성하는 기표의 구조이며 따라서 시론의 역할은 시가 말하는 것과 말하는 방식 사이에 짜여진 특정한 관계를 해명하는 것이라고 말한다. 컬러의 이러한 접근은 시가 자율성을 지닌 통일적 구조이되 독자를 향해 행위함으로써 이데올로기적 관계망 속에 놓이게 되는 상황을 잘 보여주고 있다.

은가는 별개의 문제라는 것이다. '시란 기의를 흡수하여 재구성한 기표의 구조'가 나타날 수 있는 것도 표현과 내용 각 계열의 자율성 때문이다.

표현층위는 기표와 유사한 의미이지만 기호의 체계면에서 그것과 차이가 난다. 소쉬르의 언어학에서는 기의와 기표가 결합하여 기호가 됨으로써 의미가 발생한다고 하는 반면 옐름슬레우는 내용층위와 표현층위의 각각의 자율성을 전제하고 형식과 실질이라는 각 계기를 통해 기호 기능이 발휘된다고 본다. 이를 도식으로 표현하면 다음과 같다.

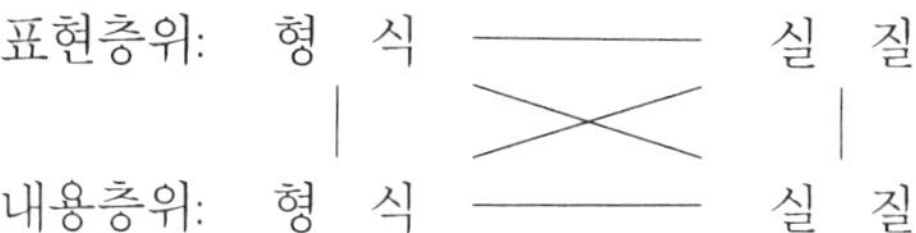

내용층위의 (형식, 실질)와 표현층위의 (형식, 실질)간 각 경우의 수의 조합을 통해 우리는 기표와 기의가 일대일로 대응하지 않으며 기표가 기의로 환원될 수 없다는 것을 알 수 있다. 각각의 조합은 기호의 기능을 발생시키는데 그것이 반드시 기호의 의미를 지시하는 것은 아니라는 것이다. 즉 기호의 의미가 없어도 기호의 기능이 있을 수 있다. 이것은 일정한 기의가 없어도 기표의 유희를 통해 텍스트가 구성되는 현상을 통해서도 알 수 있다.[35]

지마는 옐름슬레우 언어학의 표현층위와 내용층위간의 관계를 문

---

35) L.Hjelmslev, 『랑가주이론서설』, (김용숙 외역), 동문선, 2000, pp.65~79.

예학에 적용하여 여러 담론들의 구조를 계통적으로 정리해놓고 있다. 예를 들어 헤겔을 비롯한 마르크시스트들은 예술 작품이 철학적인 진리내용으로 귀속될 수 있다고 하는 입장이기 때문에 예술적 형식들을 해체하고 개념적 담론을 전면화시켜 내용층위를 강조하는 자라고 본 반면 니체 및 해체주의자들은 개념적 지배를 기표들의 합으로 대체할 수 있다고 하면서 기표의 유희적 세계로 도피하므로 이들을 표현층위의 극단적인 강화 경향으로 보고 있다. 이 극단적인 두 경향 사이에 다양한 문예이론의 스펙트럼이 형성된다는 것이 지마의 생각이고 물론 내용층위와 표현층위간의 조화로운 균형감각을 취하는 것을 과제로 삼고 있다.

그에 의하면 표현층위와 내용층위간의 긴장관계는 개념과 대상, 주체와 객체간의 대립관계와 대응한다. 표현층위의 자율성을 무시한 채 문학의 문제 전체를 의미 층위 곧 기의의 층위로 환원시킴으로써 표현층위를 내용층위로부터 분리시키는 경향을 보이는 헤겔 주의자들의 입장은 객체를 도외시한 주체 중심의 담화를 보이는 것이다. 한편 니체는 근대에 이르러 진리보다는 거짓이 개념보다는 가상이 현실적이고 살아있는 것 그 자체라고 하면서 이에 대한 지향성을 '은유충동'이라 말한다. 이 은유충동의 대표적인 영역이 신화와 예술이다. 다의적 기표들을 강조함으로써 보편적이고 추상적인 기의, 치환할 수 있는 기의를 축소시키거나 무화시킨다는 점에서 은유충동을 강조하는 것은 내용층위를 평가절하하는 것이다. 상대적으로 평가절상된 표현층위는 유추, 형상, 은유, 환유, 잠언, 율동의 형태로 그 흔적을 드러낸다. 기표가 극대화된 세계 속에서 담론 구조는 주체가 소멸한 양상을

보인다.[36)]

우리가 지마에 주목하는 이유는 그가 문예의 구조를 주체와 객체, 나아가 작가와 독자 간의 관계와 관련시킨다는 점에 있다. 헤겔과 같은 주체 중심적 사유가 내용 위주의 리얼리즘론으로 현상하고 니체와 같은 해체주의자의 텍스트에서 주체가 사라지고 기표의 유희가 나타난다는 사실은 이러한 관련성을 말해준다. 이것이 직접 작가와 독자 간의 관계로 귀결되는 것은 아니지만 예술에서 표현층위를 지지한다는 것은 다분히 독자를 고려한다는 것을 의미한다.

미학 이론가 중 독자 혹은 관찰자로서의 수용자를 강하게 의식한 대표적인 철학가로 칸트를 들 수 있을 것이다. 그는 미를 '비개념적으로 보편적인 만족을 주는 것'으로 규정함으로써 이러한 사실을 뒷받침하고 있다. 예술 작품이 '보편적인 만족'을 준다는 것은 모든 사람에게 만족을 준다는 것을 의미하므로 여기에는 필연적으로 객관성의 계기가 포함된다. 객관성은 대상에 가까이 다가간다는 것, 객관의 본질을 끌어낸다는 것을 의미하기 때문에 객관성은 대상성과 유사한 개념이다.[37)] 객관성은 곧 물자체로서의 대상에 관련되는 문제이다. 그런데 예술 작품의 객관성 문제는 이것이 바로 예술 작품인 까닭에 주체에 긴밀히 매개되어 있다. 이러한 접근 방식은 칸트의 이성이 객관적인 것을 지향하지만 그것을 표상하기 위하여 주관적인 범주를 부여하는 데서도 확인된다.[38)] 그에게 '범주로서의 형식'은 주관적인 동시

---

36) P.V.Zima, 『문예미학』, (허창운 역), 을유문화사, 1993, pp.32~69. 참조.
37) T.W.Adorno, 『미학이론』, (홍승용 역), 문학과지성사, 1993, p.261.
38) 칸트는 '경험한다는 것'을 의식이 감각적인 인상들로부터 대상을 '구성'하는 것이라고 말한다. 이는 형식이 자아의 경험에 의해 형성된다고 하는 '자율성 원리'를 상기시킨다. (N.Dodd, 『돈의 사회학』, (이택면 역), 일신사, 2002,

에 객관적인 것이고 객관적인 동시에 주관적인 것이다. 이러한 '형식'
을 주체가 부여한다는 점에서 대상은 주관적으로 표상이 되지만 또한
대상은 자체의 질서를 포기하지 않는다는 점에서 자율성을 지닌다.
이로써 객관적 요인은 주관적 요인과 단일 계기로 묶이게 된다.[39] 미
에 대한 접근은 주관적인 능력임과 동시에 그것 자체에 포함된 보편
성과 필연성으로 인해 객관성의 원형이 되기도 한다. 주관적 미학의
지지물인 미적 감정의 개념은 객관성에서 추론되어 나오는 것이다.
이처럼 칸트는 대상의 객관성에 다가가지만 그러나 예술 작품에 관
한 이를 개념적으로 인식하기를 원하지는 않는다. 그가 강조한 '무관
심성', '무개념성'들이 이러한 사실을 보여준다.

대상을 개념적으로 인식하기를 원치 않는다는 것은 그가 문예에서
의 표현층위를 강조하는 것이라고 생각할 수 있다. 그러나 그렇다고
해서 이것이 표현층위로의 도피를 통해 그것의 비대화를 가져오지는
않는다. 객체를 주체의 주관적인 의식과 관련시킨다는 점에서 여기엔
내용층위 역시 고려되고 있다. 개념으로 환원되지 않으면서 주체에
의해 표상되는 객체의 문제는 단연 예술의 본질에 해당하는 문제라
할 수 있다.

이러한 미학은 주체와 객체가 분리되어 있다는 주객이원론에 근거
하여 이루어진 것이다. 주체와 객체가 분리되어 있는 상태에서 인식
은 주체가 특정한 대상을 일정하게 구성함으로써, 즉 그 대상에 일정
한 의미를 투여해 객체화함으로써 성립된다. 또한 주체는 대상을 객

---

p.110.) 이 점에서 볼 때 '자율성의 원리'는 사유하는 개인의 권한을 강화하는
최고의 가치가 된다. 자율성의 원리 하에서 개인은 자신이 따르게 될 법을
스스로 정하는 자유를 누린다.
39) T.W.Adorno, 앞의 책, p.260.

체화하는 이러한 인식 작용을 통해 스스로를 주체화한다. 주체와 객체간의 거리 문제를 칸트가 미에 대한 취미 판단을 통해 해결하려 하였다면 헤겔은 주객동일시를 통해 그것을 시도한다. 객체를 주체의 이념에 귀속시키는 헤겔의 동일성 사유는 일종의 칸트의 주객이원론으로 대표되는 근대적 인식론에 대한 반테제라 할 수 있다.

주체와 객체의 분리는 근대적 생활 양식과 문화의 핵심적 내용으로 그러한 현상의 원인에는 '화폐'의 전일적 사용이 놓여 있다.[40] 화폐는 스스로는 무특징적인 까닭에 다른 어떤 것도 매개해 줄 수 있는 특성을 지니므로 그것의 존재 자체로 근대에서 생산과정의 분화를 이루어내는 견인차 역할을 하게 된다. 화폐가 있으므로 근대인들은 분업화된 노동에 포섭되어 전문적 기능인으로 성장할 수 있었으며 분화된 영역들은 화폐의 매개에 의해 일관되게 포괄적인 목적연결망 속에서 평등한 위치에 놓일 수 있었다. 법이나 윤리, 예술 역시 독립된 자율적 통일성을 구축하게 된 것도 이와 관련되므로 예술의 자율성 담론이 형성된 것도 이 즈음이라 할 수 있다.[41]

---

40) G.Simmel, 『돈의 철학』, (안준섭 외역), 한길사, 1985, p.590. 짐멜은 교환이 확대되고 일반화되어 성숙 단계에 접어든 화폐 경제의 문화적 측면에 대한 연구를 통해 모더니티를 분석해낸다는 점에서 공헌하는 바가 크다. 짐멜은 근대적 삶의 특징을 무엇보다도 단절성에 있다고 본다. 화폐는 이에 대한 가장 강력하고 포괄적인 표현이라는 것이다. 짐멜의 접근은 사회적 삶의 파편화가 근대 사회에 들어 증가하고 심화되었다는 맥락 속에서 이해될 수 있다. 즉 짐멜의 근대 사회 파악에 있어 중심적인 테마는 점차 굳건해지고 단절되어가는 객관적 문화에 직면하여 주관적 문화가 파편화되어가는 과정에 관한 것이다. N.Dodd, 앞의 책, pp.114~5.

41) 화폐를 단순히 경제 활동의 문제에 국한시키지 않고 사회 관계 및 문화적 작용이라는 광범위한 국면에서 정의내린다는 점에서 하버마스도 짐멜과 입장을 같이한다. 하버마스는 화폐가 근대사회의 규범적 구성에 관해 시사하는 바가 크다고 하면서 화폐의 상징적 속성이 근대의 고유한 각 부분들을 의사소통의 유형을 통해 통합시키는 기술적 과정의 한 예가 된다고 한다. 위의 책, p.133.

근대의 이같은 구조화된 경험적 생활 속에서 완성된 대상이 우리 앞에 존재하게 될 때 그것은 욕구의 대상이 된다. 또한 우리는 '있지 못한' 것을 욕망함으로써 욕망의 내용을 우리들의 '외부로' 표출한다. 이렇게 형성된 대상은 대상을 욕구하면서 동시에 그것을 극복하려고 하는, 즉 소유하려고 하는 주체와의 거리에 의해 특징지워지며 그것이 우리에게 '가치'로 현상한다. 욕망과 가치가 어우러지는 이러한 과정에서 주체, 객체의 이중성이 탄생하며 나아가 근대적 개인 및 인식론상의 주관주의와 상대주의가 발생한다.[42]

주체와 객체, 대상과 지각 사이의 거리는 그 대상의 독립적인 의미를 인식하기 위해 전제되는 것이다. 개인이 한 대상에 대한 객관적인 상을 얻고자 할 때 그 대상으로부터 물러나 일정한 간격을 유지해야 하는 바, 이 때 거리가 너무 멀거나 가까울 때 획득되는 상의 왜곡과 굴절을 통해 근대의 주관주의를 설명할 수 있다. 개인은 사물과 직접적인 접촉의 부담을 덜은 연후에 비로소 주관성의 영역을 획득할 수 있게 된다. 하나의 메타포인 '거리'는 근대의 주체―객체 분리 및 불연속을 지시하면서 사유하고 인식하는 데카르트적 자아, 가치 지향적인 합리적 자아, 근대적 개인의 형성과정을 해명하는 데 도움이 되는 개념이다.

한편 대상과 분리되어 주관적인 내면을 형성한 자아가 자신의 정

---

42) G.Simmel, 앞의 책, pp.81~84. 여기서 우리는 짐멜의 '가치' 분석이 인간과 세계, 주체와 객체간 관계에 대한 특정 관점으로 비롯된 것임을 짚고가야 할 것이다. 개인의 전의식적 상태, 즉 유아기적 세계관에 따르면 개인의 욕구와 필요는 주·객, 자·타가 구분되지 않는 쾌락적이고 맹목적인 성격을 띠기 때문이다. 그러나 이 속에서도 욕구 좌절로 말미암은 주·객의 교란과 갈등이 발생함에 따라 '가치' 개념이 형성될 수 있다.

신적 내용을 표현하기 위해 끌어들이는 것이 예술에서의 '양식'이
다.43) '양식'44)은 대상에 대한 개인의 직접적인 인상들을 확고하게 결
정된 전제조건들과 요구에 기초해서 조직하고 재형성한 것으로서, 여
기엔 대상에 대한 '파악', 곧 인식과 그에 대한 '표현'이라는 두 측면
이 전제되어 있다. '양식'이 존재한다는 사실 자체는 대상과 자아 사
이에 설정된 거리의 지표가 된다. 따라서 예술의 양식들은 외부 세계
와 분리되어 자신의 고유한 의식을 형성하게 되는 근대적 개인들의
의사소통 방식에 해당되며 자본주의의 심화와 함께 확립하게 되는 전
문화 분업화 속에서 하나의 자율적 영역을 구축하게 되는 계기가 된
다. 이로써 볼 때 '양식'은 시민이라는 범주와 함께 발생한 것으로 부
르주아적 개인주의와는 떼어놓을 수 없는 사회적 장치이기도 한 것이
다.45)

---

43) 위의 책, p.590. 짐멜의 경우 '양식' 혹은 '형식'은 대상이 지닌 가치와 분리되
    어 생각될 수 없다. 어떤 대상에 가치가 부여될 때 주체와 대상간의 거리는
    확인되는 데서 그치는 것이 아니라 그 대상이 정의되는 방식에 필수적인 일
    부분이 되기 때문이다. 주·객 이중성의 측면에서 사고할 때 주변세계는 형
    식적 범주들을 적용함에 따라 그 내용이 조직될 수가 있다. '양식'을 통해 주
    관을 구성한다거나 자아와 대상간의 거리를 극복한다고 하는 말들도 이와 관
    련된다.
44) '양식'은 '행동양식', '생활양식', '생산양식', '복식(服飾)'등의 예에서 볼 수 있
    듯이 다양한 영역에서 널리 쓰이는 개념이다. 이는 '대상'으로 설정할 수 있
    는 정신의 영역이 다양하다는 사실을 뜻한다. 실제로 '양식'은 구체적인 事象
    의 정신적 형성의 방식으로부터 세계관적 차원의 정신적 형성의 방식까지 아
    우를 수 있는 폭넓은 개념이다. 이는 대상에 대한 인식과 표현의 양측면이
    체계화되고 구조화될 때, 정신이 스스로 지속할 수 있는 형식으로 고정되어
    이들 형식의 다양한 요소들이 하나의 통일적이고 유기적인 전체로 용해되어
    있을 때 붙일 수 있는 이름이다. 미적 취미의 형식적 측면인 양식은 형식을
    터전으로 하여 존재하지만 형식을 뛰어넘는 곳에 존재하는 것이다. '양식'에
    관한 논의는 박헌호의 「한국 근대 소설사 연구에서 '樣式'의 문제」(『국어국문
    학』 132, 국어국문학회, 2002, 12) 참조.
45) P.V.Zima, 앞의 책, 1991, p.243.

자아와 대상 사이에, 자신과 세계 사이에 존재하고 있는 거리를 불
안으로 경험하는 인간에게 인식은 이 불안을 해소하기 위하여 시도된
행위이다. 대상과의 거리를 극복하기 위하여 인간은 지성을 발전시켜
스스로를 인식하고 사유하는 주체로 정립한다. 인간은 자기를 보존하
기 위해 타자의 노예가 되는 대신 더욱 적극적으로 타자를 소유하고
정복하고자 한다. 자연과학과 수학은 합리적인 도구가 되어 근대인으
로 하여금 대상을 인식하고 조직하고 제작하는 기술적 주체로 탄생할
수 있도록 한다. 근대적 주체의 이러한 행위 속에서 타자는 자신의 고
유한 존엄성을 상실하고 주체의 욕구 충족 수단으로 전락하고 만다.
우리는 타자를 자신에게 예속시키는 근대적 주체의 극단적인 형태를
동일성 사유를 전개하는 헤겔을 통해 확인할 수 있다. 헤겔이 절대정
신을 내세워 근대의 주체성 원리를 더욱 철저하게 추구하였던 것도
자아과 세계 사이에 존재하는 거리 때문이었다.

그런데 헤겔의 동일성 사유로 정점을 이루는 근대의 주체성 원리
는 주체에 의한 타자의 지배를 의미하는 것으로 이러한 원리가 현실
화될 때 객체에 대한 주체의 무자비한 폭력이 발생할 것임은 자명하
다. 우리는 이러한 폭력의 형태를 식민지 지배와 전쟁, 인종 학살과
파시즘에서 목도할 수 있다. 이에 따라 아도르노는 객체를 주체로 환
원시키거나 주체와 분리시키는 대신 매개된 관계를 제안한다. 그가
제시하는 '매개'는 모순과 양면성에 대한 의식을 끝까지 지속시켜나
가는 것을 의미한다. 헤겔의 변증법이 절대지를 통해 종합과 통일을
추구했다면 아도르노는 매개된 부정의 상태를 끝없이 지속시킨다.[46]

---

46) T.W.Adorno & M.Horkheimer, 『계몽의 변증법』, (김유동 역), 문학과지성사,
2002, p.36.

그는 주체와 객체 사이의 거리를 극복하는 과정에서 질서를 조직하는 근대적 자아가 외부에 대한 자기중심적 사유와 진리일반을 동일시한다[47]고 하면서 무엇보다 이 거리를 없애는 일이 필요하다고 한다. '객체에의 동화'는 그에 대한 방법으로 제시된 것이다.

'객체에의 동화'는 곧 '미메시스' 이론으로서 칸트의 인식론과 미학에 기대어 상실된 객체의 복원을 꾀하기 위해 제시된 것이다. 또한 그는 철학적 텍스트에서 대상이 개념으로 귀속됨에 따라 나타나는 텍스트의 단의성을 경계하기 위해 '에세이적 글쓰기를 추구한다. 에세이적 글쓰기는 주체중심의 폐쇄적 텍스트 구조를 해체하는 것으로 텍스트의 개방적 대화적 성격을 환기시킨다. 이것은 상호주관성의 또 다른 표현이라 할 수 있다. 대화적 구조와 대립되는 텍스트의 독백적 구조란 개념적 환원 방식의 텍스트 혹은 단의적 처리 방식의 텍스트이다.

지마는 텍스트가 폐쇄적이고 개념적으로 현상하는 것이 객체를 대상화시키고 주체로 귀속시키는 주체 중심적 사유가 반영된 것이며 화폐가 사물의 사용가치를 무화시키고 교환가치로 환원시키는 현상에 대응하는 것이라 한다. 따라서 개방적이고 다의적 텍스트는 자본주의 화폐 원리에 대한 비판이며 주체 중심의 동일성 사유를 부정하는 것이 된다. 아이러니, 풍자, 패러디, 연상적 글쓰기, 예술의 자기반성성, 다성성 등 대표적인 근대적 텍스트들을 포함하여 아도르노의 미메시스적 글쓰기, 니체의 에세이적이며 경구적 담론 등이 개방적이고 다의적인 텍스트에 포함된다. 개방적 텍스트의 구조는 복수술화성이라

---

47) 위의 책, p.38.

는 개념을 통해 설명되는데 이들 텍스트들은 의미론적, 통사론적 구조에서 병렬적, 계열체적 구조를 지니게 된다. 의미론적 '양가성'(ambivalence)에 기원하는 이들 모두는 주체 중심의 인과율적이고 위계적인 질서를 파괴하는 효과를 지닌다.48)

양가성은 이중가치성을 지니는 것으로 결합될 수 없을 것처럼 보이는 의미론적 가치들이 결합된 것을 말한다. 서로 어울리지 않는 것들, 질과 양, 강한 것과 약한 것, 고귀한 것과 비천한 것, 선과 악이 통일을 이루는 것을 양가성의 모델로 제시될 수 있는 바, 이러한 이중성은 자본주의의 보편적 특성이 된 몰가치성49)에 대한 비판의 의미를 띤다. 서로 구별되는 두 개의 가치를 충돌시킴에 따라 애매성을 유발하는 양가적 글쓰기는 결국 주체로 환원될 수 없는 타자의 자리를 마련하는 것이라 할 수 있다. 여기엔 꿈이나 연상, 우연, 무의식, 성적인 것, 희극적인 것, 그로테스크한 것들, 죽음 등 근대적 주체가 경원시하고 배제했던 것들이 복원된다.50) 이러한 글쓰기 과정을 통해 근대적 주체는 자기의 체계화된 실현을 방해받게 되며 동시에 합리적 의식에서 소외되었던 자연, 육체 등의 객체들은 주체의 분열된 틈으로 개입한다.51)

---

48) P.V.Zima, 『텍스트사회학』, (허창운 역), 민음사, 1991, p.30.
49) 지마는 자본주의에 보편화된 몰가치성, 즉 가치의 위계질서가 파괴되는 양상
   이 사물의 모든 질적 특성을 무화시키는 추상적 매개인 화폐에 그 원인을 두
   고 있다고 본다.
50) P.V.Zima, 앞의 책, 1993, p.129.
51) 지마가 양가적 담화를 전략적 텍스트 구조로 삼는 것은 여러 면에서 시사하
   는 바가 크다. 그것은 먼저 복수담화성이 지닌 개방적 대화적 성격을 지닌다
   는 점, 자본주의에 대한 비판이 된다는 점, 확원된 객체를 복원시킴으로써 타
   자지향적 성격을 지닌다는 점에서 그러하다. 또한 양가성은 자본주의에 대한
   비판이라는 측면에서 모더니즘 텍스트의 원리를 설명해준다. 우리가 흔히 알

근대적 주체성에 대한 견제를 목적으로 한다는 점에서 그것은 데리다 등의 해체적 글쓰기와 비교될 수 있을 것이다. 타자의 자리를 마련하고 그것을 극단으로 몰아갈 때 양가적 글쓰기는 주체 개념 자체를 소멸시킬 여지를 지닌다. 그러나 지마는 해체적 글쓰기에서 보이는 급진적 담화를 옹호하지는 않는다. 그는 여전히 이데올로기적 주체를 수습하여 텍스트의 구조와 형식이 갖는 사회적 의미를 통해 사회에 대한 비판을 행한다.[52]

우리가 담론의 구조를 문제삼는 이유는 궁극적으로 담론의 구성적 처리를 통해 드러나는 주체의 성격을 파악하기 위해서이다. 담론을 구성하는 주체는 독자로서의 집단을 염두에 두고 그 집단의 행위를 조직함으로써 이데올로기적 성격을 띤다. 독자와 그 내포를 같이 하는 집단은 담론을 매개로 의사 소통의 영역을 형성하며 담론에 의해 특정 주체의 형성을 유도받기도 한다. 독자로 상정되는 집단이 특수한 계층이나 한정된 그룹이 아니라 불특정 다수를 의미하게 되는 것은 '교환'이라는 사회제도가 삶의 근본적이고도 광범위한 조건으로 자리잡을 때에 비로소 가능해진다. 사회의 각 분야가 각기 전문화된

고 있는 모더니즘의 파편화되고 주관적이며 내면화된 텍스트 구조는 지마에 의하면 화폐의 매개원리가 노정한 자본주의의 부정적 양태에 대한 대응구조인 셈이다. 화폐는 모든 질적 차별성을 제거하고 독점적 지위에 군림하는 한편 모든 주체들을 파편화된 개인으로 고립시키고 집단적 주체로의 형성 가능성을 차단하는 기제이다. 모더니즘은 근대의 부정적 양태를 반영하는 한편 모든 가치가 추상화되는 상황에 반해 구체성을 회복하는 담화라 할 수 있다.

52) 이와 같은 지마의 비판적 태도와 비견될 수 있는 이론가들로 바흐찐과 아도르노를 들 수 있다. 바흐찐은 주체의 자연 지배와 논리 중심주의를 극단적으로 비판하지만 주체성을 무의식적인 것과 다성성 속에 해소시켜 버리려는 의도는 없었다. 그는 주체, 의미, 진리 자체를 해체하는 데에는 찬성하지 않는다. 아도르노 역시 합리적인 것과 비합리적인 것, 로고스와 자연간의 긴장 관계에서 객체에 폭력을 가하지 않는 하나의 이론을 구축하고자 한다.

영역으로 분화되어 각 영역간의 교류가 필요해질 때 매체가 등장하고 담론의 역할이 중요해지기 때문이다. 이 때 언어를 매개로 하는 문학적 담론은 언어 공동체라는 경계에 의해 활동 범위를 규정받게 된다.53)

　주체의 문제는 근대가 유럽에서부터 전세계적으로 확대된 보편적인 현상이라 하여 단순히 보편성의 차원에서 논의될 수 있는 것은 아니다. 각 지역은 그 나름의 특수성을 띠며 근대를 전개하여 왔기 때문이다. 정치, 경제, 사회의 근대화에 대응하여 형성된 전반적 문화현상이라는 모더니즘도 각 시대와 각 지역의 구체적 체험에 근거하여 발생한다는 점에서 주체 형성 문제와 직접적으로 관련된다. 가령 서구가 그들이 배제하고 정복하고 식민화하고 착취한 '타자'와의 물질적이며 문화적인 불평등 교환관계를 통해 자신의 정체성과 이해관계를 형성시켰다면 식민지 근대인의 자아정체성은 이들과는 다른 양상을 띠게 될 것이다. 이 점에서 담론의 구체적 형태는 그 지역의 사회, 경제, 문화와 직접적으로 매개된 것이며 또한 텍스트의 사회학적 의미는 사회적 내용보다 오히려 글쓰기 방식에 있게 되는 것이다.

---

53) 개별 영토 및 인종과 언어적 특수성에 기반한 국민 국가의 성립과 민족적 정체성의 형성은 근대와 더불어 중심에 떠오른 문제들이다. 근대를 기점으로 하여 모든 국가는 주권에 대한 침해받을 수 없는 권리를 주장하게 되며 그에 따라 다른 국가들도 자신의 국경선 내에서 자율성과 존중의 자격을 동등하게 부여받게 되었다. 유럽의 근대인들은 자신들의 세력을 확장시킴으로써 전세계에 민족 국가 이념을 탄생시켰고 이러한 과정 속에서 각 지역의 주체들은 강한 민족주의는 아닐지라도 국가 주권의 실현과 민족적 정체성 구축을 주요 과제로 설정하게 된다.

제2장

근대적 제도의 성립과 주체의 형성

1. '형식'의 발견과 주관성

김기림에 대한 오해와 비판은 거의 대부분 그의 초기담론에 나타난 근대문명의 예찬과 기교에의 탐닉에서 비롯된다고 할 수 있다. 김기림은 수도 경성에서 진행되고 있던 근대화의 양상을 환영한 편에 속했고 누구보다도 열정적으로 근대문명의 핵심인 '과학'을 찬양했다. 그는 기술공학이 교통수단의 혁명과 생활의 혁신을 가져올 것이며 그것이 우리의 삶의 질을 향상시킬 것이라는 사실을 열렬히 유포하였다. 이러한 과학기술에 대한 확고한 믿음은 자신의 예술조차도 그것의 영향을 받아 변모되기를 소망하는 데서도 드러난다. 그는 시가 현실의 변혁과 무관한 채 존재하기를 거부하고 "시의 혁명이 양식의 혁명인 동시에 그 이전에 '이데'의 혁명"[1]이어야 한다고 역설했다.

  그가 과학에 대해 그토록 매혹될 수 있었던 것은 도시가 지닌 매력
이 실제로 경성에서도 동경과 다르지 않게 발산되고 있었다는 사실에
기인한다. 철도와 전차가 놓이고 도로가 정비되어 자동차가 거리를
누비는 상황, 계측기술의 발달을 자랑하는 근대적 건축양식, 통신 시
설 및 최신식 유통망 등은 도시에 대한 환상을 일으키기에 충분한 것
이었는데,[2] 김기림에겐 이와 같은 높은 수준의 도시화가 경성에서도
진행되고 있었다는 사실에 상당히 고무되어 있었다.[3] 과학기술의 발
전은 그 영향력을 특정 지역에 국한시키지 않고 전세계에 걸쳐 발휘
하리라는 것을, 그것이 근대의 본질적 원리에 속한다는 것을 알았던
김기림으로서는 과학기술을 거부할 이유가 없었다. 도시화, 근대화의
전세계적이고 동시적인 확산은 김기림의 신념이자 희망이 되었다. 김
기림은 근대 자본주의의 가속화된 발달이 '세계를 하나가 되도록' 할
것으로 믿었고 또한 그러기를 소망했다.[4] 세계가 거대한 생산과 소비
의 시장 네트워크를 형성하게 될 때 국가와 민족의 경계가 실질적인
견고성을 상실하리라는 점[5]을 고려한다면 김기림의 과학 예찬이 지

---

1) 「시와 인식」, 조선일보, 1931.2.11~14, 『전집2』, p.73.
2) 실제로 소학교 학생들이 경성의 백화점을 구경하기 위해 수학여행을 오곤 하
   였을 정도로 경성은 조선의 관광명소가 되었다.
3) 「나의 서울 설계도」에 그려지고 있는 완벽하게 근대화된 모습은 우리의 현재
   이지만 김기림에겐 신세계와도 같은 꿈의 세계로 여겨졌다. 이 글은 근대화에
   대한 김기림의 강한 열망을 보여준다. 전집5, pp.405~6.
4) 수필 「하나 또는 두 世界」에서 김기림은 이러한 원망에 대해 표현하고 있다.
   "세계가 하나가 되었으면 좋을 것 같다. …… 이윽고 사람들은 火輪船을 만들
   었고 비행기를 날려서 이 거리의 난관을 이번에는 기계의 힘을 빌어 해결하
   였다. 이리하여 세계는 끊임없이 그 조각난 상태로부터 분할되지 않은 한 세
   계로 향해서 저도 모르게 말할 수 없는 굳센 힘으로 끌려가는 게 분명하
   다……", 『전집』5, p.251.
5) 기든스는 근대의 역동성이 시간과 공간을 분리시키고 그것을 재구성하며 사
   회체계의 자소 귀속성을 탈피시켜 준다고 말하고 있다.(A.Giddens, 『포스트모더

닌 의미의 일각을 살펴볼 수 있을 것이다.

김기림은 과학이 모든 진보의 원천이자, 그 추상적 성격으로 인해 모든 국가나 민족에게 평등하게 접근될 수 있고 그것을 더 많이 소유한 자로 하여금 더 큰 힘을 행사하도록 할 것임을 확신했던 것이다. 실제로 과학이 그러하다면 식민지인이 나아갈 수 있는 방향은 명백해진다. 그것은 과학에 관하여 '더 많은 것을 소유하는 것'이다. 과학 기술이 진보한 세계에서 민족이나 국가의 구속력이 약화될 것이라는 사실은 식민지인에게는 대단히 희망적인 것이었다.

1930년대 당시 식민지 조선에는 생산 위주의 경제적 기반은 없었지만 근대의 원리는 비교적 일관되고 철저하게, 우리가 상상하는 것보다 더욱 구체적이고 심도있게 현실화되고 있었던 것으로 보인다. 이는 그곳이 식민지일지라도 근대가 이미 그곳의 시공간을 변화시키고 있음을 말해주는 것이다. 아니 식민지 자체가 제국주의 잉여 자본의 투여와 이윤의 창출을 목적으로 획책된 근대적 현상이기 때문에 식민지는 곧 이식된 근대라 할 수 있다. 김기림의 담론을 이해할 때 이러한 사실을 지적하는 것은 매우 중요하다. 그의 모더니즘은 단순히 이미지즘이나 감각적 도시체험에서 그 본질을 찾을 수 있는 것이 아니라 시장과 화폐를 내세워 등장했던 근대의 원리에 조응하며 자생적이고도 의식적으로 형성된 것이기 때문이다.

김기림이 목소리를 높였던 과학예찬은 그 동기가 과학기술의 생산력 그 자체에 있다기보다 그것이 발생시킬 수 있는 시공간의 변화 양

니티』, (이윤희 역), 민영사, 1991, p.31) 그리고 장소 귀속으로부터 탈피시켜주는 근대의 두 가지 기제로 화폐와 확립된 전문가 체계를 들고 있다.(같은 책, p.36)

상에 놓여있는 것이다. 과학의 발달로 형성되는 동시적이고 탈지역화되는 현상, 민족의 경계가 무화되고 전세계가 하나의 지구촌이 되리라는 것은 그가 꿈꾸던 세계상이었다. 그가 민족 현실을 방기한 세계주의자의 면모로 부각되는 것도 이러한 사정에 기인한다. 물론 김기림이 꿈꾸던 세계가 도래하기 위해서는 많은 시간과 복잡한 계기가 선행되어야 하지만 김기림은 근대성이 가지고 있는 생산적이고도 파괴적인 힘을 보고 있었던 것이고, 그 힘이야말로 식민지 민족이 가져야 할 가장 궁극적인 목적이자 수단이라고 생각하였다.

　김기림의 담론은 근대의 도시 체험에서 촉발된 새로운 주체의 의식과 관련되지만 이 때 형성된 의식은 보편적인 근대인의 그것으로 추상화될 수 있는 것은 아니고 식민지 조선의 도시라고 하는 특수한 환경에 의해 굴절된 것이다. 가령 똑같이 근대를 부르짖더라도 식민지 근대인의 의식과 욕망은 제국주의에 살고 있는 근대인의 그것들과 동기와 방법론의 측면에서 차이가 날 것이다. 김기림은 흔히 생각되듯 서구와 도시라는 화려한 이미지에 피동적이고 즉자적으로 놓인 자아가 아니라 변화된 환경에 능동적으로 개입하여 자신의 독자적이고 필연적인 세계 인식과 정체성을 확립해가고자 했던 주체에 해당된다. 그는 외국의 근대 문물에 취하여 서구의 사조를 맹목적으로 수용했던 자가 아니고 근대라는 시·공간 속에서 자신을 포함한 공동체의 필요와 요구를 진지하게 고민한 자이다. 이는 식민지이든 제국주의이든 그 조건에 상관없이 근대가 야기한 변화된 시·공간을 받아들이되 식민지인으로서 가져야 할 근대적 의식과 정체성이 무엇인가를 모색하는 것이었다.

김기림은 제국주의의 자본이 침투한 식민지의 기형적 근대라는 환경 속에서 형해화된 자아를 추스리고 공동체의 정체성을 회복하고자 한다. 이 때 그가 구하고자 했던 민족의 정체성은 독립된 조국이나 과거의 전통이라는 비현실적인 조건 속에서 찾을 수 있는 것이 아니었다. 그것은 '지금 여기'에서 할 수 있는 최대치의 적극성과 방법론에 의해 확보될 수 있는 것이었다.

김기림의 초기 담론에 자주 등장하는 역동성과 건강함의 의미소들, 즉 '전진'과 '진보', '운동', '원시주의(프리미티브한 힘)'[6], '명랑성'[7] 등은 모두 식민지인으로서의 김기림이 구하던 힘의 현현태에 해당한다. 김기림이 전대의 센티멘탈리즘에 대해 극도의 증오와 혐오를 느꼈던 것도 이러한 사실과 관련된다. 그것은 민족의 역사 발전에 하등 도움이 되지 않는 패배주의의 담론에 해당되었기 때문이다. 김기림은 그러한 감상적인 태도와 전근대적 요소를 질곡이라 보고 이를 철저하게 부정한다.

그가 '모더니즘'의 시작을 '센티멘탈 로맨티시즘'과 '편내용주의'에 대한 이중의 부정[8]에 위치시킨 것도 이와 관련된다. 이 두 개의 부정이 만나는 자리에 본질적으로 '지성주의'가 놓여 있다. 이때 '지성'은 두가지 측면에서 의미를 지닌다. 첫째 그 자체로 감상성에 대한 경계가 된다는 점과, 둘째 시 창작에서의 도구가 된다는 점이 그것이다.

---

6) 원시성과 관련하여 김기림은 "원시적인 조야한 야만한 부르짖음이 어디선지 울려와서 그 권태로 찬 분위기를 깨뜨려 주지 않고 우리가 어떻게 견딜 수 있으랴. 그러나 그것은 전연 낡은 문화의 抹消라든지 야만에의 복귀로 생각해서는 아니된다. 문화의 영역에 있어서의 새 출발 때문에 필요한 아마도 힘의 회복을 위하여서일 것이다."라고 말하고 있다. 「현대시의 표정」, 전집2, p.88.

7) 같은 글, p.87.

8) 「모더니즘의 역사적 위치」, 『전집2』, p.55.

이에 따라 김기림은 일차적으로 감정을 배제시키는 데 주력하고 그 다음은 자체의 규범에 합당한 시를 창작한다. 시는 더 이상 내부로부터 우러나는 충동에 의해 창조되는 것이 아니고 시인의 의식적이고 합목적적인 의지에 의해 구성되고 '제작되는 것'[9]이다. 이러한 태도는 김기림의 기술주의[10]와 무관하지 않다. 그가 시의 혁명을 '시대정신의 변화와 함께 움직이는 양식의 변화'라 한 데서도 알 수 있듯이 그는 진보된 과학의 시대에서는 그에 합당하게 시 역시 진보해야 한다는 입장을 지지한다. 지성은 이것을 위해 소용되는 것이다.

그러면 그가 상정한 '시의 규범', '제작 원리', '진보된 양식'은 무엇인가? 이들 의미소들은 모두가 시의 자율성과 관련되는 것으로 '어떻게' 창작할 것인가의 질문[11]을 내포하고 있는데 이과 관련해서 김기림은 다음과 같이 말한다.

시는 시인의 주관이 부단히 객관에로 작용할 때, 그래서 그것이 이

---

9) "시인은 시를 제작하는 것을 의식하지 않으면 아니된다. 시인은 한 개의 목적=가치의 창조로 향하여 활동하는 것이다. 그래서 의식적으로 의도된 가치가 시로써 나타나야 할 것이다. 사람들은 흔히 그것을 主知的 태도라고 불러왔다" 「시의 방법」, 『전집2』, p.79.

10) 김기림은 시 역시 기술을 문제로 한다고 전제하고 그의 창작을 소위 기술의 방법으로 간주하였는데, 이러한 태도가 '보들레르'에 연원을 둔다고 말하고 있다.("시가 한 개의 기술로서 문제된 것은 '보들레르'가 자신을 연금사라고 부른 때부터 시작한 것 같다." 「시와 인식」, 전집2, p.72) 일시적인 것과 영원한 것의 결합으로서의 모더니즘을 추구했던 보들레르에게 도시적 소재 및 유행이 일시적인 것에 속한다면 영원한 것은 '제작성'에 있었다.

11) 시가 '무엇'이나 '왜'보다 '어떻게'의 문제를 더욱 본질로 삼는다는 관점은 김기림에게 초기부터 일관되게 작용한다. 그는 「시학의 방법」에서 "새로운 시학은 어떤 모양으로 물어야 할까. 그것은 '무엇' 또는 '왜'와 같은 방식의 물음은 일체 버려야 할 것이다. 그것은 다만 시는 '어떻게' 있는가 하는 물음에서 시작해서 거기서 끝나야 할 것이다"라고 적고 있다. 전집2, p.14.

러한 상호작용에 의하여 旋律할 때 거기 발생하는 생명의 반응이다. 이 말은 결코 시에 있어서 객관성만을 고조함이 시의 가치의 수준을 높이는 일이라 함을 1'퍼센트'도 의미하지 않는다. 주관의 소리만이 시일 수 없는 것과 마찬가지로 객관적 사실의 나열만이 시도 아니다.

현실이라 함은 주관까지를 포함한 객관의 어떠한 공간적, 시간적 일점을 의미한다. 바꾸어 말하면 그것은 역사적, 사회적인 一焦點이며 교차점이다. 현실은 시간적으로 부단히 어떠한 일점에서 다른 일점에로 동요하고 있다.

이렇게 부단히 추이하고 있는 현실을 여실히 포착할 수 있는 주관은 역시 움직이고 있는 주관이 아니면 아니된다. 그러므로 끊임없이 움직이는 시의 정신을 제외한 시의 기술문제란 단독으로 세울 수 없는 일이다.12)

여기에서 김기림은 먼저 초현실주의자를 경계하여 주관을 객관화시킬 것을 말하지만 무엇보다 초점이 놓이는 곳은 '현실'이다. 그것은 역사적, 사회적인 공간이고 주관과 객관이 만나는 지점이기 때문이다. 현실은 시대가 변화하는 장소이며 주체들로 하여금 시선을 집중시키는 공간이다. 현실에 주목함으로써 개개인들은 비로소 자아를 형성하고 주체로 성립될 수 있다. 김기림에게 이러한 '현실'은 시의 기술을 계발시키는 데 없어서는 안될 전제에 해당한다.

그렇다면 그의 '현실'은 '편내용주의자'와 어떻게 차별성을 지니는가? 그는 '독자'(獨者)의 '카메라 앵글'을 가지라 하는데13) 이것은 현실에 대한 사실주의적 태도를 부정하고 주관성을 강조하는 말이다. 이

---

12) 「시와 인식」, 『전집2』, p.76.
13) 「시의 방법」, 『전집2』, p.79.

때 주관성은 끊임없이 변화하는 현실에 대응하는 움직이는 주관이다. 그는 목적을 자기 자신에게 두라[14]고 한다. "시인의 시야를 채우며 또 그 의식에 떠오르는 수없는 현실의 단편을 그 자신의 목적에로 향하여 선택하여 새로운 의미 세계를 만드는 것"이 시라는 것이다. 그에게 현실은 사회주의자들에게처럼 공증된 것이 아니라 개개인의 시각에 의해 포착되는 주관적 현실이다. 시는 시인에 의해 표출되는 주관적 현실을 다루는 것이고 그 포착된 현실은 또한 시인에 의해 형식적 계기들로 표현된다. 김기림은 그 표현에 있어 통일된 구성의 형식을 취한다. 음이나 형 자체가 문제가 아니고 그 모든 것이 전체적으로 조직된 구조물이어야 한다는 것이다.[15]

여기에서 김기림은 두 가지 문제를 제기하고 있는 것이다. 하나는 현실을 어떻게 포착할 것인가의 문제이고 다른 하나는 그것을 포함하여 하나의 통일된 구성체를 어떻게 만들어 낼 것인가의 문제이다. 우리는 이로써 현실이 인식의 대상이 되었다는 것과 그러한 인식된 내용에 이르기 위해 시적 주체는 지적인 방법을 취해 어떠한 형태로든 그 내용을 표현해야 한다고 하는 김기림의 주장과 만나게 된다. 그리고 이러한 과정에서 우리는 '형식'이 김기림 담론에서 핵심적 부분 가운데 하나라는 사실을 알게 된다. '형식'[16]이 문제가 되는 지점이 여

---

14) 「시와 인식」, 『전집2』, p.75.
15) 위의 글, p.73.
16) 김기림은 시의 '형식'의 용어를 '기교', '건축학적 설계', '방법과 체계', '기술', '양식' 등의 용어로 확장해서 사용하고 있지만 이 모든 용어를 관통하는 개념은 '어떻게'라는 문제이다. 이들은 모두 각각 다른 범주에서 사용되는 용어들이지만 인식되는 내용으로서의 대상과 그것의 표현 방식이라는 양측면이 결합되어 하나의 형태로 구현된다는 점에서, 그리고 그 한가운데 인식하고

기이다. '형식'은 전대의 센티멘탈리즘이나 편내용주의자들이 갖추지 못한 요소로서 주관을 객관화시킬 수 있는 것이며 포착된 현실을 표현할 수 있는 계기이다. 김기림이 여기에서 강조하는 것은 '주관'의 영역을 가지라는 것과 그것을 표현할 수 있는 계기를 마련하라는 것이다. 주관에 의해 포착된 현실 및 주관적 정서는 그것의 외적 표현, 즉 형식을 매개로 객관화될 수 있다. 내용이 주관성의 범주에 놓이는 것이라면 그것을 객관화하기 위한 지적인 방법이 필요한 것이고 그것에 해당하는 것이 '형식'이다.

김기림의 창작론은 편내용주의자들이 객관성의 계기로서의 고정된 현실을 다루는 반면 그는 움직이는, 주관적 현실을 다룬다는 점과, 그들이 그것을 개념적으로 서술함에 비해 김기림은 주관성을 객관화시키기 위해 적절한 표현 형식을 고려한다는 점에서 차별성을 지닌다. 김기림이 편내용주의자의 작품을 가리켜 '자연 자체'[17]라고 한 이유도 여기에 있다. 그들은 객관성을 대상으로 하여 이를 있는 그대로 서술하기만 하기 때문에 여기에는 어떠한 지적인 노력도 필요하지 않다

구성하는 주체가 존재한다는 점에서 원리를 같이 한다. 인식론에서 '범주로서의 형식'을 말하고 있는 칸트의 경우 그것은 대상을 향한 주관적 인식 내용이자 대상에 근접하여 대상을 포착하였다는 점에서 객관적인 표현이 된다. 기호론적 차원에서 기의와 기표에 적용해보면 '형식'은 내용인 기의와 결합한 기표가 될 것이고 이 때의 기표는 표현 주체의 주관적인 의식에 따라 자의적으로 선택될 것이다. 따라서 '형식'은 그것을 고려하지 않을 때 배제되고 마는 주관적인 계기들을 강조해주는 역할을 한다. 다만 우리는 여기에서 '형식'과 '양식'의 긴장 관계에 대하여 살펴볼 필요가 있는데 이 둘은 동의어로도 쓰이지만 다른 한편 '형식'이 개별적이고 일회적인 것이라면 '양식'은 '형식'들을 내적으로 완결시키는 기본적인 원리와 체계, 혹은 방법론적인 태도를 포함하는 것, 나아가 하나의 유형으로 분류될 수 있는 것이라는 의미를 띤다는 점에서 구별될 수 있을 것이다.
17) 김기림은 리얼리즘을 가리켜 그것이 객관적 사실의 나열이라면 자연 자체라고 말하고 있다. 「시와 인식」, 『전집2』, p.76.

는 것이 김기림의 설명이다. 이러한 문학에서 형식은 고려될 필요가 없다.[18] 김기림은 이들과 달리 대상에 대한 주관성을 확보하고 이를 표현하기 위한 형식 탐구에 골몰하게 된다. 이미지즘을 포함한 그의 초기시는 이러한 노력에 대한 결과라 할 수 있다.

> 「레일」을 쫓아가는 汽車는 風景에 대하야도 파랑빛의 「로맨티시즘」에 대하야도 지극히 冷淡하도록 가르쳤나 보다. 그의 끝없는 旅愁를 감추기 위하야 그는 그 붉은 情熱의 가마 우에 검은 鋼鐵의 조끼를 입는다.
>
> — 「汽車」 부분

> 오—나의 戀人이여
> 너는 한 개의 「슈—크림」이다.
> 너는 한 잔의 「커피」다.
>
> 너는 어쩌면 地球에서 아지못하는 나라로
> 나를 끌고가는 무지개와 같은 김의 날개를 가지고 있느냐?
>
> 나의 어깨에서 하로 동안의 모—든 시끄러운 義務를
> 나려주는 짐푸는 人夫의 일을
> 너는 「칼리포—니아」의 어느 埠頭에서 배웠느냐?
>
> — 「'커피'盞을 들고」 전문

---

18) 소위 헤겔주의자들인 이들 프로 문학자들은 김기림의 지적대로 형식의 문제를 고려하지 않는다. 그들은 객관성의 문학을 지향하기 때문이다. 그러한 상태에서 표현을 고려하는 행위는 발생할 여지가 없다. 이러한 헤겔주의자들의 경향에 대해 지마는 표현층위가 미약한 내용층위 강화의 양식이라 말한다. P.V.Zima, 앞의 책, 1993, p.34.

김기림의 초기 시에는 하나의 고정된 사물에 대해 다양한 심상을 전하는 경우가 많다. 그러한 시들은 가령 대상 A에 대해 A= B, C, D……하는 식의 구조를 보인다. 이는 대상이 일으킨 주관적 정서를 객관화시키는 과정에서 발생하는 것으로 하나의 내용에 비해 표현이 강화된 양상을 나타낸다. 「기차」에서의 ‘冷淡함’, ‘旅愁’, ‘붉은 情熱의 가마’, ‘검은 鋼鐵의 조끼’ 등은 시인이 투사한 주관적 정서로서 이들은 모두 ‘기차’를 보고 인지된 주관적 내용을 전달하기 위한 다양한 표현들이다. 또한 ‘冷淡함’과 ‘旅愁’와의 정서상의 대조, ‘붉은 情熱의 가마’와 ‘검은 鋼鐵의 조끼’에서의 시각적인 대조와 구절의 대구는 표현의 기능을 상승시키는 효과를 가져온다. 이와 함께 ‘바다’의 상관물로 제시된 ‘파랑빛의 로맨티시즘’ 역시 표현의 계열을 더욱 부각시키는 데 기여한다.

기차에 대한 이 모든 표현은 궁극적으로 시적 자아의 주관적 내면을 향하고 있다. 말하자면 시인은 대상에 의해 형성된 주관적 인상을 다양한 표현의 계기들을 통해 형상화하고 있다. 이는 김기림이 초기 시론에서 밝힌 객체과 주체 사이의 관계가 시를 통해 잘 드러나고 있음을 보여주는 것이다. 직면한 대상을 포착하기 위한 주관성의 발견과 그 주관성을 객관화하기 위한 형식들의 지적인 발견은 그의 시론에 나타난 시적 방법론 그대로에 해당한다.

「‘커피’盞을 들고」에서는 이러한 시적 구조가 보다 분명하게 드러난다. 이 시에서의 시적 대상인 ‘너’는 ‘나의 戀人’, ‘슈—크림’, ‘커피’, ‘무지개’, ‘김의 날개’, ‘짐푸는 인부’, ‘칼리포—니아」(産) 등 무수한 상관물로 형상화되고 있는 것을 확인할 수 있다. 하나의 대상인 ’너‘라는 내용에 대한 표현층의 강조가 이들 시의 형상화 구조를 나타내고 있는데 이들 표현들은 모두 '너'에 대해 시적 자아가 갖게 된 주관적 인상을 객관화시키는 것들이다. 특히 이 시에서는 '오-나의 연인', '슈-크림', '커피', '칼리포-니아'를 통해서 드러나듯이 언어가 지닌 청각적 심상에 상당히 기대고 있음을 알 수 있다. 이들은 모두 유음화 현상을 일으키는 어휘들로서 시의 음악성을 구현해내고 있다. 이들은 '무지개'라든가 '김의 날개'에서의 시각적 심상과 어우러져 통일된 이미지를 드러내고 있는 바, 그것은 바로 '나른함'의 느낌이다. 이 '나른함'의 느낌은 '나의 어깨에서 하로 동안의 모-든 시끄러운 義務를/나려주는 짐푸는 人夫'와 동일한 기능을 '나'에게 해주는 '너'의 형상이다. 여기에서 다양한 표현으로 형상화되고 있는 '너'란 '커피'이다. 시인은 커피를 마시며 하루의 일과를 마치고 휴식을 취하고 있다. 그 휴식의 감각을 이처럼 시인은 다양한 상관물을 통해 제시하고 있는 것이다. 이 시는 시인의 주된 표현 매체가 되는 시각적 심상이 청각적 심상 및 근육적 심상과 함께 통일된 이미지를 형성하고 있다는 점에서 의미가 있다. 이는 시는 '음이나 형 각각의 요소가 아닌 그것들 전체의 구성'[19]이라 한 김기림의 시론과 닿아 있기 때문이다.

시인이 '커피'라는 대상을 앞에 두고 이처럼 풍부한 표현층위를 형성하는 이유는 무엇일까? 다시 말해 'A=B이다'라고 간단히 처리하지 않고 A=B,C,D…등 무수한 상관물을 제시하는 것, 나아가 B,C,D…들 사이의 완결된 통일성을 이루고자 하는 데에는 김기림이 의식했든 안 했든 어떤 특정 의도가 개재되어 있는 것이 아닐까 하는 가정을 불러

---

19) 앞의 글, p.73.

일으킨다. 우리는 여기에서 시적 화자가 B,C,D…를 강조할수록 시적 자아의 내면적 자리가 더욱 견고해지는 것을 느낄 수 있다. A가 A로 서 말해지는 것에서 그치지 않고 표현의 풍부한 계기들을 갖게 됨에 따라 대상 A 자체보다는 대상 A에 대해 인식 주체가 갖게 되는 인상들, 즉 주관의 영역이 확고해진다. 또한 B,C,D…의 풍부하고 통일된 구성은 이러한 주관적 영역의 형식적 표현들이 되어 객관성을 획득하게 된다.

위의 시들은 모두 내용과 표현 간의 1: 多의 대응관계를 취함으로써 문학의 표현층위가 강조된 다의적 텍스트성을 반영하고 있다. 이 때의 표현은 하나의 내용을 전달하기 위해 고안된 다수의 매체들이다. 이 표현들에는 단순히 비유적 상관물만이 있는 것은 아니고 이미지나 음성 및 음향 등 다양한 요소들이 있다. 김기림은 다양한 표현을 구사함으로써 대상에 대한 주관적 정서를 객관화시킨다. 이때 객관화가 풍부하고 완결적이며 효과적으로 이루어질수록 주관성 역시 더욱 강조되는 것을 알 수 있다. 형식이 풍부하고 잘 이루어졌다면 주관적 정서도 풍요로와지고 주관적 인식도 분명해지기 때문이다. 여기에서 '형식'은 곧 주관이자 개인이라는 등식이 성립한다. 시인이 '형식'을 고려할수록 그것은 주관성의 표현이 되고 그것은 객관적 표현물의 축적으로 귀결된다. 이 외에도 「祈願」, 「憂鬱한 天使」, 「아츰 飛行機」 등이 위의 시들과 유사한 구조를 보이고 있다.

1. 나의 노래는 기름과 같은 東海의 푸른 물결이고 싶다 나의 노래로
   하여곰 당신의 상처에 엉크린 피를 씻기를 허락하옵소서, 님이여.

2. 나의 노래는 다람쥐같은 민첩한 손의 임자인 젊은 看護婦이고 싶
   다. 나로 하여곰 낮과 밤으로 그대의 병상 머리를 지키는 즐거운
   義務에 억매여 두옵소서, 님이여.

3. 나의 노래는 늙은 뱃사공――나루를 지키는 오래인 희망이고 싶다.

4. 바다가 노해서 끓는 날도 바람이 미쳐서 날뛰는 날도 나의 노래는
   바다를 건너는 그대의 뱃머리를 밝히는 꺼질 줄 모르는 등불이고
   싶다. 님이여

—「祈願」 전문

이 시는 앞의 「기차」와 「'커피'盞을 들고」와 동일한 구조인 A=B, C, D의 대응관계를 취하고 있다. '나의 노래'라는 시적 대상에 대해 '푸른 물결', '젊은 看護婦', '늙은 뱃사공', '등불'의 대응이 그것이다. 그런데 각 매체(vehicle)는 여기에서 그치지 않고 각기 다음 행의 서술들인 '당신의 상처에 엉크린 피를 씻기를', '그대의 병상 머리를 지키기를', '나루를 지키는', '그대의 뱃머리를 밝히는' 등으로 보완된다. 또한 각 연의 동일한 기능소로 작용하는 이들 매체는 '기름'이나 '다람쥐같이 민첩한 손', '희망', '꺼질줄 모르는' 등의 제유적 수식어의 도움으로 표현성을 확대한다.

여기에서 '나의 노래'는 나의 '마음'에 대한 객관적 상관물이다. 대상을 사랑하는 나의 마음은 부드러움과 헌신과 희망과 책임을 다하는 것이다. 시인은 이와 같은 마음의 성질을 객관화하기 위해 일련의 표현의 영역을 형성하고 있으며 마음의 각 성질의 내용들은 모두 제각각 표현을 얻고 있다.

그러나 이 시에서 무엇보다 독특한 것은 시 자체가 하나의 노래 구조를 취하고 있다는 점이다. 1→2→3→4의 전개가 그것인데, 1의 도입과 2의 전개, 3의 발전과 4의 종결의 구조는 곧 노래의 구조이다. 특히 3의 '늙은 뱃사공―'은 노래의 흐름 그대로를 형상화하고 있다. 이것은 이 시가 매우 구조화된 통일성을 보여주고 있음을 의미하며 "말의 음으로서의 가치, 시각적 영상, 의미의 가치, 또 이 여러가지 가치의 상호작용에 의한 전체적 효과를 의식하고 일종의 건축학적 설계"[20]를 보이는 김기림 시론의 한 구체화를 보여주는 것이라 할 수 있다.

다른 한편으로 이 시는 현실의 대상으로부터 주관이 환기되어 그 정서를 전달하기 위해 객관물을 구하는 과정을 보이는 앞의 두 시 「기차」나 「'커피'盞을 들고」와는 약간의 차이를 보인다. 앞의 시들에 비해 「祈願」은 외부 대상으로부터 주관이 촉발된 것이 아니고 선험적인 내면 자체가 객관화되는 양상을 보이고 있기 때문이다. 이 점은 김기림이 초현실주의자를 경계하는 대목을 상기시킨다. 초현실주의자라면 자신의 내면성을 객관화시키기보다는 주관을 주관성 그 자체로 표현할 것이기 때문이다. 김기림의 이러한 태도는 전대의 감상주의시를 가리켜 "지난날의 시는 '나'의 정신세계의 일부분이었다. 새로운 시는 '나'를 여과하여 구성된 세계의 일부분이다."[21]라고 한 부분과도 관련된다. 이 시를 통해 알 수 있듯이 김기림은 자신의 내면도 인식의 대상이 되어 표현의 계기를 통해 객관화되어야 하는 것으로 여기고 있다.

---

20) 「모더니즘의 역사적 위치」, 『전집2』, p.56.
21) 「시의 모더니티」, 『전집2』, p.83.

「꿈꾸는 眞珠여 바다로 가자」는 더욱 본격적으로 이러한 초기시의 방법론을 드러내주는 것에 해당된다. 시인은 자신의 순간적인 정서나 감각적 인상의 객관화에서 멈추지 않고 상상의 영역까지도 객관화하고 있다.

'마네킹'의 목에 걸려서 까물치는
眞珠목도리의 새파란 눈동자는
南洋의 물결에 저저있고나.
바다의 안개에 흐려있는 파―란 鄕愁를 감추기 위하야 너는 일부러
벙어리를 꾸미는 줄 나는 안다나.

너의 말없는 눈동자 속에서는
熱帶의 太陽 아래 과일은 붉을게다.
키다리 椰子樹는
하눌의 구름을 붙잡을려고
네 활개를 저으며 춤을 추겠지.

바다에는 달이 빠저 피를 흘려서
미처서 날뛰며 몸부림치는 물결 우에
오늘도 네가 듣고싶어하는 獨木舟의 노젔는 소리는
삐―걱 빼―걱
유랑할게다.

永遠의 成長을 숨쉬는 海草의 자지빛 山林 속에서
너에게 키쓰하던 상어(?)의 딸들이 그립다지.
歎息하는 벙어리의 눈동자여
너와 나 바다로 아니가려니?
녹쓰른 두 마음을 잠그려가자

土人의 女子의 진흙빛 손가락에서
모래와 함께 새여버린
너의 幸福의 조약돌들을 집으러 가자.
바다의 人魚와 같이 나는
푸른 하눌이 마시고싶다.
'페이브먼트'를 따리는 수없는 구두소리.
眞珠와 나의 귀는 우리들의 꿈의 陸地에 부대치는
물결의 속삭임에 기우려진다.

오— 어린 바다여. 나는 네게로 날어가는 날개를 기르고 있다.

　　　　　　　　　　　　　　— 「꿈꾸는 眞珠여 바다로 가자」 전문

　시인이 '眞珠목도리'로부터 얻은 이미지는 '바다'이다. '바다'는 김기림의 시 전체에서 원형적 상징을 나타내는 것으로서 초기 담론에서는 희망과 진보의 심상으로 후기 담론에서는 파괴와 불안 혹은 불확실성의 심상으로 나타난다.[22] '바다'가 양면적 속성으로 그려지는 이유는 그것이 지닌 무정형성 때문이다. 바다는 물이라는 질료적 성격으로 인해 인류를 영원히 유혹하지만 고형이 아니기 때문에 언제나 그들을 위기에 빠뜨리기도 한다. 물은 생명을 잉태시키기도 하지만 그것을 단숨에 집어삼키기도 하는 것이다. 이러한 바다의 불확실성을 극복하기 위해서는 그것에 도전하여 과감히 헤쳐 나가는 수밖에 없다. 서양의 근대 문학에 바다가 주된 소재로 등장하는 것도 서양 자신이 항로를 통해 식민지를 개척해왔기 때문이다. 바다에서의 모험과

---

22) 오세영은 '바다'는 모든 생명체의 발원지요 고향이라는 점에서 인간의 향수의 대상이며, 서양문학에서 그것은 인간에게 공포와 야심을 안겨주는 시련의 장으로 그려진다고 한다.
　　오세영, 『20세기 한국시의 표정』, 2002, 새미, p.308.

투쟁은 그들에게 근대화의 상징이고 진보의 역사였던 것이다. '바다'의 심상은 김기림의 미묘한 내면 변화를 보여준다는 점에서 중요하다고 할 수 있다.

먼저 김기림의 초기 시에서 바다는 희망과 동경의 대상으로 그려진다.23) 바다는 태양이 떠오르는 근거지이고(「太陽의 風俗」), 낭만의 공간이며(「汽車」), 희망을 준비하는 곳이다(「먼 들에서는」).24) 위의 시 역시 바다에 대한 낭만적 이미지로 가득차 있다. 사실상 시인이 접하는 사물은 진주목걸이지만 그것은 시인을 바다로 이어주는 계기에 불과하다. 목걸이의 '진주'는 마네킹의 '파란 눈동자'와 결합하여 시인을 '진주'의 산지인 파란 '바다'로 이끈다. 여기서 시인의 아련하고 무한한 몽상이 시작되는데, 시에서 이것은 출렁거림의 이미지를 통해 전개된다. '물결', '흐린 안개', '熱帶의 太陽', '키다리 椰子樹', '하늘의 구름', '춤', '피 흘림', '몸부림치는 물결', '獨木舟의 노젔는 소리/ 삐-걱 빼-걱', '유랑', '숨쉬는 해초' 등이 그것이다. 이들은 바다에 대한 시인의 심상과 상상을 표현해주는 기능소들에 해당한다. 여기에

---

23) 김기림은 함경북도 鶴城군 鶴中면 臨溟이라는 작은 마을에서 태어났는데 마을 이름 가운데 溟자는 바다를 뜻한다. 그러니까 바닷가 마을이라는 뜻으로 臨溟이라는 지명이 붙은 셈이다 (김용직, 『김기림』, 건국대출판부, 1997, p.16). 김기림에게 바다이미지가 친근한 이유 가운데 하나는 그가 유년시절을 바다를 벗삼아 보냈다는 점에서 찾을 수 있을 것이다.

24) 초기시에서 바다는 주로 희망의 이미지로 그려지고 있다. 「旗빨」에서의 "地中海에서 印度洋에서 太平洋에서/ 모-든 바다에서 陸地에서/ 펄 펄 펄/ 기빨은 바로 航海의 一秒前을 보인다// 旗빨 속에서는/ 來日의 얼굴이 웃는다./ 來日의 웃음 속에서는/ 海草의 옷을 입은 나의 '希望'이 잔다.", 「바다의 아츰」에서의 "작은 魚族의 무리들은 (중략)/ 그러면 그의 배는 이윽고 햇볕을 둘러쓰고 물새와 같이 두놀을 펴고서 바다의 비단폭을 쪼개며 돌아오겠지요.", 「출발」에서의 "太平洋橫斷의 汽船 '엠프레스·어브·에이샤'號가/ 금방 커다란 希望과 같은 旗빨을 흔들며 埠頭를 떠났다."등 여러 부분에 나타나 있다.

서 음성적 어휘 역시 적절히 사용되어 시각적 이미지와 청각적 이미지는 조화롭게 균형을 이루고 있다. 각각의 기능소들은 정확하게 각 행에 배치되는데 이러한 구성은 시인의 심상에 통일성을 부여하는 역할을 한다. 부드럽고 낭만적인 바다의 이미지는 "'페이브멘트'를 따리는 수없는 구두소리"와 같은 현실의 견고한 이미지와 충돌하여 화자의 지향성의 강도를 증폭시킨다. 한편 이 사이에 바다의 무정형성과 현실의 고형성의 중간적 이미지인 '조약돌'이 행복의 상징으로 놓여 결실을 맺고 있다.

　이 시에서 표현하고자 하는 내용은 시인의 행복에 대한 꿈이지만 이것을 표현하기 위해서는 수많은 이미지들이 사용되고 있음을 알 수 있다. 그러한 다양한 표현들은 규칙적으로 제시될 뿐만 아니라 대립되는 이미지와 충돌하기도 함으로써 더 큰 강도의 표현 효과를 생성한다. 시인이 설정한 이러한 구도는 물론 시적 효과의 극대화를 염두에 둔 것이다. 또한 효율적인 시적 효과는 시인이 언제나 궁극적으로 지향한 바에 해당한다. 이를 위해 시인은 한 편의 시 속에서 자체 완결성을 갖춘 구조를 만들어내는 데 고심한다. 시인이 '지적'이라고 하는 것은 이러한 태도에도 그 일면을 드러낸다. 그는 내면의 정서를 그 자체로 드러내지 않고 외부의 심상을 매개25)로 제시하려 하였던 것이

---

25) 이는 엘리어트가 말한 객관적 상관물을 의미하는 것이다. 객관적 상관물은 주관적 내용을 보편화시키는 기제라 할 수 있다. 시적 표현으로 객관적 상관물을 구하는 일에는 지성의 작용이 개입한다. 이 보편성의 범주, 즉 객관성의 범주는 화폐와 지성이 공유하는 부분이기도 하다. 그렇다면 주관이 객관적 상관물로 추상화되는 시적 방법론은 화폐 원리가 전일화한 근대에 직접 조응하는 양식이라 할 수 있을 것이다. 김기림은 초기시에서 지속적으로 이러한 창작 방법론을 사용한다. 그리고 그 근저에는 대상에 대한 주관적 인식 가능성이라는 인식론적 기반이 놓여 있다. 객관적 상관물이라는 보편적 매개를 시적 원리로 받아들이는 것과 근대문명에 대해 긍정하는 것이 나란히 진행된

고 이것이 완결되고 통일적인 구조물로 설계될 때 수용자의 반응도 기대할 수 있을 만큼 효과적인 객관화가 이루어진다고 여겼다.

지금까지 살펴본 주관적 정서나 감각, 상상의 영역을 객관화하는 것과 함께 초기시의 유형으로 빼놓을 수 없는 부분을 차지하는 것이 소위 '寫像波'의 시이다. 김기림을 이미지스트로 부각시켜준 이러한 시적 유형은 사물을 눈에 보이는 그 자체로 그림을 그리듯이 표현하는 것이다. 「봄은 電報도 안치고」를 포함하여 이러한 시적 유형에 속하는 것은 다수가 존재한다.

   1. 아득한 黃昏의 찬 안개를 마시며
     긴―말 없는 山허리를 기여오는
     車소리
     우루루루
     오늘도 鐵橋는 운다. 무엇을 우누.

   2. 글세 봄은 언제 온다는 電報도 없이 저 車를 타고 도적과 같이
     왔구려
     어머니와 같은 부드러운 목소리로
     골짝에서 코고는 시내물들을 불러 일으키면서……
     해는 지금 붉은 얼굴을 벙글거리며
     살아지는 엷은 눈 우에 이별의 키쓰를 뿌리노라고
     바쁘게 돌아댕기오.

다는 점은 주목을 요한다. 이는 대상성이나 객관화를 부정하는 다다나 초현실주의자가 근대문명에 대한 반담론으로 기능하는 것이나 지마가 제시한 양가성이 화폐의 추상화 원리에 대한 비판을 의미한다는 사실과 대립되는 지점에 놓이는 것이기 때문이다.

3. 「포플라」들은 파-란 연기를 뿜으면서
   빨래와 같은 하-얀 午後의 방천에 느러서서
   실업쟁이처럼 담배를 피우오.

—「봄은 電報도 안치고」부분

이 시는 시적 화자가 눈 앞에 전개되는 시골의 풍경을 묘사하는 장면이다. 1연은 '달리는 車'를, 2연은 '봄이 온 시골 풍경'을, 3연은 '포플라'의 모습을 그리고 있다. 이 시의 특징은 풍경을 그림을 그리듯이 사실적으로 형상화하고 있다는 점에 있다. 그리고 시에 등장하는 모든 사물들이 의인화되고 있다는 공통점을 지닌다. 가령, 山허리: 긴-말 없는, 車소리: 안개를 마시며, 鐵橋: 운다, 봄: 電報도 없이 도적과 같이 오다, 어머니와 같은 부드러운 목소리, 시냇물: 코고는, 해: 붉은 얼굴을 벙글거리며, 이별의 키쓰를 뿌리노라고 바쁘게 돌아댕김, 포플라: 담배를 피우오의 대응구조가 그것이다. 이 때 하나의 사물은 하나의 표현을 얻고 있음을 알 수 있다. 내용: 표현의 1:1 대응구조인 것이다. 상대적으로 내용층위가 강화되고 있는 것인데, 그렇다고 대상이 하나의 개념으로 환원되지는 않는다는 점에서 헤겔주의자들의 창작방법과는 다르다고 할 수 있다. 각각의 대상은 그것 자체로 존재하고 있기 때문이다. 이 시는 표현계열이 다수로 배열되지는 않는다 하더래도 각각은 강한 표현성을 띄고 있다. 이는 사물의 의인화가 규칙적으로 반복되는 데서 나타나는 효과이다. '긴-말없는'에서 시각적 대상을 청각적 이미지로 표현하는 부분이나 '우루루루' 의성어에 의한 청각적 심상의 제시, 특히 3연의 '빨래와 같은 하-얀 午後'에서처럼 추상적 개념 '午後'를 '하얀 빨래'로 구상화한 기법들은 참신성을 획득하면서 형상화의 효과를 배가시키고 있다.

여기에서 우리는 대상이 사실적으로 묘사되고 있지만 그것은 시인이 지각한 대로의 모습을 띤다는 점에 주목할 필요가 있다. 즉 대상은 시인의 시선이 보고자 하는 곳에서 시인의 감각이 포착하는 대로 그려진다. 그런 점에서 지각된 내용은 주관적인 범주에 놓인다. 시인은 사물에 대해 자신의 의식이 지각한 내용을 사실적 이미지로 표현한다. 시인은 그의 시각이 지각하는 각 대상이 일정한 거리에 놓여지도록 주의를 기울임으로써 그 대상들을 한 폭의 완결된 그림으로 형상화해낸다. 시가 한 편의 그림이 되도록 하기 위한 시인의 노력은 하나의 완결된 구조로서의 시를 이루기 위해 시의 각 요소를 구성한다고 하는 '제작으로서의 시'의 일단을 보여준다.[26]

시적 텍스트를 구성하기 위한 이러한 시인의 일련의 행위들, 즉 대상을 일정한 거리를 두고 인식하고 인식된 내용을 표현하며 이들 각 표현의 계기들을 완성된 구조물로 형상화하는 과정은 시인으로 하여금 자신의 주관에 따라 인식하고 표현하고 행동하는 근대적 주체로 정립될 수 있게 하는 실천적 노력들로 자리매김된다.[27] 여기에는 대

---

26) 칸트는 예술 작품의 형식―예컨대 그림의 도안이나 악곡 구성의 구조―은 인간의 합목적적인 활동의 결과라고 한다. 조지 딕키, 『미학 입문』, (오병남 외 역), 서광사, 1980, p.46.

27) 김기림은 인식과 관련하여 직접적으로 '형식'을 말하지는 않는다. 본고에서 인식의 주관성을 '형식'과 관련시킬 수 있었던 것은 김기림이 「시와 인식」에서 보여준 '리얼리즘'과 '슈르리얼리스트', '이미지스트' 사이의 계보에 근거한다. 김기림이 볼 때 '리얼리즘'은 주관이 부재하며 '슈르리얼리스트'는 '이미지스트보다 한걸음 더 나가서 주관 속에 耽溺'한다. 슈르리얼리스트가 '주관 속에 탐닉'한다 함은 대상을 객체화시키지 못한다는 것을 뜻한다. 이어진 글에서 김기림은 '인식 일반에 있어서의 주관과 객관의 문제'를 다루며 이들 사이의 상호작용을 강조한다. 그리고 '주관과 객관의 상호작용에 의한 반응이 곧 시'라고 말한다. 이러한 언급들은 김기림의 이미지즘을 인식론의 관점에서

상을 객관적으로 인식할 수 있으며 그러한 인식 내용을 그 자체의 구조에 따라 형식화할 수 있다는 근대적 자아의 자신감이 자리하고 있다.

초기의 시들을 통해 우리가 받을 수 있는 강한 인상이 있다면 김기림이 어쩌면 대단히 작위적으로 주관성의 영역을 확보하고 있다는 점일 것이다. 'A=B,C,D…'의 시적 유형이나 회화시라는 시적 유형이 이를 말해준다. 이는 주관이 곧 근대적 개인의 공간이고, 따라서 객체를 인식하고 이를 통해 '나'를 세울 수 있는 주체적 거점에 해당되기 때문인 것으로 보인다. 대상과 분리된 주관의 공간이 형성되어 대상을 객체화시키지 않는다면 자아 또한 스스로 주체가 될 수 없다. 이때 대상을 객체화시킨다는 것은 대상에 대한 인식의 내용과 형식을 구성함을 의미하는 바, 이들 일련의 행위가 느끼고 사유하고 행동하는 주체를 형성하는 계기가 된다. 김기림이 자신의 시적 담론

보게 하는 근거가 된다. 같은 글에서 김기림은 '시의 기술'을 말하고 있는데 이때 그가 제시하는 '시의 기술'은 한 편의 시를 완결시킬 수 있는 구성적 원리라는 의미를 띤다. '시의 기술'은 '수없는 현실의 단편을 그 자신의 목적에로 향하여 선택하여 새로운 의미 세계를 만드는 것'이며 '형이나 음을 목적의식에 맞게' 종합적으로 구성하는 것이다. '시의 기술'은 '건축학적 설계'(「모더니즘의 역사적 위치」)라든가 '제작상의 방법론'(「비평과 감상」)과 같은 의미로 쓰인다. 이어서 김기림은 '양식'에 대해 언급하는 바, '양식'은 시대와 함께 변화하며 어느 정도 일반화될 수 있는 것으로 간주된다. 그는 '양식'이 '한 시대의 시대정신 즉 그 시대의 「이데」가 그것에 가장 적응한 구상작용'이라고 말한다. 이러한 언급들을 보면 김기림에게 '형식'의 범주가 각기 다른 층위에서 고려되고 있음을 알 수 있다. 그러나 앞서 언급했듯 이들은 모두 '어떻게'의 문제, 즉 구성의 문제를 다루는 것이며 따라서 주체의 지적인 사유 태도를 요구하는 것이다. 한편 '기교'(「기교주의 비판」), '기술주의'(「사상과 기술」)는 김기림의 담론에서 다분히 부정적인 의미로 쓰인다. 김기림은 그것들을 '시의 기술'과 같은 층위에서 다루지만 용어를 달리함으로써 비판되어야 할 요소로 간주한다. 이에 대해서는 2장 3절에서 논할 것이다.

에서 만들어갔던 대상에 대한 인지와 표현의 제의미항들은 근대라는 시·공간에 조응하는 근대적 자아의 조건을 보여주는 것에 해당된다. 「봄은 電報도 안치고」에서처럼 외부의 사물이 시각적 인식의 대상으로 놓이는 경우는 김기림의 초기시의 가장 많은 부분을 차지한다고 할 수 있을 것이다. 여행을 하면서 접한 풍경을 다루는 시, 소위 여행시의 대부분이 이에 속하고 그 외「旗빨」,「噴水」,「바다의 아츰」,「제비의 家族」,「나의 掃除夫」 등 다수의 시도 역시 그러하다. 이들 시에서 사물은 외양에 따라 지각되고 시인은 그것을 최대한 사실화시키는 것에 주력하고 있다. 이러한 과정을 거치면서 김기림은 참신한 시각적 표현의 영역을 개척하고 있다. 가령 「제비의 家族」에서 "샛하얀 쪼끼를 입은 空中의 曲藝師인 제비의 家族들"이라든가 「분수」에서 "太陽의 무수한 손들이/ 漆黑의 비로─도 휘장을 분주하게 걷워간 뒤. 창머리에는 햇볕의 噴水에 목욕하는 (어린 마돈나)水仙花의 裸體像 하나.",「나의 掃除夫」에서의 "오늘도 초생달은/ 珊瑚로 판 나막신을 끌고서/ 구름의 층층게를 밟고 나려옵니다." 「들은 우리를 부르오」에서 "경박한 참새들은 푸른 「포푤라」의 지붕 밑에서 눈을 떠서 분주히 노래하오/ 바다의 붉은 가슴이 타는 해를 튀겨올리오/ 별들은 구름을 타고 날어가오.", 「비」의 "굳은 어둠의 장벽을 시름없이 '녹크'하는 비들의 가벼운 손과 손과 손과 손……/ 그는 「아스팔트」의 가슴속에 五色의 感情을 기르며 온다" 등이 그것이다. 특히 「日曜日 行進曲」은 시간의 흐름이라는 관념을 시각적으로 구체화하고 있다.

月
　火
　　水
　　　木
　　　　金
　　　　　土
하낫 둘
　하낫 둘
일요일로 나가는「엇둘」소리……

자연의 虐待에서
너를 놓아라
역사의 餘白……
영혼의 위생‘데이’……
일요일의 들로
바다로……

우리들의
유쾌한
하눌과 하로
일요일

　　　　　　　　일요일

　　　　　　　—「日曜日 行進曲」전문

　하루하루의 시간의 흐름을 시각적으로 구상화하고 있는 위의 시는 그 발상이 참신하다. 시간을 일정한 단위로 구획하여 인간의 노동량을 측정하기 위한 방편으로 사용했던 것은 시계의 발명 이후 근대에 들어와서부터이다. 일주일의 주기가 형성된 것도 이 즈음이다. 근대인들은 6일을 일하고 7일째 휴식을 취함으로써 또다시 노동을 시작하기 위한 충전의 시간으로 삼는다. 이는 인간의 휴식이 그 자체로 존중되지 못하고 노동을 위한 수단으로 여겨지는 것이라 할 수 있다. 이런 관점에서 게으른 자, 무위도식하는 자, 실업자 등 일하지 않는 자는 근대에 들어 악의 범주에서 다루어진다. 그러나 일주일 단위의 시간 구분은 작위적일 수밖에 없다. 인간으로서는 무위를 생명의 본질로 느끼기 때문이다. 따라서 인간 자신을 생산의 도구로 삼는 것은 자연의 본질을 훼손하는 것에 해당한다. 근대에 이르러 자연의 지배는 인간의 지배와 동시적으로 진행된 것이다.[28] 시인이 위에서 말한 '자연의 虐待'에는 인간 외부의 대상뿐만 아니라 인간 그 자체도 포함되어 있다.

휴일에 들로 산으로 찾아나서는 생활습관은 근대에 비로소 형성된 문화이고 그것은 오늘날까지 이어져 레저산업의 번성을 가져왔다. 인간의 자연에 대한 동경은 인간이 자연의 일부임을 반영하는 것이다. 근대 이전에는 인간이 자연과 분리되지 않았다. 동양의 자연관과 서양의 그것이 구별되는 것도 이 부분에서이다. 동양적 세계관에서 자연과 인간을 동일시하는 것은 그러한 사정을 잘 보여준다.[29] 전근대에서는 자연과 인간은 연속적이며 인간은 자연을 대상화하지 않는다.

---

28) 아도르노는 인간의 자연으로부터의 이탈은 사회적 진보와 분리해서 생각할 수 없다고 봄으로써 진보는 사회의 이름으로 행해진 자연에 대한 폭력이라 비판한다. 근대의 발전과정에서의 자연에 대한 지배를 아도르노는 도구적 이성의 횡포라 하면서 이를 『계몽의 변증법』의 주요 테마로 다루어 논하고 있다. T.W.Adorno, 앞의 책, 2002, p.16.

29) 동양화에 원근법이 나타나지 않는다거나 서양의학이 해부학을 탄생시켰던 사실은 근대적 세계관이 함의하고 있는 자연에 대한 대상화의 기원 혹은 자연 정복의 역사를 설명해준다.

따라서 근대는 전적으로 서구적인 것이며 또한 서구 내에서도 전근대와 근대는 본질적으로 구별되는 세계다. 근대에서의 사회 진보는 자연을 지배하면서 이룩해온 것이다. 근대의 메카니즘 속에서 노동하지 않는 '일요일'을 '역사의 여백'이라고 표현한 것은 이러한 사실을 말해준다. 노동하지 않는 것, 즉 인간과 자연을 사용하지 않는 것은 진보의 정지이고 김기림은 이를 '역사의 여백'이라 하고 있는 것이다. 이 점에서 '일요일'은 여타의 등질적 시간 중 다른 공간 속에 자리한다.

위의 시는 노동자로서의 김기림의 모습을 보여준다. 월요일부터 토요일까지의 시간의 흐름은 단지 시간의 양적 진척만을 의미하는 것이 아니고 그에 따라 질적 발전을 이루는 과정을 암시한다. 시간이 지나면서 매일매일은 조금씩 달라지는 것이다. 요일의 사선 배열을 통해 시인의 그러한 관점을 암시받을 수 있는데 이는 김기림이 근대의 진보에 대해 부정적이지 않다는 점을 나타낸다. 김기림이 볼 때 근대적 시간은 추상적으로 연속되는 것이 아니고 자체의 발전을 포함하여 점진적으로 전개되는 것이다. 때문에 '하낫 둘 하낫 둘'에서 묘사되는 힘찬 발걸음에서 알 수 있듯이 김기림은 '일요일'이라는 노동의 공백을 반기면서도 하루하루의 노동의 시간을 힘에 부치거나 지루하게 여기지 않는다.

이와 같은 시인의 관념은 시각화된 형태로 형식을 얻는다. 시인은 자기 내면의 개념을 보편적으로 이해될 수 있도록 객관화시키는 데 성공하고 있다.[30] 이 점에서 이 부분 역시 주관성의 객관화라는 시인

---

30) 리차즈는 시인의 경험이 독자에게 이용될 수 있는 것은 시인의 경험이 그 순간의 비상한 각성에 의해서 비상하게 체제화되어 있다는 사실 때문이라고 한

의 창작적 태도가 잘 드러나고 있다. 김기림은 자신의 관념을 표현 형태를 통해 형상화함으로써 관념을 관념으로 제시하는 프로시의 창작 경향과 차이를 드러낸다. 김기림은 프로시의 시작 태도에 대해 '객관성의 계기를 객관 그대로 표출한다'고 비난한다. 이는 관념은 객관에 대해 형성된 주관적 의식일 뿐 보편적인 것이 아닌데도 그들이 이를 주관적인 형식의 원리에 따라 형상화하지 않았음을 지적하는 것이다. 이처럼 그들이 표현을 고려하지 않은 결과 그들의 담론은 독자의 보편적인 수용을 이루어내지 못하며 따라서 스스로 그들의 본질적 목표인 '대중화'를 달성할 수 없다고 김기림은 말한다. '프로파간다'에 대한 언급은 김기림의 이러한 입장을 분명하게 보여준다.

> 시의 의미에 시인의 志向이 참여할 여지가 있다고 하면 그것은 '모랄'일 수 있고 그런 한도 안에서는 시의 '프로파간다'성은 성립된다. 물론 모든 시가 '프로파간다'라야 할 것도 아니고 전인격을 통하여 그 '모랄'이 작렬하고 또 그것이 시가 독자의 마음에 일으키는 구체적 전체적 직접적인 반응을 통해서 감수될 때에만 비로소 시로서의 효과를 발휘할 수 있다.
> 여기에 우리들이 경계해야 할 시에 대한 그릇된 태도가 있다. 즉 통일된 시적 효과를 고려하는 것이 아니라 시의 산문적 의미를 통해서 추리되는 실로 논리적으로 추리되는 시인의 지향만을 가지고 평가의 기준을 삼으려는 태도가 그것이다.[31]

다. 시인은 보통인으로서는 산출할 수 없는 경험의 결합을 필요에 응해 자유로이 이루어낼 수가 있다는 것이다. I.A.Richars, 『문예비평의 원리』, 문예출판사, 1977, p.244.
31) 「시의 르네상스」, 『전집2』, p.123.

김기림은 예술이 목적을 지니는 것을 부정하지 않는다. 인간이 특정한 가치를 지니고 그것에 따라 합목적적으로 실천하는 것은 근대인의 행동 양식이자 세계관이기 때문이다. 김기림은 이를 '모랄'이라 하여 긍정하고 있다. 프로 문학의 경우 문제는 그들이 가치로 여기는 것이 결국 주관적인 세계관임에도 불구하고 이를 망각함으로써 형식의 계기들을 놓친다는 데에 있다. 이에 따라 프로 문학은 독자로부터 외면당하고 만다. 즉 그들은 수용자를 고려하지 않는 것이다. 선전선동시는 무엇보다도 독자 대중의 참여를 유도하기 위해 존립하는 양식이라고 할 때 창작가는 선전선동의 양식이 지니는 자체의 성격과 목적을 고려하여 구성의 통일성을 꾀해야 하는 과제를 안게 된다. 그러나 프로 문학가들은 '시가 일으키는 효과와 그에 따른 수용자의 반응을 고려하여 형상화에 주력하기보다는 개념을 논리적으로 전달하는 데 치중함'으로써 선전선동시가 지니는 목적의 달성에 실패한다. 이는 주관적 관념을 보편화하기 위한 형식의 범주들을 계발하지 못한 데서 발생하는 결과이다. 이에 따라 프로 문학에서는 대중화 및 형상화 결여가 고질적인 문제로 여겨져 끊임없는 논쟁을 가져왔다. 내용―형식 논쟁, 대중화론, 일련의 리얼리즘 논의가 모두 그것이다. 여기에서 살펴볼 수 있는 김기림의 '형식' 및 수용자에 대한 관점은 이후 리차즈의 시론의 수용을 통해 구체화된다. 그는 시의 통일적 구조가 발휘하는 효과가 독자의 심리에 작용하여 반응을 나타낼 때 시의 목적이 발휘된다고 보았으며 그것이 시가 지니는 기능이라고 여겼다.[32]

그러나 김기림의 프로 문학에 대한 비판은 과거의 낭만주의자들에

---

32) 『시의 이해』, 『전집2』, p.199.

대한 그것만큼 신랄하지 않다. 이는 프로 문학 역시 근대성을 터전으로 하고 있다는 데서 비롯된다. 프로 문학자들과 김기림은 모두 근대라는 생산양식에 대한 이해를 공유한 상태에서 자신들의 세계관을 정립하고 있었던 것이다. 프로 문학자들이 자본주의의 극복을 주제로 여겼다면 김기림은 더욱 진전된 근대를 요구한다는 점에서 이들은 구별된다. 김기림이 개인주의적 세계관을 고수하는 이유도 여기에 있다. 반면 프로 문학가들은 집단주의적 세계관을 견지한다. 이들이 형식을 고려하지 않는 것은 세계관 자체에 그 요건이 내포되어 있는 것이다. '형식'은 본질적으로 '개인'을 근거로 하여 형성된 것이기 때문이다. 근대의 자본주의가 개인을 파편화시키고 세계에 대한 총체적 인식을 방해한 것을 극도로 혐오한 이들 프로 문학가들은 부르주아 개인의 범주에 속하는 '형식'을 무시하고 인식의 총체성을 구현하는 데 주력하게 된다.

김기림의 초기시에 대한 분석을 통해 우리는 '형식'이 주관성의 표지에 해당된다는 점을 살펴보았다. 김기림이 '형식'의 범주를 강조하는 것은 단순히 '기교주의자'들의 예술중심주의적인 발상에서 비롯되는 것이라기보다 하나의 근대의 제도적인 측면을 보여주는 것이라고 하는 편이 타당할 것이다. 근대 자본주의적 생산 양식이 가져온 개인의 발생과 그에 따른 상대적이고 주관주의적 세계관이 예술의 분야에 투영되었을 때 '형식'이라는 문제가 발생하기 때문이다.

김기림에게 '형식'은 일차적으로 인식의 문제와 함께 고려된다. 대상을 주관적으로 인식하고 그러한 인식된 내용을 표현함에 있어 '형식'이 요구된다. 여기에는 인식하는 주체와 함께 표현하는 주체, 나아가 구성하는 주체가 존재하게 된다. 이들 주체는 주체와 분리된 대상, 주체에 의해 인지되고 조작되는 객체를 전제로, 그들을 통해 형성된다는 점에서 근대적 주체가 발생하는 과정과 일치한다.

그런데 '형식'에 대한 논의에는 근대적 개인 및 주체의 정립 과정뿐 아니라 사회의 각 영역이 분화되고 자율화되는 과정이 내포되어 있다. 법이나 윤리, 과학 등과 미분화된 상태에서 예술 특유의 양식화가 무의미하다는 점에서 우리는 이 사실을 확인할 수 있다. 예술의 자율성 논리는 예술이 다른 영역과 대등하며 독립적인 분과로 자리잡게 되면서, 그리고 동시에 주관주의적 세계관이 확산되면서 형성된 것이다. 따라서 형식을 중심으로 한 예술의 자율성 논의는 근대 및 근대적 개인이라고 하는 근대적인 제도의 틀 내에서 이루어지는 것이다.

각 영역의 분업화에 대한 담론은 서양에서는 물론 20세기 초의 모더니즘 운동이 있기 훨씬 이전, 초기 계몽주의 시기 이후 근대화가 정착되는 단계에서 존재했던 것이다. 이에 비하면 우리로서는 매우 늦게 형성된 것이며 사조로서의 모더니즘과 착종되어 이루어지고 있음을 알 수 있다. 이는 서구의 이미지즘이 우리나라에 수용될 때 왜곡과 변형을 겪게 된 것과도 궤를 같이하는 것이다. 오세영의 지적대로 우리의 이미지즘은 '시인의 주관적 감정을 표출하거나 형상화하는 것'[33]에서부터 비롯된 경향이 강하다. 예술의 독자적 분화에 대한 담론은 물론 개화기 때부터 존재하였지만 그것이 자본주의 현실과 접맥되어 자생적이고도 광범위하게 논의된 것은 김기림에 와서 비로소 가능했다. 1930년대 접어들어 김기림이 문학의 '형식'을 주창하는 장면

---

33) 오세영, 『20세기 한국시 연구』, 새문사, 1989, p.145.

은 이 시기에 이르러 자본주의를 앞세운 일제의 식민지 정책이 어느
정도 뿌리를 내리기 시작한 점과 관련해서 이해할 수 있다. 이 시기
식민지의 시작과 더불어 이식된 제도들이 적어도 도시를 중심으로 한
삶의 양식으로 자리를 잡아가면서 근대의 제도적 양식들은 도시에서
살아가고 있던 사람들의 의식 및 관계까지도 규정하기에 이르렀다.
김기림이 제시한 '형식' 논의는 이 때 형성된 개인의 감각과 세계관에
의해 시도된 것이며 시장이라는 유통 구조를 기반으로 하여 형성된
것으로 문학 영역에서의 근대적 제도의 함의를 띠는 것이라 할 수 있
다.

여기에서 알 수 있듯이 김기림의 초기담론은 시적 기교로서의 이
미지즘에 한정된다기보다 그것을 포함하는 보다 광범위하고 본질적
인 차원의 논의를 다루고 있는 것이다. 이 때 만일 근대성의 본질을
산업주의로 본다면[34] 일제의 소비시장에 불과했던 조선에 대해 근대
성을 논하는 근거는 약해질 것이다.[35] 그러나 화폐의 원리를 중심으
로 하는 자본주의를 근대성의 본질로 본다면 상황은 달라진다. '화폐'
는 근대의 전반적인 생활 양식들, 대상과 자아의 분리 및 그를 통한

---

34) 기든스는 근대 제도가 지닌 자본주의와 산업주의, 국가 감시체계, 군사적 체
   계라는 다차원적 성격을 지닌다고 하면서 마르크스는 이 가운데서 자본주의
   만을, 뒤르켐은 산업주의를, 베버는 관료제의 형성 안에서 표현되는 합리성만
   을 근대성의 본질로 간주한다고 비판한다. A.Giddens, 앞의 책, 1991, p.26.
35) 김기림은 선전선동시를 두가지 점에서 비판한다. 하나는 그들이 그들의 '모
   랄'을 달성하기 위한 시적 효과를 고려하지 않았다는 점이고(예술의 자율성을
   도외시했다는 점) 또 하나는 그들이 추구하는 '모랄'이 우리들의 현실적 체험
   에서 우러나온 것도 아니라는 점이 그것인데 그는 이중에서도 후자를 더욱
   중요한 문제라 하고 있다.(「시와 르네상스」, 전집, p.123.) 김기림의 이러한 언
   급은 일면 근거를 지닌다. 마르크스는 자본주의를 근대성의 본질로 삼지만
   그가 꾀했던 프롤레타리아 혁명은 산업화가 이루어진 성숙한 근대라는 시점
   에 이루어지는 것으로 보았기 때문이다.

근대적 주체의 형성, 그리고 각 영역의 분업화와 자율화를 설명해주는 근거에 해당되기 때문이다. 실제로 1930년대 조선에는 자본주의적 화폐가 본질적인 원리로서 철저하고 일관되게 침투해가고 있었으며 따라서 이 시기의 모더니즘에 관한 담론은 이와 관련하여 이루어질 수 있을 것이다.

2. 합리적 자아의 형성

조선의 식민지화 즉 모더니티는 제도와 함께 제도에 의해 형성된다. 정복자 일제는 조선을 이윤을 창출하기 위한 좋은 조건으로 정비한다. 제도는 최적의 투자환경을 위한 사전 정지 작업이라 할 수 있다. 그들은 우선 철도 및 도로 등의 인프라를 구축하고 도시를 건설한 후 질서 유지를 위한, 나아가 식민지인의 주권 회복 운동을 저지하기 위한 강화된 법을 제도화한다. 그리고 그들의 상품을 조선인이 살 수 있도록 일본의 화폐를 만든다.

이 때 제도화된 화폐는 일본이라는 국가의 보증력을 배경으로 절대적인 힘을 발휘한다.36) 그것은 그 자체로 어떠한 질적 특성도 갖지 않지만 바로 그러한 추상성 때문에 다른 어떠한 것과도 교환될 수 있는 무소불위의 힘을 갖는다. 화폐를 소유한 자는 소유한 만큼 일본과 단일화된 경제 구역 내에서 그에 해당하는 자유를 누릴 수 있었다. 식

---

36) 현대사회에서 명목 화폐는 국가가 보증하는 그 액면가에 대한 법적 보장이 있는 경우에만 지불수단으로 통용될 수 있다. 화폐의 가치와 안정성은 국가에 의해 운영되는 발권 기관 및 규제 기관에 의존한다. N.Dodd, 『돈의 사회학』, 일신사, 2002, p.79.

민지 조선인에게 최소한의 인간으로서의 권리를 갖게 하는 것은 바로 '돈'이었다. 그것이 있는 자는 학교 제도에 편입되어 교육도 받고 의료제도의 시설도 이용할 수가 있었으며 도시의 어엿한 시민이 될 수 있었던 반면 농촌에서 뿌리뽑혀 도시로 몰려든 민중은 도시에서 철저히 소외된 채 도시 빈민으로 살아가야 했다.

화폐의 전일화한 양상은 문화의 지형도를 변경시켜 놓았다. 양반 중심의 봉건적 신분 질서는 더 이상 구속력을 갖지 않게 되었던 대신 상인들과 사업가들, 혹은 의사, 교육자같은 전문인이 지역의 유지가 되었다. 소위 도시의 소부르주아 계급이 형성되고 있었던 것이다. 돈도 지식도 갖지 못한 민중들은 자신의 '몸'을 팔아 생계를 유지해야 했다. 도시 건축에 소용되는 날품팔이와 좌판 상인, 인력거꾼, 창녀, 거지가 이들의 생존 양식이 되었다. 요컨대 화폐는 모든 것을 대상으로 상품의 체계를 형성하는 견인차 노릇을 했던 것이다.

이러한 환경 속에서 인간은 생존을 자신에게만 의지할 수 있다는 의식을 형성한다. 국가는 더 이상 과거 군주와 같은 '백성의 아버지' 가 아니라 이해관계자일 뿐이며 그러한 국가에서 살아가기 위해서는 인간은 자신의 생존 수단을 스스로 구해야 한다는 것을 깨닫는다. 또한 가장 합리적으로 행동할 때 최대한으로 자신을 지켜갈 수 있다는 감각을 갖게 되고 따라서 가장 가치있는 것은 자신을 보호하고 자기 개인의 욕구를 만족시켜 주는 것이 된다. 이것이 곧 근대를 살아가는 근대인의 생존방식이다. 말하자면 화폐 제도의 형성과 함께 근대적 개인 및 상대적이고 주관적인 세계관이 출현하게 되는 것이다.

김기림의 문학적 담론은 이와 같은 근대문화를 배경으로 하여 형성된다. 그는 근대가 인간을 하나의 개개인으로 분리시켜 놓는다는 것과 자신의 문학 행위의 근거도 그것에 놓여있음을 알게 된다. 개인은 자신이 갖고 있는 가치를 구하기 위해 소비행위를 하며 이러한 생활 패턴에서 문학 작품도 예외로 규정되지는 않는다는 사실을 인정한 것이다. 김기림의 인텔리겐차에 대한 인식은 근대적 생활 방식에 대한 통찰에서 비롯되는 것이다.

김기림의 초기시 가운데 종종 등장하는 '방'은 개인화에 따른 고립과 소외의 감각을 형상화하는 소재이다. 그것은 외부의 세계와 분리되어 개인을 지켜주면서 개인의 내면을 형성하는 공간이 된다. 이 곳에 놓일 때 시인은 세계와의 불연속성을 가장 강하게 느낀다. 「방」과 「첫사랑」, 「람푸」, 「어둠 속의 노래」 등에서 형상화되는 고독의 정서는 근대적 개인의 파편화된 양상을 잘 보여주는 작품들이다.

　　땅우에 남은 빛의 最後의 한줄기조차 삼켜버리려는 검은 意志에 타는 검은 慾望이여
　　나의 작은 房은 등불을 켜들고 그 속에서 술취한 輪船과같이 흔들리우고 있다.
　　유리창 넘어서 흘기는 어둠의 검은 눈짓에조차 소름치는 怯많은 房아

　　문틈을 새여흐르는 거리 우의 옅은 빛의 물결에 적시우며
　　흘러가는 발자국들의 鋪石을 따리는 작은 音響조차도 어둠은 기르려하지 않는다.
　　아름다운 푸른 그림자마저 빼앗긴
　　거리의 詩人 「포플라」의 졸아든 몸둥아리가 거리가 꾸부러진 곳에서 떨고 있다.

    '아담'과 '이브'들은

    "우리는 도시 어둠을 믿지않는다"고 입과 입으로 중얼거리며 층층
계를 나려간 뒤

    地下室에서는 떨리는 웃음소리 잔과 잔이 마조치는 참담한 소
리……

    높은 城壁 꼭댁이에서는

    꿈들을 내려보내는 것조차 잊어버린 별들이 絶望을 안고 졸고들 있
다.

    나는 불시에 나의 방의 작은 속삭임소리에 놀라서 귀를 송긋인다.

    —어서 밤이 새는 것을 보고싶다—

    —어서 새날이 오는 것을 보고싶다—

—「房」 전문

　김기림 시에서 '방'이 파편화된 개인의 고립감과 소외감을 형상화
해주는 가장 대표적인 소재[37]이듯이 이 시는 초기시의 주요 흐름인
명랑성과 낙관성의 감각으로부터 가장 멀리 떨어져 있는 것 중의 하
나이다. '방'에 유폐되어 외부와의 단절을 강하게 느끼는 시적 화자에
게 외부세계는 더 이상 진보나 희망으로 노래되지 않는다. 세계는 나
의 실존을 위협하는 철저한 타자이다. '나'는 '땅우에 남은 최후의 한
줄기 빛'인 반면 세계는 그것을 파괴하려는 불순한 세력('검은 의지,

---

37) 김기림 시에서 단자화된 개인의 고립감을 나타내주는 상징으로 '房'이 놓여
　　있음은 「람푸」에서도 알 수 있다. "밤과 함께 나의 침실의 천장으로부터/ 쇠
　　줄을 붙잡고 나려오는 람푸여/ 꿈이 우리를 마중올때까지/ 우리는 서로 말을
　　피해가며 이 孤獨의 잔을 마시고 또 마시자."(「람푸」)이 시에서 '방'은 '고독'
　　의 공간으로, '람푸'는 아슬아슬하면서도 유일한 희망의 상징이자 세계와 이
　　'방'을 연결해주는 매개로 형상화되고 있다.

검은 욕망’)이다. 어둠의 세력과 대립해 있는 가운데 ‘나’는 ‘작은 房’
이고 ‘술취한 듯 흔들리는 輪船’이며 ‘恍많고’, ‘아름답고 푸른 그림자
마저 빼앗겨’, ‘떨고 있는 졸아든 몸둥아리’이다.

　시적 화자의 자기분열감이 표현되어 있는 3연에서 시적 자아의 위
기감은 더욱 고조되어 있다. 원초적 자아의 상징인 ‘아담’과 ‘이브’는
“어둠을 믿지 않는다”고 하지만 그들 자체가 어둠이며 그들의 말 또
한 이성적 발화행위에 의한 것이 아니다. 따라서 그들은 ‘하강한다’.
‘地下室’은 인간의 무의식적 공간을 암시하는 것으로 그곳은 공포와
쾌락, 불안과 위기감으로 불안정하다.

　이러한 개인의 고립과 분열을 회복할 수 있는 유일한 희망은 ‘강한
빛’이다. ‘등불’이나 ‘별빛’이 아닌 ‘날의 밝음’, 곧 ‘태양’인 것인데,
그것은 시간이 흘러야 도래할 것이므로 시인에게 지금의 시간은 견뎌
야만 되는 고통스러운 것으로 인식된다. 이때 시인에겐 희망을 욕망
하는 자기 자신이 발견된다. 그리고 자신을 발견하는 그 시선은 시인
을 살아있게 하는 힘이자 글쓰기의 근거가 된다. 자신을 응시하는 시
선의 자아, 그 속에 욕망을 지닌 자신을 발견하는 자아는 그의 욕망을
외부에 투사시켜 그것을 충족시키려 할 것이다. 이같은 자아는 합리
적인 행위를 할 것이다. 욕망의 대상을 소유하기 위해서는 가장 효율
적인 방법이 고려되지 않으면 안되기 때문이다.

　이 시는 김기림의 가장 내밀한 내면 풍경을 보여준다는 점에서 의
미를 지니고 있다. 초기시에서 단순히 진보와 낙관을 좇고 있다는 김
기림에 대한 관점은 이 시를 통해 약간의 수정을 요하게 된다. 이를테
면 그는 근대문명의 화려함을 맹목적으로 좇던 댄디보이가 아니고 타

자가 그에게 안겨준 상처를 치유하기 위해 단지 누구보다도 치열하게 방법을 찾고자 했던 인물이었다. 그가 볼 때 그 방법이란 더욱 적극적으로 근대를 수용하는 일이고 그 핵심에 과학기술이 놓여 있었던 것이다. 그렇기 때문에 그의 초기시에서 '태양'의 이미지를 단순히 근대에 대한 낙관을 상징하는 것으로 보거나 혹은 그 속에서 감각적 도시 체험을 찾는 것으로 만족하면 시인의 본질을 놓칠 우려가 있다. 그의 근대에 대한 지향은 서구의 외양에 대한 경도 때문이 아니고 근대 자체가 본질로 안고 있는 원리와 원동력에 근거하고 있기 때문이다. 즉 김기림은 근대의 방법론을 통해 근대의 합리적인 자아와 또한 합리적인 근대성을 조선에 심고 싶어했던 것이다.

이러한 사실은 그가 근대의 이면에 대해 맹목이 아니었으며 또 그가 '태양'이미지를 말하던 것이 힘에 대한 지향이라는 것을 확인할 때, 그리고 그가 추구하는 근대성의 본질이 정확히 무엇인가를 탐구해갈 때 해명될 수 있을 것이다. 이점에서 볼 때 위의 시 「방」과 더불어 「어둠 속의 노래」는 김기림 사유를 이해하는데 하나의 지표가 될 것이다.

> 책상과 나와
> 「칼렌다─」의 막장과
> 燈불과……
>
> 灰色의 戰野에서는
> 내가 잊어버리고 온
> 수없는 戰死者와 負傷者의 무리가
> 하나씩 둘씩 무덤의 먼지를 떨치며 일어난다

어줄없이 바짝마른 이리 한 마리(그 이름은 生活)
오늘도 내 발굼치에서 떠러지지 않는다.

어둠의 洪水――꿈틀거리는 검은 물바퀴의 얼굴에 떴다 꺼졌다 떠
오르는
춤추는 한팔……
파―란 부르짖음……
찢어진 心臟……

엑……
이런
독수리가 파먹다 남은
生活은
下水道에나 집어던저라.

열두時 넘어서
별과 燈불을 띠우고
防川아래
꿈을 알른 下水道에……
無限히 띠끌을 生産하는 이 都市의 모―든 排泄物을 運搬하도록
명령받은 忠實한 검은 奴隸.

똥……
먼지
타고 남은 石炭재
棄兒 때때로 死兒
찢어진 遺書쪼각

警察醫가 '오-토바이'에서 나렸다.
거리의 거지가 鐘閣에 기댄채 꼿꼿해버렸다.
敎堂에서는 牧師님이
最後의 祈禱 끝에 '아-멘'을 불렀다.
다음날 아침 朝刊에는 그 전날밤의 추위는 十六年來의 일이라고 거
짓말했다.
來日은 紳士와 淑女들은
安心하고 네거리로 나올게다.

劇場에서는
學生과 會社員들이 사이좋게
같은 盞에서 炭酸'가쓰'를 비았었다 드리켠다……
芝罘種의 무와 같은 '스크린'의 '아메리카'女子의 다리에 食慾을 삼
킨다.

어둠의 洪水
거리의 구비치는 어둠의 흘음
太陽이 어대 갔느냐?
어대 갔느냐?
내 가슴은 太陽이 안고싶다.

— 「어둠 속의 노래」 전문

위의 시에서 시적 화자는 의식의 흐름 한가운데 놓여 있다. 그는
스스로를 어둠 속에 유폐된 하나의 파편조각으로 느낀다. '나'의 영역
이란 하나의 '책상'과 희미한 '燈불'이 부여한 협소하고 미미한 곳에
불과하다. 화자는 자신의 존재를 '한 장의 칼렌다'로 느낀다. 그러한
화자에게 '生活'은 '바짝마른 이리 한 마리'이다. 이는 무언가를 무섭
도록 갈망하지만 그 욕구를 채우지는 못하는 고독한 개별자를 상징하

는 것으로 곧 화자 자신의 자화상이기도 하다. 화자뿐 아니라 도시의 생활자들은 모두 피폐하고 상처입은 전사자(戰死者), 부상자(負傷者)의 계열에 놓인다. 그리고 그들 상처입은 개개인들은 모두 자기 자신에게만 속한 작은 방인 '무덤'을 가지고 있다. '무덤'은 개인들 각자의 방이고 이 속에서는 그 누구도 다른 누구와 함께 있지 못한다. '무덤'은 철저히 고립된 개인들을 의미하는 것이다. 이렇게 서로 같은 형편임에도 불구하고 그러나 '나'는 그들을 '잊고' 지낸다.

'내'가 그들과 공유하는 것이 있다면 그것은 '어둠'이다. '어둠'은 홍수처럼 범람하여 '나'뿐만 아니라 모든 개인들을 휩쓸기 때문이다. 곧 어둠은 외부 세계에 대한 부정적 이미지이다. '춤추는 한팔, 파란 부르짖음, 찢어진 심장'과 같은 초현실주의적인 심상들은 타자에 의해 손상된 자아의 실존을 반영한다. 개인이라는 늪에 빠진 상실한 자아는 의식의 분열상을 체험하는 것이다.

김기림 초기시 가운데 이 시에서처럼 초현실주의적 이미지가 강하게 전개되는 경우는 별로 없다. 그의 시는 대부분 지적으로 절제되고 통일적인 구성을 취하기 때문이다. 한편 이 시에서 김기림다운 것은 자신의 내면을 응시하는 또다른 시선을 가지고 있다는 점이다. 그것은 "엑……/ 이런/ 독수리가 파먹다 남은/ 生活은/下水道에나 집어던져라."라는 구절에서 나타난다. 이는 분열된 의식의 자아를 외부에서 바라보는 또다른 자아의 목소리이다. 이 외부의 '볼 수 있는' 자아는 유폐되고 고독한 자아를 외부세계로 방향지우는 건강한 자아에 해당한다. 건강한 자아는 부조리에 훼손된 생활을 '독수리가 파먹다 남은 것'이라고 지적하며 이러한 부정적인 요소들을 애써 '버리라'고 한다.

여기에서 말하는 '독수리'란 무엇을 가리키는가? 그것은 건강한 자아가 보기에 약한 자아들을 분열시키고 파괴하는 절대화된 타자이다.

이러한 인식은 시인 자신이 근대문명을 지향한다 해서 근대의 부정적인 부분에 맹목이지 않음을 보여주고 있는 것이다. 시에서 묘사되는 도시는 더 이상 화려한 이국의 이미지가 아니다. 도시는 '무한히 띠끌을 생산하'며 끊임없이 '排泄物'을 토해내는 곳이다. 도시 곳곳을 누비는 '下水道'에는 '똥, 먼지, 석탄재, 棄兒, 死兒, 찢어진 遺書쪼각' 등 헤일 수 없이 숱한 더러운 것과 고귀한 것이 뒤섞여 흐른다. 그것은 도시의 밤의 모습이고 밝음의 이면이다. 거지는 경찰을 두려워하고 神은 우리를 구원하지 못하며 신문은 허위보도를 일삼는다. 도시의 '紳士, 淑女'들은 아무일도 없다는 듯이 도시를 산보할 것이며 헐리우드 영화가 상영되는 극장에는 시민들로 넘쳐나고 모두 똑같은 '탄산음료'를 마실 것이다.

도시의 허위와 부조리는 시인에 의해 낱낱히 고해진다. 여기서 시인은 몽타주 기법을 사용하는데 이것은 파편화된 장면들을 동시적으로 터뜨리는 충격 요법이므로 그 자체로 비판적인 기능을 갖는다. 시인이 '태양'을 외치는 곳도 바로 여기이다. 타자의 부정성이 자아를 압도할 때 자아가 의지할 수 있는 힘이 곧 '태양'이기 때문이다. 이때 '태양'을 지향하는 자아는 근대에 의해 파괴된 자아와 분리되는 건강한 자아이며 약한 자아를 바라보고 인식하는 초월적인 자아에 해당한다.

김기림의 초기 시는 대부분 의식적으로 구성된 건강한 자아에 의해 형성된다. 그것은 「방」에서 살펴보았듯이 욕구를 가진 자아를 바라보는 자아, 그의 욕구가 무엇인지를 인식하는 자아이기도 하다. 이들은 곧 합리성을 지향하는 자아이다. 합리적인 자아는 가치에 대한 상대적이지만 확고한 입장을 가지고 있으며 그러한 가치를 이루기 위해 합목적적으로 행동하는 자를 가리킨다. 그리고 이때의 가치는 자신의 욕구와 관련하여 형성된다. 김기림은 자신을 위협하는 부정적인 힘에 맞서 '자신을 지킬 것을 원한다'. 이제 그에게 필요한 것은 '자신을 지키기 위한 방법'을 찾는 일이다.

사실 근대의 도시 체험에서 비롯된 김기림의 초기 담론은 근대의 감각적 모습보다는 근대를 이끌어가는 힘에 주목하여 이루어진 것이다. 김기림은 이 중 과학기술, 지성, 합리성 등 근대의 핵심적 원리를 긍정하면서 담론을 구성한다. 즉 그는 근대라는 주어진, 그리고 피할 수 없는 제도적 장치를 내면화하고 그 제도적 장치에 의탁하여 근대적 제도를 닮은 주체로 탄생하는 바, 여기에서 그 중심에 놓이는 것이 합리적 지성이다. 결국 김기림이 세우고자 하는 주체는 합리적 주체이다. 부르주아와 빈민, 제국주의자와 식민지인, 화려함과 황폐함, 밝음과 어둠이라는 양면성을 언제나 함께 몰고 다니는 근대가 역시 제도의 합리성과 모순 양자를 함께 이식시킨다고 할 때 김기림은 이 중 근대의 밝은 면, 합리적인 면을 의식적으로 자기화한다. 그것은 그가 근대의 화려함이라는 미망에 갇혀 있었기 때문이 아니라 그 길이 식민지인이 가능한 한 온전한 주체로 살아있을 수 있는 방법에 해당되었기 때문이다.38)

---

38) 후에 「기상도」에서 김기림은 그러한 삶을 선택한 자신을 악마적이었다고 술회한다. 김기림의 이러한 선택은 동시대의 모더니스트인 이상(李箱)과 정반대에 놓이는 것이라 할 수 있다. 이상은 기꺼이 빈민으로 살았고 철저하게 식민지인이고자 하였으며 밝음보다는 어둠을, 건강함보다는 황폐함을 내면화하

건강한 자아로 살아가는 힘을 나타내는 것이 초기시의 주된 상징
인 '태양'이다. 대부분 관념적인 원망형으로 제시되는 '태양'이미지는
김기림의 '건강함'에 대한 욕망을 형상화하고 있다.

> 太陽아
> 다만 한번이라도 좋다. 너를 부르기 위하야 나는 두루미의 목통을
> 비러오마. 나의 마음의 문허진 터를 닦고 나는 그 우에 너를 위한 작
> 은 宮殿을 세우련다. 그러면 너는 그 속에 와서 살어라. 나는 너를 나

였기 때문이다. 이 둘은 절친한 친구이며 서로를 깊이 이해하는 사이였지만
그들이 걷는 길은 매우 판이했다. 그것은 그들의 담론이나 그들의 운명에도
그대로 반영된다. 이상이 해체된 담론 속에서 주체의 소멸에 직면하고 결국
죽음을 맞이한다면 김기림은 설령 그것이 모순으로 가득차고 불구적인 것이
라 하더래도 주체 형성을 포기하지 않는다. 이는 그의 담론이 어떠한 상황에
서도 극단적인 해체에 이르지는 않는다는 사실을 설명해준다. 이러한 김기림
은 이상과 달리 광복을 맞이할 수 있었고 이후 조국의 근대화를 위한 실천적
담론을 기획할 수 있었다.
  합리적 주체 형성을 위한 김기림의 기획은 라캉의 '주체 형성 과정'을 환기
시킨다. 라캉은 자아가 거울단계 이후에 일어나는 오이디푸스 갈등 속에서
결정된다고 보았다. 오이디푸스 초기단계에 어린아이는 어머니와의 이중관계
에서 어머니와 자신을 동일시하게 되는데 이때의 어린 아이의 성격은 '주체'
로 설 수 없는 '결여이자 무'를 의미한다고 한다. 아이는 이후 두 번째 단계
에 상징계로 진입하여 아버지와 대면하게 되는데 이 때 그 아이는 혼란을 거
쳐 아버지와의 동일시를 이루어내고 그와의 상관화를 통해 자아를 획득한다
는 것이다. (A.Lemair, 이미선 역, 『자크 라캉』, 문예출판사, 1994, p.137.) 라캉
이 말한 주체 형성 과정은 '아버지의 이름'으로 상징되는 근대의 제도적 환경
에 스스로를 적응시킴으로써 근대적 주체를 세워내고자 했던 김기림의 경우
와 겹쳐진다.
  이 부분 역시 이상과 비교될 수 있는 대목이다. 이상은 근대성의 다양한
모순들을 속속들이 이해하고 있었으므로 그것과 도저히 화해할 수 없었던
자아의 모습을 전형적으로 보여준다. 그에게는 아버지의 동일시를 이루는
일이 순조롭게 진행되지 않았고 근대의 주체가 일본인이었다는 사실을 감
당하기가 어려웠다. 이러한 딜레마에 빠졌을 때 직면한 죽음은 물리적인
동시에 정신적인 것이었다. 그의 사유와 담론이 보여주는 해체적 성격은
주체의 동일성을 포기하는 것을 의미하기 때문이다. 졸고, 「이상 시에 나타
난 탈근대적 사유」, 서울대 대학원, 1999.

의 어머니 나의 故鄉 나의 사랑 나의 希望이라고 부르마. 그리고 너의
사나운 風俗을 쫓아서 이 어둠을 깨물어 죽이련다.

太陽아
너는 나의 가슴속 작은 宇宙의 湖水와 山과 푸른 잔디밭과 힌 防川
에서 不潔한 간밤의 서리를 핥어버려라. 나의 시내물을 쓰다듬어 주
며 나의 바다의 搖籃을 흔들어 주어라. 너는 나의 病室을 魚族들의 아
침을 다리고 유쾌한 손님처럼 찾어오너라.

太陽보다도 이쁘지못한 詩. 太陽일 수가 없는 설어운 나의 詩를 어
두운 病室에 켜놓고 太陽아 네가 오기를 나는 이 밤을 새여가며 기다
린다.

— 「太陽의 風俗」 전문

  '태양'은 시집 『太陽의 風俗』의 제목이 될 정도로 김기림 시에서
중요한 이미지이다. 김기림에게 '태양'은 가장 궁극적이고 초월적인
지점에 위치한다. '태양'을 근대문명의 화려함이나 명랑성, 진보에 대
한 확신과 낙관 등으로 그 의미를 찾는다면 그것은 표면적인 접근이
될 것이다. 대신 '태양'은 대단히 관념적이며 그런 만큼 이 시는 김기
림의 다른 어떤 시들보다도 개념적이다. 김기림에게 태양은 현실의
부정성을 극복해야 한다는 당위성이 존재하되 그것을 극복하기 위한
매개가 결여되어 있는 지점에서 등장하는 '힘'에 대한 추상적인 이미
지이다. '태양'에 대한 강조는 시인이 인식하는 현실의 부정적인 정황
과 비례한다.

  따라서 이 시는 '마음이 무너진 터', '어둠', '不潔한 간밤의 서리',
'병실', '설어운 나의 시', '밤'이라는 일련의 부정적인 상황과 '태양'

의 의미소들의 대립구조로 되어 있다. 전자가 상처받은 자아의 의미소들이라면 '태양'은 '어머니', '故鄕', '사랑', '희망', '魚族', '손님' 등과 같은 의미의 계열을 형성하고 있다. '太陽'의 의미는 이러한 관계망 속에서 구해져야 할 것이다. 전자가 없다면 후자는 불필요할 것이고 전자의 정도가 클수록 후자의 이미지는 반복될 것이다. '태양'은 현실의 부정성을 극복하는 위치에 있다는 점에서 '힘'으로 등장하지만 그 힘의 구체화를 필요로 한다는 점에서 관념적이다.

시인에게 '태양'은 가장 높은 수위에서 그를 추동하는 존재이다. 김기림에게 궁극자로서의 '태양'의 이미지가 없었다면 그는 현실 극복의 의지를 찾지 못했을 것이다. 심지어 과학에 대한 열성적인 예찬도 '태양'이미지의 하위 범주에 놓인다. 이렇게 주장할 수 있는 것은 시인이 체감하는 절망의 강도에 기인한다. 진실로 절망한 자에게 유일하게 남아있는 과제는 죽는가 사는가하는 선택의 일뿐이다. 그리고 김기림은 살기를 선택한다. 이제 남는 것은 어떻게 사는가 하는 방법에 관한 문제이다. 이에 그는 과학자가 되어 보다 더 과학적이고 보다 더 합리적인 방법론을 탐구해간다.

「방」이나 「어둠 속의 노래」에서 살펴보았던 자아는 부정성 그 자체 속에 분열된 채 있기를 거부하는 자아이다. 그는 부정적인 것을 기각하고 동일자로서 살아가길 바란다. 그 속에 태양의 이미지가 놓인다. 그로 하여금 건강하게 살 것을 요구하는 태양은 자신을 응시하고 자신이 욕망하는 대상까지 인식하는 자아, 건강하며 태양에 가까워지는 자아는 세계를 인식할 수 있고 파악할 수 있다는 자신감을 가진 자아와 겹쳐진다. 그 위에서 시인은 과학적인 시를 제작할 수 있다고 생각한다. 이에 따라 김기림은 끊임없이 대상과 현실을 인식하고자 하며 또한 인식을 자신의 중요한 문제로 논하게 된다.39)

한편 대상을 인식하기 위해서는 대상과 일정한 거리를 유지해야 한다. 이 거리가 소멸할 때 대상과 나는 일체가 되어 누가 누구이고 무엇이 무엇인지 서로 분간할 수 없게 되기 때문이다. 반면 일정한 거리에서 대상을 바라볼 때 주체는 대상을 인식할 수 있다고 곧 소유할 수 있다고 생각한다. 이러한 의식이 근대에 형성되기 시작한 원근법적 시선이자 주체와 객체 사이의 근대적 관계이다. 김기림의 초기시 가운데 「戀愛의 斷面」은 주체와 객체 사이에 놓여있는 '거리'에 대해 암시하고 있다.

> 愛人이여
> 당신이 나를 가지고 있다고 安心할 때 나는 당신의 밖에 있습니다.
> 萬若에 당신의 속에 내가 있다고하면 나는 한덩어리 木炭에 不過할 것입니다.
>
> 당신이 나를 놓아보내는 때 당신은 가장 많이 나를 붙잡고 있습니다.
>
> —「戀愛의 斷面」 부분

---

39) "인식 일반에 있어서의 주관과 객관의 문제는 어떤 것인가. 그것은 시에 있어서의 그 문제와 다른 것인가. 우리는 일찍이 말한 일이 있다. 주관은 차라리 객관세계의 일부분이며 주관이 소멸한 뒤에도 객관은 의연히 존재한다 함을. 그러나 이러한 객관세계가 어떻게 주관세계로 도입되는가. 즉 인식의 가능의 문제다. 이와 동시에 주관세계에서 내용화한 객관세계란 무엇인가. 즉 인식의 내용 문제가 그것이다. 우리의 인식은 주관과 객관의 상호작용의 관계에 있어서만 가능하다. 그리고 이렇게 성립되는 인식의 내용은 주관내에서 활동하는 객관의 활동의 과정이다." (「시와 인식」, 『전집2』, pp.76~77)

이 시는 다른 주체가 '나'를 동화시켜 둘 사이의 거리를 무화시키려 하는 상황을 나타내고 있다. 그런데 다른 주체가 '나'와의 간격을 의심하지 않는 것은 '나'를 불편하게 한다. 그것은 나를 소유하고 지배하려는 것으로 느껴지기 때문이다. 화자가 볼 때 그것은 허구에 불과하다고 여겨진다. 때문에 화자는 '나'와 객체 사이에 놓인 객관적으로 존재하는 거리를 인정할 것을 요구한다. '나는 당신의 밖에 있습니다'가 그러한 생각을 표현한다. 이 거리를 인정하지 않고 다른 주체가 '나'를 소유한다면 '나'는 더 이상 살아있는 주체가 아니게 된다. 그것은 인격이 없는 하나의 '무기물'에 불과할 것이기 때문이다. 이러한 상황에서는 '나'는 생각하고 활동하는 자유인으로서 살아갈 수가 없다. 그러나 '당신이 나를 놓아보내는 때'로 암시되는 것처럼 객체와 주체의 거리가 확보될 때 둘 사이의 관계는 편안해지고 합당한 상태에 놓인다. 그 때에 비로소 주체는 객체에 대해 가장 많은 것을 이해할 수 있고 따라서 진정으로 소유할 수 있다는 것이다. 그러한 상황을 시인은 '당신이 나를 놓아보내는 때 당신은 가장 많이 나를 붙잡고 있습니다'라고 말하고 있다.

위의 시는 김기림이 대상에 대해 갖고 있던 심리적이고 인식론적 거리에 대해 암시하고 있다. 그것에 대한 이해는 곧 근대인으로서의 자기 인식이기도 하다. 대상과 나와의 거리가 인식되지 못할 때 근대를 살아가는 자로서는 불합리하게 여겨지며 따라서 몹시 고통스럽게 된다. 그러한 상황은 근대적 관계가 형성되지 못한 것이기 때문이다. 극도의 부정적 상황에서 분열된 자아를 분리시켜냄으로써 삶의 방편을 마련했던 김기림은 이제 '나'를 지키기 위해 대상과의 또 한번의 분리를 이루어내야 하는 상황에 놓이게 된다. 이것이 곧 근대인의 자아 감각이며 근대적 주체를 형성하기 위한 과정에 해당된다.

이러한 분리에 대한 의지는 김기림의 성장 배경과도 관련이 있다. 김기림은 일곱 살 되던 해에 어머니와 누이를 거의 동시에 잃는데 이때의 경험으로 그는 큰 정신적 외상을 입는다.[40] 때문에 감수성 강한 김기림의 유년시절은 몹시 우울하고 불행했다. 이와 관련하여 김기림은 "내가 오늘 감상주의를 극도로 배격하는 것은 나의 영혼의 죽자고나 하는 고투의 표현이기도 하다"[41]라고 진술하고 있다. 김기림에게 어머니에 대한 그리움은 언제나 해소되지 않는 갈증이었기 때문에 그는 더욱 어두운 내면을 갖게 되었다. 김기림이 감상성을 혐오하고 '명랑성'을 그 대안으로 제시한 것은 문단의 상황에 대한 것이기도 하였지만 자신의 내면에 대한 부정이기도 했다. 그로서는 어머니에 대한 그리움이 그녀의 부재로 인해 더 벗어나기 힘든 문제가 되었고 그러한 내면의 상태를 두고 김기림은 '견딜 수 없었다'고 말한다.

그러한 상황에서 시인이 생활의 모든 국면에서 이성적인 태도를 취하고자 하였음은 어렵지 않게 짐작할 수 있다. 그는 어머니로 대표

---

40) 어머니와 누이의 죽음에 대한 경험은 「잊어버리고 싶은 나의 港口」에 잘 묘사되고 있다. 그는 그들의 죽음이 어린 시절 기쁨의 전부를 가져갔다고 한다. (『전집5』, p.308.)

41) 김기림은 자신의 어린 시절에 천사와 악마의 두 얼굴을 보았다고 말하고 있다. 물질적으로는 꽤 축복받은 환경 속에서 자랐지만 정신적으로는 한없이 쓸쓸하고 고독하였다는 것이다. 그가 비속한 현실주의자(순간순간의 생을 의의있고 즐겁게 살고자 하며 침울이라는 것을 미워한다는 점에서)가 된 것도 어린시절의 경험 때문이라고 한다. 이러한 진술은 그의 '명랑성'이 자신의 어두운 내면에 대한 반동의 표현임을 말해준다. 실제로 그는 중학교 때의 작문 선생님으로부터 "이 뿐으로 글을 쓰겠다가는 필경 자살하겠다"는 경고를 받은 일이 있다고 하면서 자신의 본래의 정체가 감상주의자임을 고백한다. (「寫眞 속에 남은 것」, 『전집5』, p.315.)

되는 과거, 고향, 감상, 나아가 불합리와 전통 등으로부터 자신을 분리시키고 스스로를 그 무엇에 대한 의지함 없이 오로지 합리적이고 이성적인 힘으로 살아가는 주체로 정립하고자 한다. 이러한 분리의 과정이 「가거라 새로운 生活로」로 형상화되고 있다.

> ‘바빌론’으로
> ‘바빌론’으로
> 적은 女子의 마음이 움직인다.
> 개나리의 얼굴이 여린볕을 향할 때…….
>
> ‘바빌론’으로 간 ‘미미’에게서
> 복숭아꽃 봉투가 날러왔다.
> 그날부터 안해의 마음은 시들어저
> 썼다가 찢어버린 편지만 쌓여간다.
> 안해여, 작은 마음이여
>
> 너의 날어가는 自由의 날개를 나는 막지 않는다.
> 호올로 쌓아놓은 좁은 城壁의 문을 닫고 돌아서는
> 나의 외로움은 돌아봄 없이 너는 가거라.
>
> 안해여 나는 안다.
> 너의 작은 마음이 병들어 있음을…….
> 동트지도 않은 來日의 窓머리에 매달리는 너의 얼굴 우에
> 새벽을 기다리는 작은 不安을 나는 본다.
>
> 가거라. 새로운 生活로 가거라.
> 너는 來日을 가저라.
> 밝어가는 새벽을 가저라.

　이 시의 핵심은 부정적인 상황과의 단절이라는 모티브에 놓여 있다. 이 시에서 '바빌론'은 새롭고 미래적이며 자유로운 공간에 대한 상징으로 '여린볕', '미미에게서 온 복숭아꽃 봉투', '새로운 生活', '내일', '밝어가는 새벽' 등과 동일한 의미의 계열을 내포한다. 이들은 주인공 '아내'가 처해있는 부정적인 공간과 대립하여 있다. 문제가 되는 것은 표면적으로 '좁은 城壁'으로 표현되는 부정적 공간이지만 엄밀하게 본다면 선택을 하지 못하고 머뭇거리는 '아내의 마음' 그 자체이다. 그녀의 마음은 '개나리'처럼 여리고 과감하지 못하여 '적고', 결정 짓지 못하여 '시들어져'간다. 새로운 공간을 원하지만 실행하지 못하는 그녀는 따라서 '불안에 차 있고', '병들어 있다.'

　그녀가 진실로 두려워하는 것은 시간과 대상과의 분리 그것이다. 그러나 분리가 없이는 생활의 변혁이란 기대할 수 없으므로 '나'는 그녀를 '떠나라'고 독려한다. 과감히 '나'와 분리될 것을 권한다. 떠나간 곳은 곧 미래요 희망이기 때문이다. 그런데 사실상 더욱 중요한 것은 떠날 수 있는 힘이다. 따라서 화자는 약한 자아에게 '분리를 실행할 수 있는 힘'을 부여하고자 한다. '나'의 격려가 필요한 이유가 여기에 있다. 또한 시에서 그 힘은 '날어가는 自由의 날개'로 형상화되고 있다. 주체가 대상과 분리된 그 순간 그는 자유의 힘을 지닌 자에 해당하는 것이다. 아내와의 이별 후 '내'가 '좁은 城壁'에 남게 될 것이라는 인식은 '나' 역시 아내와의 분리를 통해 '개인'이라는 개별자를 획득하게 될 것임을 말해주는 것이다.

　이 시는 자아와 대상간의 분리 및 자아와 자아 간의 분리는 삶의 출발이자 인식의 시작임을 제시하고 있다. 앞에서 살펴보았던「戀愛의 斷面」에서처럼 김기림이 자신을 동화시키려는 객체에 대해 분리를 선언하는 것도 이러한 맥락에서 살펴볼 수 있을 것이다.

　김기림의 의식적인 분리 행위는 이 외에도「汽車」,「午後의 꿈은 날줄을 모른다」,「貨物自動車」등에 나타나 있다.

　　내가 食堂의 '메뉴' 뒷등에
　　(나로 하여곰 바다까에서 죽음과 納稅와 招待狀과 그 수없는 結婚式 請牒과 訃告들을 잊어버리고
　　저 섬들과 바위의 틈에 섞여서 물결의 사랑을 받게하여 주옵소서)
　　하고 詩를 쓰면 機關車란 놈은 그 둔탁한 검은 갑옷 밑에서 커―다란 웃음소리로써 그것을 지여버린다.
　　나는 그만 화가 나서 나도 그놈처럼 검은 조끼를 입을가 보다하고 생각해 본다.

―「汽車」부분

　　날어갈줄을 모르는 나의 날개.

　　나의 꿈은
　　午後의 疲困한 그늘에서 고양이처럼 조려웁다.

　　도무지 아름답지 못한 午後는 꾸겨서 휴지통에나 집어넣을가?

　　그래도 地文學의 先生님은 오늘도 地球는 圓滿하다고 가르쳤다나.
　　'갈릴레오'의 거짓말쟁이.

홍 創造者를 絞首臺에 보내라.

하누님 단한번이라도 내게 성한 날개를 다고. 나는 火星에 걸터앉
아서 나의 살림의 깨여진 地上을 껄 껄 껄 웃어주고 싶다.

하누님은 원 그런 재주를 부릴 수 있을가?
―「午後의 꿈은 날줄을 모른다」 전문

작은 등불을 달고 굴러가는 自轉車의 작은 등불을 믿는 充實한 幸
福을 배우고싶다.
　(중략)
차라리 貨物自動車라면 꿈들의 破片을 걷어실고 저 먼― 港口로 밤
을 피하야 가기나 할 터인데…….
―「貨物自動車」 부분

「汽車」에서 '바다까'는 자아를 근대적 생활 이전에 묶어두는 공간
이다. 그것은 고향이나 어머니와 마찬가지로 그를 건강한 생활의 주
체로 서는 것을 가로막는 원초적 존재이다. 그곳에서 나와 대상은 '저
섬들과 바위의 틈에 섞여서 물결의 사랑을 받게하여 주옵소서'에서
표현되듯이 서로 하나가 되어 어우러지는 관계에 놓인다. 이때 그가
행복을 느끼건 혹 불행하건 하는 문제는 중요하지 않다. 다만 분명한
것은 그러한 상태의 자아라면 근대를 살아갈 도리가 없는 인간형이라
는 사실이다. 즉 사물과 나를 분리시키기를 거부하고 사물 속에 묻혀
그것의 일부이기를 원하는 자아라면 언제나 전근대적인 공간을 지향
할 것이며, 그러하다면 근대적인 공간에서의 존재 조건이 되는 고독
을 감당할 수가 없을 것이기 때문이다.

김기림에게 고향과 시골은 대단히 유혹적인 존재였다. 그는 한편으로는 근대 도시의 외양에 매력을 느끼고 근대 도시에서의 삶의 원리를 받아들여야 한다고 여기고 있었으면서도 다른 한편으로는 누구나 그러하듯이 어머니의 품과도 같은 시골에 묻혀 지내는 것을 몹시 행복해했다.[42] 때로 도시에서 살아가는 중에도 고향의 풍경은 도시의 그것과 겹쳐서 회상이 되곤 하였다.[43] 하지만 김기림은 근대의 한가운데서 생활하는 직업인이었기 때문에 시골의 품에서 살 수는 없는 노릇이었다. 그에게 특유한 분리의 의지는 이 지점에서도 표출된다.

일반적으로 고향은 파편화되고 우연적인 도시 세태에 시달린 근대인에게 쉼터가 되어 해체된 자아의 정체성을 회복해주는 공간으로 기능한다. 그러나 김기림에게 있어서 고향은 도시와 절대적으로 대립하여 위치하는데 이는 앞서 보았듯 유년시절이 그에게 준 불행한 체험에 근거한다. 고향에는 어머니의 죽음이 가로놓여 있는 것이다. 따라서 고향은 단순히 행복의 원형 공간이 아니고 우울과 비탄이 함께 서린 양면적인 곳이다. 그의 기각 행위는 여기에서도 비롯된다. 낭만주

---

42) 그의 초기 시 가운데 고향에 대한 그리움이 그려져 있는 대표적인 시는 「鄕愁」가 있을 것이다. 또한 『咸鏡線 五百킬로 旅行風景』도 고향 및 시골을 소재로 하고 있는 시인데 이들 시는 '여행'이라는 '시각적 제도'의 장치 안에서 쓰여지고 있음을 알 수 있다.

43) 나의 故鄕은/ 저 山넘어 또 저 구름밖/ 아라사의 소문이 자조 들리는 곳.// 나는 문득/ 街路樹 스치는 저녁 바람 소리 속에서/ 여엄-염 송아지 부르는 소리를 듣고 멈춰선다. -「鄕愁」 전문
여기에서 '街路樹 스치는 소리'와 고향의 '송아지 울음소리'가 겹쳐서 환기되고 있다. 김기림에게 고향은 원형적인 공간으로서 그리움의 근원이지만 근대인의 삶의 패턴에서 볼 때 고향의 존재는 힘이 되어주기보다는 그의 합리성을 흐리는 작용을 한다. 따라서 그는 향수를 부정하려 한다. 이는 '향수'에 대한 시를 쓰면서 그것을 "午後의 '禮儀'"라는 수사를 사용하고 있는 데서도 짐작할 수 있다.

의의 감상성 배격도 실은 이같은 그의 전기적 사정과 관련해 이해될
수 있을 것이다.

김기림의 기각행위에 힘을 부여해주는 것은 '태양'과 같은 의미 계
열인 초월적인 존재이다. 태양이 김기림에게 근대의 의미망을 이끌어
가는 힘 그 자체였듯이, 그리고 기차나 자동차 등의 소재가 그 범주에
속하듯이 '하누님'(「午後의 꿈은 날줄을 모른다」)도 이같은 초월적인
범주에 놓인다. 따라서 김기림이 "'나로 하여곰 저 바다까에서……'하
고 詩를 썼을 때" 그것을 부정하고 비웃은 자가 '機關車'였던 것이다.
기관차는 '둔탁한 검은 갑옷'을 입고 '커―다란 웃음'을 웃는 호탕하
고 강건한 '거물'의 이미지이다. 이것은 또한 밤을 헤치고 달리는 '貨
物自動車'의 이미지이기도 하다. 시인이 "나는 그만 화가 나서 나도
그놈처럼 검은 조끼를 입을가 보다하고 생각해 본다"한 것은 그것들
이 지닌 힘을 빌고자 하는 원망의 표현이다.

그러나 시인은 대부분의 날들에서 기계의 동력과 같은 힘을 지니
지는 못한다. 오히려 그의 내면은 그가 의식적으로 기각행위를 하려
했음에도 불구하고 불안과 어둠과 절망으로 점철되어 있다. 기계에
대한 숭배와 태양에 대한 예찬이 관념적이고 부자연스럽게 느껴지는
것도 그 때문이다. "차라리 貨物自動車라면 꿈들의 破片을 걷어실고
저 먼― 港口로 밤을 피하야 가기나 할터인데……"하며 아쉬워한 것
도 이와 관련된다. 여기에는 자신과 화물자동차 사이의 차이에 대한
인식이 놓여 있는 것이다. 즉 '나의 날개'는 '날어갈줄을 모르'며 '나
의 꿈'은 '오후'를 부정함에도 불구하고 대부분 '午後의 疲困한 그늘
에서 고양이처럼 조려웁다'. '도무지 아름답지 못한 午後는 꾸겨서 휴

지통에나 집어넣을가?'하는 표현은 그의 기각 행위가 하나의 장난처럼 진지하지 못하게 되고 있음을 보여주는 것이다. 「午後의 꿈은 날줄을 모른다」에서 화자는 오전과 오후는 질적으로 다르며 오후는 폐기되어야 할 것으로 인식하기 때문에 '지구는 둥글다'고 한 '갈릴레오'를 들먹인다. "흥 創造者를 絞首臺에 보내라"하며 신을 능멸하는 것도 자신의 제거되지 않는 우울한 내면 때문이다. 물론 상황이 그러하다고 소망이 사라지는 것은 아니므로 "하누님 단한번이라도 내게 성한 날개를 다고"하며 기도를 하지만 그렇다고 신을 믿는 것은 아니다. "하누님은 원 그런 재주를 부릴 수 있을가?"라는 부분은 신에 대한 불신감을 말해준다.

그렇다면 시인이 기댈 수 있는 희망은 무엇인가? 초월적인 것은 자신과 너무 멀리 떨어져 있는 관념 그 자체이기 때문에 실제 현실에서 실천할 수 있는 방법론을 찾아야 했다. 여기에는 그 희망이란 것이 하나의 상징이나 이미지가 될 수는 없다는 깨달음이 선행되어 있다. 그가 근대 예술에서 하나의 규범화된 개념인 '거리'를 취하는 것도 이 부분에서이다.

> '모델'과 화가, '캔바스'와 화가 사이에는 적당한 공간적 거리가 필요한 것처럼 문학에 있어서도 대상과 작자와의 사이에는 충분한 관찰을, 작품과 작가 사이에는 충분한 구상화를 할 만한 거리를 필요로 한다. 그 거리하고 하는 것은 공간적인 것은 물론이오 시간적인 것까지도 의미한다. 단순히 감성의 감수만으로 되는 것이 아니고 거기에는 통일된 사고의 세계가 구성되지 아니하면 아니되는 까닭이다.[44]

---

44) 文藝時評, '作品과 作者의 距離', 조선일보, 1934.4.1.

미학에서 대상과 자아 사이의 '거리'는 미적 대상을 관조할 수 있는 조건이 된다. 관조란 보통 관찰작용을 의미하기도 하지만 미학에서는 자신에 대한 어떤 개인적이고 실제적인 관심에서 분리되어 그 대상을 향해 있는 태도, 즉 무관심성을 의미한다.

김기림이 말한 '거리'도 이러한 관점에서 생각해 볼 수 있다. 자신이 합리적인 이성의 주체로서 정립하는 것을 방해하는 부정적인 대상을 그 자체로 거리화하여 '바라보기'로 하는 것이 그것이다. 김기림에게 이것은 대상에 대해 어떠한 주관적인 정서나 가치를 배제하여 객관을 있는 그대로, 냉담하게 관찰하는 행위를 의미한다. '거리'에 의지하면 자연도, 고향도, 자신의 내면도 모두 하나의 관조의 대상45)일 뿐이므로, 자아는 감정의 부대낌없이 안전하게 대상과 만날 수 있게 된다. 가령 실제로는 인간의 생명을 앗아가는 '바다'도 '거리'에 기대면 형언할 수 없이 평안하고 아름다운 미적 향수의 대상이 되는 것처럼, 혹은 '거리'를 통해 미적 대상을 대하게 되면 무관심적인 쾌락을 느낄 수 있는 것처럼 김기림에게 '거리'는 매우 편리하고 합리적인 장치가 되는 것이다.

김기림은 '대상과 작자 사이의 관찰'만 말한 것이 아니고 '작품과 작가 사이의 구상화'도 말함으로써 인식된 대상을 합목적성에 의해, 즉 쾌락적인 향수의 대상이 될 수 있도록 객관화나 보편화하는 문제를 외면하지 않았다. 이것이 '형식'에 대한 관심이며 '표현층위'가 강조되는 것으로 나타났음은 앞의 절에서 살펴보았다. 곧 위의 글에서

---

45) 미의식에 있어서 관조의 대상은 가시적인 것으로 제한할 필요는 없다. 대상이 어떤 것이든간에 충실한 像을 수용한다는 것이 미적 관조의 본질이기 때문이다. 따라서 음악과 같은 가청적 대상도 미적으로 관조될 수 있다. 김문환, 『미학의 이해』, 문예출판사, 1989, p.129.

'통일된 사고의 세계의 구성'이 곧 형식 창조에 있어서의 합목적성을 의미하는 것은 어렵지 않게 알 수 있다. 그렇다면 '대상과 작자 사이의 관찰'은 무엇을 뜻하는가?

본래 미적 또는 심리적 거리는 공간적이거나 시간적 개념이라기보다 본질적으로 심리적 개념이다.46) 불로흐는 심적인 거리를 미적 경험을 만들기 위해 '개재되는' 심적인 구성요소라 하였다. 심적으로 거리가 취해져 있다는 것은 그가 거리를 취하는 행동에 의해 처하게 되는 심리적 상태, 혹은 그러한 행동을 취하지 않더라도 어떤 대상이나 혹은 사건에 의해 유인되는 심리적 상태, 소위 '미적 의식'의 일부를 구성하고 있는 심리적 상태에 처해 있음을 말한다. 이때의 거리의 작용은 소극적인 측면과 적극적인 측면 두 가지가 있는데 전자는 억제적 측면으로서 일상적이고 실제적인 행동과 사고에 대한 심리적인 봉쇄를 말하며 후자는 전자를 전제한 후 새로운 기초에 입각하여 경험을 조작하는 일이라 하고 있다.47)

김기림이 '대상과 작자 사이의' 거리를 말한 것은 사물이 그에게 불러일으키는 감정을 즉자적으로 수용하지 않겠다는 것을 표명하는 것이다. 그 대신 특정한 심적인 태도 혹은 미적 의식을 그 속에 개입시키겠다는 것으로 여기에는 블로흐가 말한 억제와 구성이라는 거리의 두 가지 작용이 모두 포함되어 있다. 여기에서 경험의 재조직을 의미하는 구성은 작가가 대상을 미적으로 수용하는 차원과 이것의 시적 표현의 양 차원에서 이루어진다. 이 때 이 거리 사이에 개재해 오는

---

46) A.Preminger & F.J.Hardion, 『Princeton Encyclopedia of poetry & poetics』, Princeton Univ.Press, 1965, pp.5~6. 정순진, 『김기림문학연구』, 국학자료원, 1991, p.30. 재인용.
47) 죠지 딕키, 『현대 미학』, (오병남 역), 서광사, 1982, p.87.

심적 태도 혹은 미적 의식이 지적, 정서적으로 복합된 포괄적인 것임
은 물론이다.

그런데 김기림은 그 거리를 대상과 작가 사이의 '관찰'로 규정함으
로써 정서적 요인보다는 지적인 요소를 강화하는 경향으로 흐르게 된
다. 김기림을 왜곡된 이미지즘 시인으로 보게 되는 계기도 여기에 있
다. 그런데 이는 감상성이 강한 그로서는 그것이 어떤 성격을 나타내
는 것이든 정서 자체를 억제하는 것이 안전했던 정황을 드러내주는
것에 다름 아니다. 결국 김기림은 대상을 일정한 간격으로 고정시키
고 그것을 그림을 그리듯이 시각화하는 기법을 수용하고 있다. 그에
게 미적 행위란 캔버스 앞에 놓인 화가처럼 대상을 '관찰하고', '그리
는' 차원에 놓이게 된다. 그리고 이러한 기법은 초기 시의 가장 주요
한 유형 가운데 하나를 형성하고 있으며 특히 여행시가 그러한 유형
의 시를 대표한다고 할 수 있다.

> 수수밭 속에 머리 숙으린
> 겸손한 오막사리 재빛 집웅 우를
> 푸른 박덩쿨이 기여 올라갔고
> 엉크린 박덩쿨을 나리 밟고서
> 허―연 박꽃들이 거만하게
> 아침을 웃는 마을.
>
> ―「마을」 전문

> 밤마다
> 서울서 듣던 汽笛소리는
> 獅子의 울음소리 같드니
> 아득한 들이 푸른 깃을

한 구름의 품속에 감추는 곳에서는
汽車는
기러기와 같이 조고마한
나그내고나.

— 「咸興平野」 전문

물은 될 수 있는대로
힌돌이 펴저있는 곳을 가려서 걸어댕깁니다.
조이밭 속에서 그 소리를 엿듣는
팔이 부러진 허수아비는
여기서는 오직 한사람의 詩人이외다.

— 「물」 전문

眞紅빛 꽃을 심거서
南으로 타는 鄕愁를 길으는
國境 가까운 停車場들.
「따리아」 전문

모―든 것이 마을을 사랑한담네.
참아 嶺을 넘지 못하고
山허리에서 멍서리는
힌
아침연기.

— 「山村」 전문

　이들은 모두 「咸鏡線 五百킬로 旅行風景」에 수록되어 있는 여행시[48]이다. 여행시 이외에도 소위 '거리두기'의 기법은 빈번하게 쓰이

---

48) 김윤식은 1930년대 모더니즘의 정신적 체질과 여행의 의미가 관련된다고 보

고 있지만 무엇보다도 '여행시'는 김기림의 정신적 전개 과정에서 중요한 의미를 지니고 있다. 그것은 그가 비로소 '여행'을 통해 무의식적 혼돈의 근원과 같은 과거, 고향의 의미망들을 '무사히' 건널 수 있었다는 점에서 찾을 수 있다. 여행자는 그 지역의 방관자로서 그곳 사람들의 삶에 전혀 개입하지 않고도 그들을 인식할 수 있다는 이점이 있다. 따라서 과거와 고향에 발디디길 두려워하는 김기림으로서는 '여행'이라는 안전한 장치를 통해 고향을 만날 수 있게 되는 것이다.

위의 시들에서 대상에 대한 전반적인 애정 외에 시인의 특정한 감정이라곤 찾아 볼 수 없다. 대상은 일정한 초점에 의해 시선의 흐름에 따라 묘사되고 있다. 그 대상들은 철저하게 고정된 시인의 시선에 의해 포착되고 있는 것이다. 시인은 그들 객관적인 외양을 공간적으로 떨어진 거리에서 사실적으로 그려내고 있다. '허ー연 박꽃들이 거만하게 아침을 웃는 마을.'이라든가 '汽車는 기러기와 같이 조고마한 나그내고나', '허수아비는 여기서는 오직 한사람의 詩人', '南으로 타는 鄕愁를 길으는', '모ー든 것이 마을을 사랑한담네' 등에서 정서가 표현되지만 그것은 대상에 대해 미적 적극성을 가지고 상상적으로 구성

고 일상성의 탈출, 먼 것에 대한 그리움, 새로운 것의 추구를 본질로 하는 모더니스트에게 여행은 낭만적 발상을 띠는 것이라 보고 있다. 즉 모더니스트들에게 여행은 '감상으로서의 서정'을 의미한다는 것이다. 김윤식, 『한국근대문학사상비판』, 일지사, 1978, p.333.

한편 이용훈은 김기림에게 여행은 새로운 생성과 밝음의 세계로 가는 도정의 의미가 있으므로 그의 시에 여행, 출항의 모티프가 많다고 보고 있다. 이용훈, 『해양문화연구』창간호, 한국해양대학교 해양문화연구소, 1996.2. p.40. 연구자들이 김기림에게 있어서의 여행에 다양한 의미를 부여하고 있는 것처럼 김기림 시에서 여행시는 하나의 유형을 이루고 있다. 한편 최혜실은 모더니즘 소설과 관련하여 주관적 보편성이라는 인식론을 적용할 때 소설에서 산책, 여행 구조가 자주 나타난다고 하였다. 최혜실, 「한국 현대 모더니즘 소설에 나타나는 '산책자'의 주제」, 『한국문학과 모더니즘』, 한양출판, 1994, p.32.

되는 것은 아니다. 블로흐의 관점에 기대면 여기에는 여타의 심리 자체는 억제되어 있지만 대상에 의해 환기되는 심적 태도가 새로이 조직되는 데에는 이르지 못하고 있는 것이다. 이러한 시적 방법론은 '여행'이라는 계기와 결합되어 김기림 시의 주요 영역을 차지한다. 그에게 여행을 통한 대상의 시각적인 조우는 대상의 본질에 이를 때 환기되는 정서상의 상처와 마주치지 않아도 되는 '거리'를 확보해 주는 기제에 속한다. 그러나 이렇게 하여 형성된 시들은 회화시 이상이 아니며 심적 태도의 적극적인 재구성이 아니라는 점에서 작가의 시선은 예술가의 것이라기보다 피동적인 관찰자의 것에 가깝다는 비판을 면치 못할 것이다.

> 힌 테–블 보작이.
> 健康치 못한 花盆 곁에 나란히 선
> 주둥아리 빼어든 '알미늄' 주전자는
> 고개를 꺼덕꺼덕 흔들적마다
> 廢馬와 같이 월각절각 소리를 낸다.
> 나는 鐵道의 '마–크'를 부친 茶盞의 두터운 입술가에서
> 咸鏡線 五百킬로의 살진 風景을 마신다.
>
> —「食堂車」부분

이 시 역시 「咸鏡線 五百킬로 旅行風景」에 수록된 시로서 위에서 살펴보았던 성격의 시선을 보다 특징적으로 보여주고 있다. 시인은 하나의 대상을 보다 사실적으로 그려내는 데 주력하고 있음을 알 수 있다. 한 장면 속에서 대상들은 일정한 구도로 짜여져 있다. 테이블이 있고 그 위에 시든 화분과 주전자가 하나 놓여 있으며 거기에 앉아

차를 마시는 한 사람이 창 밖을 내다보는 구도가 이 시에서 그리고자 하는 것의 전부이다. 시인의 시선은 차를 마시는 '나'의 외부에서 그러한 구도를 응시하고 있다. 그리고 대상은 외부의 시선에 의해 빠짐없이 기록된다. 시인은 그 모든 대상을 총체적으로 바라보고 있으며 그들 대상을 안정된 구도 속에 배치하는 초월자이다.

이 시에서 시적인 것이 있다면 '주전자'가 내는 소리를 '고개를 꺼덕꺼덕 흔들적마다 廢馬와 같이 월각절각 소리를 낸다'라고 묘사한 부분이다. 여기에는 의인화 및 활유법, 시각화 및 청각화 등 다양한 수사법이 동원되어 주전자의 덜그덕거리는 소리를 재치있게 표현하고 있기 때문이다. 한편 외부의 시선인 초월자는 이들 수사를 효과적으로 활용하여 한 편의 그림을 통일적으로 그려내고 있는 것이다. 여기에서 우리는 이 외부의 시선에 주목하게 된다. 그것은 대상과 자신의 얽힘을 부정하며 대상을 순수 객체로서 대상화하는 시선이며 그럼으로써 자신의 동일성을 지키는 시선이기 때문이다. 그것은 대상을 과학자가 그러하듯이 면밀하게 관찰하며 따라서 그 대상을 모조리 파악할 수 있다고 확신하는 시선이다. 또한 동일자적인 주체로서 예술작품을 통일적으로 구성하는 제작자의 위치에 놓이기도 하는 자아이다. 앞서 말했듯 이때 생산된 예술품은 적극적인 심미적 태도에 의해 구성된 것이 아니다. 그러나 이와 같이 대상과의 거리를 확보함으로써 김기림은 비로소 자신에게 적합한 안정된 시적 기법을 갖추게 된 셈이다. 그는 이러한 시선을 여행시뿐만이 아니고 다른 대상에도 확대 적용함으로써 그의 독자적인 특성을 확보하게 되는데 바로 이 지점에서 소위 '寫像派'라는 명칭이 생겨난다.

지금까지 김기림이 대상을 시각화함으로써 회화시를 쓰게 된 일련의 과정이 내면적 요인에서 비롯되었다는 점을 살펴보았다. 김기림에게 시각화는 영미 이미지즘의 왜곡된 수용이라는 측면도 있지만 보다 본질적으로는 일종의 부정적인 자아를 극복하고 긍정적이고 동일자적인 자아를 형성해가는 과정에서 이루어진 것이라는 의미를 지니고 있다. 그렇다면 이때 형성된 동일자로서의 주체는 어떠한 기능과 정체성을 가지며 사회적인 관계망 속에서는 어떤 자리에 위치할 것인가? 이를 해명하기 위해 시 속의 자아, 혹은 자신의 시선에 대해 시인이 갖게 되는 자의식을 살펴보고자 한다.

김기림의 초기시 가운데 대상과의 거리에 기반한 시각화 기법이 나타나는 것은 여행시 외에도 「海圖에 대하야」, 「비」, 「가을의 과수원」과, 「오전의 생리」에 수록된 「旗빨」, 「분수」, 「바다의 아츰」, 「제비의 家族」, 「나의 掃除夫」 등 다수가 있다. 그런데 「오전의 생리」에 수록된 시들 가운데 많은 경우는 시적 구조가 대상에 대한 시각화된 묘사로 시작하여 화자가 대화하는 형식으로 전개되는 공통점을 드러내고 있다.

예를 들면 「바다의 아츰」에서 "(1)작은 魚族의 무리들은 日曜日 아침의 處女들처럼 꼬리를 내저으면서 돌아댕깁니다./ 어린 물결들이 조악돌 사이를 기여댕기는 발자취 소리도 어느새 소란해졌습니다./ 그러면 그의 배는 이윽고 햇볕을 둘러쓰고 물새와 같이 두놀을 펴고서 바다의 비단폭을 쪼개며 돌아오겠지요.//(2)오 ─ 먼섬의 저편으로부터 기여오는 안개여/ 너의 羊털의 '납킨'을 가지고 바다의 거울판을 닦어 놓아서/ 그의 놀데를 저해하는 작은 파도들을 잠재워다고."와 같은 (1)+(2)의 구조나, 「나의 掃除夫」에서의 "(1)오늘밤도 초생달은/ 珊瑚로 판 나막신을 끌고서/ 구름의 층층게를 밟고 나려옵니다.// (2)어서와요 정다운 掃除夫/ 그래서 왼종일 깔앉은 띠끌을/ 내가슴의 河床에서 말쑥하게 쓸어줘요./ 그러고는 당신과 나 손을 잡고서/ 물결의 노래를 들으려 바다까로 나려가요./ 바다는 우리들의 유랑한 손風琴." 에서의 (1)+(2)의 구조가 특정한 유형을 나타내고 있는 것이다.

이들 시에서 (1)은 대상에 대한 시각화된 묘사로 이루어진다. 대상은 예의 일정한 거리 밖에 놓인 고정된 사물이며 화자는 그러한 대상의 외양을 회화의 사실주의적 수법으로 그려낸다. 그런데 이때 이루어진 묘사는 외부의 시선에 의해 일방적으로 이루어진다. 그러할 때 바로 이어지는 (2)는 내포 독자를 설정하여 대화의 형식을 취하고 있음을 알 수 있다. (1)에서 화자가 텍스트 외부의 일반 독자를 향해 있으며 그들에게 자신의 시각이 포착한 바를 제시해주고 있다면 (2)에는 외부의 실제독자가 아닌 텍스트 내부에 내포독자를 의도적으로 개입시킴으로써 대화의 형식을 강조하고 있다. 이 점에서 (2)는 (1)에 대한 모종의 결여감을 표현하는 것이며 (1)에 대한 심리적 보완 기능을 하는 것으로 보인다. 즉 시인은 (1)에서 이루어진 회화시의 기법이 대상을 지나치게 객관화함으로써 시가 사물화되어 가고 있다는 자의식을 갖게 되며, 이에 따라 (2)에서와 같은 대화의 제스추어를 구사하게 되는 것이다.

이러한 시적 형식들의 구성은 시인이 자신의 시적 기법의 토대가 되었던 일방적이고 독백적인 시선에 대해 문제의식을 느끼기 시작했음을 보여주는 것이라 할 수 있다. 사물에 대해 철저히 외부에 놓이는 시선, 따라서 대상을 철저히 객관화시키는 시선은 주체와 객체 양자의 추상화를 야기하며 결과적으로 시를 정물화시키는 것이기 때문이다. 「海圖에 대하여」와 「비」는 이와 같은 추상화된 시선을 문제삼고 있다.

(1) 산봉오리들의 나즉한 틈과 틈을 새여 藍빛 잔으로 흘러들어오는 어둠의 潮水. 사람들은 마치 지난밤 끝나지 아니한 約束의 계속인 것처럼 그 漆黑의 술잔을 드리켠다. 그러면 해는 할 일 없이 그의 희망을 던저버리고 그만 산모록으로 돌아선다.

(2) 고양이는 山기슭에서 어둠을 입고 쪼그리고 앉어서 密會를 기다리나보다. 우리들이 버리고 온 幸福처럼……. 夕刊新聞의 大英帝國의 地圖우를 도마배암이처럼 기여가는 별드의 그림자의 발자국들. ‘미스터·뽈드윈’의 演說은 암만해도 빛나지않는 全혀 가엾은 黃昏이다.

(3) 집 이층집 江 웃는 얼굴 交通巡査의 모자 그대와의 約束…… 무엇이고 差別할 줄 모르는 無知한 검은 液體의 汎濫속에 녹여버리려는 이 目的이 없는 實驗室 속에서 나의 작은 探險船인 地球가 갑자기 그 航海를 잊어버린다면 나는 대체 어느 구석에서 나의 海圖를 편단 말이냐?

— 「海圖에 대하야」 전문

(1) 굳은 어둠의 장벽을 시름없이 ‘녹크’하는 비들의 가벼운 손과 손과 손과 손……
그는 ‘아스팔트’의 가슴속에 五色의 感情을 기르며 온다.

(2) 대낮에 우리는 ‘아스팔트’에게 향하야

　　“엑 둔한 자식 너도 또한 바위의 종류고나”하고 비웃었다.
　　그렇지만 지금 우둑허니 하눌을 쳐다보는
　　눈물에 어린 그 자식의 얼굴을 보렴

(3) 루비 에머랄드 싸파이어 琥珀 翡翠 夜光珠……
　　‘아스팔트’의 湖水面에 녹아나리는 네온싸인의 音樂
　　고양이의 눈을 가진 電車들은(大西洋을 건너는 타이타닉號처럼)
　　구원할 수 없는 希望을 파묻기 위하야 검은 追憶의 바다를 건너
　　간다.

(4) 그들의 救助船인 듯이
　　종이兩山에 맥없이 매달려
　　밤에게 이끌려 헤염처가는 魚族들
　　여자…
　　사나히…
　　아무도 救援을 찾지 않는다.

(5) 밤은 深海의 突端에 坐礁했다.
　　　S O S O S
　　信號는 海上에서 지랄하나
　　어느 無電臺도 문을 닫었다

— 「비」 전문

　　위의 시들에서는 시인의 ‘시선’에 대한 자의식이 드러나 있다. 그 시선은 ‘고양이’의 눈으로 상징되고 있다. 고양이는 그것은 어둠 속에 웅크리고 있으면서 사물을 뚫어지게 쳐다보는 예민한 눈빛의 소유자이다. 그것은 어둠을 배경으로 눈을 빛내지만 행동하지는 않는다. 어둠 속을 어슬렁거리는 것은 단지 먹을 것을 구하기 위해서이고 그것

도 아무도 없을 때에나 도둑처럼 움직인다. 시에서 '고양이'가 등장하는 것은 우연이 아니다. 시인은 '고양이'의 시선에서 대상을 바라보는 자신의 시선을 발견한다. 웅크리고 가만히 있는 모습은 바로 자신의 모습과 같다. 고양이는 미동도 하지 않고 숨죽인 채 대상을 관찰만 하기 때문이다. 즉 고양이와 더불어 시인은 '눈의 주체'인 것이다.

눈빛만 살아있는 고양이와 자신의 모습이 겹쳐서 떠오르는 것은 반가운 일이 아니다. 감상을 배제하기 위해 시선의 주체가 된 시인은 또다시 우울해진다. 사물을 면밀하고 정확하게 묘사하지만(각 시의 (1)), 그는 '希望'을 느끼지 못한다. 힘과 희망의 상징이었던 '電車'는 냉담한 '고양이의 눈'(「비」, (3))을 지닌 자로 여겨지며 지금 그것은 '타이타닉號'처럼 종말을 향해 가는 것으로 묘사된다. 전차에게서 느끼던 '희망'은 더이상 없다. 때문에 電車는 '구원할 수 없는 希望을 파묻기 위하야 검은 追憶의 바다를 건너간다.' 생기와 발랄의 대표자였던 '魚族들'(「비」, (4)) 역시 과거의 이미지 그대로 보이지 않는다. 그들은 모두 파편화된 채 살아가는 존재들('女子……', '사나히……')로서 그들에게서 구원의 이미지는 발견할 수 없다. 그들도 역시 '救援을 찾지 않는다'. 이제 그들은 생명과 명랑의 상징이 아니라 그저 추상화된 채 살아가는 사물들에 불과하다. 명랑과 생명의 이미지가 우리를 救助할 수 있을 것이라는 희망은 환상임이 드러난 것이다. '救助船'인 줄 알았던 것은 단지 '종이 雨傘'이다. '그들'은 '종이雨傘에 맥없이 매달려 밤에게 이끌려' 갈 뿐이다.

시인은 상황을 몹시 비관적으로 본다. 그가 합리적이고 건강한 자아의 이미지로 여겨왔던 기차나 어족이 추상화된 사물과 다름없다는 변화된 인식이 그러한 시적 정황을 반영한다. '信號는 海上에서 지랄하나/ 어느 無電臺도 문을 닫었다.'에서 드러나듯이 '坐礁된 배'의 구조요청이 절망적으로 느껴지는 것도 이 때문이다.

「海圖에 대하야」에서도 상황이 절망적으로 묘사되는 것은 마찬가지다. 시선의 끝에 놓인 대상은 어둠 속에 갇힌 것으로 묘사되며 그곳에서 '해'는 '希望을 던저버리고 사라진다'. 예의 그 고양이는 '山기슭에서 어둠을 입고 쪼그리고 앉어' 있다. 시인은 '大英帝國'과 서로 상호작용하지 못하는 주체가 안타깝기만 하다. 그 주체는 '도마배암이처럼 기여가는 별들의 그림자'에 불과한 것이다. 행동하지 않고 시선만을 지닌 자는 대상과 서로 접하지 못하고 그림자처럼 공허한 흔적('그림자의 발자국들')만을 남긴다. 시인은 그러한 주체를 실험실의 관찰자로서 인식하는데, 「海圖에 대하야」의 (3)에서 드러나는 것처럼 관찰자인 시선은 더 이상 희망도 긍정도 아니다. 그러한 시선은 사물을 본질로 보지 못하고 추상화시켜 버리기 때문이다. 냉담한 관찰자의 시선은 모든 대상의 질적 차별성을 무화시키는 것이므로 거기엔 객체에 대한 소외만이 남게 되는 것이다. 따라서 관찰자적 시선의 주체에게는 '집 이층집 강 웃는 얼굴 交通巡査의 모자 그대와의 約束……' 등은 무엇이든지 동질로 여겨진다. 구체적인 대상들의 질적 특성을 무시하는 이 시선을 시인은 '무엇이고 差別할 줄 모르는 無知한 검은 液體'라 보며, 이러한 시선이 보편화되는 상황을 대상을 '녹여버리려는 目的없는 實驗室'로 여기고 있다. 이러한 시선으로 대상을 보는 것은 그에 대한 공정하지 못한 접근인 것이다.

시인은 실험실 속의 주체인 관찰자로서의 시선을 자신과 동일한 것으로 생각하면서 이러한 시선이 가지고 올 결과들을 우려하기 시작한다. 이는 목적을 잃은 '實驗室 속에서 나의 작은 探險船인 地球가 갑자기 그 航海를 잊어버린다면 나는 대체 어느 구석에서 나의 海圖를 편단 말이냐?'하는 시인의 안타까운 절규로 나타난다. 관찰자적인 시선은 시인에게 대상에 대한 거리를 보장해주는 편리한 장치였지만 그것의 보편화된 사용은 도리어 질곡으로 나타나고 있었던 것이다. 시인은 대상과의 간격을 지나치게 확대하고 그 거리를 고정시킴에 따라 주체와 객체 간의 관계가 화석화되고 따라서 방향도 목적도 찾을 수 없는 상태가 되었음을 깨닫는다.

이로써 과거의 부정적인 자아로부터 벗어나 근대를 살아가는 건강한 주체로 살아가고자 행했던 일련의 지적 시도들은 일단락짓게 된다. 시인은 자신을 비롯한 우리 민족이 어둠과 우울에서 벗어나 '밝게' 살아가길 바랬으며, 때문에 그와 같은 부정적인 정서를 제거하기 위한 노력에 자신의 초기 시작 활동 전부를 바친다. 그는 타자가 가한 상처로 얼룩진 자아로 하여금 그것을 대상화시켜 바라보는 '또다른 자아'를 일으켜 세우라고 요구하였다. 이때의 '또다른 자아'는 자신뿐 아니라 모든 사물을 객관화시켜 바라봄으로써 그러한 대상들이 지닌 부정적 요인들에 의해 침해받지 않는 새로운 자아를 의미하는 것이다. 이러한 자아는 객체와 주체를 분리시켜 객체를 주체의 가치에 따라 전유하는 근대의 합리적인 인간형과 통한다. 김기림은 근대적 환경 하에서 우리 민족이 살아가야 한다면 우리는 이와 같은 합리적인 인간형으로 거듭나야 한다고 생각했던 것이다. 때문에 그는 과거의 부정적 심상들 대신 밝고 강한 '태양'과 같은 심상을 가질 것을 역설했으며 과거와 부정적 감정과 단절하기 위한 기각행위를 취한다. 또한 창작의 측면에서도 그러한 분리 행위가 규범화되기를 꾀하여 이른바 '寫像詩', '사물시', '이미지즘시', '회화시'로 일컬어지는 유형의 시들을 제시하였다.

이들 시는 김기림 초기시의 특정한 규범적 형식을 보여주는 것이다. 이 규범화된 형식 속에서 우리는 대상과의 거리를 의식적으로 고정시키는 주체의 의지를 발견할 수 있다. 그 주체는 불합리와 부조리에 의해 더 이상 상처입고 비관하지 않겠다고 말하며 '나'는 대상으로부터 다치지 않고서도 대상을 인식하고 이해할 수 있다고 자신한다. 이러한 선언은 곧 주체성을 원리로 하는 근대의 합리적 인간이 되겠다고 하는 의지를 반영하는 것이다. 객체를 대상화시키는 주체는 그 거리에 힙입어 객체를 나의 가치에 맞게 합목적적으로 이용할 수 있게 된다. 객체의 합목적적인 이용으로 인해 '나'는 주체적인 인간으로, 다시 말해 근대에 적합한 인간으로 우뚝 설 수 있게 된다. 이러한 주체적인 인간은 시를 창작할 때도 감정의 횡일을 자연발생적으로 유로시키는 대신 특정한 가치에 합당하도록 각 요소들을 통일적으로 구성하게 된다. 김기림이 시인이 제작자가 될 것을 요구한 것은 시인 스스로 합리적인 인간이 되어 주체적인 입장에서 시를 쓰기를 바랬기 때문이다.

그런데 객체로부터 분리되어 주체를 세우고자 했던 시도가 시 속에서 형식을 얻는 과정에서 시인은 자신이 예술가가 아닌 과학자가 되어 가고 있음을 깨닫는다. 물론 그것은 시각을 강조하면서 생기는 일이었다. 과학자의 시선은 대상을 구체성이 사라진 추상성 속으로 몰아가게 되어 이 과정에 놓인 대상은 결국 모든 가치와 질적 차이를 상실하고 평등한 객체로 놓이게 된다. 이에 따라 모든 대상은 자신의 고유한 의미를 잃어버리는 것이다.[49]

이러한 상황은 주체인 나 역시도 추상화시키게 된다. '나'는 시를 쓰는 주체이지만 대상을 추상적으로 바라보는 것에 안착할수록 대상은 사멸하고 시는 사물시로 경화되며 '나'는 나아가야 할 방향을 상실하게 되기 때문이다. 김기림의 자기반성이 시작되는 지점도 여기이다. 「새 인간성과 비평정신」에서 그는 "우리 문학 속에는 한때 확실히 인생에서 멀어져가는 경향이 나타나고 있었다"[50]고 하면서 기존의 자신의 시적 경향에 대해 비판을 하기 시작한다.

3. '형식주의' 비판과 '형식'의 의미

김기림의 시적 텍스트 내에는 '주체' 문제에 주목을 하도록 하는 몇 가지 요인이 담겨 있다. 그것은 먼저 김기림이 자신의 시론에서 시가 '소통의 매개체'임을 강조하고 있는 데에서 찾을 수 있을 것이다. "시는 사람과 사람의 교섭이라는 특징을 가진 언어의 한 특수형태"[51]라든가 그러하기 때문에 "문예 비평의 대상은 문예 작품의 효과"[52]이

---

49) 이러한 상태는 아도르노가 말한 주체의 객체 지배 상황을 연상시킨다. 아도르노는 이것이 근대의 주체성을 원리로 하는 근대인의 욕망의 표현이라 한다. 그리고 이것이 파시즘의 철학적 기반이라 말한다.

50) 「새 인간성과 비평정신」, 『전집2』, p.89.

51) 「시학의 방법」, 『전집2』, p.17.

52) 「시와 언어」, 『전집2』, p.25.

며 "시의 기능"[53]라는 언급이 그것에 해당되는데, 이를 통해 김기림은 자신의 시가 미적 본질을 추구하기보다는 대사회적인 목적을 가지고 쓰여졌다는 사실을 밝히고 있다.

시가 사회에 대해 일정한 기능을 행할 것이라는 관점은 언어의 수행적인 측면을 보여주는 것이다. 수행적인 언어는 하나의 진술이 그 내용의 진실 여부와 상관없이 상황에 적합한지 아닌지를 가늠하게 하는 것으로 발화 자체가 행위가 됨을 보여주는 것이다. 단어의 의미와 텍스트의 의미는 진술 내용보다는 텍스트가 야기하는 효과에 따라 역으로 포착될 수 있게 된다. 때문에 저자는 스스로 화자와 청자를 상정하여 텍스트를 구성하는 자가 된다.

시적 일반론의 차원에 놓이는 이와 같은 태도는 김기림의 시론 곳곳에서 읽을 수 있는 것들이다. 이것이 대부분의 모든 시를 포괄하는 일반론에 속하는 것이지만 김기림이 이러한 태도를 강조하는 것은 문단의 지형도를 바꾸고 있다는 점에서 의미를 지니고 있다. "모더니즘은 두 개의 부정을 준비했다. 하나는 로맨티시즘이고 또 하나는 편내용주의이다"[54]라는 명제를 통해 김기림은 기존의 문학적 담론이 효과의 측면에서 오류를 범하고 있음을 말하고 있다. 전자는 주관적 정서를 대상화하지 못함으로써 정서를 객관화했을 때 얻게 되는 주체 정립의 효과를 독자로 하여금 갖게 하지 못하며 후자는 주관의 확보에 필요한 형식을 고려하지 않음으로써 자신들이 의도한 바의 효과를 제대로 내지 못한다는 것이다. 김기림의 지적은 한편으로 독자의 경험을 조직하고 변화시키는 데 실패한 텍스트의 잘못된 구조를 문제삼

---

53) 위의 글, p.21.
54) 「모더니즘의 역사적 위치」, 『전집2』, p.55.

으면서 다른 한편으로 독자가 획득해야 할 주체 정립의 과정을 염두
에 두고 있는 것이다. 결국 김기림은 이 두 오류를 '형식'을 통해 해
결할 수 있다고 생각했다.

우리는 김기림의 초기시를 통해 그가 예술의 자율성이라는 개인주
의적 형식 층위를 어떻게 발전시켜가고 있는지와 이와 함께 근대적
인간형이라는 합리적 주체를 정립해가는 과정을 살펴보았다. 이로써
김기림 담론의 출발점이 근대와 개인에 있으며 초기의 김기림이 이를
바탕으로 한 시적 형식을 만들어 냄으로써 이들 범주를 심화시켜 갔
음을 알 수 있었다.

김기림은 초기 담론을 통해 부정적 자아를 합리적 성격의 인물로
변화시켜나가기 위한 노력에 몰두하였으며 그것은 곧 근대적 주체로
자기정립해 가는 과정이었다. 김기림이 생각하기에 합리적인 주체는
자본주의의 원리에 적합한, 그와 교응하며 발전할 수 있는 인간형이
므로 그러한 성격의 습득이야말로 조선에 근대를 주도해가는 주체가
누구인지를 떠나서 우리 민족이 갖춰야 할 교양의 내용이라 보았다.
김기림이 독자를 상대로 '교섭'하고자 했던 것도 바로 이 부분이다.
그는 합리적인 근대인으로 성장하는 것이 자신의 문제인 동시에 우리
민족의 문제이기도 하다고 생각하였다. 김기림은 변화된 시·공간에
적응하는 주체를 건설하고자 하였고 이를 통해 우리 민족의 자립력과
응전력을 키우고자 하였다.[55]

---

[55] 김기림은 '과학적 시학'의 기초를 다루는 「시학의 방법」에서 '시는 사람과 사
람 사이의 교섭'이라고 단정짓고 있다. 이 글은 1940년에 쓰여졌지만 초기 시
론에 속하는 「시와 인식」, 「시의 방법」, 「시의 모더니티」 등에서 이미 시가
독자에게 주는 영향의 측면들이 고려되고 있었다는 점에서 '교섭'의 문제가
후기시에만 제한적으로 적용되는 관점은 아니라는 사실을 알 수 있다. 김기

그러나 그 과정에서 김기림은 자신이 일정하게 고립된 상태에서 자아 형성을 꾀했다는 사실을 깨닫게 된다. 그러한 각성은 정서를 과도하게 억압함으로써 결과적으로 피동적이고 소극적인 자아로 남게 된 모습을 발견하는 것에서 비롯되었다. 그것은 시적 형식의 측면에서 자신의 추상적인 내면을 객관적 상관물을 통해 형상화하는 데 주력함으로써 시적 구조의 폐쇄성과 일방성을 노정하였던 것, 미적 정서가 배제된 회화시가 쓰여진 것과 관련된다. 김기림이 합리적이고 긍정적인 인간형이라 믿었던 주체는 이러한 시적 구조 속에서 객체와 절대적으로 단절된 자리에 위치하게 된다. 대상은 자아의 편의에 따라 피상적이고 부분적으로 차용될 뿐이며 주체 역시 자신의 고유한 본질을 망각한 채 객체와의 일면적인 관계만 형성할 뿐이다. 이는 주체가 대상을 지적으로는 전유하였지만 대상과의 내면적이고 총체적인 관계에까진 나아가지 못하였음을 의미한다. 이로써 객체가 주체에 의해 사물화, 정물화되는 것 못지 않게 주체도 지적이고 추상적인 존재로 단자화된다는 것을 알 수 있다. 따라서 이때 형성된 자아는 불구적이고 매우 제한된 주체이다. 여기에 대해 시인은 심각한 문제의식을 느꼈고 이에 따라 자신의 인식론적 태도를 수정하기에 이른다.

림은 끊임없이 '낭만주의자'들이 독자에게 행하는 '감정의 감염'을 경계하고 대신 '건강하고 신선한 감성'(「시의 모더니티」), '명랑성', '지성에 의한 감정의 정화작용'(「현대시의 표정」)을 추구한다. 이러한 사실들은 김기림이 초기부터 일관되게 시를 독자와의 소통의 매개로 간주하였음을 보여주는 바, 이 때의 독자는 시를 통해 의사소통이 이루어질 수 있는 집단, 즉 조선어를 중심으로 결집할 수 있는 언어 공동체이다. 초기 담론에서 김기림이 문학의 일반론적 차원에서 불특정한 독자를 염두에 두었는지 아니면 상징과 신념을 공유하는 강력한 언어적 공동체, 즉 민족을 지향하였는지를 구별하는 것은 중요하면서도 어려운 문제다. 김기림의 경우 이 두 가지 측면이 어우러져 있고 분명한 것은 이 둘 사이에서 김기림의 담론이 형성, 변모한다는 점이다.

농도의 차는 있을지언정 작가는 그가 지상에서 쓰는 한 무슨 형태로든지 인생과 관련을 가지지 않을 수 없다. 문제는 그가 적극적으로 인생에 향하여 動力하려고 의도하느냐 않느냐에 있다.

그러나 그것은 도대체 문학 이전의 문제다. 문학의 문제는 차라리 그 작가가 얼마나 깊이 인생의 진실에 육박하여 그것을 형상화할 수 있었느냐에 있다. 문예사조의 방향의 문제는 대체로 뭇 작가의 태도와 그러한 것들이 결과하는 작품에 나타나는 보편적인 시대색에 의하여 의하여 추상될 것이다. 그런데 우리 문학 속에는 한때 확실히 인생에서 멀어져가는 경향이 나타나고 있던 것도 사실이다.[56]

여기에서 김기림은 문학의 형상화 문제를 자율적 영역으로 규정하는 동시에 그러한 형상화 문제, 즉 특정한 문예사조가 '인생과 관련하는 작가의 태도'에 의해 결정될 것이라 하고 있다. 그렇게 보았을 때 기존의 시는 '인생에서 멀어져가는 경향'을 나타낸 것이었으며 그런 의미에서 그것은 '형식주의'[57]였다고 진단한다. 이어 김기림은 '형식주의'가 출현했던 것이 '문명사적 근거가 있'으나 근대문명 자체가 '인간에서 출발해서 이미 인간을 무시하는 경지에까지 이르렀다'고 말한다.

이러한 진술은 김기림이 근대의 본질에 대해 깊이 있는 이해를 가지고 있음을 보여주는 것이다. 무릇 근대가 공화정치를 수립하고 계몽의 담론을 통해 민중을 역사의 주체로 세웠던 것이 '인간에서 출발'한 것이라면 근대적 주체들이 자신의 자유를 확장하는 과정에서 이번

---

56) 「새 인간성과 비평정신」, 『전집2』, p.89.
57) 위의 글, p.89. 여기에서 김기림이 말하는 '형식주의'는 기존의 자신의 시적 경향을 포함한 형태시, 음악시 등 소위 기교주의 시 전반을 지시하는 것이다.

엔 타인을 정복하고 자연을 짓밟게 되었던 것은 '인간을 무시'하는 것에 해당된다. 김기림은 우리 역사의 실정과 상황에 따라 근대 초기의 자유주의적 정신을 자신의 담론의 중심에 위치시키고자 하였으나 직접 시를 창작하는 과정에서 그는 근대적 세계관이 지닌 모순과 한계를 느끼게 된다. 그것은 초기시에서 노정되었던 일종의 결핍감과 닿아 있는 것으로서 주체가 자신을 세우면서 대상을 객체화시키게 되고 그렇게 됨에 따라 대상과 편향되고 고착된 관계망 속에 놓이게 되는 문제를 내포하는 것이다.

이에 김기림은 초기의 창작 방법을 견지할 경우 '역동적인 인생'은 불가능하다고 판단한다. 그리고 '역동적인 인생'이 시적 요소가 되지 못할 경우 시는 언제까지나 일정한 형식으로 규범화되고 말 것이다. 여기에서 이 시기 김기림이 비판의 핵심으로 상정하고 있는 '형식주의'란 다른 것이 아니고 '역동적인 인생'을 통해 내용을 제공받지 못하고 시가 추상화, 규범화되는 경향을 가리키는 말이라는 것을 알 수 있다. 김기림이 '기교주의'[58], '언어의 말초화'[59]라고 일컫는 시들이 모두 이러한 경향을 보여준다. 김기림은 이러한 경향의 시들이 "시에 있어서도 주제라든지 철학을 거부하고 소재로서의 언어의 순수한 음이나 형의 결합 반발에 의하여 물리적인 효과만을 겨누는"[60] 것이라고 정식화함으로써 자신의 초기시가 지니고 있던 문제점을 정확히 진단한다.

그러나 김기림이 '형식주의'를 부정한다고 해서 '형식' 범주 그 자

---

58) 「기교주의 비판」, 『전집2』, p.94.
59) 「모더니즘의 역사적 위치」, p.57.
60) 「새 인간성과 비평정신」, p.89.

체를 부정하는 것은 아니다. 이러한 사실은 김기림이 비판의 담론을 펼치는 중에도 '전체로서의 시'[61]를 주장하고 있는 데에서 알 수 있다. 「기교주의 비판」에서의 설명에 의하면 '전체로서의 시'란 '음악성이나 외형같은 각각 기술의 일부면에 지나지 않는 것을 추상하여 고조하는 시의 일면화, 편향화'를 극복한 것, 즉 '그러한 것들을 그 속에 통일해 가지고 있는 더 높은 가치의 체계'이다. 김기림이 비판하는 것은 시적 요소 가운데 일면만을 강조하여 사용하는 것이다. 그리고 이러한 관점은 사실 초기에서부터 시의 창작 방법으로 제시했던 원칙과 다른 것이 아니다. 김기림은 초기담론에 속하는 「시와 인식」에서 역시 "시에 있어서 형이나 음만을 기술의 문제로 다루기 시작한다면 우리는 벌써 고갈한 형식 유희에 떨어지고 만다. 시는 한 언어적 전체조직이다"[62]라고 말하고 있다. 이것은 「모더니즘의 역사적 위치」에서 정리한 '전체적 효과를 의식하고 일종의 건축학적 설계'라는 진술과도 같은 맥락에 놓이는 것이다.

　'형식'과 관련한 김기림의 이러한 관점은 그가 고려하는 '형식'이 '형식주의'의 그것보다 더욱 일반론적인 차원에 놓이는 것임을 보여주는 것이다. 즉 '형식'은 앞의 절에서 논증했듯이 근대라는 장 속에서 이미 형성된 '주관'에 대한 보편지향적 표현으로서 자리잡는 것이다. 또한 '소통'을 위해 마련되는 '효과적인 구조'의 의미를 띤다. 이 점에서 김기림은 근대의 한 본질인 '개인'의 범주를 포기하지 않는다는 것을 알 수 있다. '형식주의'를 비판한다고 해서 곧바로 사회주의자들처럼 현실 참여적이고 문명 비판적인 담론들을 만들어내지 않는

<hr>

61) 「기교주의 비판」, p.99.
62) 「시와 인식」, 『전집2』, p.73.

이유도 여기에 있다. 그에겐 어디까지나 개인과 주관주의의 영역이 존재하고 있었고 그러하기 때문에 예술이 소통의 매개체로서 기능할 수 있고, 또 그렇게 기능해야 한다고 생각했다.[63] 이같은 관점에 설 때 '형식'이 시대성을 띤다는 점을 이해할 수 있다. 예술가는 변화하는 시대에 따른 변화된 감수성에 따라 자신의 예술 형식을 고려해야 하는 과제를 안게 되는 것이기 때문이다.

김기림이 '편내용주의자'라 불렀던 당시 사회주의자들이 담론의 효과적인 조직에 실패한 것은 '형식'이 근대 자본주의에서 발생하는 근대적 개인의 주관주의의 외적 표현이라는 사실을 외면했기 때문이다. 그들은 문학의 자율적인 부분이 부르주아의 존재성에 기반한다 하여 이를 의도적으로 폄훼하고 예술 텍스트가 세계관 및 진리 내용으로 환원될 수 있다고 주장한다. 따라서 이들은 기표의 자율성을 무시한 채 진술 내용의 직접적인 제시에 주력하게 되어 문학 작품을 철학 혹은 개념적 정의로 귀결되게 하는 결과를 빚는다.

---

63) 예술작품이 소통의 매개가 된다면 그 예술의 매체로서의 성격까지도 고려하지 않는다면 효과적인 형식은 나오기 힘들다. 즉 매체가 지닌 자질을 고려하지 않고는 예술작품은 주관의 객관화를 이루어낼 수가 없다. 이러한 문제는 문학의 자기반영성에 대해 생각하게 해준다. 문학의 자기반영성이란 문학이 독자적인 영역으로 분화되어 감에 따라 스스로의 매체에 대해 자의식적으로 되는 현상이다. 가령 소설가들이 자기 작업에서 소설 쓰기를 문제삼거나 상징주의자들이 시 언어의 본질에 대해 천착하며 언어를 자신들의 고유한 대상으로 간주하는 것 등이 그 예가 될 수 있을 것이다. 예술가들은 자기가 활용하는 재료들을 자기 작업에서 창작의 주제로 삼음으로써 미학의 새로운 과학성을 탐구할 수 있다고 생각하게 된다. 그리고 이러한 현상이 '반영'을 문제삼는 자연주의와 구별되는 점이라고 여긴다.(E.Runn, 『마르크시즘과 모더니즘』, 김병익 역, 문학과 지성사, 1991, pp.46~7.)이러한 문학적 행위는 문학의 자율성을 강조하는 동시에 파편화된 사회에서 과연 문학 작품이 소통을 이루어낼 수 있는가를 질문하는 것에 해당되는 것으로 모더니즘의 대표적인 형식이 되고 있다.

한편 과잉된 정서를 드러내는 낭만주의자들에 대한 반감은 낭만주의자들이 그들 시에 노출된 독자로 하여금 올바른 정체성을 형성하지 못하도록 방해한다는 생각 때문에 생겼던 것이다. 김기림은 근대적 제도에 따라 형성된 개인의 감각과 의식을 바탕으로 새로운 인간형을 제시한다. 그것은 감정을 지적으로 절제하고 통어할 수 있으며 자신의 목적에 따라 그 결과를 도모해나가는 합리적인 성격의 자아를 의미한다. 낭만주의자들과는 달리 김기림은 지적인 태도를 바탕으로 자신의 시에서 합리적 자아를 유도할 수 있는 담론을 구성하게 된다.

김기림이 '형식'을 중심에 두면서 문단 내에 설정한 두 집단과의 대결지점은 그가 그 무엇보다도, 가령 문예사조로서의 모더니즘을 내세우는 것보다 더욱 근본적으로 근대적 주체 형성의 문제에 천착하고 있음을 보여주는 것이라 할 수 있다. 형식이 곧 주관의 범주이고 사회적 과정들의 법칙성에 따른 적절한 조성[64]이므로 형식의 문제는 주체와 분리되어 생각될 수 없기 때문이다.

이러한 논의를 통해 우리는 1930년대 중반에 이루어진 김기림의 '형식주의' 비판이 표면적인 것처럼 형식을 부정하는 것이 아니라 오히려 더 형식을 강조하는 것이라는 사실을 알 수 있다. 역설적으로 들리지만 이 점을 고려하지 않으면 김기림의 '반성'은 형식논리적 종합에 불과하다. 또한 예술에서의 내용과 형식의 이분화된 논리는 더 이상의 진전을 볼 수가 없게 된다. 김기림은 전문적 예술인으로서, 그리고 지식인으로서 이 문제를 해결해가려 하였다. 이 때 열쇠는 '형식'이 쥐고 있었던 것이다.

---

64) P.Burger, 『미학이론과 문예학 방법론』, (김경연 역), 문학과지성사, 1991, p.57.

  '형식'은 독자적인 예술의 진보와 관련되지만 그것이 동시대와 호흡을 같이하려고 할 때 그 영역에 국한되는 현상을 피할 수가 있다. 다시 말해 변화하는 시대 및 동시대인의 변화된 감수성을 고려하여 그 변화에 조응하고자 한다면 예술의 형식은 그 자체의 발전과 함께 수용자와의 소통이라는 두 가지 문제를 해결할 수가 있게 된다. 이는 예술에서의 '형식'이 주관성을 강화하는 것이지만 '올바른 형식'은 동시에 객관성을 획득함으로써 예술가와 수용자 간의 소통이 이루어진다는 것을 말해준다. 따라서 '형식'은 예술이 하나의 영역으로 분화된 것을 증명하는 한편, '형식'에 대한 진지한 고려는 예술이 그 영역 내부로 고립해 가는 것을 극복하기 위한 노력으로 볼 수 있는 것이다. 물론 이것은 말처럼 쉬운 일은 아니다. 이를 위해서는 적어도 시대의 흐름에 대단히 민감하고 그 본질을 파악해야 하며 그가 사용하는 장르의 성격을 철저하게 이해하고 있어야 하고 실제 표현 기술에 있어서 능수능란해야 한다.

  그렇다면 김기림이 '형식주의' 비판을 통해 정작 부정하려 했던 것은 무엇일까? 그는 형태나 음악 등의 시적 요소를 총체적으로 활용하지 않고 일면적으로 사용하는 것을 문제삼고 있지만 그것은 표면적인 언술에 불과하다. 정작 비판의 타겟이 되었던 것은 자신의 초기시였고 자신의 초기시 창작 과정에서 느꼈던 일종의 질곡이었다. 그것은 과거의 시가 회화시의 틀을 벗어나지 못하고 있다는 인식, 자신의 시가 대상과의 추상적인 관계에 고착될 뿐 객체와의 내면적인 대화가 이루어지지 않는다는 데 대한 고립감, 일관되게 독자와의 소통을 말해왔지만 그 역시 일방적인 담론 구조로 이루어지고 있다는 판단 등으로 정리될 수 있을 것이다. 이러한 것들에 대해 김기림은 이 절의 초두에서 언급했던 '역동적 인생의 결핍'을 대응시키고 있다.

「시의 회화성」에서 역시 이 시기에 이루어진 김기림의 문제 의식의 단면을 볼 수 있다. 이 글에서도 김기림은 예의 '전체로서의 시'를 말하지만 "그렇다고 단순히 기술의 종합적 파악에 의하여 시의 문제는 끝나는 것은 아니다. 그것만이라면 그것은 여전히 일방적인 형식주의에 떨어지고 말 것이다"[65]라고 하면서, "그러한 기술에의 새로운 인식은 능동적인 시정신과 그리고 또한 불타는 인간정신과 함께 있지 아니하면 아니된다.", 그리고 "잃어버렸던 인간정신을 생활과 행동 속에서 찾을 수 있다"[66]고 적고 있다.

여기에서 우리가 주목할 내용은 "능동적인 시정신과 불타는 인간정신"[67]이라는 부분이다. 이것이 김기림이 초기시에서 결핍된 것으로 느낀 '역동적 인생'에 해당한다. 그가 '형식' 자체를 부정한 것이 아니라는 점은 「시의 회화성」에서 '전체로서의 시'를 말하는 데에서도 드러난다. 결국 그의 문제는 초기시에서 결여되었던 '능동성'과 '인간성'이 무엇이며 그것을 어떻게 찾느냐하는 데 집중된다. 이후 1935년도를 전후하여 쓰여진 「오전의 시론」과 「속 오전의 시론」으로 묶인 글들은 모두 초기시가 지녔던 결핍이 무엇이며 그것을 어떻게 극복할 것인가를 탐구하는 것들이라 할 수 있다.

이 때 제일 먼저 등장하는 담론이 엘리어트나 흄류의 고전주의를 낭만주의와 결합시켜야 한다는 내용의 글이다. 이러한 정황은 「인간

---

65) 「시의 회화성」, 『전집2』, p.107.
66) 「시의 회화성」, 『전집2』, p.108.
67) 「시의 회화성」, 『전집2』, p.107.

의 결핍」에서 보이는 고전주의에 대한 비판으로 나타난다.

> 그 속에 인간이 참여하는 것을 극도로 배제하는 예술이 있다. 예술뿐 아니라 근대문명의 모든 영역에서 인간이 쫓겨나고 있는 사실은 누구나 쉽사리 지적할 수 있는 일이다. 인간의 결핍―그것은 근대문명 그 자체의 병폐다.
> 문학에 있어서 인간을 거부하는 이러한 주장은 일찍이 영국에서는 'T.E.흄'이 체계를 세워서 나중에는 'T.S.엘리엇'에 의하여 계승되었다. 문화가 인간적인 것을 세척해 버리고 그 독자의 세계로 증발될 때 그것은 이윽고 眞空의 상태에 이를 것이다.
> 오늘의 지식계급을 구성하는 사람들은 벌써 어려서부터도 이러한 분위기 속에서 인간을 고려하지 않는 방향에로 知的 훈육을 받아왔다. 문학에 있어서는 이는 고전주의의 체계를 형성함에 이르렀다. 'T.E.흄'은 '빅토리아니즘'의 飽和된 인간주의에 대한 비판으로서 이러한 비인간적인 고전주의를 생각하였으나 그것은 표면적인 현상이고 오늘에 와서는 이 비인간성이야말로 고도로 발달된 근대문명 그 자체의 본질임이 밝혀졌다.[68]

이 글에서 김기림은 초기시에서 문제되었던 것이 '인간성의 결핍'임을 확인하고 있다. 그리고 김기림은 흄과 같은 고전주의가 낭만주의에 대한 반작용으로 생겨난 것이며 감성의 부정과 지성의 옹호는 결과적으로 비인간성을 가져왔음을, 그리고 그것은 근대문명의 본질에 속하는 문제임을 지적하고 있다. 영국 문학에서 고전주의가 낭만주의에 대한 반동으로 형성되었음은 주지의 사실이다. 흄이 낭만주의를 부정하게 된 것은 프랑스 혁명에 대한 증오에 기인한다. 그는 혁명

---

68) 「인간의 결핍」, 『전집2』, p.159.

을 일으킨 인간의 행동이 '개인은 가능성의 무한한 저수지'라고 하는 사상으로부터 비롯되는 것이라 보고 인간을 극히 고정되고 한정된 동물이라 하였다.[69] 흄과 김기림의 공통점이 있다면 과거의 낭만주의를 부정하고자 했다는 데 있다. 그러나 흄이 '가능성'으로 표현되는 인간의 능력을 제한하기 위해 고전주의를 주장한 것이라고 한다면 김기림은 식민지인의 '능력'을 강화하기 위해 고전주의를 취한 경우이다.

여기에서 우리가 정작 관심이 있는 것은 김기림이 과거의 시적 경향을 '비인간성'으로 규정하고 그것이 근대문명의 본질이라 한 대목이다. 이것이 의미하는 것은 김기림 자신이 초기시를 통해 근대적 인간형인 합리주의적 주체를 세우려고 했던 사실을 회의하고 있다는 점이다. 근대문명이 합리적 인간을 요구한 것 자체가 비인간적인 것이 되는 것이다. 이 부분은 김기림이 근대의 긍정에서 부정으로 나아가는 대목에 해당된다. 김기림은 여기서 근대의 부정적인 핵심적 요소로 지성과 합리성을 지적하고 있다.

「고전주의와 낭만주의」와 「돌아온 시적 감격」, 「각도의 문제」 등 이후의 글들에서 논하고 있는 것들도 대부분 이러한 방향에서 제시된다. 「고전주의와 낭만주의」에서 그는 "비인간화한 수척한 지성의 문명을 넘어서 우리가 의욕하는 것은 지성과 인간성이 종합된 한 새로운 세계다"라고 하면서 그러한 문명은 "인간과 육체의 협동에 의하여 생명적인 것으로 앙양되는 것"[70]이라고 하고 있다. 「돌아온 시적 감격」에서는 "문학적 감격이 영속적으로 보존되기 위해 그것은 인간적

---

69) T.E.Hulme, 「낭만주의와 고전주의」, 『현대영미문예비평선』, 을유문화사, 1981, p.40.
70) 「고전주의와 낭만주의」, 『전집2』, p.165.

감격과 함께 있어야만 부단히 타는 생명으로서 살아 있을 수 있다"[71] 라고 함으로써 '지성과 인간성의 종합'을 말하고 있다. 우리는 이러한 글들을 통해 '인간성'이 하나의 대안으로 제시되고 있으며 '인간성'옹 호가 곧 합리성을 본질로 하는 근대문명에 대한 부정의 기능을 한다 는 것을 알 수 있다.

이들을 통해 이 시기에 이루어진 반성의 담론이 초점을 맞추고 있 는 부분은 과거의 시적 경향에서 도외시되었던 '인간성' 즉 지성 외적 인 부분을 복원하는 일이라는 것을 알 수 있다. 김기림은 이러한 부분 들을 통해 과거의 오류를 극복하고자 하는데 그것은 곧 시적 내용의 추상화와 그에 대응하는 고착된 형식화이다. 비지성적인 것의 도입은 따라서 내용과 형식 양 측면에 대한 보완의 기능을 할 것이다.[72] 또 한 과거의 그러한 편향이 주체와 객체의 거리화에서 비롯된 것을 볼

---

71) 「돌아온 시적 감격」, 『전집2』, p.167.
72) 옐름슬레우 언어학의 표현층위와 내용층위간의 관계를 통해 여러 담론들의 구조를 계통적으로 정리해놓고 있는 지마의 관점에서 보면 김기림의 담론 구 조는 어떠할까? 초기시에서 명백히 그는 표현층위를 강조하는 경향을 보이고 있다. 그것은 담론의 전면에 '형식'을 드러내는 것에서도 알 수 있다. 그러나 해체주의자처럼 기표의 유희로 흘러 주체의 해체를 가져오지는 않는다는 점 에서, 그리고 시를 제작하는 텍스트 외부의 주체를 상정하고 있다는 점에서 내용층위를 무시하는 것도 아니다. 그는 이 사이의 긴장에 놓여 있다. 그러면 김기림이 반성기에 이르러 제시한 담론 구조는 어느 좌표값을 가질까? 먼저 김기림은 '형식'층위를 보존한다. 그는 과거의 형식이 잘못된 형식이었다고 하면서 오히려 형식을 더 강화할 것을 말한다. 이와 함께 과거 시의 '주제'의 결여, '내용의 결핍', '인간성의 결핍'을 말하는데 이들은 모두 내용층위를 강 화하는 의미소들이다. 결국 김기림은 내용층위와 표현층위 양 계열을 모두 강조하고 있다. 김기림에 의하면 초기의 내용은 추상적인 성격을 지니는 것 이다. 이로써 이후의 담론은 과거의 그것보다 내용과 형식 양 측면에서 강화 되는 양상, 즉 더욱 능동화되고 포괄적으로 되며 구체화되는 경향을 띨 것으 로 짐작할 수 있다. 이는 주체와 객체 모두 초기에서 보였던 추상적 성격으 로부터 벗어나는 것으로 드러날 것이다. 주체 객체의 새로운 관계 정립이 이 루어지는 것도 이 부분과 관련된다.

때, 지성 외적인 것의 도입은 주체, 객체 사이의 잘못된 관계를 수정하는 일과 관련되리라는 것을 암시한다. 이는 그것 자체로 문명비판을 의미하는 것이며 앞으로의 문명비판에 관한 포괄적인 담론을 형성하는 계기가 될 것이다.

이로써 우리는 반성기의 담론을 통해 김기림이 과거시의 형식주의적 경향과 그 속에서 내용 및 인간성이 결여되었다는 점을 자기비판하고 그것을 극복해나가고자 하는 과정을 살펴보았다. 김기림은 이러한 비판 위에 서게 되는 시를 "내용과 기교의 통일을 통한 전체성적 시론"[73]이라 하고 있다.

이제 남는 문제는 과거시를 보완하는 비지성적인 부분이 구체적으로 무엇인가 하는 것과 그러한 부분이 어떻게 형상화 과정으로 수용이 될 수 있을 것인가 하는 점이다. 그리고 결국 이 문제는 초기 시에서 나타났던 주체와 객체 사이의 분리의 경향을 극복하는 과정에서 해결될 수 있을 것이다.

---

73) 「시와 현실」, 『전집2』, p.102.

제3장

주체의 강화와 대화적 담론

1. 「기상도」와 강화된 자아

우리는 2장의 논증을 통해 김기림의 초기 담론이 근대에 대한 긍정과 그에 적합한 인간형 계발의 문제를 초점으로 하고 있음을 살펴보았다. 그리고 김기림에게 이 두 가지 문제는 합리성을 공통분모로 취하는 것이다. 김기림은 근대 및 근대적 제도가 지닌 목적 합리성의 편리함과 합리적 인간의 긍정적 측면을 보고 있었다. 그리고 개인이 이러한 관계망 속에 놓일 때 그때의 개인은 자율적인 주체로서 자유를 누릴 수 있을 것이라 생각했다. 그가 근대를 부정하지 않은 이유는 이 때문이다. 근대가 가속적으로 진행되어 더 큰 진보가 이루어진다면 누릴 수 있는 자유와 행복은 더욱 커질 것이다. 이것이 그가 꿈꾸던 시나리오였다. 그에게 근대는 일본 제국주의보다도 힘이 더 센 주체였던 것이다.

근대의 원리와 역동성에 희망을 걸었던 김기림은 전문적 예술인으로서 그리고 지식인으로서 그 스스로 예술의 근대성과 근대적 주체 형성을 이루기 위해 치열한 담론적 실천을 펼쳤다. 그러나 계속적인 실천의 과정에서 자신의 인식론적 태도 및 세계관이 지닌 문제를 발견하게 되었고 이에 자기반성을 통해 이후 담론의 나아갈 방향을 암시하게 되었다. 여기에서 반성은 근대가 본질로서 지니는 합리성을 중심으로 이루어졌다. 과거 시적 담론의 구조에서 문제되었던 것 역시 전면화된 합리성에서 말미암은 것이라 할 때 이러한 반성 지점은 타당한 것이었다 할 수 있다. 따라서 근대가 여전히 합리성의 얼굴로 나타난다면 근대는 부정되어야 할 것이다. 여기엔 합리성이 철저해질수록 불합리와 부조리를 양산할 것이라는 인식이 놓여 있는 것이다.

그런데 더 큰 "문제는 실은 엉뚱한 딴 곳에서 튕겨져 나왔다. 우리가 개화당초부터 그렇게 열심히 추구해오던 '근대'라는 것이 그 자체가 한 막다른 골목에 부딪쳤다는 것이 바로 그 일이다. (중략) 결국은 근대라는 것은 이 이상 발 하나 옮겨놓을 수 없는 상태에 다달았다."[1] 이 시점에 인식론적이고 세계관적인 측면보다 근대의 한계를 더욱 결정적으로 보여준 사건이 발생한 것이다. 그것은 공황과 파시즘으로 드러났던 근대의 위기를 의미한다. 김기림에게 후자의 측면은 더욱 심각하게 보였지만 사실 그것은 전자와 동일한 문제였다. 결국 김기림의 경우 근대에 대한 재고는 내부적 요인과 외부적 요인 양면에 의해 이루어진다. 서구에서 모더니즘이 출현하는 것도 이 지점에서였

---

1) 「우리 신문학과 근대의식」, 전집2, p.48.

다.[2] 모더니즘은 자본주의 경제의 위기와 관련하여 예술에서의 재현체계의 위기로 그 모습을 드러낸다. 경제의 위기는 근대가 과학의 보편화에 따른 생산의 풍요와 이성에 의한 전일적 질서 구축을 이루어내리라는 낙관적 기대가 붕괴되는 것을 의미한다. 또한 이는 세계를 단지 제대로 그려내고 표현하기만 할 수 있다면 세계는 통제될 수 있고 합리적으로 정리될 수 있을 것이라는 계몽 사상에 대한 믿음이 무너지는 것을 뜻하기도 하였다. 이에 따라 과거에 가능하리라 여겨졌던 과학적이고 수학적인 재현양식이 다각화된 재현체계로 변모하게 되는데 이것이 모더니즘인 것이다.[3]

김기림이 근대를 위기로 인식한 것은 세계공황과 서구의 파시즘 체제, 인간 학살, 일제의 군국주의화 등 합리적인 이성으로서는 상상하기 힘든 폭력과 파괴가 자행되고 있었던 데 기인한다. 그것은 더 이상 자유주의적 개인주의가 가능하지 않다는 것을 말해주는 지표이기도 했다. 계몽의 프로젝트에 의하면 사회는 자체의 원리에 의하여 체계적으로 질서화될 것이며 그 질서 내에 개인은 자율을 구사하며 타인과 자유롭고 평등하게 경쟁할 수 있게 될 뿐만 아니라 법과 과학, 예술 등도 보편률을 바탕으로 자율적인 논리에 따라 발전될 수 있게 되지만 현실은 더 이상 그러한 유토피아는 보장되지 않는다는 것을 보여주고 있었다.

---

2) 서구에서는 두 차례의 모더니즘이 일어났다. 하나는 1847-8년 경제 위기 때 보들레르, 포우, 플로베르에 의해서, 또 하나는 1910-15년 사이에 아방가르드들에 의해 이루어진다. 특히 20세기 초의 모더니즘은 러시아의 사회주의 혁명의 이미지로부터 큰 영향을 받았다. D.Harvey, 『포스트 모더니티의 조건』,(구동회 외역), 한울, 1995, p.48, H.Lefevre, 『모더니티 입문』,(이종민 역), 동문선, 1999, p.153 참고.
3) D. Harvey, 위의 책, p.30.

이러한 상황은 창작과정에서 느꼈던 문제와 중첩되는 것이었던 까닭에 김기림은 합리주의적인 자신의 세계관을 대폭 수정하게 된다. 원근법적 시선은 다초점의 각도로,[4] 지배적인 의식의 세계는 무의식과의 공존으로,[5] 문명에 대한 긍정은 그것에 대한 비판[6]으로 대체된다. 이러한 변화는 곧 자본주의가 그 원리로부터 부정되는 것을 의미한다. 자본주의 세계에서 화폐는 객체에 대한 주체의 가치의식을 실현해 주는 것으로서 합리성의 상징이었지만, 자본주의가 심화될수록 그것은 사용가치를 무화시킴으로써 사회 전체의 위계화된 가치 질서를 교란시키는 기능을 한다.

한편으로 화폐의 매개적 역할, 추상화 기능은 김기림의 초기시의 구조를 설명하는 데 유용하다. 김기림이 근대에 대한 긍정적인 입장에 서 있을 때 그의 인식구조는 대상을 전체적이고 과학적으로 통찰할 수 있을 것이라는 믿음 위에서 형성되었다. 객체와 주체의 분리와 원근법적 시선이 이를 말해준다. 이러한 일점구조적 시각 하에서 대상은 주체에 의해, 주체를 위해 가장 효과적으로 관계지워진다고 생각된다. 이때 객체는 주체와 분리되어 주체의 추상화 작용에 의해 합리적인 질서 속으로 편입되는데 이러한 과정이 시로 표현된 것이 김기림의 초기시, 특히 사물시였던 것이다. 초기시에서 나타나듯 김기림이 표현을 위해 기울인 노력은 사물을 추상화하기 위한 시도를 의미하는 것으로, 여기에서 사물의 추상화를 위한 표현은 화폐의 추상행위와 통하는 것이다. 즉 초기 김기림의 시 속엔 구조화된 사회의 조

---

4) 「각도의 문제」, 『전집2』, p.169.
5) 「프로이드와 현대시」, 『전집2』, p.130.
6) 「모더니즘의 역사적 위치」, 『전집2』, p.57.

직원리가 반영되어 있음을 알 수 있다. 더 정확히 말해서 화폐의 순기능적인 부분이 반영된 것이다. 그리고 거기엔 화폐를 매개로 사회가 합리적으로 조직될 것에 대한 기대가 전제되어 있었다.

그러나 화폐가 순기능만 가지고 있다는 생각은 계몽주의자들의 단순할 발상에 불과하다는 것이 식민지 체제 내부에서도 또한 외부적으로 국가 독점 자본주의 체제인 파시즘에 의해서도 확인되었기 때문에 김기림은 더 이상 화폐 원리에 대해 긍정할 수가 없게 된다.[7] 김기림의 '다초점론', '무시간성', '무의식'[8] 등의 의미소들은 이러한 배경에서 제출된 것이라 볼 수 있다. 이들 의미소들은 인간 의식의 합리주의적 성격뿐만이 아니라 사회의 조직 원리에 대한 비판도 함의하는 것이다. 이들을 취함으로써 일점근원의 원리 및 나아가 화폐의 매개 기능에 대한 긍정적 관점을 포기하게 되기 때문이다. 이러한 의식은 텍스트에서 순차적 시간 질서 및 인과적 논리 구조, 주체와 객체의 단선적 관계의 부정으로 나타나게 된다. 하나의 일관된 서술 구조는 동시적이고 병렬적으로 진행되는 계열체적 구조로 대체되어 위계화된 가치 질서가 파괴된 현상을 반영하게 된다. 또한 풍자나 아이러니 역설 등으로 대표되는 이중적 수사를 통해 사용가치와 교환가치의 대립이 부정적인 양상으로 귀결되는 상황을 암시하게 된다. 요컨대 자본주의 원리의 합리화된 부분인 화폐의 순기능적 면모는 더 이상 텍스트의

---

7) 『전집』5에 실린 「黃金行進曲」(1933.1.)이나 『太陽의 風俗』에 실린 「商工運動會」는 '돈'과 관련된 당시의 아이러니한 세태를 묘사하고 있다.
8) 김기림은 「프로이드와 현대시」에서 무시간성과 비논리 및 무의식을 언급하는데 이때 그는 무의식과 관련해서 "무의식이 시적 향수 속으로 들어오려면 한번은 의식화되어야 할 것"이라고 함으로써 극단으로 나가지는 않고 있음을 보여준다. 『전집2』, p.132.

주제가 되지 못하고 오히려 역기능적 부분, 즉 화폐가 대상을 매개하는 과정에서 대상의 고유한 질적 특성을 무화시키는 성격에 초점이 맞춰지게 되는 것이다. 이와 관련하여 객체는 주체에 의해 지배되고 주체는 객체를 지배하는 관계가 해체되고 주체는 점진적으로 약화되고 객체가 중심으로 개입해오는 텍스트 구조가 이루어지게 된다.

김기림은 이 시기에 '장시'의 필요성을 주장하게 된다. 그는 "더 복잡다단하고 굴곡이 많은 현대문명은 그것에 적합한 시의 형태로서 차라리 극적 발전이 가능한 장시를 환영하는 필연적 요구를 가지고 있는 것처럼 보이기도 한다"9)고 하면서 장시를 통해 근대 문명의 다중적인 면을 제시하겠다는 의도를 암시한다. 장시는 주체에 의한 추상화 결과 그 단면만이 제시되면서 구성의 통일성을 드러내는 초기시의 단시적 경향의 대척점에 위치하는 것이다. 초기에 단시로 이루어진 시들은 대부분 사물시로서 이들 가운데에는 불과 5~6행으로 이루어진 것도 많다. 반면 텍스트가 근대에 대한 비판을 꾀할 때 현실의 전일화된 질서가 파괴되는 양상과 대응해야 하기 때문에 여기에서 장시가 요구되는 것이다.

이러한 정황과 관련하여 김기림은 오늘날의 시인은 "그가 호흡하고 있는 현실 그것에 肉迫하기를 요구하며 현실의 순간을 입체적으로 이해하는 것"을 요구받는다고 하면서 "시 속에서 시인이 시대에 대한 해석을 의식적으로 기도할 때에 거기는 벌써 비판이 나타나"며 그 비판의 정신이 "풍자문학"임을 역설하고 있다.10) 시인이 '현실의 순간을 입체적으로 이해'하는 것, 그것이 '시대에 대한 해석이자 비판'이

---

9) 「시와 현실」, p.101.
10) 「시의 시간성」, p.157.

라는 인식은 그가 장시를 요구하게 되는 또 하나의 근거이기도 하며, 여기에서 풍자문학의 본질이 '嘲笑'에 놓인다는 지적은 현실에 대해 김기림이 취하는 관점을 분명하게 해준다 할 수 있다. 김기림은 "문명이 지극히 안정된 상태에 도달하여 다만 수동적이고 享受的인 감수 상태를 요구할 때는 전자(비둘기같이 얌전하고 조심스러운 감성—필자주)가 존중되며, 그렇지 않고 그것이 피로하여 그 속에서 새로운 것과 낡은 것과 의지와 단념이 함께 뒤볶이는 속에서는 차라리 후자(독수리같이 거칠고 틱틱한 감성—필자주)가 요망되는 것"이라고 하면서 '조소'의 기능을 문명의 핵심적인 부분과 관련시킨다.

다시 말해 '조소'는 대립자들이 결합하여 가치판단을 의심쩍게 만드는 상업화된 문화 속에서 반어나 패러디가 행하는 언어의 파괴적인 기능과 같은 성격을 지닌다. 사회의 이질적인 가치들이 교환가치, 즉 화폐로 환원되는 것이 근대의 본질이자 시장의 법칙이라면 이중적인 의미가 단순히 양적으로 대립하면서 웃음을 자아내는 패러디나 반어는 화폐의 추상성을 원리로 하는 사회에 대한 담론 구조상의 비판을 의미한다. 이러한 언어 구조는 교환의 원리가 지배적인 원리이자 보편적인 구조로 된 시장사회에서 등장하는 것[11]으로 고귀한 것과 비속한 것, 아름다운 것과 값비싼 것, 순수한 것과 악마적인 것 등 서로 질적으로 차이나는 것들이 결합하여(사용가치와 교환가치의 결합) 가치와 의미의 혼란을 일으키는 기능을 한다. 도스도옙스키의 다성적 술화 구조나 그 밖의 중의적이고 다의적인 텍스트들, 성격상 이중분열과 모순을 얘기하고 대립자들의 통일을 강조하는 것은 모두 양가성을

---

11) P.V.Zima, 앞의 책, 1991, p.123.

원리로 한다.[12] 김기림이 풍자를 '새로운 것과 낡은 것, 의지와 단념이 서로 뒤섞이는' 상황에서 '조소'를 자아내는 것이라고 본 것은 풍자가 곧 양가성 원리와 동일한 성격의 언어 구조임을 보여주는 것이며, 따라서 그것이 화폐원리가 지배화된 근대 사회에 대한 비판의 기능을 띠는 것임을 말해주고 있다.[13] 이러한 양식을 통해서 합리적 시

---

12) 위의 책, p.118.
13) 현대의 모더니즘 시의 특징을 시간적 지속성을 극복하고 공간적 형식을 제시하는 것으로 본 프랭크(J.Frank)는 그 기법으로 통사론적 연계성의 포기, 불연속된 어군들 사이의 관계 지각에 의존하는 구조, 단어군들의 병치, 시간적 관계성에의 의존을 버리고 동시적인 것으로서의 제시 등을 들고 있다.(오세영, 『문학연구방법론』, 반도출판사, 1988, p.80) 양가성의 담론은 병렬적, 계열체적 구조를 지닌다는 점에서 모더니즘의 공간화 기법을 수용하고 있는 텍스트라고 볼 수 있을 것이다.
모더니즘 시에서 공간적 형식을 그 원리로 취하는 데에는 근대의 계기적이고 직선적인 시간성에 대한 회의가 전제되어 있다. 역사가 과거에서 미래로 향한다고 하는 근대의 일직선적인 시간 의식은 더 이상 근대를 단순한 진보로 볼 수 없다는 관점이 형성되면서 미학적 담론을 중심으로 하여 붕괴되기 시작하였다. 양차 대전과 세계 공황, 파시즘과 같은 파괴적인 현상들은 근대 초기부터 견지해온 인간의 발전 지향적이고 합목적적인 행위에 의해 자행된 것들이기 때문이다. 근대에 대한 반담론으로서 등장한 모더니즘은 근대적 시간의 일시성과 파편성을 공격하고 영원성의 범주를 텍스트 내에 실현하기 시작한다. 따라서 영원성의 회복은 근대의 시간성에 대한 비판의 의미를 지닌다.
송기한은 영원성의 범위에 속하는 것으로 과거, 전통, 신화를 제시하면서 이들을 중심으로 하여 형성된 시간은 과거, 현재, 미래가 순차적이고 계기적으로 존재하는 것이 아닌 과거가 현재에 침투하여 재구성되고 그것이 다시 미래로 흐르는 변증법적인 것이라 한다. 또한 그러한 시간 의식은 근대의 시간성과 구별된 주관주의적인 것으로 새로운 질서와 유토피아 지향성으로 나타난다고 한다.(송기한, 『한국전후시와 시간의식』, 태학사, 1996, pp.49~53)
김기림이 근대에 대한 비판적 담론으로 '풍자'를 제시하면서 '시간성'에 관한 논의를 하는 것은 주목을 요하는 부분이다. 「시의 시간성」에서 김기림은 "시는 우선 시 자체의 역사를 가지고 있다. 다음에는 시대성의 이름으로 대표되는 역사 일반의 시간성의 제약을 받을 밖에 없다. 역사 일반의 시간성은 그것을 시가 소극적으로 반영하는 것과 적극적으로 그 속에 현대에 대한 해석을 가지려고 할 때의 두 가지의 경우를 예상할 수가 있다.……시 속에서 시인이 시대에 대한 해석을 의식적으로 기도할 때에 거기는 벌써 비판이 나타난다. ……다시 말하면 시에 있어서의 시간의 문제는 하나는 시를 그것의 발

선에 의해 포착되지 않던 타자의 영역이 조명받게 되는데 이때 등장하는 객체는 자신의 존재 증명을 통해서 서서히 주체의 자리를 위협하게 된다.

장시 「기상도」는 김기림이 기획한 근대에 대한 비판이 양가성의 언어 구조를 통해 제시된 텍스트이다. 최재서는 「기상도」에 대해 "현대 세계에 한 마디로써 부를 통일적 주제가 없는 것처럼 이 시에도 단일한 주제는 없다"[14]라고 하면서 그 핵심을 짚어내고 있다. 최재서가 본 대로 「기상도」는 다중 술화의 구조를 취하고 있다. 그곳에는 단일한 주제가 시간적인 연속성에 따라 인과적인 논리로 전개되는 전통적인 이야기 구조가 나타나 있지 않다. 대신 복수의 이야기가 각각의 상황에 따라 독자적으로 전개되는 다면적 구조를 취하고 있다. 7부의 나뉨은 이러한 사정을 보여주는 것이다. 각각의 부분 내에서도 시각의 초점은 고정되어 있지 않고 끊임없이 장면 전환을 한다. 7부의 구

전과정에서 이해하는 것을 의미하며 다른 하나는 시인에게 그가 호흡하고 있는 현실 그것에 肉迫하기를 요구하며 현실의 순간을 입체적으로 이해하는 것조차 명령한다"라고 함으로써 시가 가질 수 있는 두 가지 성격의 시간 의식에 대해 말하고 있다. 그것은 '소극적인 것'과 '적극적인 것'으로 구분된다. 전자가 역사적 근대의 진행 방향을 반영하는 것이라면 후자는 그것을 부정하는 것, 즉 그것에 대해 자신의 관점에 따라 해석하고 비판하는 것이다. 물론 '풍자'는 적극적인 시간의식을 보이는 것이다.

근대의 시간성을 부정하고 해석에 입각한 새로운 시간의식을 구성한다는 것은 그가 역사 일반과 구별되는 주관적인 세계관과 역사철학을 지니게 되었음을 의미하는 것이다. 이 시기에 형성된 새로운 시간 의식은 김기림의 후기시에서 유토피아적 상상력, 신화 및 자연, 유년에 대한 지향성으로 표출된다. 이러한 세계는 주체, 객체 분리를 말할 수 없는 원형적인 질서를 담고 있다. 김기림의 후기시는 새로운 시간 의식과 반합리주의적 인식론을 통해 근대에 대해 비판적으로 대응하면서 이루어지며 이 시기의 시적 담론을 통해 김기림은 객체와 화해하고 자신의 서사를 구성하는 동일자적인 자아를 획득하게 된다.

14) 최재서, 「현대시의 생리와 성격」, 『문학과 지성』, 인문사, 1983, p.77.

성되어 있는 「기상도」는 내용상으로 볼 때 태풍 내습 전, 태풍 내습, 태풍 내습 후라는 세 부분으로 나눌 수 있지만 그러나 이러한 구분은 표면적인 것이며 김기림이 보다 주력했던 것은 초기의 일의적인 시적 구조와 대립되는 다중적인 구조를 구성하는 일이었다. 따라서 우리는 각 부분의 종합을 통해 일정한 의미를 찾으려는 독법보다는 더욱 밀착해들어가 분석하면서 구조가 해체되고 의미가 파괴되는 상황, 각 장면이 더욱 세분되고 파편화되는 상황에 대면하는 독법을 취해야 할 것이다.

(1부)
비눌
돛인
海峽은
배암의 잔등
처럼 살아났고
아롱진 '아라비아'의 衣裳을 둘른 젊은, 山脈들

바람은 바다가에 '사라센'의 비단幅처럼 미끄러웁고
傲慢한 風景은 바로 午前 七時의 絶頂에 가로누었다

헐덕이는 들 우에
늙은 香水를 뿌리는
敎堂의 녹쓰른 鐘소리
송아지들은 들로 돌아가려므나
아가씨는 바다에 밀려가는 輪船을 오늘도 바래보냈다

國境 가까운 停車場

車掌의 信號를 재촉하며
발을 굴르는 國際列車
車窓마다
'잘있거라'를 삼키고 느껴서 우는
마님들의 이즈러진 얼골들
旅客機들은 大陸의 空中에서 띠끌처럼 흐터졌다

本國에서 오는 長距離 라디오의 效果를 實驗하기 위하야
'쥬네브'로 旅行하는 紳士의 家族들
샴판 甲板 '安寧히 가세요' '단여 오리다'
船夫들은 그들의 嘆息을 汽笛에게 맡기고 자리로 돌아간다
埠頭에 달려 팔락이는 五色의 '테잎'
그 女子의 머리의 五色의 '리본'

傳書鳩들은 船室의 지붕에서
首都로 향하야 떠났다
……'스마트라'의 東쪽……5킬로의 海上……一行 感氣도 없다
赤道 가까웁다……20日 午前 열時……

—「世界의 아침」 전문

　1부에 해당하는 위의 시는 6연으로 이루어져 있다. 여기에서는 초기시와 대비하여 시인이 각도를 어떻게 조종하고 있는가를 살피는 것이 유효할 것이다. 시인은 초기시에서 보였던 일점 고정의 시각을 의식적으로 해체하고 있기 때문이다. 가령 1연에서 바다에 대한 시각적 표현이 제시되지만 그것은 원근법적 구도에 의해 일시에 파악되는 것이 아니라 '비눌', '돛인'…… 등으로 분할되고 있음을 알 수 있다. 또한 초기시와는 달리 대상이 시인의 주관적 시선에 의해 서술화되어

놓여 있는 것이 아니라 주체에 의한 지배를 거부하듯 객체 스스로 운동하고 있다. '비눌', '돛인', '海峽은', '배암의 잔등', '처럼 살아났고'에서의 수직 분할을 통한 각 장면의 초점화가 그러한 기능을 할 뿐만 아니라 사용된 어휘도 그와 같은 생동감을 나타낸다. '비눌', '돛인', '해협', '살아났고' 등의 어휘는 상승과 수직의 이미지를 환기시키는 것이다. 한편 1연에서 이들 행 '비눌~살아났고'가 수직적인 구조와 더불어 상승의 이미지를 나타내고 있다면 다음 행 '아롱진 「아라비아」이 의상을 둘른 젊은, 山脈들'은 의도적으로 수평적인 배열을 취하고 있으며 그 속에서 장면의 수평 분할이 이루어지고 있다. 또한 이 행에서 사용된 '아롱진', '아라비아', '둘른'과 같은 어휘들은 바다의 잔물결과 같은 부드럽고 평면적인 이미지를 떠올리게 한다. 즉 1연은 수직적 이미지와 수평적 이미지가 서로 대립되는 구조를 취하고 있다. '해협'의 계열에서 보이는 수직 구조와 '산맥'이 보이는 수평 구조의 대조가 그것이다. 더욱 흥미로운 것은 '해협' 계열이 묘사하고 있는 것은 '바다'이고 '산맥' 계열이 묘사하고 있는 것은 '산'으로서, 전자는 수평적으로 후자는 수직적으로 이미지화되는 것이 더 합당할 테지만 이들은 서로 뒤바뀌어 있다는 사실이다. 마찬가지로 '바다'는 여성적 이미지로서, '산'은 남성적 이미지로서 묘사하는 것이 더 타당할 듯하지만 오히려 '바다'는 날카롭고 웅혼한 이미지로, '산'은 부드럽고 화사한 이미지로 표현되고 있다.

여기에서 우리가 읽을 수 있는 것은 시인이 초기시에서 보였던 자신의 일점 시각을 의도적으로 파괴하면서 대상을 주체의 시각에서가 아닌 객체 스스로의 생명력으로 살려내고 있다는 사실이다. 또한 객체는 자체 질서 속에서 합리적으로 배열되기를 거부하며 서로 뒤섞이고 교차하면서 더욱 입체적이고 생동적인 이미지를 나타내고 있다. 이는 객체가 주체의 정서나 의식을 드러내기 위해 묘사되는 것이 아니고 객체 그 자체의 성질로 드러나는 성격을 지닌다. 즉 객체는 주체에 의해 주관화되는 것이 아니라 객체 고유의 본질을 갖게 되는 것이다.

여기에서 보인 시각의 다초점화는 「각도의 문제」에서 이미 암시되고 있다. 김기림은 '입체파'가 새로이 고려되어야 한다고 하면서 "같은 사물이라도 '카메라'의 '앵글'을 바꿈으로써 거기에서 발견되는 가치도 각각 달라질 것"[15]이라고 말한다. 이러한 다초점화는 음조에 비유하면 단조와 대립되는 것인데 김기림은 단순과 통일을 구별할 것을 요구하면서, "장시의 경우 외관상의 복잡에도 불구하고 거기에 '다양 속의 통일'이 있을 수 있으며 그렇다면 비난될 것이 아니라"[16]고 언급하고 있다.

우리는 이 글을 통해 김기림이 초점의 분산을 의식적으로 기획한 것임을 알 수 있다. 그리고 그것을 통해 '다른 가치', 즉 사물에 대한 다른 면모를 구하려 하였다는 사실도 읽을 수가 있다. 위의 시를 살펴볼 때 그것은 사물이 그 자체의 본질로 현상하는 것을 뜻한다. 시인은 객체를 주체로 환원시키지 않고 객체를 객체로서 드러내고자 한다.[17] 이를 객체의 주체화라고 할 수 있을 것이다. 한편 우리는 시인

---

15) 「각도의 문제」, 『전집2』, p.169.
16) 위의 글, p.170.
17) 아도르노는 파시즘의 본질을 밝히는 글에서 헤겔의 주체 중심적 동일성 사유
    가 객체를 주체에 동화시킴으로써 객체를 지배하고 정복하는 결과를 가져온
    다고 비판한다. 이에 대해 객체를 그 자체로 회복하는 길을 꾀하는데 그것이

이 「각도의 문제」에서 이와 같은 초점의 분화가 곧 통일의 부재를 뜻하는 것은 아니라고 언급하고 있는 것에 주목할 필요가 있다. 그것은 시인이 자신의 일점 시각을 해체함으로써 객체를 전일적으로 파악하려는 주체의 의지를 버렸지만 작품의 통일적 구성을 부정하지 않음으로써 '제작자로서의 주체'는 버리지 않고 있는 점 때문이다. 이것은 작품이 구성의 통일성을 지니고 있을 때 '시의 효과'를 발휘한다는 이유 때문에 반성기에 '형식주의'를 부정하면서도 예술의 '형식' 그 자체는 고수했던 사실과 관련되는 것으로 김기림은 이 범주를 통해 주체성의 일면을 유지하고 있음을 알 수 있다. 즉 김기림에게 통일적인 예술의 구성을 이루는 것은 동일자로서의 주체를 지키는 길이 되는 것이다.[18]

요컨대 김기림은 객체를 회복하지만 그렇다고 주체를 부정하는 것이다. 다만 주체는 자신의 주체성의 원리, 즉 객체를 자신의 질서에 편입시키며 객체를 사물화하는 과도한 주체성의 원리를 포기하는 것이다. 그렇다면 김기림이 걷는 길은 주체의 동일자를 유지하되 그것

'미메시스'이다. 이는 객체의 형상에 닮아가는 것이며 객체를 그것 자체로 드러내는 것을 의미한다. 즉 이는 '객체 모방'을 뜻한다. 아도르노는 이러한 방법을 통해 객체는 주체에 의한 지배를 벗어날 수 있다고 생각하였다. 지마에 의하면 아도르노의 객체 중심적 사유는 대상을 개념으로 환원시켜 내용을 강화시키는 헤겔에 비해 표현층위를 평가절상하는 것이라고 본다. 한편 아도르노는 헤겔과 같은 이성중심적 철학 체계에 대한 반작용으로 철학의 '에세이'화를 꾀했는데 이는 '미메시스'와 더불어 부정의 변증법에 대한 구체적 방법론이 되고 있다.

18) 김기림이 '형식'을 '소통'을 위해 고려되어야 할 범주로 여기고 있다는 것은 이미 앞에서 살펴보았다. 앞서 언급했다시피 '형식' 자체에 대한 부정은 후기에 와서도 이루어지지 않는다. '소통'과 관련하여 이것을 두 가지 의미로 살펴볼 수 있다. 하나는 상품화의 과정이고 또 하나는 대화적 구조이다. 김기림은 두 가지 측면을 모두 가지고 있다.

의 전일화한 양상은 부정하는 소위 '제한된 주체'의 길이다. 그리고 이러한 주체의 제한은 바로 타자에 의해 이루어진다. 즉 타자가 스스로 주체가 됨으로써 주체와 대결하고 대화화는 구조를 형성해간다. 이는 주체와 객체가 서로 동등하고 평등하게 존립하는 구조인 상호주체성의 세계를 의미한다.

3연은 시골과 도시간 계열의 착종이 나타난다. '들'로부터 연상되는 '鄕愁'는 '香水'로 교체되어 도시적 공간으로의 이동을 유도한다. 한편 도시의 공간에 속하는 '敎堂의 "녹쓰른" 종소리'는 '녹쓰른'의 낡은 이미지에 의해 다시 연상의 공간을 시골로 이동시킨다. 나아가 시골의 계열에 속하는 송아지는 본래의 장소로 '돌아오고', 배는 '떠나감'으로써 '오고 감'의 이동의 이미지가 가로놓이는데 이것은 시골과 도시 사이의 의미 구조가 서로 '오고 가는' 연상의 관계에 의해 이루어지고 있음을 암시하는 것이다.

초기 김기림의 가치관에 의하면 도시와 시골은 엄격하게 분리되어 있었다. 그는 일관되게 도시주의자의 면모를 보이며 소재 또한 도시에서 주로 구하였다. 이러한 분리는 도시는 합리적 공간이요 시골을 그렇지 않다는 인식 위에서 가능한 것인데 이제 김기림에게 이러한 구분은 의미가 없어졌다. 그에게 더 이상 합리적 공간은 절대시되지 않기 때문이다. 도시와 시골 간의 표면적인 결합은 합리적인 것과 비합리적인 것의 결합이라는 의미를 내포하고 있으며 김기림의 용어에 의하면 '새로운 것과 낡은 것'의 결합의 양상을 띤다고도 할 수 있다. 이런 병렬체적 구조 속에서 한 장면은 그 자체로 단의적인 의미망으로 짜이지 않고 여러 의미, 복수의 계열에 의해 중복되어 처리되고 있

다. 이러한 관계는 텍스트 전체로 단위를 확대했을 때도 그대로 적용
된다.

도시와 시골의 경계가 사라지면서 시인의 연상은 '國境 가까운 停
車場'으로 이어진다. '국경'은 나라와 나라를 구분해주는 가상적이면
서 실제적인 경계선이다. 그 경계가 절대적이지 않은 것처럼 '國際列
車'는 그것을 '넘나든다'. 그런데 '국제열차'는 초기시처럼 희망과 진
보의 상징, 나아가 냉철한 지성의 이미지로 묘사되지 않고 '車窓마다
"잘있거라"를 삼키고 느껴서 우는 이즈러진 얼골들'에서 나타나듯이
'이별'과 '눈물'의 매개체가 된다. 이와 유사하게 근대기술의 첨단에
해당하는 '旅客機'는 예찬되는 대신 '띠끌'처럼 하찮게 묘사된다. 근
대의 상징으로 묘사되었던 '汽笛'이 '탄식'과 결합되는 현상은 5연에
서도 나타난다.

한편 전 세계를 동시적인 시공간으로 묶어주는 '라디오'는 전지구
화되는 근대를 상징해주는 제유적 비유어로서 이후 '태풍 내습'을 알
려주는 매체가 되기도 한다. 라디오, 즉 무선 통신은 화폐와 마찬가지
로 '흔적없이' 전세계를 통일시켜 주는 기능을 한다. 라디오의 '전파'
와 근대 자체인 '태풍'이 나란히 진행되는 것은 그 때문이다. 사람들
은 이 '라디오'를 처음엔 희망과 진보의 의미로 여긴다. '本國에서 오
는 長距離 라디오의 效果를 實驗하기 위하야 「쥬네브」19)로 旅行하는

---

19) 조달곤은 이 부분에 대해 다음과 같이 분석하고 있다. "'쥬네브(제네바)'는 국
제연맹이 있던 장소이다. 일차대전을 겪은 나라들이 전쟁방지를 절감하며 이
기구를 만들었지만, 세계 열강들이 자국의 이익을 도모하기 위해 식민지 정
책에 앞장서고 있었던 행위에 의해 이 단체는 끝내 적절한 조치를 취하지 못
하고 만다. 이상만 내걸고 실제로는 성공을 거두지 못했던 국제연맹이 있는
'쥬네브'를 '본국에서 오는 장거리라디오의 효과를 실험하'는 정도의 심심풀
이 장소로 풍자함으로써 입으로만 정의와 평화의 실천을 내세우는 세계열강

紳士의 家族들'의 생기발랄함이 그것을 말해준다. 그러나 그것은 이후에 진행될 불행의 전조일 뿐이다. 따라서 불안의 기운을 가장 먼저 알아차린 '비둘기'는 '首都'로 떠난다. 하지만 그 '수도'에도 태풍이 몰아닥칠 것은 분명하므로 어디에도 '평화'가 있을 곳은 존재하지 않게 된다.

1부 「세계의 아침」에서 시인은 근대에 대한 인식이 변화했음을 시적으로 형상화하고 있다. 희망과 진보로서의 근대는 불안과 불행의 의미로 전이되고 합리성에 대한 절대적인 신념은 자취를 감춘다. 이러한 인식은 개념적이고 이성적인 사유로 전달되는 것이 아니고 객체 모방적이고 연상적인 기법에 의해 형상화된다. 의식은 무의식과 섞여 새로운 시적 표현을 이끌어내는 것이다. 이들 가운데 어떠한 요소도 근대에 대한 부정성을 함의하고 있지 않은 것은 없다. 말하자면 시인은 내용뿐 아니라 형식을 통해서, 즉 시의 모든 의미론적 통사론적 의장을 통해서 이러한 관점을 전달하고 있다. 따라서 진술된 내용만을 통해 의미를 찾으려 한다면 「기상도」는 '문명비판이 미흡하다'는 판정을 받을 수밖에 없을 것이다.[20] 그러나 이것은 「기상도」에 대한 올바른 이해가 아니다.

들의 허위성과 모순성을 비판한다." 「擬裝된 예술주의」, 『龍淵語文論集』 6, 1993. 8, p.11.

20 이러한 견해를 보이는 연구자들은 임화(「담천하의 조선시단」, 『신동아』, 1935. 12)를 비롯하여 송욱(「한국 모더니즘 비판」, 『시학 평전』, 일조각, 1963, p.192), 김우창(「한국시와 형이상」, 『궁핍한 시대의 시인』, 민음사, 1977, pp.49~50), 박상천(「기상도 연구」, 한국학논집 제6집, 한양대 한국학연구소, 1984, p.256) 등 다수 있다.

(2부)
넥타이를 한 흰 食人種은
니그로의 料理가 七血鳥보다도 좋답니다
살갈을 희게 하는 검은 고기의 偉力
醫師 '콜베-르'氏의 處方입니다
'헬매트'를 쓴 避暑客들은
亂雜한 戰爭競技에 熱中했습니다
슲은 獨唱家인 審判의 號角소리
너무 興奮하였으므로
內服만 입은 파씨스트
그러나 伊太利에서는
泄瀉劑는 일체 禁物이랍니다
필경 양복 입는 법을 배워낸 宋美齡女士
아메리카에서는
女子들은 모두 海水浴을 갔으므로
빈 집에서는 望鄕歌를 불으는 니그로와
생쥐가 둘도 없는 동무가 되었습니다.
(중략)
公園은 首相 '막도날도'氏가 세계에 자랑하는
如前히 失業者를 위한 國家的 施設이 되었습니다
敎徒들은 언제든지 치일 수 있도록
가장 簡便한 곳에 聖經을 언저 두었습니다
祈禱는 罪를 지을 수 있는 口實이 되었습니다
"감사합니다"
"아-멘"
"감사합니다 마님 한푼만 적선하세요
내 얼골이 요로케 이즈러진 것도
내 팔이 이렇게 부러진 것도
마님과니 말이지 내 어머니의 죄는 아니랍니다"

“쉿! 無名戰士의 記念祭行列이다”

뚜걱 뚜걱 뚜걱……

—「市民行列」 부분

2부 「市民行列」에 나타나는 대표적 기법은 '풍자'이다. 풍자가 김기림이 말한 것처럼 '새로운 것과 낡은 것, 의지와 단념이 서로 뒤섞이는' 상황에서 '조소'를 자아내는 것이듯이 위의 '넥타이를 한 ~ 處方입니다'에서 백인과 흑인 사이의 '인종'의 계열은 '음식'의 계열과 뒤섞여 백인 우월주의 및 이성 중심주의에 대한 비판적 시각을 환기시키고 있다. '백인' 즉 유럽인은 '넥타이'를 맨 신사 차림을 하고 있지만 '흑인' 즉 식민지인들을 착취하는 '식인종'과 다를 바 없다는 인식이 신랄하게 제시되고 있다. 그런데 '식인종'이 '살갈이 희다'고 묘사 되었다해서 유럽인만을 의미하는 것은 물론 아니다. '식인종'은 인간을 착취하는 자를 뜻하기 때문에 거기엔 식민지 정복에 나선 모든 제국주의자가 포함된다. 그들은 합리주의자이면서 위선자이다. '醫師 「콜베-르」氏'는 '인간을 착취하라'고 '처방'하기 때문이다.

한편 김기림에게 '避暑客'은 주변 상황에 무관심한 채 살아가는 근대적 생활인을 의미하는데 이들은 목하 '戰鬪競技'에 한창 중이다. 그들은 자신들이 무슨 일을 저지르는 지도 모르는 채 '헬매트'를 쓰고 경기를 하지만 그것은 '전쟁'인 것이다. 이는 근대 생활자들의 목적 합리적 행위에의 열중이 결국 전쟁을 일으킨 동력이자 근거가 되고 있음을 밝히는 대목이다. 여기에서 '일상'의 계열(避暑, 競技)은 '전쟁'의 계열(戰鬪)과 결합하여 근대가 곧 전투이자 전쟁임을 표현하고 있다.

그러한 상황에서 규율과 질서를 알리는 '호각소리'는 아무런 반향을 불러일으키지 못한다. 따라서 심판들은 '슬픈 獨唱家'이다.

이때 너무 興奮한 근대주의자 '파씨스트'는 양식화된 가면조차 내던져버리고 '內服만 입'고 등장한다. 반면 동양인 '송미령'은 서양의 근대 문화에 스스로를 적응시킴으로써 '양복 입는 법을 배워'냈다. 인종차별이 심한 미국의 경우 피지배계급인 흑인은 지배계급과는 다른 삶을 살아가고 있다. 그들은 지배계급인 중산층들이 '피서'를 떠난 뒤 빈 집을 지키는 하인이다. 노예인 이들의 삶은 '생쥐와 친구가 되는' 것에서 알 수 있듯이 짐승의 그것과 다를 바가 없다.

'공원'이 실업자들의 차지가 된 것은 근대의 아이러니가 아닐 수 없다. 그 도시에 얼마나 많은 공원과 녹지대가 조성되어 있는가 하는 것은 시민 복지의 지표이므로 잘 정비된 공원시설은 국가의 자랑이 아닐 수 없다. 그러나 영국과 같은 발전한 국가에서조차 공원은 '실업자'들로 채워지는 부조리가 발생한다. 또한 공원이 노동과 일상에 지친 도시 시민을 위한 공간이라는 점에서 볼 때 '빈둥거리는' 실업자가 공원의 주이용객이라는 사실은 웃음을 자아낸다. 여기에서 공원이 지니는 본래적 의미와 현실상이 서로 중첩되면서 현대 국가가 지닌 권위가 조롱당하고 있음을 알 수 있다.

부조리가 발생하는 것은 현대 종교에서도 마찬가지이다. 교도(敎徒)들이 성경을 가까이 두는 것은 언제든 '버리기'(치워두기) 위해서이다. 또한 '기도'가, 즉 참회하면 용서받을 수 있다는 사실이 죄에 무감각해지는 결과를 가져온다. '죄를 지을 수 있는 구실'이 되는 것이다. 종교가 현대인의 양심을 다스리지 못하게 된 현실을 비판하고 있는 이 부분에서 '가까이 있음'과 관련되는 심리적 거리와 실제의 공간적 거리가 친숙함과 편리함이라는 의미를 내포하고 착종을 일으킴으로써 웃음을 유발하는 위트가 발휘되고 있다. '기도' 역시 죄사함이라는 자체의 목적을 지니지만 종교인 스스로 그것의 엄격성을 무너뜨림으로써 수단이 목적과 전도되는 현대의 세태를 재치있게 풍자하고 있다.21)

현대에서 神이 더 이상 인간을 구원할 수 없다는 사실은 다음에 전개되는 장면과 중첩됨으로써 밝혀진다. "감사합니다"하는 도시 거지의 목소리와 "아－멘"하는 기도소리가 겹쳐지면서 그리고 "아－멘" 소리가 그 위에 이어지는 거지의 구걸하는 소리에 묻혀버림으로써 현대에서 종교는 나아가야 할 방향을 잃어버리고 만다는 사실이 암시되고 있다. 요컨대 종교는 빈부 격차라는 근대의 부조리를 해결할 수가 없는 것이다. "그것은 '부모의 죄'(어머니의 죄)도 아니고 '가진 자', 즉 지배 계급의 잘못이다('마님 過니 말이지')."라고 피지배계급이 말하지만 지배계급은 그의 입을 틀어막는다("쉿!"). 피지배계급은 자신을 내세우지 말고 지배계급을 위해 목숨을 다해 희생하고 봉사해야 하는 것이다('無名戰士의 記念祭行列').

2부는 여러 장면이 서로 인과적으로 연결되지 않고 제각기 병렬적으로 몽타주되고 있다. 이 속에서 김기림은 근대의 부조리들을 조목

---

21) 풍자는 독백, 대화, 서간, 연설, 우화, 패러디 및 기타 어떤 수단이라도 단독 혹은 혼합시켜 사용할 수 있다. 또한 위트, 조롱, 아이러니, 빈정댐, 조소, 냉소 및 욕설 등 풍자의 스펙트럼 대에 있는 모든 어조를 사용함으로써 그 표면을 다양한 색상으로 변화시킨다. 가령 풍자적 아이러니, 풍자적 희극도 존재함을 볼 때, 풍자란 원래 순수하고 폐쇄적인 문학 형식이 아니다.(A.Pollard, 『풍자』, 송낙헌 역, 서울대출판부, 1978, p.9) 여기에서 말하고 있는 것처럼 풍자는 다양한 기법과 결합하여 효과를 나타낼 수 있다.

조목 열거하면서 그에 대해 신랄한 비판을 가하고 있는데 특히 여기에서는 풍자가 빈정댐, 조롱, 냉소, 아이러니와 결합하여 광범위하게 사용되고 있다. 이들은 모두 양가성을 그 원리로 하여 이루어지고 있는 바, 양가성은 앞서 상술했듯이 층위나 내용을 달리 하는 두 계열이 서로 결합되어 의미의 착종을 일으키고 웃음을 유발하는 것으로서 근대적 가치의 혼란 및 위계질서의 파괴와 대응하는 언어 구조이다. 이러한 언어 구조는 그 자체로 문학 텍스트가 사회와 긴밀히 관련되는 상호텍스트성을 지니고 있음을 보여주는 동시에 곧 부조리한 사회구조에 대한 비판의 기능을 한다는 것을 말하고 있다.

풍자가 성공적으로 이루어지려면 풍자의 주체 스스로 초연하고 공평한 태도를 취해야 한다. 이는 진술 주체가 자신의 행위와 진실에 대해 일정한 반어적 거리를 두는 것과 관련된다.[22] 이러한 상태에서 풍자의 주체는 독자에게 호소하여 비판하고 비난하는 것이며 이를 위해 독자의 감정을 웃음을 비롯하여 조롱, 멸시, 분노, 증오에 이르는 여러 감정상태로 감동시켜야 한다.[23] 이 과정에서 양가성의 언어구조는 애매성의 여지를 만듦으로써 독자의 참여를 유발하는 기능을 한다.[24]

---

22) P.V.Zima, 앞의 책, 1996, p.428.

23) A.Pollard, 앞의 책, p.94.

24) 독자반응비평 이론에서 '애매성'은 미확정성이라 말해지는 데, 이 미확정성은 18세기 이래로 현대문학에서 눈에 띄게 확대된 것으로 특히 모더니즘 기법의 두드러진 특징이다. 이 이론에 따르면 텍스트가 결정성을 잃을 경우, 즉 텍스트 자체가 그것이 지닌 해석의 유희 공간과 다양한 수용 가능성을 가능케 하는 빈 자리의 일정량을 간직할 경우, 이런 구조의 상태에서 독자의 참여가 적극적으로 유도된다고 한다. 반면 그것이 확정적인 텍스트인 경우 독자는 지루해져 적극적으로 텍스트에 임하는 것을 포기하게 된다. 즉 빈 자리는 독자의 참여를 보장하는 계기가 된다는 것이다. 차봉희 편저, 『독자반응비평』, 고려원, 1993, p.198.

이것은 어떠한 이데올로기적 사실을 직접적으로 서술하는 것과 다른 언어 구조를 지니는 것으로서 이를 두고 지마는 텍스트의 대화성이라 하고 있다.25) 말하자면 양가성은 사회 구조와의 상호 텍스트성을 지닐 뿐만 아니라 독자와의 열린 대화를 추구하는 개방적 글쓰기 방식이 되는 것이다. 이것은 1부에서 살펴보았던 '객체를 지배하지 않는 제한된 주체'와 객체 사이의 상호 주체적 관계와 상통하는 구조이다. 진술 주체인 동일자로서의 주체는 스스로를 제한함과 동시에 그 자리에 객체가 개입할 수 있는 공간을 만든다. 이 때 객체는 인식론적 대상이 될 수도 있고 수용자가 될 수도 있다. 이러한 관계 속에서 김기림은 텍스트를 통해 주체, 객체와의 상호성, 즉 대화구조를 취하고 있음을 알 수 있다. 이러한 상호주체적 대화구조는 김기림이 초기시에서 보였던 결함을 극복하는 것이라고 할 수 있다.26)

　　(3부)
　1) '바기오'27)의 동쪽
　　　北緯 15度

　2) 푸른 바다의 寢床에서
　　　흰 물결의 이불을 차 던지고
　　　내리쏘는 太陽의 金빛 화살에 얼골을 어더맞으며
　　　南海의 늦잠재기 赤道의 심술쟁이
　　　태풍이 눈을 떴다

---

25) P.V.Zima, 앞의 책, 1996, p.428.
26) 초기시에서 김기림은 객체를 일정 거리에 고정시켜 그것을 주관적으로 시각화함으로써(인식함으로써) 객체에 대해 주체성을 강조하였고 그것에 대해 김기림 스스로 일방적이고 물화된 관계라 여긴 바 있다. 본고 2장 2절 참조.
27) 필리핀의 한 도시.

鰐魚의 싸홈동무
돌아올 줄 몰르는 長距離選手
和蘭船長의 붉은 수염이 아무래도 싫다는
따곱쟁이
휘둘르는 검은 모락에
찢기어 흐터지는 구름빨
거츠른 숨소리에 소름치는
魚族들
海灣을 찾어 숨어드는 물결의 떼
황망히 바다의 장판을 구르며 달른
빗발의 굵은 다리

3) '바시'의 어구에서 그는 문득
   바위에 걸터앉어 머리수그린
   헐벗고 늙은 한 沙工과 마주쳤다
   홍 '옛날에 옛날에 破船한 沙工'인가봐
   結婚式 손님이 없어서 저런게지
   "오 파우스트"
   "어디를 덤비고 가나"
   "응 北으로"
   "또 성이 났나?"
   "난 잠잫고 있을 수가 없어 자낸 또 무엇땜에 예까지 왔나?"
   "괴테를 찾어 다니네"
   "괴테는 자네를 내버리지 않엇나"
   "하지만 그는 내게 생각하라고만 가르쳐 주었지
   어떻게 行動하라군 가르쳐 주지 않엇다네
   나는 지금 그게 가지고 싶으네"
   흠 막난이 파우스트
   흠 막난이 파우스트

4) 中央氣象臺의 技師의 손은
   세계의 1500여 구석의 場所에서 오는
   전파를 번역하기에 분주하다

   (第一報)
   低氣壓의 中心은
   '발칸'의 東北
   또는
   南米의 고원에 있어 690밀리
   때때로
   적은 비 뒤에
   큰 비
   바람은
   西北의 方向으로
   35미터

   (第二報·暴風警報)
   猛烈한 颱風이
   南太平洋에서
   일어나
   바야흐로
   北進中이다
   亞細亞의 沿岸을 警戒한다

   한 使命에로 編成된 短波·短波·長波·短波·長波·超短波·모
─든·전파의·동원·
   (市의 揭示板)
   '紳士들은 雨備와 現金을 携帶함이 좋을 것이다'

―「颱風의 起寢時間」 전문

3부는 1, 2부와 달리 시간의 경과에 따른 구조로 설명하는 것이 가능하다. 장면에 따라 4부분으로 구분할 수 있는데 1)은 태풍의 진원지, 2)는 태풍에 대한 설명 및 묘사, 3)은 태풍과 사공과의 대화, 4)태풍 경보를 알리는 기상대의 활동이 그것이다.

1,2부가 근대 문명이 지닌 모순과 부조리에 대해 비판하면서 특히 1부에서 태풍내습이 암시되고 있는 정도에서 그치고 있다면 3부에서는 실제로 태풍이 발생하여 이동중인 상황을 묘사하고 있다. 태풍의 진원지가 바다인 점, 바다가 태풍이라는 가공할 파괴력을 배태하고 있다는 것에 대한 인식은 바다에 대한 초기 김기림의 생각과는 전혀 다른 것이 된다. 초기시에서 바다는 희망과 동경의 대상으로 그려지고 있기 때문이다. 그것은 태양이 떠오르는 근거지이고 낭만적인 공간이었다. 후기에 이르러서 바다를 태풍과 함께 떠올린다는 것은 상당히 다른 인식을 드러내는 것이다. 이러한 변화는 근대에 대해 김기림이 지니는 관점과 관련된다. 김기림에게 '바다'는 일종의 환경에 대해 갖게 되는 감수성을 나타내주는 것으로, 근대에 대해 막연한 동경과 희망의 감정을 품을 때 '바다'가 그와 유사한 이미지로 등장하는 것처럼 근대가 파괴적 양상으로 치달았을 때 역시 '바다'는 또한 그와 같은 모습으로 제시된다. 여기에서 후기시에서 바다의 변형태인 태풍이 근대 그 자체를 상징하는 까닭을 알 수 있다. 특히 태풍은 힘을 지닌 주체처럼 의인화되어 나타나고 있다.

2)는 태풍을 '늦잠재기', '심술쟁이', '싸홈동무', '장거리선수', '따곱쟁이'라 명명하는데 초기 시의 A=B,C,D,…와 같은 구조이지만 이때 A가 주체를 향해 있지 않고 객체를 지시한다는 점에서 차이를 지닌

다. 그런데 태풍을 묘사하는 이들 비유어들은 하나같이 어리고 귀엽고 평화로운 이미지를 지니고 있다. 마치 김기림이 초기에 근대를 명랑성과 건강성으로 본 것처럼 이 부분은 그러한 이미지의 연장선상에 놓인다. 이 부분의 어조는 완만하며 시간은 정지되어 있다. 그러나 이 부분 이후에 이어지는 '휘둘르는 ~ 굵은 다리'는 2)의 전반부와는 여러 가지 점에서 대조되고 있다. 태풍은 더 이상 유아적인 이미지가 아닌 '본색'을 드러내기 시작한다. 그것은 막강한 위력을 지니고 돌진한다. 마침내 건강한 근대인을 상징하던 '魚族'을 휩쓸어 버리고 미친 듯이 해안을 강타한다. 평화와 안정은 공포와 두려움으로 대치되고 어조는 격앙되어 있으며 시간은 빠르게 진행된다. 이러한 대조는 근대의 양면성을 암시한다. 근대는 한편으로는 이성적이며 질서화된 듯하지만 그 이면은 파괴적이고 광분되어 있다. A=B,C,D,…와 같은 형식이 근대 초기 안정된 질서하에서의 시적 양식을 대표하는 것이라면 2)의 후반부의 몽타주 기법과 같은 빠른 장면의 전환은 근대의 위기와 관련되는 시적 양식이다. 이러한 묘사를 통해 근대가 한 마디로 야누스의 얼굴을 하고 있음을 알 수 있게 된다.

3)은 한 근대인과의 대화이다. 그는 '과거에 파선한 사공'인 것으로 보아 근대라는 상황에 적응하지 못한 자를 의미하는 듯하다. 주체인 근대는 사공이 시무룩한 것이 '결혼식 손님이 없어서' 그러하다고 생각한다. 근대의 사고방식은 이처럼 '계산적'이다. 근대는 '사공'더러 '막난이 파우스트'라 욕설을 퍼붓는다. 근대가 그를 못마땅하게 여기는 것은 그가 '행동하지 않고 생각만 하기' 때문이다. 이와 달리 근대는 '잠자코 있을 수가 없다'. 근대라는 주체는 끊임없이 운동하고 쉬

지않고 정복하는 자이기 때문이다.

4)는 기상대의 예보 상황을 보여주고 있다. 기상대는 전 세계의 기상 정보를 동시에 수집할 수 있는 센터이다. 물론 여기서 기상 상태란 각 나라의 사회, 정치, 경제적 정황을 가리킨다. 제 1보에 의하면 세계의 여기 저기에서 크고 작은 문제가 발생하고 있음을 알 수 있다. 그런데 정작 큰 문제는 '태풍'이 몰아치고 있는 '아시아 지역'이다. 그곳은 근대, 곧 제국주의자들에 의해 짓밟히고 있다. 그것의 위력은 대단하여 그 지역 전체를 초토화시키기에 충분할 터인데, 그러나 '시의 게시판'에는 "신사들은 우비와 현금을 휴대함이 좋을 것이다"라고 한다. '시'(市)는, 도시는 모든 사람의 것이 아닌 '신사', 즉 부르주아만을 위해 존재하는 기관인 것이다. 그들은 근대의 폭풍이 몰아쳐도 '돈'과 '약간의 준비물'만 있으면 폭풍을 이겨내는 데 아무런 염려가 없다. 근대는 그들의 것이기 때문이다. 이 부분에서 '태풍 경보'라는 상징적 계열은 실제의 근대라는 현실적 계열과 의미상 충돌하고 있음을 알 수 있다. 따라서 이 지점에서 현실에 대한 냉소가 터져나온다.

3부는 근대의 본질적인 면모에 대한 인식이 제시되고 있다. 표면적으로 근대는 빛이지만 이면적으로는 어둠인 이중성을 지니는 존재이다. 그것은 그 자체로 막대한 역동성을 지니며 또 제어할 수 없는 주체성 때문에 모든 객체를 파괴한다. 근대의 역동성과 위력은 곧 '태풍'의 그것과 같은 것이다. 그런데 그것은 '돈'과 결탁되어 있으며 때문에 부르주아와 한통속이다.

　　(4부)
　1) '大中華民國의 繁榮을 위하야—'

슯으게 떨리는 유리컵의 쇳소리
거룩한 '테-불' 보재기 우에
펴놓은 歡談의 물구비 속에서
늙은 王國의 運命은 흔들리운다
'솔로몬'의 使者처럼
빨간 술을 빠는 자못 점잖은 입술들
색깜한 옷깃에서
씽그시 웃는 흰 薔薇
'大中華民國의 分裂을 위하야-'
찢어지는 휘장 저편에서
갑자기 유리窓이 투덜거린다……

2) '자려므나 자려므나'
   '꽃속에 누어서 별에게 안겨서-'
   萬國公園의 '라우드·스피-커'는
   '쁘람-쓰'처럼 슯읍니다
   꽃은 커녕 별도 없는 벤취에서는
   꿈들이 바람에 흔들려 소스라쳐 깨었습니다
   하이칼라한 쌘드윗취의 꿈
   탐욕한 '삐-프스테잌'의 꿈
   건방진 '햄살라드'의 꿈
   비겁한 강낭죽의 꿈
   '나리사 나게는 꿈꾼 죄밖에는 없습니다
   食堂의 門前에는
   천만에 천만에 간 일이라곤 없습니다'
   '…………'
   '나리 저건 默示錄의 騎士ㅂ니까'
   (중략)

3) 圖書館에서는

　사람들은 거꾸로 서는 ‘소크라테쓰’를 拍手합니다

　生徒들은 ‘헤-겔’의 서투른 算術에 아주 歎服합니다

　어저께의 同志를 江邊으로 보내기 위하야

　자못 變化自在한 刑法上의 條件이 調査됩니다

　‘녹크도 없는 손님은 누구냐’

　‘…………’

　‘대답이 없는 놈은 누구냐’

　‘…………’

　‘예의는 지켜야 할 것이다’

4) 떨리는 租界線에서

　하도 심심한 步哨는 한 佛蘭西 婦人을 멈춰 세웠으나

　어느새 그는 그 女子의 스카-트 밑에 있었습니다

　‘베레’ 그늘에서 취한 입술이 博愛主義者의 웃음을 웃었습니다

　硼酸 냄새에 얼빠진 花柳街에는

　賣藥會社의 廣告紙들

　이즈러진 알미늄 대야

　담뱃집 倉庫에서

　썩은 고무 냄새가 焚香을 피운다

　지붕을 베끼운 골목어구에서

　쫓겨난 孔子님이 잉잉 울고 섰다

　自動車가 돌을 차고 너머진다

　電車가 개울에 쓸어진다

　‘삘딩’의 숲속

　네거리의 골짝에 몰켜든 검은 대가리들의 下水道

　먹처럼 허우적거리는 가-느다란 팔들

　救援 대신에 虛空을 부짭은 지치인 努力

　흔들리우는 어깨의 물결

(중략)

5) 어깨가 떨어진 '마르코·폴로'의 銅像이 혼자
　　네거리의 복판에 가로 서서
　　群衆을 號令하고 싶으나 모가지가 없습니다
　　(중략)

6) 날마다 갈리는 公使의 行列
　　乘馬俱樂部의 말발굽소리
　　'홀'에서 돌아오는 마지막 自動車의 고무바퀴들
　　墨西哥行의 '쿠리'들의 '투레기'
　　자못 가벼운 두쌍의 '키드'와 '하이힐'
　　몇 개의 世代가 뒤섞기어 밟고간 海岸의 街道는
　　깨어진 벽돌쪼각과
　　부서진 유리쪼각에 얻어맞어서
　　꼬부라져 자빠져 있다
　　날마다 黃昏이 채여주는
　　電燈의 勳章을 번쩍이며
　　世紀의 밤중에 버티고 일어썼던
　　傲慢한 都市를 함부로 뒤져놓고
　　颱風은 휘파람을 높이 불며
　　黃河江邊으로 비꼬며 간다……

— 「자최」 부분

　　1)은 중국을 비롯한 세계 열강들이 모여 국제 회담을 벌이는 장면
이다. 이들은 입을 모아 "大中華民國의 번영을 위한"다고 하고 있지
만 이 속에는 기만과 분열이 놓여 있다. 시인은 1)의 텍스트에서 화해
의 분위기와 대조되는 의미의 계열을 개입시켜 아이러니한 상황을 연

출하고 있다. 일차적인 역설은 '대중화민국'이라는 말 속에도 나타나 있다. 중국이 '크다', '위대하다'라는 것은 자국으로서는 영광이지만 열강들의 입장에서는 착취할 요소가 '많다', 이윤이 '높다'의 의미를 지닌다. 역설적으로 말해서 이들이 입을 모을 수 있는 것은 이들이 서로 대립되는 계열에 놓여 있기 때문이다. 이 속에서 '늙은 왕국의 운명은 흔들린다'. 장면의 유쾌함은 '슳으게 떨리는 유리컵의 쇳소리'로 불안정하고 '거룩한'은 기의를 찾을 수 없는 공허한 기표가 된다. 열강들이란 '솔로몬의 使者'답게 이성과 지혜를 내세우지만 그들은 자본의 성격 만큼 이중적이다. '점잔은 입술'이 마시는 것은 '빨간 술'로서 기표 '빨간'은 오히려 '점잔은 입술들'의 주지(tenor)에 해당하는 '열강들의 이해논리'를 지시해 주는 기능을 한다. 이들의 양면성은 '흑과 백'의 기표를 얻는다. '색깜한 옷깃에서 씽그시 웃는 흰 장미'가 그것이다. 이러한 상황은 겉으로는 '번영'을 외치지만 실제로는 '분열'을 일으키는 것이므로 '찢어지는' 휘장 너머에서 유리창은 "大中華民國의 分裂을 위한다"고 빈정댄다. 말하자면 1)은 표면적인 '통일'과 이면적인 '분열'의 두 계열이 서로 충돌하여 반어적인 효과를 일으키고 있음을 알 수 있다.

2)는 1)의 '분열'에 대한 구체화된 예증이라 할 수 있다. 2)에는 행복과 비참, 꿈과 현실, 지배계급과 피지배계급이라는 대립되는 계열이 형성되어 있는데 시인은 그 사이의 해소될 수 없는 간격을 강조함으로써 현실을 조롱하고 있다. '공원의 스피커에서 울리는 브람스의 자장가'가 서양화된 중국을 나타내주는 것이라면, 따라서 발전과 행복에 대한 기표라면 '萬國'민이 공원에서 노숙하는 현실은 '발전과 행

복’이 기의 없는 기표에 불과함을 말해주는 것이다. 굶주린 노숙자는 ‘음식’을 ‘꿈꾼다’. 이때 서양 음식은 부유함의 의미와 연접되어 ‘강냥죽’과 대비된다. 대비되는 음식의 계열은 서양과 동양, 제국주의와 식민지의 대립을 나타내주는 제유적 기표들이다. 또한 ‘강냥죽’은 노숙자를 가리키기도 한다. 노숙자는 ‘서양음식’을 ‘꿈꾸며’ ‘비겁해’진다. 따라서 그는 ‘바람’소리에도 놀라 소스라치게 일어나서는 바람이 ‘지배계급’인 줄 알고 잘못을 빈다. “식당 문전엔 천만에 천만에 가본 일이 없다”, “꿈꾼 죄 밖게 없다”며 비는 대목은 그가 용서를 빌면 빌수록, 잘못 없음을 강조하면 할수록 ‘잘못된’ 현실을 폭로하는 역설적인 결과를 가져온다.

3)은 법과 학문과 같은 이른바 정신문화에도 자본의 논리가 침투하여 그 순수성을 상실해가고 있는 현실을 풍자하고 있다. 지식 계급들은 ‘악법도 법이다’를 말하며 죽은 소크라테쓰의 정신을 악용하여 ‘악법’을 지키도록 민중에게 강요한다. 이는 진리와 허위 사이에서 가치가 상실되는, 따라서 오류로 가득찬 현실을 비판하고 있는 것이다. 더 이상 법은 절대적인 의미를 지니지 않고 법을 주관하는 주체의 자의성에 지배된다. ‘학문의 상아탑’ 역시 훼손되기는 마찬가지다. 화폐가 뚫고 가지 못하는 대상은 없다. 진리는 ‘지전 위에 인쇄된’ 것일 뿐, 부패한 자본주의 사회에서는 학위조차 돈으로 매수될 수 있는 것이다. 이들이 요구하는 ‘예의’는 내부의 허위와 대비되면서 조소를 유발한다.

자본주의화 되면서 중국이 겪는 타락과 부패상은 4)에 나타나는 것처럼 정도가 심각하다. 4)는 매춘과 강간이 버젓이 행해지며 마약과

매독이 만연하는 세태를 몽타주하고 있다. '쫓겨난 공자님'은 전통적인 유교 문화가 해체되는 중국의 현실을 상징하는 것인데 시인은 그가 '잉잉 울고 섰다'고 함으로써 권위가 붕괴된 상황을 조롱하고 있다. 더 이상 진보와 희망의 대명사가 아닌 '자동차', '전차'는 '넘어지고', '쓰러진다'. 도시는 '어족'들의 활기찬 행보가 이어지는 곳이 아니고 '검은 대가리들의 하수도'이며 그곳에서 사람들은 목적과 방향을 상실한 채 '허우적거리고' '흔들린다'.

5)의 서양을 상징하는 '마르코 폴로' 역시 근대의 부조리를 비껴갈 수는 없기 때문에 여기저기 상처 투성이다. '목아지'도 떨어진 상태로는 중국 현실의 가치의 혼란과 무질서를 해결할 도리가 없다. 중국은 조선에 비할 수 없이 규모가 대단히 컸기 때문에 열강들의 각축이 끊이지 않았고 그에 비례하여 모순도 심화되었다. 6)은 그러한 상황을 반영해주고 있다. '공사'가 수시로 바뀌고 서양의 다종다기한 문화가 유출입되므로 '몇 세대'나 바뀐 듯하다. 이러한 상황은 태풍이 강타하여 해안의 가도가 파괴된 것으로 묘사되고 있다. '깨어진 벽돌쪼각 ~ 꼬부라져 자빠져 있다'가 그것이다. 태풍은 '전등의 훈장을 번쩍이는' '오만한 도시'를 '함부로 뒤저놓고' 아무렇지도 않은 듯 '휘파람을 불며' '비꼬며 간다'. 여기에서 묘사되듯이 근대는 초월자처럼 행세한다. 그는 그로 인해 발생한 온갖 오류와 부조리와 모순에 냉담하다. 정작 이 모든 비극을 일으킨 주체이지만 그는 이것들에 대해 아무런 관심이 없다. 근대가 그러하므로 시인은 '비꼬며 가는' 태풍을 '빈정대'고 있다. 그것은 근대 자체에 대한 빈정댐이다. 이제 태풍은 남태평양의 동남아시아 지역을 거쳐 중국 연안을 지나 조선으로 착륙할 채비를

한다.

　4부「자최」에서 보인 중국에 대한 광범위한 묘사는 2부「시민행렬」
에서의 제국주의 각국에 대한 묘사와 함께 김기림을 조선의 현실에
무관심한 '코스모폴리탄'으로 불리는 계기를 준 듯하다. 그러나 근대
화를 거치면서 경험하게 되는 부조리들은 독자적인 자국만의 것이 아
니다. 그와 같은 모순이 전세계적인 규모로 동시에 발생하는 상황 자
체가 근대가 지닌 속성이자 부조리함이고 어느 국가도 그것을 피해갈
수 없다는 사실 때문에 사태가 더욱 심각한 것이다. 김기림의 세계주
의적 시각은 그가 조선의 현실에 무감했기 때문이 아니고 무엇보다도
근대의 본질을 잘 이해하고 있었기 때문에 연유한 것이다. 특히 중국
은 조선처럼 한 국가만의 속국이 아니었기 때문에 근대화 과정이 더
욱 복잡하게 진행된 곳 가운데 하나이므로 중국에 대한 이해는 조선
및 근대의 현실을 이해하는 데 도움이 될 수 있다.

　김기림은「자최」에서도 예의 '풍자'의 어조를 바꾸지 않는다. 그는
가장 비참하고 우울한 장면을 묘사할 때에도 냉철한 태도를 유지하므
로 현실은 더욱 깊이 통찰된다. 그러한 태도는 자본의 냉혹함과 비견
될 수 있다. 또한 풍자를 위한 반어적 언어구조는 어디에서나 얼굴을
들이대는 화폐와 그와 교환대는 대상 사이의 관계를, 그 사이에서 가
치의 위계 질서가 흐려지는 상황을 반영한다. 이러한 문학적 양식은
자본이 휩쓸고 지나가는 현실을 묘사할 때 더욱 직접적으로 의미가
드러나곤 하였다.

　(5부)
　보랏빛 구름으로 선을 둘른

灰色의 칸바쓰를 등지고
꾸겨진 빨래처럼
바다는
山脈의 突端에 걸려 퍼덕인다

삐뚤어진 城壁 우에
부러진 소나무 하나……

지치인 바람은 지금
漂白된 風景속을
썩은 歎息처럼
埠頭를 넘어서
찢어진 바다의 치마자락을 걷우면서
化石된 벼래의 뺨을 어루만지며
주린 강아지처럼 비틀거리며 지나간다
바위틈에 엎디어
죽지를 들이운 물새 한 마리
물결을 베고 자는
꺼질 줄 모르는 鄕愁
짓밟혀 느러진 白沙場 우에
매맞어 검푸른 빠나나 껍질 하나
부프러올은 구두 한짝을
물결이 차던지고 돌아갔다
海灣은 또 하나
슬픈 傳說을 삼켰나보다
黃昏이 입혀주는
灰色의 襤衣를 감고
물결은 바다가 타는 葬送曲에 맞추어
병든 하루의 臨終을 춘다……

—「病든 風景」 전문

　　5부 「병든 풍경」은 태풍이 지나간 바닷가를 암울한 어조로 묘사하고 있다. 1연의 '보랏빛 구름', '灰色의 캔버스', '꾸겨진 빨래', 2연의 '삐뚤어진 城壁', '부러진 소나무 하나—' 등이 풍경의 쓸쓸함과 우울함을 나타낸다. 그러한 난감한 상태를 시인은 3연에서처럼 '漂白된 風景'이라 하고 있다. 바다도 바람도 모두 지쳐 '퍼덕이고' '주린 강아지처럼 비틀거린다'. 태풍은 모든 것을, 모든 살아있는 것과 사물과 눈에 보이는 것과 보이지 않는 것에 이르기까지 모든 것에 영향을 미쳤다. '물새', '꺼질 줄 모르는 鄕愁', '빠나나 껍질', '물에 불은 구두 한짝', 이 모든 것이 태풍에 부대꼈던 것들이다. 태풍의 내습으로 황폐해진 바닷가를 두고 시인은 죽음의 장면에 대비시키고 있다. '물결'은 '회색의 수의를 입은 것'으로, 파도 소리는 '장송곡'으로 묘사되고 있는 것이다. 이러한 상황에서 아름다운 섬은 '香氣'를 잃고 새들의 노랫소리도 사라졌으며, 등불도 별도 없는 암흑이 된다.

바닷가에 대한 이와 같은 묘사는 단순한 풍경의 묘사에서 그치지 않고 근대의 개발 정책에 의해 자연이 파괴되어 가는 상황을 암시하는 의미도 지닌다. 또한 그것은 일제에 의해 치유할 수 없이 피폐해진 식민지인들의 내면을 풍경화한 것일 수도 있다. 그것이 어떤 것이든 근대는, 그리고 제국주의 시대의 자본은 모든 것을 대상으로 하여 침탈하고 가해한다. 그것은 스스로 주체인 만큼 식민지 민중에게는 철저한 타자이다.

1) 颱風은 네거리와 公園과 市場에서
   몬지와 休紙와 캐베지와 臟脂와
   戀愛의 流行을 쫓아버렸다

   헝크러진 거리를 이 구석 저 구석
   혓바닥으로 뒤지며 다니는 밤바람
   어둠에게 벌거벗은 등을 씻기우면서
   말없이 우두커니 서있는 電線柱
   (중략)
   나는 갑자기 신발을 찾아 신고
   도망할 자세를 가춘다 길이 없다
   돌아서 등불을 비틀어 죽인다
   그는 비들기처럼 거짓말쟁이였다
   황홀한 불빛의 榮華의 그늘에는
   몸을 조려없애는 기름의 十字架가 있음을
   등불도 비들기도 말한 일이 없다

2) 나는 信者의 숭내를 내서 무릎을 꿀어본다
   믿을 수 있는 神이나 모신것처럼
   다음에는 旗빨처럼 호화롭게 웃어버린다
   대체 이 疲困을 피할 하루밤 酒幕은
   '아라비아'의 '아라스카'의 어느 가시밭에도 없느냐
   戀愛와 같이 싱겁게 나를 떠난 希望은
   지금 또 어디서 復讐를 준비하고 있느냐
   나의 머리에 별의 꽃다발을 두었다가
   거두어간 것은 누구의 변덕이냐
   밤이 간 뒤엔 새벽이 온다는 宇宙의 法則은
   누구의 실없은 작난이냐
   東方의 傳說처럼 믿을 수 없는
   아마도 失敗한 實驗이냐
   너는 埃及에서 돌아온 「씨－자」냐
   너의 주둥아리는 진정 독수리냐
   너는 날개 도친 흰 구름의 種族이냐
   너는 도야지처럼 기름지냐
   너의 숨소리는 바다와 같이 너그러우냐
   너는 果然 天使의 家族이냐

3) 귀먹은 어둠의 鐵門 저 편에서
   바람이 터덜터덜 웃나보다
   어느 헝크리진 수풀에서
   부엉이가 목쉰 소리로 껄걸 웃나보다

   來日이 없는 칼렌다를 처다보는
   너의 눈동자는 어쩐지 별보다 이뿌지 못하고나
   도시 十九世紀처럼 興奮할 수 없는 너
   어둠이 잠긴 地平線 너머는

다른 하늘이 보이지 않는다
음악은 바다 밑에 파묻힌 오래인 옛말처럼 춤추지 않고
수풀 속에서는 傳說이 도무지 슬프지 않다
페이지를 번지건만 너멋장에는 결론이 없다
모퉁이에 혼자 남은 街路燈은
마음은 슬퍼서 느껴서 우나
부릅뜬 눈에 눈물이 없다

4) 거츠른 발자취들이 구르고 지나갈 때에
담벼락에 달러붙는 나의 숨소리는
생쥐보다도 커본 일이 없다
강아지처럼 거리를 기웃거리다가도
강아지처럼 얻어맞고 발길에 채어 돌아왔다

나는 참말이지 善良하려는 惡魔다
될 수만 있으면 神이고 싶은 짐승이다
그렇건만 밤아 너의 썩은 바줄은
웨 이다지도 내몸에 깊이 親切하냐
무너진 築臺의 근방에서는
바다가 또 아름다운 알음소리를 치나보다
그믐밤 물결의 노래에 취할 수 있는
'타골'의 귀는 응당 소라처럼 幸福스러울게다

어머니 어머니의 무덤에 마이크를 갖어갈까요
사랑스러운 해골 옛날의 자장가를 기억해내서
병신 된 나의 귀에 불러주려우

자장가도 불을 줄 모르는 바보인 바다

바다는 다만
어둠에 反亂하는
永遠한 不平家다

바다는 자꾸만
헌 이빨로 밤을 깨문다

— 「올배미의 呪文」28) 부분

　6부는 5부와 함께 태풍이 지나간 뒤의 상황을 그리고 있다. 5부가
바닷가의 모습이라면 6부는 도시 한복판의 모습이다. 1)에서처럼 태
풍은 어느 한 구석도 놓치지 않고 몰아친다. 불어대는 폭풍으로부터
안전하게 혹은 비껴나 있을 수 있는 것은 아무것도 없다. '말없이 우
두커니' 있는 '電信柱'는 밀려오는 상황에 피동적으로 있을 수 밖에
없는 현실의 자아들을 상징한다. 근대의 파괴력에 노출되어 위기를
느낀 화자('나')는 '도망가고자' 하지만 '길이 없다'. '등불'과 '비들기'
는 '나'에게 희망과 평화에 대한 상징이었지만 그것은 허구였음이 드
러났다. 그들은 근대의 화려함 뒤에 존재하는 불합리와 부조리, 모순
과 불행의 근원에 대해서는 '말해준 일이 없다'. '榮華'의 화려함보다
이면의 그늘이 더 큰 무게를 지니는 것을 시인은 '몸을 조려없애는
기름의 十字架'라 표현하고 있다. 그 십자가를 짊어진 사람은 다름 아
니라 수탈당하고 착취당하는 피억압자들, 즉 식민지 민중들이다. 식

---

28) 김유중은 「기상도」가 ⅰ)문명의 외양을 형상화한 부분과, ⅱ)작가의 내면 의
　　식이 드러난 부분, ⅲ)미래에 대한 전망을 드러낸 부분으로 구성되어 있다고
　　보고, 기존의 기상도 연구가 ⅰ)에 초점이 놓여져 김기림을 부정적으로 보는
　　계기가 되었다고 지적하고 6부를 ⅱ)와 7부를 ⅲ)과 관련시켜 「기상도」 연구
　　에 대한 새로운 시각을 열어주고 있다.

민지인들이야말로 20세기 근대와 제국주의를 지탱해주었던 가장 본질적인 근거에 해당한다. 그들은 '몸이 타는' 고통 속에서도 '도망갈 길이 없다'. 지적인 자아가 이성을 잃는 것도 무리가 아니어서 '나'는 '등불을 비틀어 죽인다'. 수탈자가 화려하고 영화로운 모습으로 나타나지만 않았어도 상황은 달랐을 것인가. 막다른 길에 놓인 '나'는 절망한다.

'신자의 흉내를 내어 무릎을 꿇어본다 그리고 호화롭게 웃어버린다'는 절망한 자아의 모습이다. 2)는 시인의 참담함에 대해 묘사한다. 그에겐 어느 시간이고 어느 공간이고 온통 가시밭길뿐이다. 몹시 피로하지만 단 하루밤도 쉴 수 있는 곳이 없다. '아라비아'와 '아라스카' 세상의 끝에 가더라도 상황은 마찬가지이다. 따라서 시인은 다시 한 번 암담해진다. 그에게 남아있는 믿음은 없다. 희망은 어이없이 사라졌고 기다려도 '좋은 날'은 오지 않는다.

이 시점에 오면 시인이 형상화하고자 하는 것이 태풍의 잔해인지 근대가 준 상처인지 시인 자신의 본래적 내면인지 알 수 없게 되어버리고 만다. 오히려 태풍을 빌어 자신의 내면 풍경을 말한 것이 아니었나 하는 의혹마저 인다.29) 지적인 시인은 그것을 의식한다. 따라서 초기의 자아가 그랬던 것처럼 또다시 초월적인 존재를 떠올린다. 그

---

29) 「기상도」의 6부에서 이처럼 내면과 외부가 착종되어 나타난다는 점은 매우 의미있게 보인다. 그것은 자아가 세계와 분리되지 않을 정도로 밀착되어 있음을 보여주는 것이기 때문이다. 이는 세계가 외부적 환경이 되어 주체와 교응하고 또 주체를 독자적 개인으로 세우는 것과 다른 양상을 보이는 것으로 세계가 주체의 자리에 침범하고 그 자리를 점령하려 하는 상황과 같다. 이런 상황은 김기림이 세계에 더욱 적극적으로 접근했었기 때문에 빚어진 것이지만 결국 김기림이 세계에 의해 상처입고 파괴당하는 자아를 발견하는 것으로 결말이 난다. 후기에 이르러 김기림은 비로소 외부과 어긋나는 자신의 내면 세계를 구성하게 되는데 그 출발점이 되는 지점이 바로 이곳이다.

것이 무엇이건 상관없이 생명력이 있는 한 그는 그것을 놓치지 않고 부여잡는다. 이때 그것은 '어둠의 鐵門 저편에서 웃는 바람 소리'이다. '어둠의 철문'은 절망의 강도를 상징하며 '웃음'은 그것을 이겨내는 힘을 나타낸다. 그런데 '웃음 소리'는 다름 아닌 '부엉이'의 것이었다. 부엉이는 어둠 속에서도 깨어있는 자, 혹은 지혜나 지성을 의미하는 것으로, 시인은 '부엉이'의 상징을 통해 초기의 주체 형성 과정을 다시 한번 반복해서 경험하게 된다. 이때 시인에게 '지성'은 근대의 합리성과 겹쳐지는 것이면서도 그것을 초월한 자리에 위치한 것임을 알 수 있다. 시인은 다시 한번 '눈을 빛낸다'. 그러나 그것은 과거의 그것처럼 어둠 속에서 몸을 웅크리는 '고양이'의 눈이 아니라 '부릅뜬 눈'이다. 다시 말해 '부엉이의 눈'은 두려움에 길들여진 소극적인 자아의 눈이 아니라 역사를 통찰하는 지혜로운 자아의 눈이다. 그것은 '來日'이 없어도 좌절하지 않고, 설움에도 강인할 수 있으며, 기쁨이 없어도 살아갈 수 있고 민족의 傳說에도 슬퍼하지 않을 수 있다. 나아가 결론이 없어도 참을 수 있는 자이다. 따라서 그것은 '마음은 슬퍼서 느꺼서 우나 부릅뜬 눈에는 눈물이 없다'. 그것은 합리적 지성을 견지하지만 역사에 대한 통찰력도 아울러 지니고 있는 예지의 자아이다. 이는 헤겔이 말한 이성, 즉 절대정신의 내포를 지니는 것이다.

그리고 시인은 처음으로 자신의 과거에 대해서 말한다. 3)은 지난 날의 자신의 삶에 대한 회억이자 고백이다. '거츠른 발자쥐들이 구르고 지나갈 때에 담벼락에 달러붙는 나의 숨소리는 생쥐보다도 커본 일이 없다'로 시작되는 시인의 고백은 한편의 참회록이기도 하다. 여기에서 시인은 제국주의자가 우리 민족을 통치할 때 "그것이 부당하

다”고 말하지 않은 자신에 대한 자의식을 드러낸다. ‘나’는 ‘생쥐보다
도 더 숨죽여 지냈고 강아지처럼 비참했다’는 것이다. 그러한 자신을
시인은 ‘惡魔적’이었다고 한다. 시인은 메피스토펠레스의 힘을 빌어
자신의 한계를 극복한 파우스트처럼 최선을 위해 악마가 되기로 한
것이다. 짐승과 악마는 식민지에서 살아갈 수 있었던 가장 원초적인
힘의 제공자였던 셈이다.30) 그렇다면 그가 근대를 부르짖고 합리성을
요구했지만 그것은 본능에 빚진 바가 크다는 것을 알 수 있다. 그는
근대가 지니고 있었던 힘, 즉 악마적인 힘에 자신을 맡겼던 것이다.
이는 초기시에서 볼 수 있었듯이 시인이 절망 속에서 빠져나오던 과
정을 상기하게 한다. 즉 시인은 죽음과 같은 상황 속에서 원시적인 힘
에 기대어 그것을 극복할 수 있었던 바, 그 힘은 근대의 합리적이고도
비합리적인 요소 속에 내포되어 있었던 것이다. 그가 근대의 과학을
예찬하는 동시에 그것을 ‘원시성’, ‘명랑성’으로 본 이유도 여기에 있
다.31)

---

30) 니체는 보들레르를 통해 모던한 것들이란 삶과 권력에 대한 의지이자 무질서
　　와 무정부, 파괴, 개인적 소외, 절망 등의 바다에서 헤엄치는 데 필요한 원초
　　적 에너지에 불과하다는 점을 밝히고 있다. 그는 지식과 과학에 의해 주도되
　　는 근대적 삶의 배후에서 거칠고 야생적이며 무자비한 원초적 에너지를 가려
　　냈다. 또한 이것이 디오니소스적 신화에서 표현되는 ‘파괴적 창조’, ‘창조적
　　파괴’의 모습과 관련되며 이러한 와중에서 자아를 확인할 수 있는 유일한 방
　　법은 비록 비참한 결과가 예상되더라도 의지를 밝히고 실행하는 일뿐이었다
　　고 한다. D.Harvey, 앞의 책, pp.33~4.
31) 김기림에 대한 연구가 종잡을 수 없었던 것, 그것이 고전주의적이면서 디오
　　니소스적인 요소가 있고 지성적이면서 감상적이라는 언급들은 김기림의 정신
　　적인 구조가 단순히 모더니즘의 수입으로 설명되지 않는다는 것을 의미한다.
　　그것은 무엇보다도 김기림이 제국주의의 시인이 아닌 식민지의 시인이라는
　　점에 기인할 것이다. 모더니티는 동시적이고 보편적인 현상이지만 각 나라에
　　거주하는 주체의 자의식과 분리되어 설명될 수 없다. 김기림의 초기 모더니
　　즘이 합리주의에 대한 비판으로서, 근대성에 대한 반담론으로서 형성되지 않

그러나 지금의 자아는 과거의 자아와 다르다. 이제 시인에게는 근대조차 절대적이지 않다.[32] '바다'가 다시 떠오르는 것은 그 때문이다. 바다는 광포한 모습으로가 아니라 '아름다운 알음소리'로 다가온다. 그것은 더 이상 태풍의 진원지로서가 아니라, 또한 근대화의 물길로서가 아니라 '행복'과 '어머니'의 느낌으로 시인의 심상을 채운다. 시인은 '부재하는 어머니'에 다시 직면하게 되는데 이때에는 과거와 같이 견딜 수 없음으로 괴로워하지 않는다. 그는 '어머니, 어머니의 무덤에 마이크를 갖어갈까요' 할 정도로 여유가 있다. 어머니의 부재를 '사랑스러운 骸骨'이라 하는 것이 시인의 그러한 여유를 뒷받침해준다. 어머니는 없지만 시인은 절망하지 않는다. 그는 '어둠에 반란하는 영원한 불평가'가 되기로 한다.

우리는 6부 「올빼미의 주문」이 시인의 정신사적 전개에 있어서 상당히 중요한 부분임을 알게 된다. 그것은 바로 이 부분이 김기림의 초기시와 후기시가 만나는 부분이라는 점에서 비롯된다. 주지하다시피 김기림의 「기상도」는 초기시의 한계를 극복하는 자리에서 기획되었

였던 것은 그 때문이다. 그는 여기에서도 말하고 있듯이 오히려 모더니티의 악마적 요소를 긍정하여 합리성을 구축하려 하고 있는 것이다. 요컨대 모더니스트 김기림의 모더니즘은 제국주의의 모더니즘과는 정반대에 놓여있는 거꾸로 선 모더니즘에 해당된다.

32) 오세영은 '바다'가 생의 본능에 충일한 자연의 산물이므로 디오니소스 이미저리라고 하면서 아폴로로서의 도시와 디어니소스로서의 바다가 대립되는 「기상도」의 이원 구조는 죽음과 재생의 이미지인 태풍에 의해 초극되고 있다고 말하고 있다.(『20세기 한국시 연구』, 새문사, 1989, p.160.) 「기상도」의 이 부분에 초극과 재생의 의미가 형성되고 있다는 인식은 어느 정도 공유되는 듯하다. 김유중 역시 '태풍'이 '노아의 방주'에서의 '홍수' 모티브와 관련된다고 보면서 김기림의 세계관이 묵시론적 세계관에 근거한 죽음과 재생의 원리를 지닌다고 한다.(『한국 모더니즘 문학의 세계관과 역사의식』, 태학사, 1996, p.91.) 따라서 김기림의 「기상도」에 「황무지」에서와 같은 신화구조가 보이지 않는다는 비판은 재고되어야 할 것이다.

다. 그는 초기의 지성주의, 합리주의, 고전주의가 가져온 시 창작상의, 그리고 세계관 상의 문제를 의식하고 있었고 「기상도」 처음부분부터 과거시에 대한 일종의 상호텍스트성을 견지하는 자세를 지키고 있었다. 1부에서의 사물에 접근하는 시점 고정의 탈피, 도시와 시골의 경계 무화로부터 시작하여, 2, 3부에 전면화되는 풍자 양식은 그러한 사실을 뒷받침해준다. 풍자는 언어 구조 상 근대에 대한 비판의식을 함의하는 것으로서 세계에 대한, 즉 객체에 대한 포괄적인 시각이 전제되지 않고는 성립될 수 없는 양식이다.

그런데 그것은 지성에 의한 것이면서도 세계의 아니러니적인 상황의 극단에까지 이름에 따라 주체가 소멸하는 위험을 안고 있다. 파편화된 세계에 양가적 태도로 접근할 때 거기엔 무의식적인 연상과 지성을 능가하는 실험과 꿈과 웃음 등의 비합리적인 것들, 합리성으로부터 소외된 것들이 전폭적으로 등장하기 때문이다. 4부, 5부로 이어지면서 풍자의 양식이 약화되는 것은 이러한 이유에서이다. 그에게 '주체'는 포기할 수 없는, 포기해서는 안되는 것이기 때문이다. '그'의 자리에 우리는 '민족'을 대입해도 될 터인데 그의 담론은 언제나 자신을 민족의 부분으로, 자신이 민족의 이데올로기를 대변하는 자로서 여겼기 때문이다.[33] 그는 어디까지나 객체와 주체와의 상호 관계를 꾀했고 지성과 이른바 인간성의 결합을 원했던 것이지 주체의 포기나

---

33) 이러한 판단은 언어가 이데올로기적으로 매개되어 있다는 바흐찐의 관점에 근거하여 이루어진 것이다. 김기림은 초기부터 일관되게 자신의 담론을 타자, 즉 독자와의 소통 관계 속에 위치시켜 왔다. 이는 그의 발화가 타자를 염두에 두고 있으며 타자로부터 이데올로기적으로 이해되기를 의도하고 있음을 의미하는 것이다. M.Bakhtin, 『마르크스주의와 언어철학』, (송기한 역), 한겨레, 1988, p.37 참조.

지성의 배제를 원했던 것은 아니다.

따라서 4부에서는 초기시에서의 '사물시+대화'가 반복해서 나타난다. 태풍에 대한 A=B,C,D...의 묘사가 사물시라면 그 후엔 태풍과 파우스트와의 대화가 이어진다. 4부는 초기시의 양식이 그대로 나타난다고 할 수 있다. 5부에 이르러 그러한 과정은 더욱 진전된다고 할 수 있는데 그것은 시인이 다시 사물시로 역행한 듯한 인상을 주기 때문이다. 요컨대 기상도의 시적 구조는 문장 내부의 언어 차원에서만 양가적인 원리를 취하는 것이 아니라 시 전체의 담화적 구조에서도 그러한 원리가 나타나고 있음을 알 수 있다. 그것은 후기 시 양식과 초기 시 양식의 결합으로 형성되어 있으며 주체와 객체의 긴장관계로 이루어지고 있는 것이다.

그리고 시 전체를 이끌어가는 이러한 병렬체적인 구조가 충돌하는 곳이 바로 6부이다. 6부 2)에서 살펴본 것처럼 6부에서는 어느 것이 주체이고 객체인지, 어느 것이 내면이고 근대인지 분간할 수 없는 상황에 이르게 되는 것이다. 이와 동시에 시인은 자신의 과거에 대해 술회함으로써 바로 초기의 자아와 결합한다. 그러나 이와 같은 반복되는 자아를 극복하고 새로 일어서는 자아는 과거와는 다른 자아임을 알 수 있다. 거기에는 이미 사회나 역사에 대한 인식이 전제되어 있고 지성 및 합리성 외적인 태도가 포회되어 있기 때문이다.

이러한 자아가 만나게 되는 심상이 역시 반복, 순환되는 '바다'임은 주목을 요한다. 이 부분은 시인이 과거적 자아를 회상하고 과거의 주체 회복 과정을 반복하면서 새로운 자아로 탄생하는 과정, 즉 죽음의 반복과 재생을 통해 통합된 자아를 구축하게 되는 과정을 보여주고

있는 것이다.34) 이것은 엘리어트가 선택한 영국 정교의 신화에 비견
되면서 그것을 능가하는 신화라 할 것이다.35) 김기림은 자신의 정신
속에서 그것을 발견한다. 자신의 정신 속에서 찾는 신화란 2)에서 보
았듯이 모든 파괴와 혼돈과 고통을 이겨내는 절대적인 자아를 가리키
는 것이다. 이는 시간과 타자 등의 모든 것을 통합하는 동일자이며 세
계에 대해 피동적이었던 과거의 제한된 주체를 넘어선 새로운 자아이
다. 이러한 자아는 자신의 사유를 통해 불완전한 세계를 분해하거나
또 새롭게 구성할 수 있다는 점에서 더욱 견고한 주관성을 획득하는
것이다.

이처럼 강화된 주체를 토대로 김기림은 이후의 담론을 전개한다.
이후의 담론은 뿌리뽑힌 자신과 민족에게 내면의 역사를 들려주고 그
것을 바탕으로 정체성의 회복과 역사를 향한 실천적 기획을 마련하는
것을 내용으로 한다. 그리고 통합된 자아에게 주체는 존재가 되고 객
체는 자연이 되어36) 둘 사이의 구분은 사실상 의미가 없어진다. 주체

---

34) 죽음과 재생, 자연의순환, 계절의 순서 등과 같은 주기적 순환성을 지니는 시
    간의식은 근대의 파편화된 시간성과 대립하는 한 의미를 지니고 있다. 이는
    시간적 영속성이 파괴되는, 소위 위기가 감지되는 순간에 나타나는 의식체험
    인 신화의 시간성이다. 따라서 신화는 분열된 세계로부터의 도피, 구원이라는
    이념을 반영하거나 작품의 산만한 구성이나 자아의 통일성을 보완하는 데 이
    용된다.(송기한, 『한국전후시와 시간의식』, 태학사, 1996, p.54) 6부에서의 전개
    과정을 통해 김기림은 외부세계와 다른 구조와 원리로 이루어지는 새로운 자
    아의 통일성을 구축하게 된다.
35) 김기림은 「과학과 비평과 시」에서 엘리어트의 종교적 신화를 비판한 바 있
    다. "우리는 일찍이 20세기의 신화를 쓰려고 한 「荒蕪地」의 시인이 겨우 정신
    적 火田民의 신화를 써놓고는 그만 구주의 초토 위에 무모하게도 중세기의
    신화를 재건하려고 한 전철은 똑바로 보아 두었을 것이다." 『전집2』, p.33.
36) 르페브르에 의하면 인간은 추상적 존재 이전의, 즉 문법과 논리에 속해 있기
    이전의 근원을 발견하려고 하며 이것을 '존재'(어머니, 세계)에 대한 그리움이
    라 하고 있다. 또한 '자연'의 개념을 '물질', '사물', '실제하는 것', '객체'보다

는 객체 안에서 자신을 발견하게 되고 자신의 내면 속에서 세계를 만날 수 있게 되기 때문이다. 따라서 「기상도」의 7부는 '나'와 세계가 하나가 되는 유토피아적인 상상력으로 구성되며 「기상도」이후의 시는 주체와 객체의 분리를 극복한, 그 둘이 서로 매개된 시가 쓰여진다.

    (7부)
  1) 허나
    이윽고
    颱風이 짓밟고 간 깨여진 '메트로폴리스'에
    어린 太陽이 병아리처럼
    홰를 치며 일어날게다
    하루밤 그 꿈을 건너다니던
    수없는 놀램과 소름을 떨어버리고
    이슬에 젖은 날개를 하늘로 펼게다
    탄탄한 大路라 希望처럼
    저 머언 地平線에 뻗히면
    우리도 四輪馬車에 來日을 싣고
    유량한 말발굽 소리를 울리면서
    처음 맞는 새길을 떠나갈게다
    밤인 까닭에 더욱 마음달리는
    저 머언 太陽의 故鄕

  2) 끝없는 들 언덕 위에서
    나는 '데모스테네스'보다도 더 수다스러울게다

혼란스럽지만 더욱 풍성한 의미를 지니고 있는 것이라 보고 있다. 존재와 자연은 포괄적이고 일반적 의미에서 주체, 객체 상의 논리적이고 추상적인 관계를 넘어서는 것이다. H.Lefebvre, 앞의 책, pp.199~200.

나는 거기서 채찍을 꺽어버리고
망아지처럼 사랑하고 망아지처럼 뛰놀게다
미움에 타는 일이 없을 나의 눈동자는
眞珠보다도 더 맑은 샛별
나는 내속에 엎드린 山羊을 몰아내고
여우와 같이 깨끗하게
누의들과 親할게다

나의 生活은 나의 薔薇
어디서 시작한 줄도
언제 끝날 줄도 모르는 나는
꺼질 줄이 없이 불타는 太陽
大地의 뿌리에서 地熱을 마시고
떨치고 일어날 나는 不死鳥
叡智의 날개를 등에 붙인 나의 날음은
태양처럼 宇宙를 덮을 게다
아름다운 생동에서 빛처럼 스스로
피여나는 法則에 引導되어
나의 날음은 즐거운 軌道 우에
끝없이 달리는 쇠바퀴게다

3) 벗아
太陽처럼 우리는 사나웁고
太陽처럼 제빛 속에 그늘을 감추고
太陽처럼 슬픔을 삼켜버리자
太陽처럼 어둠을 살워버리자

다음날
氣象臺의 마스트엔

구름조각 같은 흰 旗폭이 휘날릴게다

(暴風警報解除)
快晴
低氣壓은 저 머언
시베리아의 근방에 사라졌고
太平洋의 沿岸서도
高氣壓은 흩어졌다
흐림도 소낙비도
暴風도 장마도 지나갔고
來日도 모레도
날세는 좋을게다

(市의 揭示板)
市民은
우울과 질투와 분노와
끝없는 탄식과
원한의 장마에 곰팡이 팬
추근한 雨備를랑 벗어비리고
날개와 같이 가벼운
太陽의 옷을 갈아 입어도 좋을게다

— 「쇠바퀴의 노래」 전문

유토피아적 담론이 등장한 것은 김기림이 더 이상 근대를 낙관적이고 희망적인 것으로 볼 수 없게 된 정황을 보여주는 것이다. 근대를 희망과 진보로 인식할 때에는 현재 자체가 유토피아이다. 이때의 자아는 내부에 외부 세계와 일치하는 구조와 원리를 지닌다. 그러나 현재가 위기로 인지되었을 때 자아는 자체 내의 역사 철학을 갖게 되는데 이때 미래가 유토피아적으로 묘사된다. 여기엔 현재가 위기이지만 그러나 역사는 발전의 길을 갈 것이라는 인식이 놓여 있다.37) 유토피아적 의식을 통해 우리는 김기림이 위기에 처한 근대의 파편화된 시간의식으로부터 벗어나 있다는 것을 알 수 있다. 또한 김기림은 강화된 주체성을 바탕으로 자아의 통합과 민족의 역사를 중심으로 하는 새로운 담론을 꾀한다. 김기림에게 유토피아 의식이 나타난다는 것은 어떤 경우에도 자아와 민족의 역사적 진보와 완성된 미래에 대한 추구를 포기할 수 없다는 그의 굳은 신념을 보여주는 것이다.

이는 6부에서 언급되었듯이 근대를 상대적으로 인식하는 접근, 즉 '근대를 초극'함으로써 주체적이고 민족 중심적인 역사철학을 전개하겠다는 의식으로 나타난다. 그가 해체될 위기에 놓여 있는 주체를 회복하여 주체성의 원리를 포기하지 않는 것은 근대성 이전에 민족의 독립이라는 절대 명제가 선험적으로 상정되어 있기 때문이다. 이후 담론에 나타나는 전통 및 동양, 민족 및 공동체에 대한 관심은 그가 유토피아적 상상력을 바탕으로 새로운 역사에 대한 비전을 구축하고 있음을 의미하는 것이다. 이러한 관점에서 볼 때 「기상도」의 결말에 나타나는 목가적 상상력은 이후 전개될 역사 의식에 대한 단초를 보여주는 것이라 할 수 있다. '颱風이 짓밟고 간 깨여진 「메트로폴리스」'는 곧 조선을 의미하는 것으로 이후 그의 역사에의 지향이 조선이라는 지역을 중심으로 이루어질

---

37) 이러한 인식엔 시간의 일직선적 발전에 대한 믿음과 과거, 미래가 현재에서 변증법적 관계에 의해 통합된다고 하는 시간의식이 결합되어 있는 것이다. 최문규, 「역사철학적 현대성과 그 이념적 맥락」, 『세계의 문학』69, 민음사, 1993, pp.181~2.

것임을 암시하고 있다.

한편 '—게다'와 같은 의지미래형으로 이어지는 미래적 전망은 그것이 현실적인 구체성을 지니지 않는 대신 무시간적 공간 속에 위치하고 있음을 보여준다. 신화적 이미지가 나타나는 것도 이와 관련된다. 2)에서 등장하는 목가적인 장면은 인류의 원시적인 공간을 의미하며 장미, 태양, 불사조, 쇠바퀴 등의 묵시적인 이미지[38]는 모두 순환과 재생의 의미를 내포한다는 공통점을 지니는 것으로서 이들 상상력은 신화적이다. 그것은 '어디서 시작한 줄도 언제 끝날 줄도 모르는 것'이며 '꺼질 줄 없이 불타는' 것이며 '즐거운 궤도 우에 끝없이 달리는 쇠바퀴'처럼 무시간성을 지니는 것이다. 김기림은 여기에서 '태양'의 심상을 끌어오는데 과거의 '태양'이 근대를 향한 것이었다면 이때의 '태양'은 외부 세계와 비껴나 있는 신화적이고 유토피아적 범주에 놓인다는 점에서 서로 구별될 수 있다. 그것은 '사납고, 그늘을 감추고, 슬픔을 삼키고, 어둠을 살워낸'다는 점에서 역사의 동력이기도 하다. 김기림은 7부에서 이후 전개될 역사의식에 대한 일각을 제시한 후 「기상도」의 대단원을 맺는다.

「기상도」는 7부로 구성된 장시로서 김기림이 현실에 대한 총체적인 비판의식을 담겠다는 의도로 기획된 것이다. 이 시는 일관된 주제와 단일한 구성을 지니지 않는다는 비판을 받아왔지만 그보다 더 본질적인 것은 「기상도」가 구도 자체에서부터 초기시의 구성 및 세계관과의 대화적 관계 속에서 이루어지고 있다는 사실일 것이다. 우리는

---

38) 조달곤, 위의 글, p.19.

그러한 대화가 진행되는 과정에서 김기림이 근대를 초극하고 새로운 역사 의식의 가능성을 열어놓는 성과를 가져온다는 점에 주목해야 할 것이다. 이러한 결과가 빚어진 중요한 계기로 시인이 '주체'를 회복한 다는 점을 들 수 있다. 그 주체는 과거시에서 편향적으로 드러났던 소극적이고 추상화된 자아가 아닌 역사와 사회에 대한 비판의식과 극복 의지를 지닌 적극적인 자아이다. 이때의 자아는 근대의 모순과 부조리를 인식하되 그 위에서 새로운 역사에의 전망을 지닌 강화된 주체이다.

주체 회복의 문제는 김기림에게 초기부터 일관되게 견지되어 온 목표이기도 하다. 초기시에서 살펴보았듯이 그는 부정적이고 패배적인 자아를 극복하고 건강하고 긍정적인 자아를 형성하고자 하였고 그 결과가 합리주의적 개인형으로 나타난 바 있다. 「기상도」의 창작은 합리성이 지닌 결함을 극복하는 과정에서 이루어지는 바, 「기상도」에서의 제반 근대성에 대한 비판이 합리성의 범주를 중심으로 이루어지는 것도 이 때문이다. 특히 양가성을 창작 원리로 삼으면서 김기림은 합리성을 넘어서는 무의식적이고 비합리적인 자아와 만나게 되는데, 김기림은 이를 극단적으로 추구하는 대신 정신적인 신화의 공간을 형성하고 이에 따라 주체를 강화하는 방향을 취한다. 이는 양가성의 글쓰기를 지속시켜 갈 때 주체가 타자에 의해 잠식되어 해체될 위험에 처하기 때문인데 김기림이 이를 경계하여 주체의 동일성을 보존하는 것은 역사를 포기하지 않음을 뜻한다. 「기상도」에 나타나는 유토피아적 상상력을 통해 알 수 있듯이 그는 회복된 주체, 통합되고 강화된 주체를 바탕으로 민족이라는 집단적 정체성을 구축하고자 한다. 이러

한 입장은 식민지 지식인으로서 필연적이고 정당하게 가질 수 있는 것이라 할 수 있다.[39]

그러나 강화된 주체 속에는 이미 합리성과 비합리성이라는 양면성이 공존해 있다. 그는 주체를 강화하지만 그렇다고 객체나 타자를 자신의 동일성 내에로 환원시키며 그들을 지배하지는 않는다. 김기림은 합리성 이외의 타자를 수용하고 객체의 존재를 인정한다. 이는 근대적 세계관에서 볼 때 주체중심적인 차원을 넘어서는 것으로서 주체와 객체간의 대화적이고 매개적 관계가 이루어지는 상호 주체적인 성격을 지니는 것이다. 이러한 세계관에 의하면 주체와 객체가 서로 대립적인 자리에서 서로를 대상화시키고 소외시키는 것이 아니라 주체는 객체 속에서 객체는 주체 속에서 실천적으로 의미화가 이루어지는 양상을 띠게 된다. 이후 창작되는 김기림의 수준 높은 시들은 이러한 인식론 위에서 창작되는 것들이다.

---

39) 주체에 대한 이러한 의식은 해체주의자들 특히 푸코가 역사를 포기하는 것과 대비되는 것이다. 식민지인으로서 주체를 포기하는 것은 곧 죽음을 의미한다. 김기림이 합리성의 결함을 발견하였음에도 끝까지 그것을 배제하지 않는 이유도 여기에 있다. 대신 그는 타자를 포함하는 상호주체성의 세계관을 전개한다.

2. 객체 존중과 통합된 주체[40]

「기상도」 이후 후기시에서 우리는 흔히 모더니스트에게서 기대할 수 있는 형식실험을 만나지 못한다. 초기의 사물시는 물론이고 「기상도」의 병렬적이고 자유연상적인 이른바 반담론적 모더니즘 기법의 시들도 자취를 감춘다.[41] 이 시기에 김기림은 근대에 대한 과도한 기

---

40) 초기시와의 대화적 자세를 취하며 「기상도」를 창작하는 과정에서 김기림은 과거와는 다른 새로운 주체를 기획하게 된다. 그것은 합리적 주체를 지양하고 합리성 이외의 타자적 영역들을 흡수함으로써 이루어지는 것이었다. 근대적 주체가 꿈, 몽상, 죽음, 무의식 등 비합리적인 것들을 합리성에 위배된다 하여 부정하고 도외시했다면 새로운 주체는 이들과 상호작용하고 이들을 끌어안은 자리에 존재한다. 「기상도」의 종결 부분에서 현상한 자아는 초기의 수동적이고 제한된 합리적 자아도 아니고 「기상도」 앞 부분에서 보였던 과도기적 자아처럼 타자와 대등하게 자리하는 부분적인 자아도 아니다. 그것은 이들을 변증법적인 지양에 의해 종합한 자아이다. 여기엔 타자에 의해 해체될 수 없었던, 여하한 경우에도 동일자를 회복해야 했던 김기림의 존재의식이 반영되어 있다. 또다시 동일자로 현상하는 이 부분의 자아는 과거의 동일자와 유사하면서 그것을 넘어선다.
   반복하고 지양하여 더 높은 지점으로 상승하는 과정이 변증법적인 지속의 양상을 보이는 것이며 여기에서 나타나는 시간 의식이 주기적 순환성을 지닌다는 점에서 이것을 통해 구축되는 자아는 강화되고 절대적인 자아이다. 또한 동일성을 회복하고 있다는 점에서 통합된 자아이다.
   그렇다면 이것은 이념에 의해 모든 타자를 끊임없이 주체화하는 헤겔의 절대정신과 같은 것인가? 헤겔의 절대 정신이 타자와의 동일시를 화해와 상호주관성의 관점에서 이루어낸다면 그것은 같은 것이다. 그러나 헤겔의 절대정신이 타자를 주체의 입장에서 지배하고 전유하는 것이라면 그것은 김기림의 주체와는 다를 것이다. 김기림의 새로운 자아는 자신이 동일성을 회복하되 타자를 개념적으로 착취함으로써 이루어지는 것이 아니라 타자에 다가가 타자를 현상시키고 그것에 동화되는 제 계기들을 통해 이루어진다. 즉 그것은 화해적이고 전일적(全一的)인 자아가 될 것이다.
41) 김기림은 '모더니즘'의 역사를 30년대 초기부터 중쯤까지의 약 5,6년 간의 시기로 잡고 있다. 그리고 30년대 중반쯤, 즉 「기상도」 이후를 '모더니즘' 및 신시 전체의 질적 변환의 시기로 보고 있다. 「모더니즘의 역사적 위치」,(「인문평론」, 1939.10), 『전집2』, p.54.

대나 강한 실망으로부터 벗어나 어느 정도 초월적인 입장에 놓인다. 그것은 그가 갖게 된 새로운 인식론과 세계관으로 말미암는다. 김기림은 이러한 과정에 대해 "긍정과 부정과 그 종합에서 다시 새로운 부정에로— 내용이 다른 가치의 끊임없는 투쟁의 역사"[42]라 한다. 이에 즈음하여 김기림은 의식의 혼돈과 주체의 불확실성을 딛고 주체적이고 통찰적인 세계 인식을 갖게 되며 이와 더불어 안정된 내면을 형성하게 된다. 근대는 서구적인 것이지 절대적인 것이 아니라는 것, 우리는 우리 실정에 맞는 새로운 역사적 전망을 지녀야 한다는 인식이 이 시기에 형성된다. 이러한 역사 인식에 기반하여 김기림은 질주하듯 변화하는 근대적 세계에 좌우되고 종속되어 있을 때보다 한결 여유를 지닐 수가 있게 된다.

김기림의 이러한 안정감은 1930년대 모더니즘에 대한 회고와 정리 및 과학적 시론의 기초를 닦는 것으로 나타난다. 우리 문단의 현황을 진단하는 자리에서 김기림은 1930년대 중반쯤 우리의 신시가 질적 변환을 일으켰지만 그 이후 시 운동은 발전하지 못하였다고 지적하며 '모더니즘의 역사적 위치'를 파악하고 있다.

> 30년대 말기 수년동안의 시단의 혼미란 사실은 시인들이 '모더니즘'을 창황하게도 잊어버린 데 주로 起한 것 같으며 또 자칫하면 '모더니즘'을 그 역사적 필연성과 발전에서 보지 못하고 단순한 한때의 사건으로 취급할 위험이 보이는 때문이다. 영구한 '모더니즘'이란 듣기만 해도 몸서리치는 말이다. 다만 그것은 어떠한 역사적 계기에 피치못할 필연으로서 등장했으며 또한 그 뒤의 시는 그것에 대한 일정한 관련 아래서 발전한 것이 아니면 안된다는 결론을 가짐이 없이는

---

42) 「모더니즘의 역사적 위치」, (「인문평론」, 1939.10.), 『전집2』, p.53.

신시사를 바로 이해했다고 할 수는 없다.[43]

위의 글에서 김기림은 '모더니즘'을 단순히 유행하는 기법으로 보는 태도를 경계하고 있다. 그는 30년대 중반을 기점으로 '모더니즘'이 질적 전환을 이루는 것에는 동의하지만 그렇다고 사멸되는 것은 온당치 못하다고 한다. 이러한 견해는 근대라는 패러다임이 여전히 존속하고 있는 데 따른 것으로, 김기림은 모더니즘을 근대와 관련하여 형성된 미적 담론 일반으로 보는 포괄적 관점을 취하고 있다. 예술의 일정한 양식이 그 시기의 문명과 조응하며 형성된다는 생각은 예술의 상호텍스트적 차원을 말하는 것이다. 그가 근대를 사유의 중심에 두고 끊임없이 이해하려 했던 이유도 이 때문이다. 근대가 아직 진행중이라면 문학적 텍스트는 그에 따라 지속되고 변모해가야 한다. 만일 문학이 이처럼 근대라는 생산 양식에 응전하고 있다면 그것은 생산 양식의 성격에 따른 문명사적 필연성을 지니는 것이므로 긍, 부정을 떠나 인정될 수 있다는 것이 김기림의 설명이다. 영구한 '모더니즘이란 몸서리친다'는 말은 그러한 맥락에서 이해될 수 있다. 이 말은 문학 양식으로서의 모더니즘을 겨냥한 것이 아니고 그것을 양산하는 '근대'를 향해 던져진 것이다. 여기서 볼 수 있듯이 김기림은 문학의 사회성, 즉 사회 구조 및 역사 발전과 문학 사이에 형성되는 대화적 성격을 이해하고 있었으며 위대한 작품 가운데 이러한 관계망으로부터 벗어나는 것은 없다고 보았다.

이를 두고 김기림은 "이렇게 한 색다른 문명의 진행을 따라서 거기는 반드시 거기 상응한 형식과 정서를 가진 문학이 자라나고 있었다

---

43) 위의 글, p.54.

는 사실은 '문학의 孤高'를 믿는 신도들에게는 놀라운 醜聞일 것이다"44)라고 하고 있다. 즉 김기림의 관점에서 보면 문학은 그것이 자율성을 지닌다 할지라도 그것 자체로 독자적으로 존재하지 않으며 그것은 사회 구조 혹은 문명의 성격으로 비롯된다. 양식을 통해 문학과 사회와의 상호텍스트성을 구할 수 있다는 김기림의 이러한 생각은 오늘날엔 매우 익숙한 것이지만 당시로서는 매우 생소하고 또 진보된 생각이었을 것이다. 그가 펼쳐보인 모더니즘이 우리 문학사의 가장 중심을 차지하게 된 계기도 여기에 있다. 그는 자신의 문제를 시대의 문제로 보고자 하였고 그 문제의 해결도 시대를 통해서 이루고자 하였던 것이다. 그것이 우연이건 혹은 작위적이었건 간에 그것을 통해서 그는 인류 정신사의 한가운데 위치할 수 있었고 또한 동일한 생산양식 하에 살고 있는 후대의 우리로서도 시대와 화답하려는 주체의 태도와 그에 따른 범례의 발견이라는 귀중한 유산을 얻을 수 있었다. 요컨대 근대는 세계적이고 지속적인 문제였던 것이다.

김기림의 관점대로 모더니즘을 포괄적으로 볼 경우 1930년대 모더니즘은 두 가지의 질적 차이가 있는 것으로 보인다. 김기림은 '30년대 중쯤의 위기'로 이들 구분의 기점을 제시하고 있고 이러한 위기의 요인으로 '언어의 말초화'와 '문명의 위기'를 들고 있다. 이 글에서 김기림은 '시를 기교주의에서 끌어내는 것'과 '문명에 대한 비판'을 이루는 방법론이 '사회성과 역사성을 이미 발견된 말의 가치를 통해서 형상화'하는 일이라고 말하고 있다.45) 지금까지의 논의에 의하면 김기림이 지적한 '언어의 말초화'와 '문명의 위기'라는 두 가지 문제는 결

---

44) 위의 글, p.56.
45) 「모더니즘의 역사적 위치」, 『전집2』, p.57.

국 동일한 문제의 다른 표현이다. 그것은 합리성으로 모아진다. '자본'이 중심이 되어 발생하는 질서의 붕괴를 묘사할수록 그것은 합리성에 대한 고발로 귀결되고, 합리성을 부정할수록 시는 내용을 획득하게 되어 추상화된 주체, 객체의 문제는 사라지기 때문이다.

그렇다면 김기림은 이 글을 통해 두 가지를 주문하고자 한 것이다. 하나는 초기 모더니즘에 부족했던 내용층위를 보강하라는 것과 또 하나는 표현층위를 배제하지 말라는 것이다. 이 둘은 서로 다른 층위에 속하는 문제이고 특히 후자는 초기부터 일관되게 강조해 온 것이다. 김기림은 이 표현층위를 언제나 일정한 차원에서 고려하고 있는데, 그것은 '소통'을 염두에 둔 문제를 의미한다. 앞에서 살폈듯이 김기림이 부정한 것은 형식 자체가 아니었는데 그가 내용과 별도로 '표현층위'를 지속적으로 고려하는 것은 문학이 법률이 제정되고 정치가 발생하고 경제구조가 확립되는 이러한 과정 속에서 예술도 역시 분과영역으로 존재하게 되었음을 수용하는 것이다.46) 이에 김기림은 예술이 자신의 전문 영역이므로 이것을 운영하는 것은 자기 자신이라는 자율적이고 주체적인 입장을 갖게 되는 바, 그가 예술의 형식을 강조하는 것은 그 때문이다. 그는 그러한 형식이 예술의 자율성을 보장해주는 동시에 독자와의 소통의 계기가 된다고 본다. 그런데 형식은 의식적으로 도모되어야 하는 것으로서 이를 고려하지 않는 자들은 편내용주의자요, 자연주의자가 된다. 여기에는 프로 문학가들은 물론이고 과거의 낭만주의자도 포함된다.47)

---

46) 객관적 과학, 보편적 도덕률, 자율적 예술들이 본연의 논리를 따라 발전되도록 하기 위해 구사한 계몽사상가들의 지적 노력은 18세기 동안 전면에 등장한 것으로서, 이는 하버마스가 '모더니티 프로젝트'라고 일컫는 것들 중 하나이다. D.Harvey, 앞의 책, p.30.

그가 '소통'을 위해 강조했던 '전체로서의 시' 즉 문학의 각 요소, 형이나 음, 의미 등이 통일적으로 고려된 시가 표현층위를 고려하는 것이라면 소위 '전체시'라고 불리는 내용과 형식이 통일된 '전체성적 시', 그리고 지금 여기서 말하고 있는 '사회성, 역사성과 말의 종합'은 표현층위와 내용층위를 동시에 염두에 두는 것이다. 김기림은 표현층 위를 통해 예술의 자율성을 확보하고자 하였고 그 위에 내용층위를 강화함으로써 예술의 자율성이 그것만으로 편향화되지 않기를 의도 했다. 반성기에 그 자체로 합리성에 대한 비판의 함의를 띠며 제시되 었던 '인간성', '낭만주의적 요소'들은 창작 과정을 통해 실제로 작품 속에 구현되면서 내용의 강화와 형식의 편향성을 극복하는 계기로 작 용하였다. 특히 '풍자'로 나타나는 양가성의 언어구조는 사회구조에 대응하는 것으로,[48] 사회에 대한 비판을 통해 내용을 확보하는 동시 에 그에 따른 양식화가 이루어진 것이라는 점에서 의미를 가진다. 이 러한 관점에서 볼 때 '全詩壇的으로 보면 그것은 그 전대의 경향파와 「모더니즘」의 종합'이라는 말을 두고 매개없는 종합이자 단순한 형식 논리에 불과하다는 비판들은 김기림의 사유가 지니고 있는 문맥을 잘

---

47) 김기림은 자연발생적 시와 주지적 시를 '자인(존재)'과 '졸랜(당위)'으로 구분 하면서 전자에 '주관세계의 표현만을 열심히 고조하는 표현주의자(센티멘탈한 종류)'와 '객관적 사실만을 나열하는 사실주의자(리얼리즘)'들이 속한다고 한 다. 「시와 인식」, p.76, 「시의 방법」, p.79.

48) 베버는 예술작품의 구조와 생산과정을 사회적 콘텍스트로부터 분리시키는 경 계선을 엄격히 전제한다. 그는 예술작품이란 순수하게 자율적인 구조물이므 로 사회적으로 매개된 구조나 사회적 관심의 표현으로 해석해선 안된다는 전 통적 미학의 관념을 고수한다. 지마는 자신의 텍스트 사회학을 베버의 이와 같은 몰가치성에 대립시켜 정립한다. 지마는 문학적 텍스트의 구조 자체가 사회적 사실이라 보고 텍스트에 사회적 관심과 제모순이 의미론적, 통사론적 구조의 층위에 표현되어 있다고 한다. 즉 사회학적 의미는 사회적 '내용'보다 는 오히려 '글쓰기 방식'에 있다는 것이다. P.V.Zima, 앞의 책, 1991, p.37.

읽어내지 못한 데서 기인하는 것이다. 김기림이 말한 그러한 '종합'은 말 그대로 '전시단적'인 차원에서 보았을 때 그러하다는 것이지 그것이 논리상의 차원에서 제시된 것은 아니었다. 김기림의 이러한 수사는 문단의 지형도와 관련해 제시된 것으로 김기림은 이를 통해 프로 문학가들이 보여준 사회 비판적 태도를 긍정하되 프로 문학가들의 편향, 즉 표현층위를 고려하지 않음으로써 독자와의 소통에 실패한 오류를 환기시키고자 한 것이다. 다시말해 여기에서 '경향파'는 내용층위를, 그리고 '모더니즘'은 표현층위를 가리키는 비유어인 셈이다.

김기림이 강조한 표현층위는 시가 개념적이고 서술적으로 진행되는 것을 막아주는 장치로 작용한다. 미적 담론에서 대상을 개념적이고 이데올로기적으로 전유하는 양상은 마르크시스트를 비롯한 헤겔주의자들이 주체성 원리에 입각하여 객체를 지배하는 것과 다르지 않다.49) 시적 내용을 직설적으로 처리하는 미학에서의 이러한 경향50)에 대해 견제를 해주는 것이 형식에 대한 사유이다. 이 때의 형식은 단순히 기법이나 기교와 같은 추상적인 것이 아니고 담론을 효과적으로 구성하는 데 사용되는 언어나 사고의 기술51)이라는 차원에서 사고되

---

49) 아도르노는 헤겔로 대표되는 서양 철학의 이성중심주의적 경향에 대해 비판하면서 이들의 중심 특성으로 개념화, 체계화를 들다. 그리고 이러한 사유의 특성이 문학으로 나타난 것이 소위 리얼리즘 양식이라고 한다. 아도르노는 미학적 담론에서의 개념화가 객체에 대한 지배를 의미하는 것이라고 보면서 이러한 지배가 나타나는 것은 인간을 중심에 놓는 사유 때문이라고 한다. 아도르노는 인간의 주체성을 적용하여 객체를 동일화하는 이러한 사유를 통틀어 동일성 사유라 하며 비판한다.
50) 김기림은 이에 대해 '객관세계의 개념적 구성'이라는 표현을 쓰고 있다. 「시의 장래」, 『전집2』, p.339.
51) 컬러는 자신의 시학이 수사학과 밀접하게 결합되어 있다고 하면서, 시는 비유법의 풍부한 사용을 가능케 하는 언어이며, 강력한 설득력의 발휘를 목적으로 하는 언어라고 한다. 이러한 수사학에 대해 19세기에는 그것이 사상이나

는 것이다. 시가 개념화되는 것에 대한 부정적인 인식은 「시의 장래」
에 그대로 나타난다.

> 현대시인의 위기의식이라는 것은 정신적 균형에 대한 갈망과 동시
> 에 절망에서 오는 것인가 한다. 그러면 그는 그의 정신적 균형의 支點
> 을 언제까지고 구할 길이 없었는가. 「근대」가 번영하는 동안 그것은
> 시인에게 만족한 해답을 줄리 없다. 시인은 자신을 위해서, 세계를 위
> 해서도 「내일」을 발견해야 했다. 그것은 다름아닌 한 시대를 사는 사
> 람의 역사적 자각과 통찰과 예감에 의하여 붙잡은 생존의 신념이다.
> 그것은 결코 생활의 신념을 가리킨 것이 아니다. 생활조차를 던져버
> 릴 수 있는 생존의 신념이다. 그것은 또한 객관세계의 개념적 구성이
> 아니다. 그러한 개념적인 사상의 砂土에서는 시가 말라버린다는 것은
> 우리가 체험을 거쳐서 겨우 얻은 귀중한 수확의 하나다. 52)

여기에서 김기림은 자신의 「기상도」에서 보였던 주체의 강화 장면
에 대해 말하고 있다. 그는 근대가 의식의 파편화를 가져오기 때문에
주체가 정신적 위기에 처하게 된다고 하면서 시인은 생존을 위해 '역
사적 자각과 통찰과 예감'에 의해 '내일'을 발견해야 한다고 한다. 이
러한 시인의 의식이 민족의 역사에 대한 통찰과 비전으로 나타나고
또한 예지를 지닌 통합되고 강화된 주체 형성으로 귀결되었음을 「기

시적 상상력과 유리된 인위적인 것으로 보아 부정적으로 여겼지만 20세기 후
반에 이르러서는 담론의 힘을 구성하는 것으로서 긍정적으로 고려된다고 한
다.(J.Culler, 앞의 책, p.114) 여기에서 알 수 있듯 컬러는 문학이 지니는 기능
적인 면을 중요시하고 있다. 즉 시는 문화적 가치를 축적한 저장소라기보다
문화를 분출시키는 방식을 위해 언어적 결합과 공식을 실험하는 것이다. 이
러한 관점에서 보았을 때 시는 구조이며 독자와의 경험이 공유되는 하나의
행위가 된다.
52) 앞의 글, p.339.

상도」에서 살펴본 바 있다.

그런데 여기에서 김기림은 그와 같은 주체의 강화가 창작에 있어서 내용 편향으로 기울 위험이 있음을 직감하게 된다. '그것은(내일의 발견—필자 주) 생존의 신념'이라 말하며 곧 이어서 '그것은 또한 객관 세계에 대한 개념적 구성이 아니다'라고 덧붙인 이유가 여기에 있다. 김기림은 주체성 원리가 표현 충위를 사상할 소지를 안고 있음을 예견하고 이에 대해 즉각 경계를 취하고 있는 것이다. 이는 아도르노가 주체성의 원리가 객체를 개념화할 것이라고 말했던 부분과 일맥상통하는 것이다. 이러한 김기림의 입장은 이후의 담화 형성에 그대로 반영된다.

이에 따라 김기림은 강화된 주체를 바탕으로 역사와 민족을 중심에 둔 담화를 생산하지만 그 속에서 시적 표현이 도외시된 채 개념적인 서술로 귀결되거나 자신의 주관을 일방적으로 제시하는 양상을 보이지는 않는다. 이는 김기림이 객체에 대해 주체 중심적으로 접근하는 것이 아니라는 점을 말해준다. 오히려 객체의 존재 자체에 귀기울임으로써 객체를 현상학적으로 구현하고 이에 주체가 동화되는 경향을 보여준다. 이러한 입장은 초기 시에서 보였던 양상과는 매우 다른 것이다. 이러한 담화 구조에서 객체는 주체와 원거리에 설정되지 않으며 또 주체의 편협한 관점으로 포착되지도 않는다. 대신 객체는 스스로 말함으로써 자신의 존재를 드러내고 주체를 자신에 가까워지게 함으로써 주체와 객체가 매개되는 변증법적 관계를 구성한다.

다시 말해서 반성기에 처했을 때 김기림은 이미 두 가지 목표를 지닌 셈이었는데 하나는 소극적이고 추상적인 주체를 강화하는 것이고 또 하나는 그 주체를 제한하는 것이었다. 제한 없는 주체의 강화란 다름 아닌 파시즘과 제국주의와 같은 정복자들의 논리와 다르지 않기 때문이다. 김기림은 주체의 제한을 객체의 강화를 통해 이루어낸다. 「기상도」에서 보였던 시점 변경 및 합리성 외적 요소의 도입 등 일련의 대화적 구성은 이러한 측면에서 이해될 수 있다. 이는 김기림이 자신과 민족의 생존을 위해서 주체성을 강화하지만 그것이 제국주의와 같은 길을 가는 것은 아님을 의미한다. 따라서 이러한 관점 하에 구성된 담론은 정복자에 대한 비판테제로 기능할 것이며 그리고 그러한 한에서 유의미하다.

이와 같은 주체의 강화와 제한이 예술의 내적 구조와 관련될 경우 그것은 표현층위와 내용층위의 상호조화로 나타난다. 표현층위는 개념화를 막아주고 객체를 보존하는 측면을 지니며 내용층위는 객체의 범위를 역사적, 사회적 범위로까지 확장시키고 그에 대한 주체적 개입을 유도한다는 점에서 강화된 주체와 관련된다. 김기림은 이 두 층위의 상대적인 독립성을 인정하는 가운데 문학에서의 양측면을 동시에 중시한다. 이것은 합리성과 비합리성을 모두 포괄하는 것, '지성'과 '情意'를 모두 중시하는 것과 다르지 않다. 김기림은 이것이 시의 균형이자 전체적 인간의 균형이라고 한다.

우리는 투명한 지성이라고 하는 것이 시대의 격동 속에서는 얼마나 쉽사리 부서질 수 있다는 것을 눈으로 보아왔다. 지성과 情意의 세계를 아직 갈라서 생각한 것은 낡은 要素心理學의 잘못이었다. 정신을 육체에서 갈라서 생각하는 것도 오래인 형이상학적 가설이었다. 시는 그 어느 하나에만 의존하지 않는다. 바로 그것들을 통일한 한 전체적

인간이야말로 시의 궁전이다. 그리고 이러한 전체적 인간이 시대시대
의 격류 속에서 한 전체로서 체득하는 균형이다.[53]

「기상도」 이후의 후기시는 이러한 인식을 바탕으로 하여 이루어진
다. 그것은 초기시에서처럼 대상이 합리적 지성에 의해 구성된다거나
정서가 의도적으로 배제되는 현상을 넘어서 있다. 주체와 객체는 엄
격한 간격하에 놓이는 대신 상호침투하여 통일된 상태를 이루고 있
다. 스스로를 드러내는 대상은 자아의 의식과 정서에 닿아있으므로
무엇이 주체이고 객체인지 구분하는 것이 무의미해지는 상태가 그것
이다. 이러한 상태는 자아의 내면이 안정적으로 형성되는 양상으로
나타난다.

> 日曜日 아츰마다 陽地 바닥에는
> 무덤들이 버슷처럼 일제히 돋아난다
>
> 喪輿는 늘 거리를 도라다 보면서
> 언덕으로 끌려 올라가군 하였다.
>
> 아모 무덤도 입을 버리지 않도록 봉해 버렸건만
> 默示錄의 나팔소리를 기다리는가 보아서
> 바람소리에조차 모다들 귀를 쫑그린다.
>
> 潮水가 우는 달밤에는
> 등을 이르키고 넋없이 바다를 구버본다.
>
> ― 「共同墓地」 전문

---

53) 위의 글, pp.339~40.

위와 같은 정밀감(靜謐感)이 감도는 '무덤'의 형상화는 그것에 대한 단순한 시각적인 묘사와는 성질을 달리한다. 죽은자는 사물이지만(喪輿) 스스로 말한다. '늘 거리를 도라다 보면서' '끌려간다'함은 죽은 사물이 갖게 되는 심정을 형상화하는 것이다. 그것은 곧 안타까움과 절박함과 두려움이다. 더 이상 말할 수 없음으로, 영원히 침묵해야 하므로 죽은 자의 정서는 '한서림'으로 화(化)한다. 결국 위의 '공동묘지'는 한 맺힌 무덤의 심정을 보여주는 시이다. 무덤들이 미세한 소리에도 몸을 뒤채는 까닭도 여기에 있다. 즉 그들은 그들에게 다른 일이 일어나 그들을 구원해주기를 기다린다. '묵시록의 나팔소리'는 그들의 구원을 향한 애타는 심정을 극적으로 표현해주고 있다.

이같은 형상화는 객체에 주체가 스스로를 동화시킴으로써 이루어질 수 있다. 주체 자신보다는 객체의 목소리에 귀기울이는 형국인 것이다. '호수가 우는 달밤'이라든가 '넋없이 바다를 구버보는 것' 등은 '무덤'의 처연함에 동화되지 않으면 제시할 수 없는 심상들이다. 객체의 내면을 중심으로 한 이와 같은 방식의 형상화는 주체와 객체가 서로 밀착되어 있는 데서 가능하다.

한편 '끌려감', '입을 봉함'의 의미소들은 '무덤'과 일제에 의해 억압당하는 우리 민족을 중첩시켜주는 작용을 한다. 무덤의 침묵과 한과 기다림은 우리 민족의 그것들과 일치하는 것이다. '무덤들이 버슷처럼 일제히 돋아'나는 것은 그것이 생에의 열망을 포기할 수 없는 데서 비롯된다. 억눌림과 행동의지 일체를 나타내는 이러한 표현들을 통해 시인은 민족의 한과 의지를 형상화하고 있다.

이 시에서처럼 이데올로기적 함의를 드러내기 위해 시인은 자신의 주관을 객체에 직접 대입하는 것이·아니라 객체의 내면을 통해 형상화하는 간접적 처리 방법을 사용한다. 이러한 방식은 주체를 드러내되 주체를 제한하는 태도로써 시를 창작하는 것으로, 사물이 말하는 것과 같은 효과가 발생하는 것도 이같은 창작 원리에 기인한다. 이를 위해 시인은 객체와 주체간의 간격을 없애는 매우 정밀한 태도로 사물에 다가가야 할 것이다. 이러한 양상은 「못」에서도 나타난다.

> 모―든 빛나는 것 아롱진 것을 빨아 버리고
> 못은 아닌 밤중 지친 瞳子처럼 눈을 감었다.
>
> 못은 수풀 한복판에 뱀처럼 서렸다
> 뭇 호화로운 것 찬란한 것을 녹여 삼키고
>
> 스스로 제 沈默에 놀라 소름친다
> 밑 모를 맑음에 저도 몰래 으슬거린다
>
> 휩쓰는 어둠 속에서 날(刃)처럼 흘김은
> 빛과 빛깔이 녹아 엉키다 못해 식은 때문이다
>
> 바람에 금이 가고 비빨에 뚫렸다가도
> 이상한 곳 하나없이 먼동을 바라본다

—「못」전문

이 시가 돋보이는 것은 2연부터 시작되는 '못의 스스로의 말함' 때문이다. '모든 것을 녹여 삼킨 자'가 불현듯 자신 자신에 대해 갖게 되는 낯선 느낌 때문에 못은 '놀라 소름친다'. '모든 것을 녹여 삼키는 것'은 침묵으로 나타난다. 그 침묵은 누구든, 당사자이건 그것을 바라보는 자이건 간에 견뎌내기 힘들다. 침묵하는 것은 살아있는 것이 아니고 곧 사물임을 지시하는 것이기 때문이다. 사물이 되어 가고 있는 자신을 발견하는 것은 따라서 섬찟한 노릇이다. '못'은 그것을 느꼈고 순간적으로 놀라지 않을 수 없다. '스스로 제 침묵에 놀라 소름친다'는 것은 자신이 타자가 되어 가고 있다는 자각에서 비롯되는 것이다. 계속해서 자신을 응시하는 '못'은 자기 스스로도 이해할 수 없는 무한한 맑음에 떨림을 느낀다. 그 떨림은 자기 자신조차 자신의 깊이를 알 수 없는 데 대한 두려움에 기인한다. 자신을 넘어서는 운명의 힘이라든가 우주의 질서 혹은 모든 것을 삼키는 자신의 힘, 이 모든 것에 대해 인식할 수 없으므로 그는 두려움과 떨림을 느낀다. 한편 모든 감정이 뒤섞이고 삭여진 자의 사라지지 않는 분노와 증오는 어둠속의 '날(刃)'과 같은 '흘김'으로 표출된다.

이 시 역시 「共同墓地」와 같이 객체에 자신을 동화시키지 않고는 쓰기 힘든 그러한 시들 가운데 하나이다. 시인은 '못'의 한가운데 깊숙이 입수(入水)한 자의 감각으로 시를 쓰고 있다. '못'의 심정으로 침묵하는 '못'을 대신하여 '못'의 이야기를 하고 있는 것이다. 마치 '못'에 생명이 있어서 '못'이 말하지 못하는 혼의 깊이에 대해 말하려는 것처럼 시인은 사물에 가까이 다가가 있다.

시인의 이러한 접근은 초기시와 매우 다른 지점에 놓이는 것이 아닐 수 없다. 여기에 나타나는 시들은 주체에 의해 일방적으로 그려지는 시가 아니라 객체 스스로 자신에 대해 말하는 시라는 점에서 객체 중심적이다. 주체는 객체에 매개되어 있는데 이때 주가 되는 것은 주체가 아니라 오히려 객체이다. 이를 통해 초기시에서 드러났던 주체 객체간의 분리, 혹은 주체 중심적 객체 묘사는 후기 시에서 극복되고 있음을 알 수 있다.

한편 이 시가 시적 효과를 발휘하는 것은 이 시가 불러일으키는 심상의 강렬함 그 자체에도 요인이 있지만 '모든 것을 녹여 삼킴', '어둠 속에서 날(刃)처럼 흘김', '빛과 빛깔이 녹아 엉키다 못해 식은', '바람에 금이 가고 비빨에 뚫렸다가도 상한 곳 하나없이 먼동을 바라봄' 등에서 상기되는 이미지와 식민지하에서 살아가는 민중의 이미지가 겹친다는 점에도 그 요인이 있다. 여기에서 우리는 객체를 회복시킴에 따라 시적 의미의 폭을 확장하고 결국 독자의 정서에도 닿을 수 있다는 사실을 보게 된다. 이러한 시의 계열로 「바다와 나비」도 들 수 있다.

> 아모도 그에게 水深을 일러 준 일이 없기에
> 힌 나비는 도모지 바다가 무섭지 않다.
>
> 靑무우밭인가 해서 나려 갔다가는
> 어린 날개가 물결에 저러서
> 공주처럼 지쳐서 도라온다.
>
> 三月달 바다가 꽃이 피지 않어서 서거푼
> 나비 허리에 새파란 초생달이 시리다.
>
> — 「바다와 나비」 전문

「바다와 나비」는 대상에 대해 갖는 시적 화자의 더할 나위 없는 애정이 드러나는 시이다. ‘나비’의 철없음을 화자는 나무라는 대신 가슴 시리도록 안타까워하고 있다. 그것은 ‘나비’의 내면 가까이에 다가가 있기 때문에 가질 수 있는 심정이다. ‘나비’의 욕망과 좌절과 부대낌과 조급함, 이러한 내면을 그는 사랑하는 사람에 대해 갖는 심정으로 함께 느끼고 있다.

「바다와 나비」가 김기림 시 가운데 매우 선명한 인상을 남기는 이유는 시적 구조의 안정감이나 청신한 이미지의 효과에 기인하는 바도 크지만 무엇보다도 김기림 시에서 ‘바다’가 차지하는 비중 때문일 것이다. 여기서의 바다는 막연한 동경과 바라봄의 대상이 아니라는 점에서 의미를 가진다. 초기의 바다가 환상과 허상으로 존재했다면 여기서의 바다는 주체와 대결하는 실체로 놓이는 것이다. 그렇다면 이 시의 주된 객체는 나비보다는 오히려 바다가 될 것이다. 바다는 ‘水深’을 드러내지 않고 대상을 유혹한다는 것, 그 잔잔함과 평화로움과 눈부심으로 그것에 접근해 오는 대상을 철부지로 만든다는 것, 靑무우밭처럼 파랗다는 것, 그러나 ‘물’일뿐이라는 것, ‘꽃을 피우지 않는다’는 것 등등 바다의 이러함이 시인을 안타깝게 하는 것이다. 나비는 이와 같이 다면적인 속성을 지닌 바다에 비해 너무도 가냘프고 맹목이라는 것이 이 시의 주제이다. 그러나 여하튼 ‘나비’는 다만 시각의 대상으로만 존재했던 ‘바다’를 날아보았고 ‘나비’의 ‘항해’로 바다는 그 성격을 드러낸다. 그것은 아름다운 무정물이라는 것이다. 따라서 그것은 ‘나비’의 집도 될 수 없고 나비의 열정도 품을 수가 없다. ‘나비’의 절망과 시인의 안타까움은 여기에서 비롯된다.

이 시가 독자의 마음을 붙잡아 두는 것은 ‘바다와 나비’ 사이에서

환기되는 이미지가 '근대와 김기림' 사이의 관계와 유사하기 때문이
다. 그것은 근대의 주체가 되기에는 너무 벅찼던 식민지 지식인의 꿈
과 소외감을 드러내주고 있는 것이다. '나비'는 근대에서의 삶을 욕망
했던 김기림이고 '바다'는 그곳의 주체를 철저히 소외시키는 식민지
의 근대이다. 우리에게 근대는 허상으로만 존재했고 모순만 키웠으며
그 속의 주체는 허기짐만 겪어야 했던 것이다. 김기림은 그러한 사실
을 누구보다도 실감으로 체험했으며 그리고 본질적으로 이해했다. 그
것은 그가 '바다'를 날아보았던 '나비'였기 때문이다.

이들 시를 통해 드러나는 것처럼 이 시기 김기림은 추상적인 주체
형성보다는 객체 동화에 중심을 둠으로써 시의 깊이를 획득해가고 있
다. 대상의 의미와 이미지에 몰입할수록 그는 그 속에서 주체 자신의
모습과 만나고 나아가 우리 민족의 내면을 발견하는 것이다. 이는 주
체와 매개된 객체, 객체와 매개된 주체가 통일성을 형성해가는 과정
을 의미한다. 이 속에서 주체와 객체의 분리는 사실상 무화되지만 시
적 의미는 더욱 심화된다.

저마다 가슴 속에 癌腫을 기르면서
지리한 歷史의 臨終을 苦待한다.

그날 그날의 動物의 習性에도 아주 익어버렸다.
標本室의 착한 倫理에도 아담하게 固定한다.

人生아 나는 용맹한 포수인 체 숨차도록
너를 좇아 댕겼다.

너는 오늘 간사한 매초라기처럼
내 발앞에서 포도독 날러가버리는구나.

─「療養院」 전문

　이 시에서 가장 먼저 시적 효과를 발휘하는 부분은 '癌腫'과 '臨終'
이 언어적으로 대비되는 곳이다. '가슴속에 癌腫을 기르는 자'와 '歷
史의 臨終'의 결합은 독자의 상상 공간을 의심의 여지없이 '민족'의
내면으로 지정한다. 따라서 '動物의 習性', '標本室의 착한 倫理' 등이
지시하는 것은 암담함 속에서 순응하며 살아가는 민족 보편자의 생활
이다. 자유주의적 개인주의가 보편화되는 근대적 상황 속에서도 정당
하게 이루어내야 할 자아실현을 꿈꾸지 못하는 식민지인들은 살아있
음이 없는 영역에서만 자율적일 수 있다. 그것은 곧 '標本室'속의 물
체로 존재하는 방식이고 그렇게 살아가는 것은 동물의 삶과 같다. 이
러한 방식으로는 아무리 도전해도 얻을 수 있는 것은 없으며 인생은
손에 쥘 수 없는 허망한 것이 되고 만다. 시인은 이러한 상황을 '간사
한 메초라기'라 표현한다. 시인은 우리가 처한 현실을 '療養院'이라
함으로써 그 곳에서 살아가는 우리 민족을 삶으로부터 소외된 자의
모습으로 형상화하고자 한다.

　이 시에서 볼 수 있듯이 시인은 이 시기 점차적으로 민족적 자아인
식을 전개해나가기 시작한다. 이러한 태도는 초기의 경우와 같이 민
족을 추상적인 독자로서 간주하는 경향과 대조적인 것으로, 초기의
자아 인식이 주로 단자화된 개인에 머물렀던 반면 후기에 이르러 그
것이 민족이라는 집단적 자아와 매개되어 등장한다는 것과 관련된다.
이러한 결과는 김기림이 합리성에 대한 신념을 버렸기 때문에 얻을

수 있는 성과에 해당한다. '정서'에 대한 콤플렉스를 극복한 후 전면
화되어 등장할 수 있었던 내면을 통해 김기림은 집단적 주체의 그것
과 만날 수 있었던 것이다.

'망토'처럼 추군추군한 濕地기로니
웨 이다지야 太陽이 그리울까
醫師는 處方을 斷念하고 도라갔다지요
아니요 나는 人生이 더 노엽지 않습니다

旅行도 했습니다 몇날 서투룬 '러브씬'—무척 우습습니다
人造絹을 두루고 還故鄕하는 御史道님도 있습니다
저마다 勳章처럼 傲慢합니다 사뭇 키가 큽니다
남들은 참말로 노래를 부를 줄 아나배

갈바람 속에 우두커니 섰는 벌거벗은 허수아비들
어느 철없는 가마귀가 무서워할까요
저런 鉛빛 한울에도 별이 뜰리 있나
薔薇가 피지 않는 한울에 별이 살 理 있다

바람이 떼를 지어 江가에서 우짖는 밤은
絶望이 혼자 밤새도록 내 친한 벗이었읍니다
마지막 별이 흘러가도 아모도 소름치지 않습니다
집마다 새벽을 믿지 않는 完固한 窓들이 잠겨 있습니다

六千年 메마른 思想의 沙漠에서는 오늘밤도
히미한 神話의 불낄들이
음산한 懷疑의 바람에 불려 깜박어립니다

　　그러나 四月이 오면 나도 이 추근추근한 季節과도 작별해야 하겠습
니다
　　濕地에 자란 검은 생각의 雜草들을 불살워 버리고
　　태양이 있는 바다까로 나려가겠습니다
　　거기서 벌거벗은 神들과 健康한 英雄들을 맞나겠습니다.

—「겨울의 노래」 부분

　　김기림은 반성기 이후부터 계속하여 객체와의 거리 좁히기 및 객
체의 본질에 대한 회복을 시도해왔다. 이러한 노력은 객체에의 동화
를 통해 이루어졌는데 그러한 동화가 이루어짐에 따라 주체는 객체와
동일한 내면을 형성하게 되는 것을 알 수 있다. 이 점에서 객체와의
간격을 극복하는 과정은 곧 주체의 풍부한 내면을 형성하는 계기임이
드러난다.[54] 말하자면 후기시에 비로소 안정된 내면이 형성되는 것은
대상을 외면적으로 묘사하는 것을 그치고 대상을 깊이 있게 이해함으
로써 가능해진 것이다. 대상이 지닌 역사와 그것의 본질을 탐색함으
로써 대상은 진정한 모습을 드러내는 바, 그것은 주체의 일방적인 인
식의 차원을 넘어서는 것으로 객체가 회복된 것이라 부를 수 있을 것
이다. 더욱 중요한 것은 객체에의 동일시 과정에서 이루어지는 상호
작용을 거치면서 주체 역시 스스로 회복된다는 점이다. 다시 말해서
객체의 고유성에 대한 인식은 주체에 대한 인식과 동시에 진행되는

---

54) 아도르노는 객체와 주체 사이가 신칸트주의자들이 생각했던 것보다 긴밀하다
　　고 하면서, 있는 그대로의 사물을 반영하기 위해 주체는 다양한 속성과 상태
　　를 지닌 사물의 통일성을 만들어내야 한다고 한다. 주체는 또한 외부의 인상
　　뿐만 아니라 이로부터 서서히 분리되는 내부 인상들에 종합과 통일을 부여하
　　는 법을 배우게 됨으로써 '자아'라는 것을 구성하게 되며, 따라서 주체의 내
　　면이 깊다는 것은 자아에 의해 지각된 외부 세계가 유연하고 풍성하다는 것
　　을 의미한다고 한다. T.W.Adorno & M.Horkheimer, 앞의 책, p.282.

것이다.

　이렇게 형성된 안정된 내면을 바탕으로 김기림은 자신의 본질과 역사에 대해 성찰적으로 인식할 수 있게 되는데 이는 먼저 자신의 서사를 구성하는 것으로 드러난다. 이 시기의 시에서 김기림은 과거를 회상하고 현재를 반성하며 미래를 조망하게 되는데 이러한 전기적 서사 구성은 과거와 미래를 현재적 관점에서 추이하는 통합된 시간의식을 보임으로써 자아의 통일성을 이루는 데 기여한다.55)

　위의 시에는 현재의 '나'의 내면을 중심으로 과거에 대한 기억과 미래에 대한 의지가 통합적으로 제시되고 있다.56) 과거의 자아는 서툴고 절망에 찬 그것이었으며 현재는 여전히 암담하고 전망이 회의적이다. 그럼에도 불구하고 미래에 대한 꿈을 버릴 수 없다는 것이 위의 시의 시적 자아가 구성한 서사이다. 이와 같은 시간적 흐름은 현 자아의 내면에 결합되어 동질의 시간적 공간을 형성하는 바, 이를 두고 자

---

55) 기든스는 한 사람이 자신의 삶의 역사에 대해 일관된 느낌을 발전시키는 것은 과거의 속박에서 벗어나 스스로를 미래로 여는 최상의 수단이라고 한다. 이를 위해 전시적 서사를 구성하는 저자는 유년기 초기로 가능한 멀리까지 되돌아가는 동시에 가능한 발전 노선을 세워 미래도 포함해야 한다. 이는 단순히 지나간 사건의 연대기와 구분되는 것으로 현재의 교정을 위한 과거로의 개입이라 할 수 있다. 기든스는 이같은 시간과의 긍정적 대화를 통해 자아는 자기 삶의 주인이 될 수 있게 된다고 본다. A.Giddens, 『현대성과 자아정체성』, (권기돈 역), 새물결, 1997, p.139.

56) 하비 역시 개인의 정체성이 전기적 서사를 통해 이루어진다는 생각을 공유하고 있다. 하비는 개인적 정체성이 과거와 미래가 자기 앞에 닥친 현재와 서로 결합되는 어떤 시간적 통합을 통해 이루어지는 것이라면, 그리고 문장들도 그와 같은 경로를 거쳐 작동한다면 과거와 현재 그리고 미래를 그 문장 속에 결합해낼 능력이 없다는 것은 곧 자신의 전기적 경험 또는 심리적 삶의 과거, 현재, 미래를 결합시킬 능력이 모자라는 것을 의미한다고 본다. D.Harvey, 앞의 책, p.82.

아의 무시간적 공간, 나아가 신화적 공간이라 부를 수 있을 것이다. 이 속에서 미래는 '太陽이 있는 바다까'라든가 '벌거벗은 神들과 건강한 英雄들을 만날' 수 있는 유토피아적 비전으로 제시된다. 이때 자아가 형성하는 유토피아적 비전은 자신의 현재와 과거를 통일시킬 수 있는 추동력으로 작용한다. 유토피아적 상상력이 신화적 공간과 밀접한 관련을 지니는 것은 이 때문이다. 유토피아는 그 자체로 신화적인 공간이면서 자아의 내면에 신화적 공간을 형성하는 계기가 된다. 이러한 상상력이 존재하므로 시인은 현재를 '太陽을 그리워하는'(1연) 상태로 그리게 된다. '의사가 손을 놓고 떠'난 현재는 '추근추근한 濕地'이며 이는 눈부신 태양의 공간에 비추어 볼 때 '별도 없고 薔薇도 피지 않'는 '鉛빛 하늘'과 같다. 따라서 '神話의 불낄들은 음산한 懷疑의 바람에 불려 깜박어린다'. 이러한 현실이 지속됨에 따라 사람들은 더 이상 희망을 품지 않으며 절망적인 사건에 상심하지도 않는다. 모두들 마음의 문을 굳게 닫게 되는 것이다. 예컨대 '집마다 새벽을 믿지 않는 頑固한 窓들이 잠겨 있'고 '별이 떨어져도 소름치지 않는다'. 과거의 '나' 역시 이들과 마찬가지로 '밤새 절망으로 우짖었다'. 그러나 '4월이 오면', 즉 미래에 '나'는 꿈이 도래한 공간 속에 놓일 것이라고 한다.

김기림의 개인적 서사 구성 과정은 모더니스트들이 파편화된 세계 속에서 자신 나름의 신화적 공간을 형성하는 것과 같은 성격을 지니는 것이다. 모더니스트에게 신화가 종교의 상실과 더불어 파괴된 영원성을 대신하는 기능을 하는 것과 마찬가지로 김기림은 전기적 서사를 구성함으로써 자아의 통일성을 형성하기 때문이다. 만일 이와 같

은 장치들과 관련하여 개인적 정체성이 구축되지 못할 경우 개인들은
일정시간을 두고 프로젝트를 수행하거나 현재나 과거보다 뚜렷이 나
은 미래건설에 임할 수가 없게 된다.57) 김기림이 이 시기에 자아의
서사 구성에 주력한 이유도 여기에 있다. 김기림의 시 가운데 이 시기
에는 유년 시절에 대한 회상과 고향에 대한 기억들이 다수 등장하는
데,58) 이는 이전의 경험으로 되돌아가는 과정이 자아정체성의 구축에
필수적인 과정의 일부이기 때문이다.59)

> 종다리 뜨는 아츰 언덕 우에 구름을 쫓아 달리던
> 　너와 나는 그날 꿈많은 少年이었다.
> 제비같은 이야기는 바다 건너로만 날리었고
> 　가벼운 날개 밑에 머ー르리 水平線이 層階처럼 낮드라.
>
> 자조투기는 팔매는 바다의 가슴에 화살처럼 박히고
> 지칠줄 모르는 마음은 斷崖의 허리에
> 　겨으른 갈매기 우룸소리를 비우셨다
>
> 오늘 어름처럼 싸늘한 노을이 뜨는 바다의 언덕을 오르는
> 　두놈의 봉해진 입술에는 바다 건너 이야기가 없고.
>
> 곰팡이처럼 얼룩진 수염이 코밑에 미운 너와 나는

---

57) D.Harvey, 앞의 책, p.83.

58) 고향에 대한 추억이 담긴 대표적인 것은 『關北기행』(「조선일보」, 1936. 3. 1
4~20, 『전집』1)으로 묶인 다수의 시편들이다. 이들은 여행시의 일종이지만
초기시와는 다른 양상으로 표현된다. 이들 역시 초기시에서 보였던 시각적
거리는 포기되었고 시인은 고향이라는 대상에 깊이 관여한다. 거기엔 현재
살고 있는 사람들의 드라마가 있을 뿐만 아니라 가족을 비롯한 과거의 사람
들에 대한 추억이 함께 어울려 있다.

59) A.Giddens, 앞의 책, p.82.

또다시 가슴이 둥근 少年일 수 없고나.

— 「追憶」 전문

이 시에서처럼 유년기에 대한 회상이 본격적인 형태로 등장하는 것은 초기와 구별되는 이 시기의 주요한 특징 가운데 하나이다. 초기의 경우 과거나 유년은 의식적으로 배제되는 대상이자 기억되기 힘든 영역이었다. 과거와 현재와 미래는 시간의 각 계기를 부분적으로 점하는 것으로서 각각은 철저히 구분되고 지나간 과거는 현재로부터 방출되기 때문이다. 이러한 시간의식은 모더니티가 형성되기 시작한 근대 초기 즉 계몽주의적 세계관과 닿아있는 것이다. 계몽주의 시기에 과거는 미신과 불합리로 대표되는 것으로서 끊임없이 부정되고 의심되었던 까닭에 그것은 현재로부터의 단절의 대상이었다. 대신 근대 초기의 사람들에겐 현재 자체가 유토피아로 여겨졌다. 근대는 과거의 암흑을 딛고 도래한 새로운 세계에 속했던 것이다. 이러한 시간 의식이 해체되기 시작한 것은 근대가 직선적인 발전을 이루지 않는다는 인식이 확산되고부터이다. 이를테면 불황과 혁명, 양차 대전 등은 근대가 역사 발전에 대해 지녔던 낙관적인 전망을 붕괴시켰던 요인들이다. 이 지점에서 모더니스트들의 유토피아 의식이 형성되는 바, 이들이 꿈꾸던 새로운 전망은 근대적 시공간의 압축 현상에 대해 저항하는 양상으로 전개되었다. 모더니즘 텍스트의 공간 지향성은 이러한 세계관 하에서 이루어지는 것이다.

김기림도 여느 모더니스트들이 보여주었던 바대로 유토피아 의식을 품게 된다. 그리고 그것은 「시의 시간성」에서 제시했던 새로운 시간의식으로 표출된다. 이때 과거는 더 이상 현재와 대립하여 존재하는 것이 아니라 현재의 위기를 극복할 수 있는 원형적 심상으로 작용하여 의식의 표면으로 떠오른다. 특히 더욱 시원으로까지 거슬러 올라간 원초적 공간으로서의 유년기는 개념적 사고나 분석적 자기 표현을 배우지 못한 시기에 해당되므로 인류의 신화와 그 성질을 공유한다. 과거를 현재로 끌어들이고 그 속에서 미래의 이미지를 찾는 과정의 반복적 행위는 근대의 일직선적이고 일회적인 시간의식과 구별되는 것으로 주기적 순환성을 그 특징으로 한다. 김기림의 유년기에 대한 기억과 고향에 대한 심상들은 이처럼 새로이 형성된 주관적 시간의식을 반영하는 것이다. 따라서 김기림의 후기시 전체는 1930년대 후반기라는 해체된 근대적 상황에서 이를 비판하고 극복하는 과정에서 쓰여진 것이라 할 수 있다.

위의 시에서 1, 2연이 과거 회상이라면 3, 4연은 현재에 대한 인식이다. 여기에서 과거의 유년기는 미래의 유토피아적 공간과 성격을 같이 한다. 현재는 미래적 전망에 비추어 인식되는 것과 마찬가지로 과거에 의해 이해되고 있다. 여기에서 과거는 목가적이고 평화로우며 꿈과 유희의 공간인 반면 현재는 이상향을 획득하는 데 실패한, 위기에 처한 부정적인 공간이다. 지금 어른이 된 그때의 소년들은 '입이 봉해져 바다 이야기를 하지 않'고, '바다는 싸늘한 노을이 뜰'뿐이다. 소년들의 수염엔 '곰팽이처럼 얼룩이 져'있고 더 이상 '둥근 가슴'일 수가 없다.

그러나 과거 및 미래를 매개로 이루어진 현재의 인식은 새로운 전망을 지향하는 계기에 해당되기도 한다. 이때의 전망은 근대 초기 계몽주의 시기의 그것과 질적으로 다를 것이며 마르크스나 루카치 혹은 엘리어트나 파운드 등 다수의 모더니스트들이 꾀했던 전망과 같은 차원에 위치할 것이다. 이러한 시간 관념 및 의식 구조가 근대의 위기를 극복해갔던 모더니스트들의 공통된 것이라면 그들이 포회하는 유토피아 의식 속에 어떠한 전망이 나타나는가 하는 것은 각 모더니스트들의 특수성에 해당될 것이다. 따라서 우리는 김기림의 유년기 혹은 상상된 유토피아 속에서 그가 꿈꾸던 그만의 전망을 찾아내야 하는 과제를 안게 된다. 가령 서구의 모더니스트들이 그들의 민족에 속하는 그들 특유한 신화 속에서 유토피아를 찾아내었다면 그리고 그것이 때로 지역적 민족주의60)인 파시즘의 형태로 등장했다면61) 김기림이 우리에게 제시하는 유토피아가 서구의 것과 동일할 수는 없을 것이다.

---

60 반유대주의를 특징으로 하는 나치즘은 유대인의 '국외 분산'(dispora)현상에 대한 대응 테제로서의 '지역적 민족주의'를 기반으로 하여 결집된다. 바그너의 신화에 함몰되었던 지테 역시 보편적이고 국제적인 성격을 지닌 모더니티에 대응할 수 있는 길이 분절화를 극복하고 사람들에게 공동체를 위한 공간을 구성하는 일이라고 한 바 있다. 이처럼 모더니즘의 신화는 지역, 국가, 공동체 등과 밀접히 관련되어 있으며 모더니스트들은 이것들을 바탕으로 집단적인 정체성과 유대의식을 강화한다.
　이러한 현상과 관련하여 하비는 모더니즘이 신화의 힘에 기탁한 것이 비극의 시작이었다고 한다. 지정학적이고 미학적인 개입은 항상 민족주의적 정치를, 그리고 불가피하게 반동적 정치를 함의하기 때문이다. D.Harvey, 앞의 책, pp.332~337, p.344.
61) 『계몽의 변증법』에서 아도르노가 말하고 있는 명제는 "신화는 이미 계몽이었다. 그리고 계몽은 신화로 돌아간다"로 요약할 수 있다. 이는 서구 근대의 역사가 합리성을 계발하는 과정인 한편 그들의 태초의 신화, 가령 '오디세우스'같은 그리스·로마신화도 역시 모두가 합리성을 획책하고 있음을 고발하고 있는 것이다. 아도르노는 서양의 신화가 이미 합리주의로 오염되어 있는 것으로서 그들의 과거와 역사는 현재와 동일성을 이루고 있는 것이라 지적하고 있다. Th.W.Adorno & M.Horkheimer, 앞의 책, p.18.

내 神은
잠든 아기의 얼골에서 우슴을 걷우는
즐거우려는 자라려는 날뛰려는
망아지와 薔薇를 시들게 하는
이 邪惡한 비바람을 가장 미워하는 神이리라.

내 神은
내마음 속의 주착없는 放心과
간사한 衝動과 親하려는 嬌態를
가장 努하시는 神이리라.

내 神은
沙漠에 꺼꾸러저 웨치는 '아라비아' 사람들의
캄캄한 마음에 떠오르는 太陽—
埃及의 채찍을 피해서 紅海에 막다른
'이스라엘' 사람들의 앞에 갑자기 길이던 神이리라.

내 神은
내 港口도 避難處도 安息도 아니오
내 싸움 속에서 나를 지키고 鼓舞하는 소리리라.
연약하려는 落望하려는 나를 노려보는 엄숙한 눈쌀이리라.

— 「連禱」 전문

　　여기에서의 '神'이 김기림이 지니고 있는 미래적 전망을 형상화하고 있음은 물론이다. 김기림은 일련의 유토피아적 이미지를 통해 이러한 전망을 나타내고 있다. 그것은 행복과 평화와 생명을 보장하는 것이요, 불철저함과 불성실함을 경계하는 것이요, 무엇보다도 절망한 민족에게 길을 보여주는 것이며 도피처가 아니라 힘을 주는 것이다.

그 신은 한 가정의 안위를 파괴하지 않으며 개인에게 있어서는 보편적인 윤리가 되고 나라를 잃고 핍박받는 민족에겐 구원자가 되고 또 이러한 모든 가치를 위해 끝까지 투쟁할 수 있게 고무하는 존재이다. 김기림은 이 시에서 신을 그의 미래적 전망을 표현하는 것으로 형상화하고 있는데 그것은 영토를 잃고 고통받는 민족의 구원자의 모습을 갖는 자이다. 김기림의 이러한 유토피아 이미지는 이미 개인과 민족적 집단을 모두 아우르는 차원에서 제시되는 것임을 알 수 있다. 그리고 이는 「기상도」에서 신화적 상상력이 제시되었을 때 그 단초를 보였던 것이다.

김기림이 민족을 중심으로 한 공동체 의식을 형성하게 된 것은 초기시에 그 뿌리를 두고 있다. 그것은 김기림이 언제나 문학 텍스트를 독자와의 소통의 매개체로 여겼다는 점에서 그 근거를 찾을 수 있는데 소통의 매개로 자신의 담론을 상정하였다는 것은 그가 동일 언어로 묶일 수 있는 '해석의 공동체'62)를 염두에 두고 있었음을 의미하는 것이기 때문이다. 여기에서 김기림이 의식한 '해석의 공동체'는 물론 침략자라는 절대 타자를 공유하고 있는 '민족'을 가리키는 것이다. 김기림이 감상성과 부정적 자아를 배격하고 텍스트에서 그러한 지향을 구조화시켜 표출시켰던 것63)은 김기림이 자신의 텍스트를 계몽의

---

62) '해석의 공동체'의 함의는 결국 앤더슨이 말한 '상상의 공동체'의 범주에서 논해질 수 있는 것이다. 앤더슨은 민족의 정체성과 유대감이란 것이 생득적인 것이 아니라 재현 작용과의 관계 속에서 형성, 변형된 것이라고 한다. 현재를 과거와 연결시켜주는 공동의 기억과 이미지와 이야기라는 민족 문화가 탄생되는 지점도 여기인데 앤더슨은 민족간의 차이는 그것이 상상되는 방식의 차원에서 비롯된다고 말한다. S.Hall, 『모더니티의 미래』, (전효관 외역), 현실문화연구, 2000, pp.343~5.

63) 정서를 의식적으로 배제하고 대상과 주체 사이의 거리 확보한 후 이에 합리주의적으로 접근한 이러한 초기담론에서의 태도가 사물시로 현상했음은 2장

방편으로 삼았음을 의미하기도 한다. 즉 김기림에게 개인의 자아 형성 과정 및 주체 강화 과정은 개인의 차원에 국한되는 것이 아니고 '소통'을 통해, 즉 텍스트를 매개로 공동체의 정체성 형성 과정이라는 차원으로 확대되는 것이라 할 것이다.[64]

　이같은 김기림의 공동체 의식은 「기상도」이후 더욱 표면화된다는 것을 알 수 있다. 그것은 후기시에서 강화된 주체를 토대로 형성된 유토피아적 상상력이 작용하는 것으로 나타난다. 김기림이 꿈꾸는 미래는 김기림 자신을 포함한 민족공동체 전체가 삶의 터전을 회복하는 것을 그 내용으로 한다. 그런데 김기림의 일련의 시 창작과정을 보면 김기림이 민족과 해방을 말하는 방식이 여느 이데올로그들과 다르다는 것을 발견하게 된다. 김기림은 민족 및 전통을 선험적으로 있는 것으로, 세계적 시공간과 분리되어 있는 추상적 존재로 간주하지 않으며 따라서 민족의 힘을 결집시키는 데 있어서도 실질적인 매개와 방법을 통해 구체적으로 도모해나간다. 김기림은 계급해방이나 민족 독립, 국가 건설과 같은 프로파갠다 시를 창작하는 대신 다양한 시적 담화를 통해 공동체의 정체성과 독립의지를 확립하기 위한 실천적 구상들을 해나간다. 결국 김기림의 유토피아적 상상력은 민족 공동체의 해방이라는 미래적 전망을 보여주는 것이다. 위의 시들 외에도 「새벽의 '아담'」「奇蹟」 등에 이러한 의식이 반영되어 있다.

에서 살펴본 바 있다. 본고는 이러한 시도는 단순히 시의 실험 차원에서 그치는 것이 아니고 민족의 건강한 정서 형성 및 주체형성과 관련된 것이라는 가정에서 출발하였다.

64) 정체성 문제는 근대 문학의 중요한 주제 가운데 하나이다. 문학은, 특히 시와 소설은 동일시를 요구하는 방식으로 우리에게 말을 건네고 이런 동일시는 정체성을 창조하도록 작용한다. J.Culler, 앞의 책, p.180.

象牙같은 등어리에 華麗한 피를 묻히고
별을 밟으며 가시언덕을 넘어감은
한時 바삐 저 묵은 歷史와도 訣別함이리라

希望은 또다시 어둠 우에 떠오르는 太陽
밤이면 그대 때문에 거리거리에 나부끼는 홰ㅅ불의 '리본'
새벽 이슬에 함뿍 젖어 오슬거리는
눈방울이 구슬같은 '아담'들을 보렴

薔薇보다 찬란한 근심을 지녀
寶石처럼 영롱한 슬픔은 靑春의 勳章—
새벽 行列은 淸楚한 水仙花 향기가 도더라

—「새벽의 '아담'」 전문

　'구원을 위해 순교자의 가시밭길을 가는 이'로 형상화되고 있는 주
체는 이 나라의 '아담'들이다. 그들은 '피를 흘리지만' '별을 밟으며',
'가시언덕을 넘어가' '태양'을 만난다. 또한 그들은 새벽이슬에 젖어
'오슬거리'면서도 '구슬같은' 눈방울을 지니고 있다. 이 시에서 현재
의 고난은 미래의 환희와 대조되어 제시되고 있다. 그런데 시인은 고
난의 이미지를 역설적으로 처리함으로써 현재적 고통보다는 미래적
비전에 의미의 중심을 두고 있다. 가령, '피'는 화려함으로, 나아가
'象牙같은 등어리'에 묻어나는 눈부심의 이미지로 묘사되며 '가시언
덕'이 마치 '별'밭인 것처럼 묘사되는 것이다. 3연의 '근심'이 '薔薇보
다 찬란'하다거나 '슬픔'이 '寶石처럼 영롱'하다고 하는 표현도 이와
같은 맥락에 있다. 즉 현재의 부정적 상태는 미래적 희망에 의해 미화

됨으로써 그 실체가 미미해지는 것이다. 이러한 수사법은 시인이 새 역사를 기다리는 심정이 상당히 조급하다는 것을 반영하는 것이다. 시인은 "한時 바삐 저 묵은 歷史와도 訣別"하고 싶은 것이다.

시인은 민족의 해방을 유대인이 메시아를 기다렸던 심정으로 기다렸다. 그리고 그것이 '기적'처럼 도래하기를, '도적'처럼 나타나기를 꿈꾸었다. 이는 현실에서 광복의 기미를 찾아볼 수 없었으므로, 그리고 그것을 기다리는 시간이 길어질수록 시인은 더욱 열정적으로 유토피아를 노래하는 것으로 표출되었다.

3. 민족과 상호주체성

앞의 논의에서 우리는 김기림이 초기부터 공동체의식을 지니고 있었고 그러한 의식이 「기상도」 이후의 미래적 전망과 더불어 강화되어 나타난다는 점을 살펴보았다. 김기림의 민족적 공동체 의식은 일제라는 타자에 대응하는 논리인 동시에 2차 대전을 전후하여 발생한 서구의 지역적 민족주의와 그 성격을 공유하기도 한다. 전자가 합리주의를 내포하며 근대를 지향하는 것이었다면 후자는 보편적 모더니티에 대한 대항 테제의 의미를 지니는 것이다. 그리고 후자와 관련한 민족주의는 지역적, 지방적, 장소귀속적 성격을 강하게 내포하는 것으로 이들은 모두 우연성으로 뒤덮인 무형식의 세계로부터 인간을 구할 수 있는 새로운 프로젝트로서 개발된 것이다.[65] 이 시기 등장했던 일제의 대동아 공영권 논리도 여기에서 벗어나지 않는다.

---

65) D.Harvey, 앞의 책, p.53.

김기림도 사실상 서구 모더니스트들과 같은 길을 걷는다. 그는 근대의 파편성을 텍스트를 통해 반영, 비판하였고 그 속에서 해체된 주체를 회복하고자 노력하였던 바, 「기상도」에서 나타나는 절대 자아의 신화적 세계 구축이 그러한 사실을 보여주는 것이라 할 수 있다. 김기림의 이러한 양상은 엘리어트가 카톨릭에서 신화적 의미를 찾고 파운드가 '기계의 힘'을 통해 강력한 통일의 계기를 마련하였던 것들에 비견될 수 있다.66) 신화를 통해 새로운 세계를 구축하려 했던 이 시기의 모더니스트들의 움직임들은 그러나 결국 그들을 강력한 이데올로그들로 탄생시켜 세계 전쟁의 정신적 지주 노릇을 하게 하였다.

이처럼 신화가 모더니스트들을 또다른 파괴자, 정복자로 만들었다면 유사한 논리를 보였던 김기림은 어떠한 길을 밟았는가. 다시 말해 김기림 역시 절대 자아를 세우고 민족적 경험의 공동 영역을 마련하며 유토피아적 상상력을 전면화함으로써 민족의 정체성과 역사의식을 중심으로 한 민족 지향적 담론을 형성하기 시작한다면 이러한 후기 담론은 어떠한 평가를 받을 수 있을까? 이를테면 서구 모더니스트의 민족주의와 우리의 민족주의를 같은 논리로 비판할 수 있는가. 만일 그러하다면 그것은 그들과 우리의 위치가 침략자와 피지배자라는 지정학적 관계에 놓이는 것을 고려하지 않은 논의에 불과할 것이다. 식민지인들에게 집단적 주체를 구성하지 말라고 한다면 그것은 생존을 포기하라는 것이기 때문이다. 어떻게 보면 김기림은 민족의 생존을 위해 근대와 결탁했고 또한 민족의 생존을 위해 근대를 버렸으며

______

66) 신화는 나치즘이나 기계의 신화처럼 강력한 도발로서 등장한 것도 있지만 다른 한편으로 전통, 집단적 기억, 국지성과 장소, 문화적 정체성을 불러일으키는 아주 섬세하고 부드러운 형태로 제시되기도 한다. D.Harvey, 위의 책, p.268.

민족의 생존을 위해 민족 주체성을 말했다고 할 수 있다.67) 이는 식
민지 지식인으로선 정당한 것이었고 최선의 선택이었다.

식민지인으로서의 필연적 정당성 이외에도 민족이란 것이 오늘날
과 같이 전세계 경제가 통합적 체계로 되고 각 국가 간의 경계가 무
화되는 상황 속에서도 국제적 거래의 기본 단위가 되는 현실을 고려
해 보면 민족을 중심으로 하는 주체 구성은 도외시할 수 없는 문제이
다. 그러나 각 민족의 대등한 권리를 상호 인정하고 존중하는 가운데
정당한 경쟁이 이루어지지 않는다면 민족적 주체는 곧 침략자로 변모
될 수 있다. 우리는 여기에서 민족주의의 논리를 상호주체성의 논리
로 발전시켜야 할 것이다. 그것은 한 집단이 다른 집단에게 부당한 지
배를 한다거나 또는 부당한 지배를 받는다거나 하지 않는 상호 공존
의 상태를 의미한다. 각 집단은 자신의 고유한 자율성과 독립성을 지
닌 가운데 주권의 대표자로서 동등하게 취급될 수 있어야 한다.68) 그

---

67) 그가 사회주의 문학가들을 비판했던 것이 정치적 내용에 있지 않고 형식을
   고려하지 않는 데 있었다는 사실은 김기림의 공동체지향적 입장을 잘 보여주
   는 것이다. 그는 사회주의자들이 형식을 외면함으로써 독자와의 '소통'에 실
   패하였다고 보았는데 그것은 공동체적 시각에서 볼 때 최대 결함에 속했던
   것이다. 다시 말해 프로 문학가들은 근대적 비전을 지니고 있었으므로 김기
   림에 의해 낭만주의자들보다는 덜 공격받았지만 그들의 형식을 외면하는 태
   도는 분명 극복되어야 할 문제로 지적되었다. 이 점은 프로 문학가들의 창작
   원리가 내용층위 일면으로 이루어져 있다는 사실에 비추어 볼 때 타당한 지
   적이었다.
68) 주체성의 패러다임은 오늘날 철학의 가장 논쟁의 대상이 되는 주제 가운데
   하나이다. 하버마스는 주체성 패러다임을 부정하고 주관성을 기본으로 하는
   '의사소통행위이론'을 전개한다. 그것은 각 개인의 주관적인 발화와 소통이
   이루어지는 상황을 염두에 둔 상호대화적 논리라 할 것이다. 하버마스의 이
   러한 제안은 주체성 패러다임을 유지시킬 것인가 폐기할 것인가와 관련된 논
   의의 일단을 보여준다. 여기에는 개인의 본질을 자아의 독립성으로 볼 것인
   가 혹은 주체의 자율성으로 볼 것인가 하는 문제가 근저에 놓여있는 것이며
   또한 이 문제는 근대에 대해 어떤 입장을 취할 것인가와도 관계하는 것이다.

렇다면 여기에서 우리는 제국주의자들의 민족주의와 식민지인들의 민족주의를 구분해야 할 것이다. 그리고 이때 기준이 되는 것은 김기림이 말했듯이 '공격성 여부'이다. 김기림은 "민족이라는 개념이 다른 민족의 침략의 도구로 쓰여질 때…"[69] 이를 반동적 민족주의라 하였다. 김기림은 1934년경에 쓰여진 「將來할 조선문학」에서 이러한 문제의식을 드러낸 바 있다.

> 어떤 나라에서도 문학에 대한 문학자의 태도는 '내셔날리즘'과 세계주의와의 두 가지로 대립한다. 愛蘭에 있어서는 '예츠'일파는 전자에 속하고 '조이스'같은 사람은 고립한 세계주의자다. '나치스'의 호령 아래 있는 독일문학은 극단의 '내셔날리즘'이라고 듣는다. 그런데 조선에 있어서의 문학상의 '내셔날리즘'은 朝鮮主義의 이름으로 불려진다. 이것이 조선적 특성을 가지고 세계문학에 참여하려는 강렬한 의지를 가졌을 때에만 우리는 그것을 허용한다. 그것은 구경에 가서 세계주의와 일치하는 건설적인 까닭이다.[70]

물론 여기에서 말하고 있는 '내셔날리즘'은 배타적 민족주의를 가리키고 '세계주의'는 한 민족이 다른 민족과 상호 교류하고 발전하는 것을 긍정하는 입장을 의미한다. 그리고 전자에는 파시즘이, 후자에는 자유주의적 민족주의가 각각 대응한다. 여기에서 김기림은 세계주의의 전제가 되는 것이 '민족'의 독립성과 자율성임을 놓치지 않음으로써 문제의 핵심을 다루고 있다. 위의 글은 '문학'이라는 범주에서

한편 르노는 주체와 의사소통이 분리될 수 없는 일이라고 하면서 주체 패러다임을 근대의 개인주의적 붕괴에 대해 비판적으로 성찰하는 가운데 재구성해야 할 것이라 말하고 있다. A.Lenaut, 『개인』, (장정아 역), 2002, pp.82~3.
69) 「시와 민족」, 『전집2』, p.151.
70) 「將來할 조선문학은」, 『전집』3, pp.131~2.

논의되고 있는 것이지만, 김기림의 전체적 세계관과 분리해서 생각할 수 없다는 사실에 주목해야 할 것이다. 김기림은 근대적 시공간이 문화와 경제의 교류를 활발하게 만들었기 때문에 고립되고 배타적이며 나아가 공격적인 민족의 태도는 부적절하다고 하면서 민족간의 교류를 인정하되 그것이 민족의 독립성이 보장된 대등한 관계로 이루어져야 함을 역설하고 있다. 여기에서 볼 수 있듯 1930년대 초기에 쓰여진 이 글에서 이미 그 일면을 드러내고 있는 세계주의는 민족의 단위를 부정하는 것이 아니었다. 세계의 한 일원이 되기 위해서라도 민족의 독립성과 주권 회복은 절대적인 문제가 된다.

한편 식민지였던 상황에서 당시 김기림이 취할 수 있는 세계주의란 세계에 대한 관념적인 차원의 접근이었다. 그것은 세계의 근대 문학을 모방한다거나 근대성 자체에 대해 관심을 가지고 그것을 이해하려는 태도로 나타났다. 이 때문에 김기림은 우리의 전통적인 문화를 부정하고 서양의 문화를 답습했다는 비판을 면할 수 없었고 세계주의 자체가 식민지인에게 정당하지 못한 세계관으로 이해되었다. 그러나 이것은 어디까지나 문화적이고 관념적인 차원에서 이루어졌던 행위에 불과한 것으로서 실제적인 측면에서 김기림이 민족의 현실이나 민족의 주권 회복에 무관심했던 것은 아니다. 단지 그가 경계했던 것은 "'민족적'인 것을 시간, 공간을 초월한 영원한 것으로 취급하고 부분을 전체에까지 확대하는"71) 태도였다. 이것이 "조선뿐 아니라 서양에서도 현상할 수 있는 소위 고립적 민족주의"다. 근대 국가의 형성과 병행하여 취해진 민족 개념은 이와 같은 민족주의적 요소를 내포하고

---

71) 「민족문화의 성격」, 『전집』3, p.155.

있고 그것이 정치화되었을 때 전체주의로 나타난다는 것은 주지의 사실이다. 따라서 '민족' 개념이 개방적이고 대화적인 관계 속에서 고려되지 않는 한 그것은 그 정당한 함의를 상실하고 만다. 민족주의가 '세계주의' 등의 개념과 동시적으로 지정되어야 하는 까닭도 여기에 있다. 김기림이 말한 세계주의도 이러한 맥락 하에 놓여있다. 따라서 부정적 의미가 내포된 '코스모폴리탄이즘'72)이라는 비판은 김기림의 사유 구조를 살피지 못한 데서 비롯된 것이라 할 수 있다.

이와는 달리 김기림이 초기부터 일관되게 문학을 기능이나 소통의 측면에서 사고했던 것은 그가 언제나 민족이라는 집단을 상정하고 있었음을 보여주는 것이다. 또한 김기림은 자신의 창작 행위를 "일제의 문화침략의 공세 아래서 우리말에 의한 문학형식의 완성이라는 과제는 민족문학 건설의 기초공작일 것"73)이라고 함으로써 그의 문학이 민족적 문화의 범주 내에 위치하는 것임을 명시하고 있다. 이러한 사실을 고려할 때 그의 근대주의는 민족 문화의 다양한 세계관의 하나로 여겨져야 하는 것이지 그것 자체로 민족 문화와 대립되는 범주로 설정하는 것은 오류라 할 것이다. 요컨대 김기림은 자신의 신념과 방식 대로 우리 민족의 문화를 건설하고자 노력했던 지식인 중의 한 사람인 것이다. 해방이 되었을 때 김기림 자신이 구상하는 '민족 문화

---

72) 많은 연구자들은 김기림이 조선의 현실을 외면하고 동시적 세계를 추구한 나머지 세계주의적 성향을 드러내고 말았다는 비판을 가한다. 특히 김윤식은 「기상도」를 비판하는 자리에서 "문명에 대한 피상적 관찰만을 그(김기림-필자 주)가 일삼은 것은 한국 모더니즘 운동의 치명적 결함이라 할 만하다. 자기 민족이나 문화, 나아가 동양문화 속에 놓인 문명비판을 떠난 자리는 그가 뿌리 없는 코스머폴리탄임을 드러낸 것이다"라고 강하게 비판하고 있다. 김윤식, 「모더니즘의 한계」, 『한국현대작가논고』, 일지사, 1974, p.99.
73) 위의 글, p.156.

건설'에 적극적으로 참여하는 담론을 생산할 수 있었던 것은 이 때문이다. 이 시기의 '민족'은 더 이상 관념적인 수준에서만 논의될 필요가 없었고 우회적이고 암시적으로 이루어질 이유는 더더욱 없었다. 따라서 모든 것은 정당한 목표 의식과 총체적인 방법에 의해 실천될 수 있었다. 이때 창작된 소위 김기림의 정치시는 이전의 관념 차원에서 진행되었던 자신의 신념이 그 한계를 벗어나 드러났던 것에 다름 아니다. 우리는 이 시기에 쓰여진 시들을 통해 김기림이 과거부터 지니고 있던 유토피아 이미지라든가 공동체 의식이 구체화되는 면들을 살펴볼 수 있을 것이다. 그것은 대체로 1)우리 말에 의한 문학형식의 완성과 2)반파시즘 문화, 즉 국수주의 문화 배격, 3)반제국주의, 4)정신과 문화 및 물질적 경제적 근대화, 5)특권층이 아닌 다수를 점하는 인민층의 소유와 반영[74]이라는 방향에서 제시되었다.

> 하도 억울하야
> 부르는 소리 피섞인 소리가
> 萬歲였다
> 총뿌리 앞에서 칼자욱에서 채찍 아래서
> 터져 나오는 民族의 소리가
> 萬歲였다
>
> 무엇이라 형언할 수 없어
> 그저 부르는 소리가
> 萬歲였다
>
> 눌리다 눌리다

---

74) 위의 글, pp.155~57.

하도 기뻐 어안이 벙벙하야
그저 터저나온 소리도
萬歲였다

萬歲는 손을 들어 함께 부르자
萬歲는
자유를 달라는 소리
꿈이 왔다는 소리
못 견디겠다는 소리
다시 이러난다는 소리
네 소리도 내 소리도 아닌
우리들 모두의 소리

民族과 歷史와 원한과 소원을 한 데 묶은
터질 듯 含蓄이 너무 무거워
것잡을 수 없는 소리
爆竹처럼
별과 구름 사이에 튕기는 소리였다

—「萬歲소리」 전문

해방 이후 쓰여진 김기림의 시들은 모두 '노래'라는 형식으로 묶여질 수 있을 것이다. 그것은 김기림이 시집 『새노래』의 후기로 썼던 "새 歷史를 맨드러 가는 民族의 베일래야 베일 수 없는 한토막으로서의 한사람의 무엇보다도 노래라야 했다"라고 하는 데서 명칭을 부여받는다. 이 때의 '노래'는 김기림에 의하면 '실천의 慧知와 情熱 속에서 統一하는 한 全人間의 소리'이며, '生活의 現實 속에서 우러나오'는 것이다.[75]

해방기는 그 전과 비할 수 없이 에너지가 폭발하는 상황이었으므로 그것을 시로 담아내기에는 몇몇의 전제요건이 필요하였다. 먼저 '희열과 감격'이라는 성질의 감정을 긍정해야 했고, 그것이 무의미해지지 않기 위해 '실천적이고 현실적인 내용'을 취해야 했다. 곧 이 시기의 흥분을 시라는 형식으로 갖춰야 했다. 그러한 것의 결정태가 '노래'이다. 이것은 선전선동시와 유사한 기능을 하기 때문에 시의 대중화론과 연관시켜 얘기할 수 있지만 취하는 정서가 '분노'라든가 '투쟁'을 내용으로 하지 않는다는 점에서 프로 문학에서의 그것과 차이가 난다. 그러나 김기림은 이후 바로 낭독시(朗讀詩)의 출현과 관련하여 '분노의 언어'를 말함으로써 젊은 시인들의 시적 참여를 고무한다.76)

여기에서 읽을 수 있듯이 김기림은 '희열과 감격'이라는 감정에 무척 낯설음을 느꼈고 따라서 그러한 정서를 담아내기 위해 특별한 형식이 필요하다고 여겼다. 이 시기에 '새로운 화술이나 화법'이 필요하다고 역설한 것은 김기림의 이러한 고민을 반영하는 것이다. 새로운 감정과 부합하는 새로운 형식의 구현이라는 김기림의 이와 같은 모색은 초기부터 일관되게 나타난 '표현층위' 강조와 동궤에 놓이는 것이라 할 수 있다. 내용 혹은 정서라는 보편적인 수준의 질료가 문학이라는 자율적인 영역으로 투사될 때 그에 합당한 표현을 취해야 한다는 김기림의 생각은 문학에 접근하는 그의 일관된 태도를 보여준다. 곧 문학이 작가와 독자의 소통을 가능케 해주는 매개체라는 인식은 해방기에서 더욱 전면화되어 나타난다.77) 오히려 이러한 생각은 해방기에

---

75) 「새노래에 대하야」, 『전집1』, p.265.
76) 「시와 민족」, 『전집2』, pp.152~3.

이르러 더욱 적극적으로 표현된다. 이를테면 '노래'가 정서를 직접적으로 자극하는 담론의 형식임을 고려할 때 '노래'를 통해 신념을 구체화하는 것이란 대중을 향한 작가의 계몽주의적 태도를 의미하는 것이라 볼 수 있기 때문이다. 또한 "동기에 있어 보이는 새로운 의도는 반드시 효과에 있어서 그대로 실현된다고 기약키는 어렵다. 동기와 효과 사이에 同價의 관계가 성립되려면 시인은 그 동기에 알맞은 새로운 화술을 체득해야 할 것이다. 여기 시의 대중화의 과제와 관련된 새로운 문체의 수립이 문제되어 오는 것이다"[78]라고 말함으로써 소통을 위한 시적 효과의 극대화를 위해 노력했음을 보여주고 있다.

한편 이 시기의 시는 이를 테면 '노래' 이상의 고도의 시적 의장이 필요하지 않았다 해도 과언이 아니었을텐데 그것은 해방의 감격이 우리 민족의 경험할 수 있는 최대한의 공감대를 보장해 주는 것이라는 점에서 그러하다. 공통적인 경험은 그 자체로 보편성을 보장해 주는 것이었으므로 시인은 주관적 정서를 객관화하기 위한 심각한 노력을 기울이지 않아도 그 담론은 충분한 효과를 발휘할 수 있는 것이다.

해방기의 주체할 수 없는 감격을 있는 그대로 나타내고 있는 위의 시 역시 공통된 경험을 바탕으로 평이하게 쓰여진 것이다. '萬歲소리'는 당시 우리 민족이라면 누구에게나 벅찬 함성으로 들렸던 것이다. 시인은 "하도 억울하야 부르는 소리 피섞인 소리" 등 자신의 주관적인 심정을 주저없이 표출시키는데 이는 자신의 감정이 개인만의 것이 아닌 독자와의 공통된 정서라는 확신으로 가능한 것이다. 그러한 의

---

77) 문혜원은 이 시기에 쓰여진 '노래' 형식이 민중과의 직접적 대면을 위한 보다 적극적인 대중화 모색의 방안에 의한 것이라고 한다. 「김기림 시론 연구」, (정순진 편), 『김기림』, 새미, 1999, p.245.
78) 위의 글, p.154.

식은 4연의 "네 소리도 내 소리도 아닌 우리들 모두의 소리"에서 다시 한번 확인된다. 시인은 이러한 발화를 통해 자신의 신념을 독자에게 호소하는데, 그것은 "民族과 歷史와 원한과 소원을 한 데 묶은"에서 드러나는 것과 같은 단결된 공동체의 모습을 가리킨다. 즉 위의 시는 시인의 벅찬 심정을 표현하는 데에서 그치지 않고 그렇게 공유된 정서를 매개로 민족적 단일성을 도모하는 차원으로 나아가고 있다. 시인의 이러한 메시지는 국가 건설이라는 과제를 안고 있던 우리가 좌우익의 극단적인 대립 속에 처하게 된 것을 우려하는 데서 나온 것이라 할 수 있다.

이 외에도 김기림이 민족의 단결을 호소하고 있는 시로는 「壁을 헐자」, 「波濤」, 「우리들의 握手」 등이 있다.

一萬 가슴인데
萬으로 千萬인 가슴인데
한갈래로 울리는 신기한 울림은
막을래 막을 수 없는 울림은 무엇이냐
별보다도 확실한 거름거리
보이지 않는 그러면서도
구필 수 없는 鋼鐵의 軌道를 굴르는
쇠바퀴리라

'함부르그' '룩쌍부ー르'
'로ー잔느'
'카이로' '칼캇타' '하노이'
'쉬카고'와 '에딘바라'
距離를 無視하는 날랜 電波
피ㅅ줄과 같이 화끈한 것은

黃昏에 빛나는 한 떨기 薔薇같은 우숨
來日에 부치는 約束이리라

믄어저 가는 帝國
關節이 부은 資本主義
'피샤'의 塔을 지탱하는 物理學도
드디어 건질 수 없는
기우러지는 것들의 運命이다
萬가슴 萬萬가슴을
견딜 수 없이 구루는 것은
未來로 뻗은 두 줄기 빛나는 鋼鐵
보랏빛 未明에 감기운 길이다

우리들의 握手는
來日
한바퀴 地球가 도라간 곳에서 하자

— 「우리들의 握手」 전문

　「기상도」 이후 지속적으로 사용된 '쇠바퀴'와 '장미'의 이미지는 미래에 대한 희망을 상징해 왔다. 그런데 여기서 그것은 민족의 공통된 역사의식을 환기시키는 기능을 한다. '쇠바퀴의 구르는 소리'는 그 울림의 강도 때문에 '만인의 가슴' 속으로 울려퍼질 수가 있다. 시인이 바라는 것은 '쇠바퀴'의 이미지에 모든 민족이 귀기울이는 것이다. '쇠바퀴'는 '강하고 굽히지 않으며 확실하'기 때문이다. 김기림은 그러한 쇠바퀴처럼 우리 민족이 우리의 역사를 이끌어가기를 소망하고 있다. 아울러 김기림은 '피ㅅ줄과 같이 화끈한 것'이라 하면서 동족에 대해 유대의식을 가질 것을 권한다. 여기에서 그는 '피ㅅ줄'을 '薔薇

같은 웃음'의 이미지로 형상화하고 있는데, 이는 종족에 대한 애정과 존중을 나타내는 표현이라고 할 수 있다. 그는 이러한 '피ㅅ줄'이야말로 '제국주의'나 '자본주의'나 '합리주의'를 대신해 미래를 밝힐 수 있는 가치라고 믿고 있다. 그리고 민족 전체에 각인되는 쇠바퀴의 '구름'은 역사의 발전 및 대립과 반목을 소멸시키고 모든 민족을 화해시킨다는 의미를 띠고 있기 때문에 결과적으로 '우리들의 握手'는 단결 및 성장을 암시하게 된다.

김기림이 단결을 통해 계획했던 미래는 일차적으로 근대화이다. 그것은 경제적으로는 산업화였고 정치적으로는 민주주의였다. 그는 일제에 의해 이루어졌던 근대가 생산 기반 없는 소비만의 그것이었음을 너무도 명백히 잘 알고 있었다. 따라서 「새나라 頌」이라든가 「공장에 부치는 노래」를 통해 산업화에 대한 그의 신념을 드러내고 있고, 「데모크라시에 부치는 노래」와 「아메리카」, 「부푸러 오른 五月달 아스팔트는」 등을 통해서는 정치적 근대화라 할 수 있는 민주주의에의 지향을 표출하고 있다.

거리로 마을로 山으로 골짜구니로
이어가는 電線은 새나라의 神經
일흠없는 나루 외따룬 洞里일망정
빠진곳 하나없이 기름과 피
골고루 도라 다사론 땅이 되라

어린 技師들 어서 자라나
굴둑마다 우리들의 검은 꽃무꿈
연기를 올리자

김빠진 工場마다 動力을 보내서
그대와 나 온백성의 새나라 키어가자

山神과 살기와 염병이 함께 사는 碑石이 흔한 마을 마을에 모―터
와 電氣를 보내서
山神을 쫓고 마마를 몰아내자
기름친 기계로 運命과 農場을 휘몰아갈
希望과 自信과 힘을 보내자

熔鑛爐에 불을 켜라 새나라의 心臟에
鐵線을 뽑고 鐵筋을 느리고 鐵板을 피리자
세멘과 鐵과 希望 우에
아무도 흔들 수 없는 새나라 세워가자

녹쓰른 軌道에 우리들의 機關車 달리자
戰爭에 해여진 貨車와 트럭에
벽돌을 실자 세멘을 올리자
애매한 支配와 屈辱이 좀먹던 部落과 나루에
새나라 굳은 터 다져가자

— 「새나라 頌」 전문

「우리 신문학과 근대의식」에서 김기림은 지난 30여년간 우리 신문
학이 '근대'를 추구했지만 근대정신을 체현하지는 못하였다고 지적하
면서 그것의 가장 근본적인 원인으로 비정상적인 근대화 과정을 꼽았
다. 김기림은 "우선 생산조직을 근대적 규모와 양식에까지 끝끝내 발
전시키지 못하고 있다. 고도로 발달된 생산의 근대적 기술은 오직 전
설이나 일화로 밖에는 우리에게 알려지지 못하였다. 그와 반대로 소

비의 면에서는 모든 근대적 자극이 거의 남김없이 일상생활의 전면에 뻗어 들어온다. 말하자면 '근대'라고 하는 것은 실은 우리에게 있어서 소비도시와 소비생활면에 '쇼윈도'처럼 단편적으로 진열되었을 뿐이다"79)라고 진단했다. 그의 이러한 언급은 그가 실질적인 근대화를 얼마나 갈구하였는가를 잘 보여주는 대목이다. 김기림의 언급대로 조선의 근대는 '생산조직과 기술' 즉 산업화는 없이 자본주의 체제만 들어온 것이었다. 경성의 화려한 명동 거리는 진열된 일본 상품들로 가득하였고 술집, 다방 등 향락적 자본주의 문화가 속속들이 유입되고 있었던 것이다. 김기림의 '소비도시'라든가 '쇼윈도'라는 말은 당시의 그러한 정황을 일컫고 있는 것이다. 이 속에서 조선족 시민 계급은 제도 교육을 받은 몇몇 지식인과 운좋게 성공한 약간의 상인이 있었을 뿐 대다수 부르주아 계층은 일본인들이 차지하고 있었다. 물론 그들은 조선에 투자하여 이윤을 챙겼던 일본의 사업가들이었다. 산업 시설이 없어도 자본이 유입될 수 있고 그로부터 상업 및 금융자본이 형성되어 사회 구조를 이끌어갈 수 있다는 사실은 조선에서 모더니즘의 담론이 형성될 수 있었던 근거를 보여주는 것이다. 이 점에서 근대를 형성하는 본질적인 요인이 '화폐'임을 알 수 있다. 따라서 당시 조선에 조폐국이 생기고 일본의 화폐가 발행된 시점부터 우리나라엔 서구식 자본주의가 이식되기 시작했다고 할 수 있을 것이다. 이에 산업화가 배제된 채 자본주의로 이루어진 근대의 모순과 부조리는 가히 기형적이었으며 그로 인해 발생한 문제에 대해선 어떠한 해법도 모순의 해법도 없었다는 편이 옳을 것이다. 김기림이 프로 문학가들의 '모랄'

---

79) 「우리 신문학과 근대의식」, 『전집2』, pp.47~8.

을 가리켜 "우리들이 구하는 것과는 인연이 멀고 우리들의 현실적 체험에서 우러나온 것도 아니고 우리들의 상처의 要處에는 닿지 못하는 한낱 기성의 감상에 지나지 않는 때가 많았다"[80]라고 토로한 것도 산업시설의 부재로 노동자 계급이 형성되기 힘들었던 현실을 염두에 두었기 때문이었다.

해방과 동시에 김기림이 산업시설을 구축하자고 하는 계몽의 담론을 제시한 것도 이러한 상황과 관련된다. 산업화는 정상적인 근대화를 이루기 위한 가장 기초적인 요건에 해당되는 것이다. 2연의 '김빠진 工場마다 動力을 보내서', '굴둑마다 연기를 올리자'는 산업화에 대한 김기림의 열망을 담아내고 있는 부분이다. '철강'은 산업화의 상징이므로 '용광로'는 새나라의 '심장'이 된다. '세멘'과 '철'의 배합은 '나라 만들기의 골격'이 되고 '시골 구석구석까지 닿는 전기'는 새나라의 신경망이 된다. '전선'은 나라에 생명을 부여하는 '기름과 피'이다. 시인은 녹슨 철로에 기관차를 재가동하고 전쟁에 쓰이던 화차, 트럭을 산업화에 이용하자고 한다. '모터와 전기'는 미신과 불합리를 극복하는 과학의 제유적 메타포이고, '기름친 기계' 역시 '운명론'과 봉건주의를 근절할 수 있는 계몽주의를 상징한다. 이러한 김기림의 시나리오는 서구에서의 초기의 모더니티 프로젝트와 관련되는 것으로 김기림은 지금 이 땅에서 과학과 이성이 봉건 시대의 암흑에 '빛'을 주리라는 믿음과 동일한 신념을 가지고 있는 것이다.

김기림이 이 시기에 이같은 모던 프로젝트를 제시하는 것은 의미심장하다. 이는 근대주의자였던 그가 식민지 시대에 주장할 수 있었

---

80) 「시의 르네상스」, 『전집2』, p.123.

던 근대성이 기껏해야 관념적인 차원에서의 그것이었을 뿐이었다는
안타까운 사실을 상기시켜주기 때문이다. 그러나 더욱 역설적인 것은
해방이 되어 근대를 아무리 외친다 하더라도 자본이 없이는 근대화는
불가능하다는 사실에 있다. 김기림의 주장처럼 산업화가 이 시기 나
라만들기의 최우선의 기초였음에도 불구하고 그러한 주장은 생각처
럼 쉽게 현실화될 수 없었던 것이다.

나라를 판 것은 언제고 백성이 아니라
버스라치오 勢道댁이었다

四天年 오랜 세월을 두고
이겨본 일이 없는 백성이다
떳떳이 말해본 적이 없어
참고 견디기에 소처럼 목만 부었다

지금 백성은 무엔가 말하고 싶다
백성의 입을 막아서는 아니된다
백성의 소리는 구수하고 眞心이 들어 좋다

그들의 머리 우에서 한울과 太陽을 가리지 마러라
三韓 新羅적 부터도 남의 것 아닌
본시 이나라 백성의 별이오 한울이 아니냐

인제사 그들의 역사가 시작하려는 것이다
이번은 백성들이 이겨야 하겠다
백성을 이기게 해야 하겠다

— 「데모크라시에 부치는 노래」 전문

인용시에서 시인은 지배계급과 피지배계급간의 구별과 대립의 문제를 '벼슬아치'와 '백성'의 범주로 다루고 있다. 김기림은 이 작품에서 가진 것 없지만 다수인 민중의 가치를 말하고 있고 그들을 주인으로 세우는 정치가 민주주의임을 밝히고 있다. 당시 민중이라는 개념이 생소했다면 '백성'이 그와 동일한 내포를 지니는 것으로 사용될 수 있었을 것인데, 이때 '백성'의 계급적 위치는 오랜 봉건제도 하에서 면면히 계승되었던 까닭에 '백성'은 오히려 '민중'보다 환기력이 강한 개념이었을 것이다. 사실상 '백성'의 대립 개념인 '벼슬아치'나 '勢道댁'의 계급적 의미가 탈각된 상태였음에도 '백성'이라는 개념을 사용한 것은 그것이 '억눌림', '강요된 침묵', '비소유', '한'의 심상을 지니고 있기 때문이다. 역사 전개 속에서 백성들이 지니게 된 이러한 면면들은 '새나라'에서는 모두 극복되어야 할 요소들이다. 그리고 이러한 요소들을 제거하기 위한 방법은 그들이 스스로 주체가 되는 길이다. 이 시에서 김기림이 주장하고 있는 바는 민중의 주인됨, 민중의 주체적 성격이다.

그런데 모던 프로젝트를 제시하는 이 시점에 그가 '데모크라시'를 말한다고 해서 그것이 시민 계급에 토양을 두고 있는 민주주의를 가리키는 것은 아니라고 할 수 있다.81) 그는 '四千年' 역사를 지닌 '백성'의 민주주의를 말하고 있는데, 여기에서 우리는 '인민성'의 범주를

---

81) 김기림은 자신이 추구하는 민주주의가 '진보적 민주주의'라고 하고 있다. 그것은 "불란서혁명 이후 19세기를 통하여 과거의 민주주의가 '만체스타'나 '마르세이유'의 株主들이나 상인의 민주주의였던 반면 이제 우리가 가지려는 민주주의는 일부가 아니라 만인의 정치적, 경제적, 문화적 민주주의"라고 하고 있다. 「우리 시의 방향」, p.140.

끌어낼 수 있을 것이다. 이들은 민족이 형성된 이래 '이겨본 적이 없는' 항구적인 피억압자였고 '떳떳이 말해본 적이 없어' '소처럼 목만 부은' 자들이다. 할 말이 있어도 참고 견디는 그들의 오랜 삶의 방식을 이와 같이 생생히 표현하고 있는 김기림은 '그들로 하여금 말하게 하라'고 역설한다. '말하게 하라', '입을 막지 말아라'는 자유를 보장할 것을 요구하고 있는 것이다. 압제가 사라지고 자유로운 삶이 보장될 때 비로소 그들이 희망을 가진 역사의 주체가 되기 때문이다. 이것이 곧 김기림이 말하는 '백성의 승리'이다.

김기림은 이 시에서 사용되고 있는 '백성'을 '대중' 혹은 '인민' 개념으로 정식화시키고 있다. 그는 '대중'을 '오랫동안 격리되었던 자들'로 보고 있으며 "신라 노예국가의 귀족문화를 배양해 가던 고대의 노예에서 시작하여 고려, 이조의 봉건사회를 통하여 토지에 얽매인 채 특권적 귀족양반사회의 착취의 대상이었으며 또 끝끝내는 이른바 한일합병으로 하여 한말 특권계급이 일본제국주의 손에 팔아넘긴 다음부터는 다시 수척한 일본 제국주의의 노예로 전락했던 수천년의 쇠사슬 자욱이 그대로 사지에 남아 있는 광명을 모르는 수난자들"이라 한다. 요컨대 인민은 민족 역사상 전통적으로 피지배계급을 형성하던 자들이다.82) 이러한 측면에서 보았을 때 위의 시는 문화적인 봉건주의, 귀족주의를 청산하는 자리에서 씌어지고 있음을 알 수 있다.

지배계급과 피지배계급간을 구분하는 의식은 「부푸러 오른 五月달 아스팔트는」에도 나타난다.

---

82) 「우리 시의 방향」, 『전집2』, p.141.

부푸러 오른 五月달 '아스팔트'는
우리들 소리소리 노래 부르며
어깨걸고 나가기 좋은 길이다

'로타리' 환이 티어 활개치고 가기 알맞다
비취빛 한울이 둥그러 우리들 노래 울리기 좋다
층마다 窓이 뚫려 팔을 휘저어 꽃송이 던지기 한창이고나

이 길을 일찌기 王과 정승의 행차 흐통을 치며 지나갔다
다음에는 원수의 軍隊와 경찰이 호기피우며 휘돌던 길
아리랑 웅어리며 새벽 서리 밟고 젊은이들 戰爭으로 끌려가던 길

오늘은 네 줄씩 각지긴 민주의 行列이 온다.
이마가 그스러 뼈대 굵은 노동자의 行進이다.
그 옆에 가는 것은 메투리 행견친 農軍이 아니냐
事務員과 敎員과 記者도 그 곁에 있고나

오늘은 뚫어진 몬지 길이나
來日은 '아스팔트' 고루다저 물 뿌려두고
백성의 行列을 모두들 기다리리

이길은 백성의 길 노래 부르며 구루고 가기가 좋다
그러나 支配者의 軍隊와 그들의 앞재비만은
두 번도 다시 이 길을 지나게해서는 아니된다
이 길은 오직 백성의 길 勝利로 가는 백성의 길이다

─「부푸러 오른 五月달 아스팔트는」 전문

'1947년 메이데이節에' 부쳐진 위의 시는 '인민의 민주주의'를 지향
하는 시인의 의식을 잘 반영하고 있다. 여전히 '인민'의 의미로 사용

되고 있는 '백성'의 범주에는 '민중', '노동자', '農軍'을 비롯하여 '事務員', '敎員', '記者' 등의 화이트칼라 노동자도 포함된다. 이들은 과거의 봉건적 특권계층인 '王과 정승', '일본제국주의자', 즉 '支配者의 軍隊와 그들의 앞잽이'와 대립되는 위치에 놓인다. 이와 같은 대립구도 속에서 시인이 과거의 전통적 신분체제를 계속해서 환기시키는 이유는 산업화가 되지 않은 시점에 민중의 실체를 지정하는 것이 어려웠기 때문이다. 이는 '노동자 계급의 당파성'을 말하는 프로 문학가들에 비해 김기림이 보다 더 현실감에 기대고 있음을 말해주는 것이다.

실제로 봉건 체제였던 조선 시대 이후 일제 시대를 거치면서 민중은 자신들의 계급적 실체라든가 정체성을 형성하기 힘들었다. 그들은 언제나 '사는 일이 힘에 겹고 누군가에게 억눌려 지내야 하는' 자들이었고 그것이 자신들의 불변하는 삶의 방식이라 여겼던 것이다. 이들에게 '민주주의'라는 말이 얼마나 낯설었을 것인가는 충분히 짐작할 수 있는 것이다. 지식인은 '인민의 민주주의'를 말하지만 그것의 주체가 민중이라는 사실과 그 민중이 그들 자신을 가리킨다는 것을 정작 민중 당사자들은 실감으로 느끼지 못했던 것이다. 김기림이 그들을 '백성'이라 명명했던 것은 그가 역사의식이 투철하지 못했기 때문이 아니고 이러한 조선의 상황을 잘 이해하고 있었기 때문이다. 말하자면 '백성'은 민중의 눈높이에서 민중의 언어로 끌어낸 용어로서 김기림은 이를 통해 조선의 대다수의 인민을 묶어내려 하였던 것이다. 시인은 그가 걷는 이 길이 '전진하는 자유이자 시의 정신의 자유'[83]임을 의심하지 않았다. 한편으로 실질적인 지배계급이 존재하지 않았던

---

83) 위의 글, p.137.

상태에서 민주주의의 주체를 다수 계층으로 지정하는 일은 특정 정치적 입장과 무관하게 있을 수 이루어질 수 있는 일이기도 했다. 그가 비단 사회주의자라거나 노동자 계급 의식을 지닌 자가 아니라 할지라도 과거의 봉건적이고 귀족적 문화를 부정하는 자라면 민주주의의 주체로 민중을 지시하는 일은 충분히 가능한 것이다.

김기림이 '문학가동맹'에 가담할 수 있었던 까닭도 여기에 있다. 그로서는 '문학가동맹'에서 벌이는 당시의 실천적 내용들을 거부할 이유가 없었다. 실제로 문학가 동맹은 해방기를 부르주아 민주주의 혁명 단계로 설정하여 일본 제국주의 소탕, 봉건주의 잔재의 청산, 국수주의의 배격 등을 슬로건으로 내세웠으며[84] 노동자 계급의 지도성보다는 민중의 단결 및 민중의 민주주의를 중심 문제로 삼았기 때문이다. 김기림은 무엇보다도 과거 봉건적, 귀족적 문화를 배척하고 있었기 때문에 문학가 동맹의 입장과 동일하게 민중을 중심으로 하는 정치 의식을 형성해나갈 수가 있었던 것이다.

해방 후의 이러한 담론적 실천을 거치면서 해방전 김기림에게 이상적 집단으로 간주되었던 '민족' 개념은 서서히 '인민'이라는 실체로 대체되어 가고 있었다. 그는 '민족'이라는 추상적 개념이 반동성을 띨 위험을 안고 있다 지적하면서[85] 그것의 민중적 의미를 정립하고 이를

---

84) 송기한, 「문학가동맹 시 비평의 전개」, 『한국 현대시론사 연구』, 문학과 지성사, 1998, p.245. 이 글에 의하면 해방 직후의 이와 같은 타협적 인민성이 노동 계급의 영도성에 자리를 내주게 된 시점은 10월 인민 항쟁을 기점으로 해서이다.
85) 김기림은 「시와 민족」에서 민족 개념이 반동화되는 경향은 다른 민족의 침략의 도구로 쓰여질 때와 민족 내부의 지배와 피지배, 착취와 피착취 관계를 糊塗하기 위하여 이용될 때 나타난다고 말하고 있다. 「시와 민족」, 『전집2』, p.151.

단결과 통일의 중심으로 삼고자 한다.

> 그처럼 찬란하던 공동체 의식에도 어느새 냉혹한 역사의 현실은 차츰 금을 내기 시작하였던 것이다. 민족공동의 福利보다 먼저 특권의 유지와 옹호가 앞설 적에 금은 패이기 시작한 것이다. 그것은 다름아닌 민족에 대한 반민족적 음모요, 소수자의 대다수에 대한 반역이었다. (중략) 이 민족과 그 공동체 의식을 지니고 나가며 나아가야 하던 또 나갈 수 있는 것은 다름아닌 인민대중이며 인민대중이야말로 역사적, 사회적, 현실적 민족의 中樞며 공동체 의식의 유지자였던 것이다. 반민족적 요소를 제외한 연후에 민족전체의 遺漏없는 복리 위에 세울 민족의 공동의식과 연대감의 연면한 응결로서의 우리민족의 실체였던 것이다. 사회적으로는 자연발생적인 민족에의 확대로부터 인민에의 再結晶이었으며, 민족에 대한 파악이 현실의 시련을 거쳐서 막연한 관념으로부터 실체에로 순화 앙양되는 과정이었다.86)

김기림이 인용글에서 알 수 있는 것처럼, '민족'이라는 개념을 재정립해야 한다고 판단한 듯 싶다. 그는 8·15 직후 전 민족의 공통된 흥분을 자연발생적인 공동체 의식을 형성할 수 있는 계기라 보았지만 그것이 자생적인 것이었던 만큼 그 속엔 민족의 반동적 요소가 개입되어 있으므로 제2의 민족의식의 앙양이 필요하다고 본 것이다. 민족이 지닐 수 있는 반동성이란 앞에서 말했듯이 침략적이고 분열적인 측면을 가리키는데 이는 결국 부르주아적이라는 함의를 지니는 것이라 할 수 있다. 김기림은 이즈음 막연한 민족 개념이 지닌 모순을 인식해 나갔으며 민족의 범주에서 부르주아성을 탈각시킴으로써 인민적 민족성을 재구성하고 있었다. 다시 말해서 이 시기 김기림은 민중

---

86) 위의 글, pp.150~1.

을 중심으로 민중 다수의 유대감을 강화시키는 보다 목적의식적인 민족의식을 구하고 있었던 바, 김기림은 그것을 '8·15 이후 시인의 세계에 일어난 제2단의 변화요 발전'[87]이라 했다. 그리고 이와 같은 공동체 의식이야말로 '지배와 피지배, 착취와 피착취가 없는 전인민적인 민주국가의 건설'에 기여하는 것이며 '민족의 혁명성'을 되살리는 길이라는 것이 민족과 관련한 이 시기 김기림의 입장이었다.

이러한 관점은 앞의 시에서 살핀 계급적 대립 관계와 서로 모순되지 않는 것이다. 따라서 앞으로 전개될 새나라는 대로에 '아스팔트'와 '로타리'가 펼쳐지는 근대화된 나라임은 물론이고 그곳에서 '활개치는' 주체가 더 이상 과거 신분질서 상의 지배계급도 제국주의의 폭군들도 아니고 '인민들'인 그러한 나라이다. 그것은 '아리랑 웅얼이며 새벽 서리 밟고 젊은이들 戰爭으로 끌려가던' 길이므로 그 길은 당연히 그들의 것, 곧 민중들의 것이다. 시인은 새로이 도래할 국가의 주인이 '백성'임을 힘주어 강조한다. '支配者의 軍隊와 그들의 앞재비만은 두 번도 다시 이 길을 지나게 해서는 아니된다'에서 드러나듯 그는 과거 지배자들에 대해 확고한 대결의지를 보이고 있다. 이러한 민중 중심주의적 시각은 「다시 八月에」, 「바람에 불리는 수천 기빨은」 등에 형상화되고 있다.

김기림이 소위 '백성들'의 권리를 옹호하는 것은 그가 비단 문학가 동맹에 가담한 것과 관련되는 것은 아니다. 표면적으로 볼 때 김기림의 민중성은 문학가 동맹의 인민성과 동일하지만 신념을 펼치는 데에 있어서 양자는 실천의 방법론을 달리 한다. 이를테면 독자와의 '소통'

---

87) 위의 글, p.151.

을 문학 행위의 가장 궁극적인 목표로 설정하는 김기림의 경우 그의 주체적 행위가 타자와의 대등하고 대화적 관계 위에서 행해지는 것이었다면 프로 문학가들은 자신과 계급적 주체를 동일시하고 그 이외의 타자는 적으로 여기는 배타적이고 공격적인 태도를 보여왔던 것이다. 즉 김기림이 초지일관 자신의 문학적 실천을 객관화시키고 타자의 주체성 및 그들과의 소통 가능성을 꾀한 반면 프로 문학가들은 독자에게 자신들의 주관을 일방적으로 강요하였던 것이다. 프로 문학가들이 해방기에 제출한 인민성은 김기림과 공유할 수 있는 테제가 되긴 했지만 실상 그것은 노동자 계급의 지도성을 포석으로 하여 제시된 하나의 과도적 지침에 불과한 것이었다.

이러한 접근은 자신들의 주체성에 여타의 인민들이 동조하기를 요구하는 것이지 인민들의 입장에서 그들의 목소리로 그들의 진정한 권리를 수용하는 것은 아니었다. 프로 문학가들의 그러한 태도는 자신들의 목적 달성을 위해 자신의 요구와 권리만 내세울 뿐 타자의 그것들은 외면하는 자기 중심적 사고구조를 반영하는 것이므로 이는 파시즘과 같은 공격적 민족주의와 그 성격을 같이 한다고 볼 수 있다. 사회주의와 파시즘은 자신의 주체성을 타자에게 강요하는 전체주의적 세계관의 범주에서 벗어나지 않으며 그러한 점에서 근대의 주체성 원리를 근간으로 하고 있다는 것을 알 수 있다. 이러한 태도는 타자와의 상호 주체적 관계 아래서 자신의 사유과 실천을 행해왔던 김기림과는 정반대되는 것이다. 김기림이 '백성'을 말하는 것은 그들이 피억압자들이었기 때문이다. 김기림은 일본 제국주의에 의해 억눌리고 핍박받았던 우리 민족의 권리를 옹호하는 그 연장선에서 민중들의 주체성을 언급하고 있다. 김기림은 단일한 민족성, 피의 주체를 말하는 대신 역사로부터 소외되고 타인에 의해 지배당했던 역사에서의 타자들을 주체로 세우고자 한다. 따라서 일제의 '압재비'들과 타자를 억압하던 기존의 세력들은 고려의 대상이 아니다. 마찬가지로 독재적 계급 주체 역시 고려에서 제외된다. 이들은 공동적으로 타자를 양산하고 그 타자를 소외하며 또다시 그들을 억압할 것이기 때문이다. 김기림은 자신의 문학적 담론을 통해 그동안 소외되었던 이른바 타자들이 그들 스스로 주체로 설 수 있도록 하였을 뿐 타자가 자신에게 귀속되도록 요구하지는 않았다. 이러한 관점에서 볼 때 그가 문학가 동맹에 가담한 것과 그로부터 탈퇴한 행위는 객체를 존중하고 타자를 수용하는 그의 근본적인 태도와 모순되지 않는다. 그들이 공격성향을 지닌다는 점에서 전체주의적 민족주의를 배격할 수밖에 없던 김기림으로서는 사회주의자들이 보인 전체주의적 태도에 동의할 수가 없었던 것은 어찌 보면 당연한 것이었다고 할 수 있다. 따라서 김기림이 사회주의자들과 같은 행동을 취할 수 있었던 시기는 그들이 인민성을 일종의 계급독재의 일 과정으로 표방하던 시기와 문학적 실천의 대중화를 고려한 시점에 한정된다. 말하자면 김기림과 프로 문학가들의 공통분모는 민중성과 대중성이었던 것이다. 사회주의자들의 계급 독재적 성격을 분명히 하는 시점부터 김기림은 그들과 결별하게 된다.

김기림은 과거부터 지속적으로 각 민족과 각 국가가 서로를 파괴하거나 침략하지 않고 서로 평등한 관계에서 자유로이 경쟁하는 상태를 꿈꾸어왔다. 이러한 전망은 결국 제국주의와 식민지의 대립이 사라지고 모든 나라에 자유주의적 경제 체제가 확립되어 근대적 삶이 비로소 성숙한 모습으로 자리잡는 것을 뜻한다. 김기림이 볼 때 이러한 세계에서 특정 동일자가 타자를 억압하고 지배하는 행위는 대단히 불합리하고 모순되는 것이다. 김기림이 끝까지 자유주의자로 남는 이유도 여기서 찾을 수 있다. 김기림은 자신의 주체성을 회복하여 그것을 중심으로 민족의 단결과 진보를 이루어내되 그러한 힘이 타자의 자율성을 침해하는 것으로 현상하는 것은 원하지 않았다. 김기림의 이와 같은 태도는 「아메리카」에 잘 반영되어 있다.

아득한 바다 건너 한없이 넓은 한울 아래 흥성한 나라가 있어
아모의 權威도 믿지 않는 自由와 높은 한울과 들과 일을
죽엄보다 사랑하는 한 싱싱한 백성들이 거기 산다고 한다
만나기도 전부터 그대들 무척 반겼음은
우리 또한 억매임 없는 大氣와 살림 限없이 그리웠기 때문
모―든 낡은 權威 믏어져 부스러저야함을 알었기 때문이다

사슬과 抑壓을 잠시도 용서않으며
포악과 侵略을 가장 미워하는 그대
弱한 者의 곁에 서있기를 늘 좋아하는 그대
자유와 前進만을 노래하는 詩의 傳統을 가진
'휘트맨'의 나라 백성이기에
그대 손목을 우리는 한없이 뜨겁게 잡으리라 하였다
(중략)
감옥과 地下의 우리들의 戰士의 굳은 同盟軍 ―
인제 그대들 우리곁에 있거늘
여기는 오직 오래인 가난과 不潔과 懷疑와 연기
모두가 倭敵이 남기고 간 상채기뿐
그대 손 너무 높은 데 있어 도시잡기가 어렵고나

「푸록코ー트」도「살롱」도 우리는 없다
卑屈이나 아첨이나 禮服은
오직 오래 입어본 치들만이 얼른 다시 뒤집어 썼건만
우리는 느다 그는 도리혀 義로운 戰士를 대접하는 禮儀 아님을 ―

祝杯를 들자 七月 초나흘을 위하야ー自由로운 '아메리카'의
뜻스런 싸움에 빛나는 지나간 날과 오늘과
또 平和와 希望의 負債 무거운 來日을 위하야…
'워싱튼' '제퍼ー슨' 그리고 '프랑클린'의 나라
무엇보다도 '에부라함 · 링컨'의 나라
그 무엇보다도 '프랭클린 · 로ー즈벨트'의 나라 이기에
그대에겐 있건만 아직도 獨立 없는
우리의 아픔을 아ー누구보다도 그대가 잘알리라

자유 위한 싸움터 우 다만 理解와 尊敬과 높은 理想으로 만
우리들의 굳은 握手를 맺자
장미를 던저라 저 위대한 一七七六년의 七月을 위하야
우리 모다 祝杯를 들자
또하나 祝杯는 우리들 것으로 남겨두자

―「아메리카」 부분

　「아메리카」는 '美國獨立紀念日'에 부쳐 쓰여진 것이다. 조선 독립을 이루어낸 주체가 미국이라는 점 때문에 시인은 미국에 대해 일종의 환상을 지니고 있다. 미국은 파시즘이나 제국주의를 평정한 초강대국이요 모든 나라의 독립과 자유를 수호하는 구원자와도 같이 묘사된다. 여기에서 우리의 논의에 필요한 부분은 2차 대전 이후에 그 힘을 발휘하기 시작하였던 미국의 패권주의와 관련된 사실보다는 시인

이 미국에 대해 품게 된 이미지에 관한 부분이다. 그가 누구이건 간에 김기림은 모든 '권위를 부정하고 자유를 최상의 가치로 여기는' 역사상의 실체를 옹호하고 있다. 이에 미국은 '투쟁으로 독립을 쟁취'하였으며 '왕과 귀족' 등의 신분 차별을 없애고 민주주의를 실현한 나라로 자리잡는다. 시인은 미국이 '抑壓'과 '侵略'을 '가장 미워한다'고 함으로써 자신의 가치관을 그것에 투영시킨다. 미국은 '平和'와 '理解'와 '尊敬'을 지닌 자유주의의 대명사로 지정되는 것이다. 시인은 미국이 일제를 공격한 사실을 두고 약자를 돕기 위한 행위로 여기고 있다. 시인의 미국에 대한 이러한 생각은 미국 자신이 자체적으로 지니고 있던 이해관계를 고려하지 않은 단견에 불과하다. 그러나 미국을 침략자를 응징하는 동시에 피억압자를 해방시키는 존재로 인식하는 것은 김기림 사유의 한 지향점을 보여주는 대목이다. 김기림은 힘을 강조하되 그 힘은 공격성을 제거한 것이라야 하며 타자를 지배하지 않되 또한 단결된 주체의 힘이 필요하다는 것을 역설하고 있다. 이렇게 하여 형성된 힘의 주체가 타자와의 관계 속에 놓일 때 비로소 주체는 타자와 함께 각각의 권리와 자율성의 영역 안에 안전하게 자리잡을 것이며 이 때문에 형성되는 상호관계는 평화롭고 대등할 것이다.

이와 같은 시인의 신념이 현실에서 나타나는 힘의 질서를 무시한 희망사항에 불과한 것은 분명하다. 그러나 우리가 살펴야 하는 사실은 후기 담론 이래로 그러한 세계관을 형성하게 된 김기림의 지정학적 위치와 그의 딜레마이다. 그것은 일제라는 타자를 공격하고 붕괴시켜야 하지만 이런 태도 자체는 경계해야 한다는 논리상의 모순 위에서 형성된 것이다. 그리하여 김기림은 주체의 힘을 키우되 한편 그 힘을 제한하는 길, 곧 주체성을 지니되 타인의 주체성도 동시에 존중하는 '상호주체성'이라는 논지를 펴게 되는 것이다.

이러한 상호주체적 세계관은 그동안 지속적으로 전개해왔던 김기림의 시창작 태도와 그 맥을 같이 하는 것이다. 그것은 특히 후기 담화에서 나타나듯 한편으로는 주체를 강화하되 다른 한편으로 객체를 존중하고 객체에 주체를 동화시키던 시적 방법론과 관련되는 것이다. 이러한 태도는 근대를 형성해왔던 주체성의 원리와 다른 지점에 놓이는 것이다. 주체성의 원리란 주체와 객체의 일치를 말하지만 사실상 남는 것은 주체 그것뿐인 세계관이다. 반면 객체에의 근접을 통해 주체와의 동일시를 이루는 김기림의 시적 원리는 객체의 본질을 인정하는 동시에 객체로 인해 결과적으로 주체의 내면이 심화되는 상호주체적 세계를 내포하고 있다.

한편 김기림은 주체성을 강화하는 과정에서 자신을 공동체의 한 일원으로 위치시키는 것을 잊지 않는다. 그의 공동체 의식은 초기부터 나타났던 것인데 그것은 그가 추상적인 주관성을 말하고 있을 때에도 '센티멜탈리스트'나 '쉬르리얼리스트'와 같이 자기 자신의 주관에 매몰되는 것이 아니라 그것의 객관화를 위해 노력을 기울였다는 점에서, 즉 문학을 소통의 매개로 인식했다는 점에서 그 단초를 드러낸다고 할 수 있다. 그리고 이와 같은 공동체 의식은 후기에 이르러 부정적 현실 인식과 그것에 대응한 공동체적 유토피아 의식을 통해 더욱 발전하게 된다. 공동체와 김기림은 서로 분리되지 않는 존재이며 또한 상호 발전의 망 속에 놓이는 주체와 객체의 관계이기도 하였다. 다시 말해서 김기림 자신과 그의 시는 공동체와 더불어 공동체와 대화하며 형성된 것이라 할 수 있다. 바로 이 점에서도 김기림의 상호 주체적 태도를 확인할 수 있다. 그는 자신의 담화를 통해 수용자가 그가 상정하는 주체로 스스로 정립될 수 있기를 의도하고 또 유도했기 때문이다. 김기림은 공동체를 사회주의자가 말하는 계급적 집단이라든가 혹은 민족주의자들이 가리키는 혈연 집단의 의미로 말하는 대신 '문학'을 매개로 상호 교류가 가능하며 그와 생활세계를 공유할 수 있는 집단으로 상정하였다.[88] 이러한 집단은 궁극적으로 민중과 민족으로 이어지는 것이지만 김기림은 이것들을 선험적으로 주창하는 대신 경험의 공통 기반을 통해 유도해내려 했고 그 점에서 독창성을 획득한다고 할 수 있다. 김기림에게 '문학'이 자신과 공동체를 이어주는 매체라고 여긴 것은 김기림에게 일관된 생각이었는데 김기림은 해방 후 시론 정립의 과정에서 시 창작 과정에서 보였던 자신의 이러한 일관된 관점을 그대로 수용하게 된다. 리차즈의 시론에 기대어 그 정립을 시도한 김기림의 과학적 시론은 매체로서의 문학이라는 측면을 이론화하는 것이라 할 수 있다.

---

88) 해방의 감격을 담은 시 이후의 「오늘도 故鄕은」, 「닥아 앉아 가장 그윽한 얘기……」, 「童話」, 「길잃은 노루처럼」 등 고향과 유년을 배경으로 담은 시들은 공통된 생활 속 경험을 통해 공동체 간 유대감을 강화하려는 시인의 의도가 반영된 것이라 할 수 있을 것이다.

제4장

김기림 담론의 독자지향적 글쓰기

김기림의 문학적 담론은 시기상으로는 세 부분으로 나뉘어지지만 질적 차이에 따라 크게 두 부분으로 나뉘어진다고 할 수 있다. 이때 구분의 기점이 되는 것은 김기림이 보인 자기 반성의 시기이다. 이 자기반성은 초기의 편향성에 대해 이루어지는데 그 시기를 명확히 가르는 일은 쉬운 일이 아니다. 「오전의 시론」에서 초기 자신의 시적 경향을 '인간의 결핍'[1]이라 전면적으로 비판하지만 그 이전에도 어느 정도 반성의 경향을 보이고 있었기 때문이다. 전체시를 언급한 「기교주의 비판」이 1935년 2월에 발표되었고 휴머니즘이나 행동주의를 주장한 「새 인간성과 비평정신」이 1934년 11월에 발표된 것을 보면 그러한 정황을 짐작할 수 있다.

---

1) 「인간의 결핍」, 『전집2』, p.159.

　반성을 기점으로 그 이전과 이후로 나누는 것은 질적 차별성에 준거한 구분일 것인데 이와 함께 우리는 해방 후의 담론을 해방 전의 것과 구별하지 않을 수 없다. 해방 공간에서의 실천은 해방 전의 문학적 행위와 그 양상에 있어서 크게 다를 수 있기 때문이다. 하지만 김기림의 경우 「오전의 시론」 등에서 보인 반성 이후 특별히 인식론상의 수정은 하지 않는다는 점에서 반성 이후 해방 전과 해방 후 담론은 질적 차이를 갖지 않는다. 본고에서는 「오전의 시론」을 기점으로 하여 그 이전을 '초기담론'으로 이후를 '후기 담론'으로 부르고 또한 편의상 해방 후를 '해방 후 담론'이라 하였다. 이러한 구분이 시적 텍스트로 적용되면 초기 시집 『태양의 풍속』은 초기 담론에, 『기상도』와 『바다와 나비』는 후기 담론에, 『새나라 송』은 해방 후 담론에 속한다. 여기에다가 당시의 시집에는 실리지 않았지만 1930-50년에 걸쳐 쓰여진 시들을 시기별로 구분하여 첨가할 수 있다.

　'초기담론'과 '후기담론'을 질적 차이를 지니는 것으로 구분할 수 있는 이유는 각 담론에서 보이는 주체의 성격이 서로 다르다는 점에 있다. 그것은 객체에 대한 주체의 태도 및 객체와의 관계 설정에 따른 것으로 초기 담론이 객체를 스스로로부터 분리시키고 그것을 주관적으로 인식하는 장치들을 만듦으로써 그 속에서 목적합리적인 주체를 정립시키고자 하고 있다면 후기 담론은 초기에 경원시했던 객체를 복원하고 그와의 거리를 좁힘으로써 객체와 융합, 화해하는 주체를 형성하고 있기 때문이다. 이것은 인식론적으로 주체, 객체 분리에 의한 인식론과 주체와 매개된 객체, 혹은 객체에 매개된 주체라는 변증법적 인식론이라 구분하여 말할 수 있을 것이다. 이러한 주체의 변모 과정은 김기림이 근대적 자아를 형성하고 나아가 성숙한 자아로 성장해 가는 궤적이 될 것인데 그의 시적 텍스트는 그러한 주체의 변모 과정에 따라 구조적인 차이를 드러내게 된다. 이를테면 초기시들이 주객 분리에 따라 객체를 일방적으로 전유함에 따라 완결되고 폐쇄적인 구조를 보인다면 후기시들은 객체의 자리를 마련하고 그와 상호 교류를 이루는 대화적 구조를 보인다.

초기의 김기림이 주객 분리의 인식론과 합리적 주체 형성을 꾀하고 있다는 판단은 무엇보다도 그의 초기 시가 보이고 있는 형식에 논리적 근거를 두고 있다. 주지하다시피 김기림은 우리 문단에 이미지즘으로 대표되는 모더니즘을 소개한 인물이다. 그러나 엄밀하게 말해서 그가 보여준 이미지즘 시가 시론에서 설명하고 있는 이미지즘의 내용과 차이가 있다는 점에서 연구자들을 당혹케 했다. 가령 파운드가 말한 이미지가 지적, 정서적 복합체요 또 비단 시각적 이미지에 국한되는 것이 아닌데 김기림은 이미지의 범위를 축소시키고 과도하게 정서적 요인을 배제시켰던 것이다. 이러한 괴리는 영미 이미지즘이 그들 문화 내적 콘텍스트 속에서 발원한 것이라는 점을 김기림이 살피지 않았던 데에 일차적인 요인이 있을 것이다. 영미의 이미지즘은 율격의 틀이 여전히 엄격하게 지켜지고 있던 당시 영시의 정형시적 전통으로부터 탈피하고자 하는 자유시 운동의 일환으로 전개되었다. 따라서 청각적 요소보다는 시각적 요소가 강조되었을 뿐 시각적 이미지만을 옹호했던 것은 아니다. 김기림의 이러한 오류는 그러나 실수였다기보다는 그의 인식론적인 성격으로 말미암았을 것으로 여겨진다. 즉 김기림의 왜곡된 '이미지즘'은 김기림의 주체적 거점을 보여주는 것이다.

　김기림의 이미지즘이 촉각이나 청각 등 여타의 총체적인 감각이 축소된 채 시각적 이미지에 집중되어 있는 현상은 이처럼 대상과 자아 사이에 설정된 '거리'를 암시한다.[2] 자아는 대상의 외부에서, 그것과 철저히 분리된 거리에서 대상을 '바라본다'. 이때 대상을 응시하는 시선엔 정서적 얽힘이 배제된 추상적 냉정함이 있다.[3] 이 점에서 감정이 극도로 절제된 김기림의 '굴절된' 이미지즘은 사조로서의 함의보다 김기림의 초기 인식론적 성격을 제시해준다는 의미를 지닌다.

　초기 담론에서 김기림이 반복하여 제시한 '명랑성', '건강성'[4] 등의 의미소들은 지적이고 합리적인 자아와 관련되는 것으로 김기림은 그러한 자아가 갖추어졌을 때 한 개인은 근대라는 환경에 대응할 수 있다고 보았다. 그 역도 성립하는데 개인은 합리화된 근대적 제도[5]를 이용함으로써 합리적인 인간형으로 거듭날 수 있다고 생각하였다. 따라서 김기림의 초기담론은 근대적 자아의 탄생을 역설하는 데 집중된다. 김기림은 지적이고 합리적인 자아를 구성하는 길이 근대를 살아

---

2) 어떤 의미에서 현대를 전후한 시가와 현대를 구분짓는 감각상의 차이점은 시각이다. 그것은 르네상스와 과학 혁명으로부터 시작된 현대의 성격이 시각중심주의적인 특성을 갖기 때문이다. 르네상스기 시각 예술에 도입된 원근법주의와 과학적 세계관에 의해 촉발된 시각 중심의 자연 경험, 또한 철학적으로 데카르트적인 주관적 합리성이 원근법주의를 함의하기 때문이다.
3) 마틴 제이, 「현대성의 시각적 제도들」, 『현대성과 정체성』, 현대미학사, 1997, p.228.
4) 「감상에의 반역」, 『전집2』, p.111.
5) 짐멜은 사회적 제도가 도구의 가장 전형적인 보기라 한다. 개인은 이것을 이용함으로써 그의 개인적 능력으로서 성취할 수 없는 목적을 달성할 수 있다는 것이다. 이는 국가에 소속된 개인이 국가가 제공하는 외적보호를 받는 것을 보더래도 알 수 있는 사실이다. 말하자면 일반적으로 사회제도는 대부분의 개인들이 자신의 목적을 달성하기 위한 조건으로 기능한다. G.Simmel, 앞의 책, p.268.

갈 수 있고 또 해체된 정체성을 회복할 수 있는 최선의 방법이라고 생각했던 것이다.

김기림이 밝은 정서를 요구하고 지성을 강조한 것, 그리고 분업화된 사회에서의 전문가가 될 것을 주문한 일들은 모두 근대의 제도 속에서 합리적 주체가 되기 위한 방편으로 제시된 것이다. 그러한 요소들이 갖추어질 때 자신이 속한 각 영역에서 자율적으로 행동할 수 있게 되고 또 그것이 곧 근대인으로서 누릴 수 있는 권리이자 자유이기 때문이다.6) 이러한 관점에서 보았을 때 전통은 개인에게 '강요'되는 타율적인 것이다.7) 반면 근대의 이성적 인간은 기존의 전통과 소속집단의 영향력으로부터 벗어나 자유롭게 자신을 인식하는 주체로서 행동하고자 한다8). 이 때 '과학기술' 및 '기술공학'은 전통이나 과거의 영향력 대신 개인의 권리를 강화할 수 있는 최대의 수단이라 여겨진다. 이들은 곧 추상화된 지성을 대표하는 것들이다. 따라서 김기림은 '제작의 원리'라든가 '객관주의시'9), '기술주의'10) 등의 의미소들을

---

6) 근대인은 자유를 자율성으로서 이해한다. 따라서 근대적 주체라 했을 때 그것은 그가 자율적으로 행동할 수 있는 자임을 뜻한다. A.Rennaut, 앞의 책, p.7.
7) 위의 책, p.22.
8) 장성만, 개항기의 한국사회와 근대성의 형성, 세계의문학, 259, 민음사 1993, 가을.
9) 김기림은 근대시의 역사를 객관세계에 대하여 가지는 관계에 따라 1.표현주의 시대-'로맨틱', 상징파, 표현파, 2.인상주의 시대-사상파, 3.과도시대-초현실파 '모더니스트', 4.객관주의로 구분하고 있다. 소위 이미지즘은 2의 사상파에 속하는 것이다. 그런데 주목할 것은 김기림이 가장 가치를 두고 있는 부분이 사상파가 아니고 4.객관주의시라는 사실이다. 그는 이에 대해 "4는 사물에 의하여 주관을 노래하거나 또는 사물의 인상을 표현하는 것이 아니고 다시 말하면 시가 주관의 방편이 아니고 시가 사물을 재구성하여 시로서 독자의 객관성을 구비하는 그러한 새로운 가치의 세계를 의미한다. 이는 전연 지금까지의 시의 관념과 대치하는 범주로서 실로 시의 혁명조차를 의미한다"고 하고 있다. 이 부분은 칸트의 인식론을 상기시킨다. 사물의 물자체의 인식과 그것

제안함으로써 심지어 예술가를 포함한 모든 이들이 근대의 이러한 원리를 따르도록 독려한다.

이렇게 볼 때 김기림에게 근대적 개인의 탄생과 그에 따른 주체성의 확립은 자생적인 동시에 목적의식적인 행동으로 자리매김된다는 것을 알 수 있다. 김기림은 일제에 의해 이루어진 것이긴 하였지만 근대가 회피할 수 없는 세계사적 조건이라 여겼기 때문에 그러한 변화된 시공간의 상황을 개인으로서는 주체적으로 받아들여야 한다고 생각하였다. 더욱이 확립된 주체 없이 민족의 독립이나 발전을 이루어내는 것이란 불가능하기 때문에 이러한 선택은 최선의 행동이라 할 수 있었을 것이다.

김기림의 이러한 세계관은 일차적으로 시에서 대상과 자아의 불연속성으로 나타난다. 그는 대상과 인식의 주체 사이를 엄격하게 분리시키고 자신을 사물이 객관적으로 관찰될 수 있는 위치에 고정시킨다. 이는 대상을 한눈에 통일적으로 인식할 수 있는 일점원리의 시각을 확보하는 것이다. 이것은 과학자가 자연을 관찰하듯이 사물에 시선을 던지는 근대의 원근법적 시선에 다름아니다. 다른 감각에 비해 매우 정태적이며 과정보다는 구조를 드러내주는 데 적합하다는 속성 때문에 추상편향성을 더욱 부추기는 경향이 강한 시각은 주체와 객체의 분리를 강화시키는 역할을 한다. 이에 따라 원근법적 시선에 고정된 주체는 한편으로는 보편적이고 초월적인, 다른 한편으로는 개별적

을 끌어내기 위한 범주의 부여는 이성의 작용이다. 이러한 칸트의 이성론은 자연과학적 세계관의 보편화와 수학적 원리의 관철을 보여주는 것으로서 김기림의 예술론도 그 연장에 서 있음을 알 수 있다. 「감상에의 반역」, 『전집2』, p.117.

10) 「속 오전의 시론―사상과 기술」, 『전집2』, p.187.

이고 특수한 개인적 시각을 드러낸다.[11]

김기림이 대상과의 분리 하에 그 거리를 좁히려 하지 않았던 자신의 시각에 대해 문제의식을 갖게 된 것은 1930년대 중반이다. 김기림에 대한 연구는 대부분 이 시기에 이루어진 반성을 기점으로 그 전과 후를 구분하여 왔다. 그 요인으로 프로시 진영에 의한 비판과 일본의 군국주의화, 그리고 서구의 파시즘 체제를 지적하고 이후 담론에 문명비판의 요소가 있는지 여부로 논리를 전개시켜 나갔다. 이러한 접근은 김기림 담론을 다분히 윤리적 기준에 의해 구분하는 것이다. 그러나 김기림의 변모는 무엇보다도 그의 주체적 거점이 가지고 있는 인식론상의 오류와 세계관의 모순에 관한 것으로 볼 수 있을 것이다. 즉 주체와 대상 사이의 엄격한 거리가 보장해주리라 여겼던 예술에서의 자율성은 오성적 기술주의임이 판명되어 시를 미적 대상으로 형상화시키기에 한계를 드러냈고 가치지향적 합리성을 본질로 하는 근대 자본주의 문명은 자신의 목적을 위해서는 광포한 폭력도 불사하는 비합리적인 양상을 보여주었던 것이다. 이는 그가 추상적인 영역에서나마 지키고자 하였던 자유에 대한 믿음을 붕괴시켰고 결국 인식론과 세계관에서의 수정을 요구했다.

김기림은 「고전주의와 낭만주의」에서 문학의 기존 경향이 '인간을 떠나 기계에 가까워진 형식 옹호'였다고 반성하고 '새로운 휴매니즘으로서 문명비판을 행할' 것을 말하고 있다.[12] 그러나 김기림이 기존의 경향에 대해 부정적인 감정을 갖는 것은 아니었다. 그것은 과거의 경향들이 문명사적 근거를 지니는 것이었다고 부언하고 있다는 점에

---

11) 마틴 제이, 앞의 글, 1997, p.225.
12) 「고전주의와 낭만주의」, 『전집2』, p.165.

서 읽을 수 있다. 반성의 담론은 그 후 「기교주의 비판」이나 「오전의 시론」에서 본격적으로 제시되면서 김기림을 기존의 추상적인 지성주의와 결별시키고 있다. 이후 그가 제시한 세계관은 '인간'을 되찾은 것이다. '낭만주의', '휴머니즘', '르네상스', '육체'13), '인간성' 등은 모두 과거의 추상적 지성주의를 극복하기 위한 의미소들이다. 그러나 이 시기의 담론에서 김기림이 '지성'자체는 부정하지 않았다는 점,14) '인간적 내용'을 취한다고 해서 '형식'을 폐기하는 것은 아니라15)고 말한 점들에 우리는 주목할 필요가 있다.

이러한 언급들은 그의 과거와의 단절이 윤리적인 것이라기보다는 인식론적인 것이라는 사실을 보여주고 있는 것이다. 따라서 이러한 반성들이 있었다고 해서 실천상에서의 변화를 기대한다면 크게 만족을 얻기가 힘들 것이다. 대신 변화는 대상과 주체의 일정한 거리가 포기되었다는 지점에서 찾을 수 있다. 이를 김기림은 「각도의 문제」에서 다루고 있다. 그는 "일찌기 공간만이 인식의 극한인 때도 있었다. 그 중에서도 網膜에 비칠 수 있는 물체의 평면이 파악되는 것이 전부

---

13) "예술은 육체의 참가, 다시 말하면 '휴매니즘'의 조력에 의하여 비로소 생명성을 획득한다는 것은 어떠한 고전주의자도 부정할 수 없을 것이다. '로맨티시즘'은 질서 속에 조직됨으로써 고전주의에 접근해가고 고전주의는 또한 그 속에 육체의 소리를 끌어들임으로써 '로맨티시즘'에 가까워간다. 이 두 선이 연결되는 그 일점에서 위대한 예술은 탄생되는 것이라고 생각한다.", 위의 글, p.163.
14) 「동양인」에서 볼 수 있듯이 김기림은 여전히 반지성을 혐오하고 있었고 「고전주의와 낭만주의」에서 "로맨티시즘은 질서 속에 조직됨으로써 고전주의에 접근해가고 고전주의는 또한 그 속에 육체의 소리를 끌어들임으로써 로맨티시즘에 가까워간다"라고 함으로써 "지성과 육체"를 결합시키고 있다.
15) "그러나 이러한 의견(현실에의 적극적 관심—필자 주)은 곧 기교주의에 대신해서 편내용주의를 가져오려는 것이라고 이해되어서는 아니된다. 내용의 편중은 벌써 1930년 이전에 청산한 오류였다. 차라리 내용과 기교의 통일을 통한 전체성적 시론이 요망되었다" 「시와 현실」, 『전집2』, p.102.

인 유치한 시대도 있었다"16)고 하면서 '고정된 각도'에 집착하는 시인들을 비판하고 있는데, 이는 사실상 본인 자신을 향해 있는 것이라고 할 수 있다. 김기림은 자신의 이미지즘시가 이 원근법적 시각주의에서 비롯된 것임을 스스로 인정하고 있으며 이에 대한 극복을 입체파나 초현실주의 시에서 전개하고 있는 다초점17) 혹은 '시간성 구현'18)을 통해 도모하고 있다. 여기에서 보인 '시각'의 문제는 주체—객체간의 관계와 관련된 것으로 이는 근대 인식론이 안고 있는 본질적인 부분에 속하는 것이었다.

그렇다면 '다초점'이나 '무시간성'19), 혹은 '육체'의 도입이 의미하는 것은 무엇일까? 그것은 과거 추상적인 지성이 배제했던 타자의 영역에 속하는 것들을 자신의 담론 속에 끌어들이는 것이다. 꿈이나 무의식, 희극적인 것, 성적인 것, 분열된 것, 추한 것, 우연 등 조직되지 않는다는 이유로 합리적 자아가 의식적으로 도외시했던 것이 모두 여기에 속한다. 후기 담론에 이르러 김기림은 초기에 보였던 일점 시각의 관점을 폐기하고 이러한 것들을 다초점의 시각으로 포착해 들어간

---

16) 「각도의 문제」, 『전집2』, p.169. 리처드 로티는 "데카르트적 모델에 있어서 지식인은 망막에 비추어진 이미지들에 기초한 사물들을 검색할 뿐"이라고 하여 원근법주의를 비판한다. 마틴제이, 앞의 글, p.225.
17) 김기림은 이것을 "우리는 각도를 이동시킴으로써 사물을 입체적으로 이해할 수가 있다"라는 말로 표현하고 있다. 「각도의 문제」, 『전집2』, p.169.
18) 초현실주의와 관련된 '시간성 구현'은 무시간성, 비논리성을 가리키는 것이다. (「프로이드와 현대시」, 『전집2』, pp.32~3) 이 시기를 전후하여 김기림은 '시간성'에 대해 언급하기 시작한다. 단편적이기는 하지만 '시간성'에 대해 말하고 있는 글로 「시의 시간성」이 있다. 후기담론에 이르러 비로소 '시간성'을 고려하기 시작했다는 것은 중요한 시사점을 제공한다. 이는 현실과 관련하여 김기림이 초기담론에서와 다른 감각과 의식을 형성하기 시작했음을 보여주는 것이다. '시간성'은 이후에 전개되는 김기림의 시적 담론 내에서 중요한 원리로 자리잡는다.
19) 「'프로이드'와 현대시」, 『전집2』, p.132.

다. 이로써 주체의 원근법적 시선은 붕괴되고 객체들이 제각각 자신의 존재를 드러내는 분할, 병치된 구도가 형성된다. 통사론적 구조에서 역시 하나의 서사가 일관된 서술로 드러나지 않고 계열적인 사건들이 서로 병렬, 대립되어 의미가 충돌하는 양상 그대로 표현된다. 이러한 글쓰기 방식은 주체의 일방적인 시선에 의해 소외되고 무화되었던 객체를 하나의 동등한 객체로 회복시킨다는 점에서 초기담론의 인식 구조와는 구별되는 것이다. 객체의 존재에 주목하며 객체를 회복하고 존중하는 김기림의 이러한 태도는 「기상도」 이후 후기시에서 새로운 면모로 드러난다. 그것은 객체에의 동화를 통해 주객의 화해를 보이고 있다는 점에서 그러하다. 이는 초기시에서 보였던 주·객 사이의 추상성을 극복하고 있는 것이다. 대상은 더 이상 시선의 대상으로 분리되지 않고 시적 자아 가까운 곳으로 다가온다. 객체 스스로 말을 함으로써 주체와 나란히 위치한다. 요컨대 후기 담론에서는 타자의 영역들이 전면화됨에 따라 객체가 주체에 매개되고 주체가 객체에 매개되는 새로운 주객관계를 발견할 수 있다.

주체·객체의 인식론은 객체에 대해 어떠한 태도를 취하는가에 의해 결정되는 문제이다. 동일성 사유에서와 같은 주체 중심주의적인 사유가 타자를 지배하고 배제시키는 정복의 태도를 보인다고 한다면, 그리고 그 이전에 칸트가 주체와 객체 사이에 좁힐 수 없는 거리를 형성시켜 주체로 하여금 그 거리를 정복하기 위한 빌미를 제공하고 있다면, 우리는 헤겔과 칸트 사이에서 길을 찾아야 할 것이다. 김기림은 칸트적 사유에 의해 주체를 일으켜 세웠지만 그것이 객체에 의해 매개되지 않은 순수 관념의 자아라는 것을 깨달았다. 또한 식민지라는 제약된 조건 속에서 주체의 자율성이란 허구에 불과하다는 것을 알았으나 그렇다고 이것을 포기할 수는 없는 일이었다. 그것의 포기는 김기림 자신과 민족의 생존의지를 포기하는 것이었기 때문이다. 다른 한편으로 주체성의 원리를 극대화시켜 정복자의 길을 가는 것은 현실적으로나 논리적으로 부당한 일이다. 이후 김기림의 향방은 이러한 모든 경우의 수들을 고려한 뒤에 정해지는 것이었다. 이에 대해 김기림은 반성적 사유를 제안함으로써 타자에 대한 자신의 태도를 정하고 다른 주체에게 그러한 반성적 태도를 촉구한다. 이러한 김기림의 사유는 곧 타자와 자아의 동등한 권리를 주장하는 상호주체성[20]적 태도라 할 것이다.

김기림이 전개하고 있는 상호주체성의 사유는 그가 시도한 과학적 시론에서도 그 일면을 드러낸다. 김기림의 언어에 대한 인식, 즉 "언어는 한 개의 사회적 행동이다. 역사적 사회라는 일정한 배경 아래서 바꾸어지는 사람과 사람의 교섭이다."[21]라는 언급은 언어의 매개적 성격으로 인해 발생하는 텍스트의 상호성을 가리키고 있는 것이다. 상호텍스트성은 공유되는 사회적 환경을 전제하여 궁극적으로 타자와의 의사소통을 꾀한다는 점에서 상호주체성과 그 원리가 동일하다.

---

20) 르노는 자율성을 목표로 하는 개인은 그 목표 자체로 인해 주체성의 구조를 지닌 모든 개인 존재들이 함께하는 세계의 일원으로 스스로를 생각함으로써 자신의 단독성을 초월한다고 한다. 이런 의미에서 자율성이란 목표는 다른 사람에게 접근하는 방법, 즉 의사소통을 전제로 한다고 한다. 그러한 접근방법을 통해 목표가 된 자율성이 확보되었을 때 주체들의 공동체가 된 인류는 자신의 운명에 있어서 자기 자신 외에 다른 어떤 것에도 종속되지 않고 자신을 결정지을 외부도 없는 공동체가 될 것이라고 한다. 즉 그는 상호주체성이 조화롭게 이루어진 행복한 시대를 말하고 있는 것이다. A.Renaut, 앞의 책, p.71.
21) 「시와 언어」, 『전집2』, p.20.

따라서 그것은 후기시에서 보인 인식론적 태도와 동일한 구조를 갖는다.

1930년초부터 시작하여 20여년간에 걸친 글쓰기를 해오는 동안 김기림은 어느 하나의 기법에 고정되지 않는 다양하고 역동적인 창작 세계를 보여주었다. 『태양의 풍속』과 『기상도』, 『바다와 나비』, 『새나라송』이라는 그다지 많은 분량이라고 할 수 없는 시들을 통해 그러한 다양성을 보였다는 것은 문학과 세계에 대한 그의 열정이 가히 대단했음을 말해주는 것이다. 김기림이 지녔던 그 치열함의 강도를 함께 느끼지 못한다면 김기림의 시세계는 단지 하나의 허상으로만 다가올 것이다.

본 논의는 김기림 시의 다양성이 창작 방법의 변모 수준에서 이루어지고 그러한 창작 방법론의 변모가 인식론적이고 세계관 상의 변화에 따른 것이라는 가정에서 논의를 시작하였다. 그리고 그 점에서 김기림의 시 창작 방법은 크게 두 부분으로 구분될 수 있다고 보았다. 이 때 김기림으로 하여금 자신의 시 세계를 이끌어가고 변화시킬 수 있는 추동력은 어디에 있었을까? 그의 지적 수준, 독서량, 문단 경향, 새로운 기법에 대한 탐구열 등등 여러 가지 요인을 생각해 볼 수 있겠지만 가장 궁극적으로 그를 인도했던 것은 '독자'였다고 생각된다.

이러한 진단이 내려졌을 때 많은 사람들은 즉각 반발할 것이다. 독자를 의식하지 않고 글을 쓰는 작가가 어디 있느냐고. 그러나 그때의 독자를 어떻게 유념하고 있는가 하는 질문에 대해서는 각기 다른 대답이 나올 것이고 그에 따른 창작의 방향들도 천차만별일 것이다. 게다가 독자를 유념하되 독자로부터 특정한 화답을 기대하고 또 유도해

내는 방법을 계발하는 것은 별개의 문제라는 사실을 작가들은 흔히
소홀히 하게 되는 것이 현실의 모습일 것이다.

개화기 계몽의 담론들이 독자를 대상으로 계몽의 행위를 하는 데
있어서 그 실제적인 효과를 내는 데에는 어떤 요소들이 고려되어야
했을까? 또 사회주의자들이 선전선동시를 지을 때 독자를 투쟁의 전
선에 나서게 하기 위해서는 어떤 요소들이 고려되어야 했을까? 이들
예를 보면 대부분 시를 창작할 때 고민의 초점이 '무엇을' 전달할 것
인가에 놓여있다는 것을 알 수 있다. 즉 사상이나 철학, 주제 등 소위
내용에 대한 고민이 중점적으로 이루어진다. 그리고 그 내용이 가치
있다고 판단되었을 때 작가는 지나치게 서슴지 않고 글을 써나가게
된다.

그러나 작가가 전달하는 그 내용이 독자에게 똑같이 전달되고 그
내용에 대해 작가와 동일한 정서를 갖게 된다고 생각하는 것은 착각
에 불과하다. 작가와 독자 사이의 간격은 마치 건널 수 없는 바다와도
같이 멀리 떨어져 있는 것이다. 작가와 독자가 서로 분리되어 있다는
사실은 그들 사이에 그들을 연결해주고 있는 어떤 매개가 있는 사실
로도 충분히 증명이 된다. 그 매개가 되는 것이 곧 시이고 작품이다.
시와 작품이 있는 것 자체로, 그 시와 작품이 시장에서 돈을 지불하고
구해온 것이라는 것 자체로 그 거리는 보장되어 있는 것이고 동시에
시와 작품은 하나의 매체가 된다.

우리 근대 문학사에서 이 점에 대해 가장 치열하게 고민한 자가 있
다면 단연 김기림일 것이다. 김기림은 시와 작품의 성격을 매체로서
정립한 최초의 근대 문학인이다. 적어도 김기림은 시인이 목적하는

바와 그 목적이 실현되는 것 사이에 극복해야 할 심연이 있다고 생각한, 그 심연 때문에 심혈을 두고 고민해야 한다고 여겼던 거의 유일한 사람이다. 이에 비한다면 사회주의자들은 그들의 이념을 갈고 닦는 데엔 온갖 정열을 기울일지언정 정작 그것을 독자들이 수용하도록 하는 데엔 관심을 기울이지 않는 부류에 속한다.

그렇다면 작가로부터 독자에게 이르는 경로에서 전달과 수용이 잘 이루어지기 위해서 고민해야 하는 부분이 무엇이 있는가? 김기림은 이 질문에 대한 답을 구하려 하였고 그 답에 대한 최소한의 틀이 된 것이 「시의 이해」와 「방법론 시론」이다. 「시의 이해」는 리차즈의 『문예비평의 원리』를 요약 정리하면서 논평을 첨가한 글이고 「방법론 시론」은 자신의 시론이 놓여 있는 원론적 입지점에 대해 아우트라인을 제시한 글이다. 김기림은 이들 글을 통해 우리 문단에서 아직까지 이루어진 적이 없었던 '과학적 시학', 즉 문예학의 기초를 닦고자 하였다.22)

20여년간 이룬 다양한 시적 경향 속에서 김기림에게 한 가지 변하지 않고 지속된 뼈대가 있다면 그것은 그가 '독자'를 염두에 둔 글쓰기를 했다는 점에 있다. 그는 시의 매체로서의 성격을 시의 가장 본질적인 부분으로 생각하였다. 환경과 세계 인식이 여러 번 바뀌어도 시가 매체라는 것은 김기림의 경우 선험적인 차원에 놓이는 사실에 해

---

22) 김기림의 '과학적 시학'을 정밀하게 분석한 연구서로는 김유중의 「김기림의 '과학적 시학' 연구」(서울대대학원, 1989)가 있다. 그는 리차즈 이론과의 비교문학적 관점에서 김기림의 시학을 체계적으로 구명하고 있다. 본고는 '과학적 시학'을 엄밀하게 고찰하는 것을 목표로 하지는 않는다. 다만 담론 이론의 측면에서 김기림의 '과학적 시학'을 조명할 수 있음에 주목하였고 또한 그것이 문학에서의 방법론을 문제삼는 문예학의 틀을 확보하고 있음을 밝히고자 한다.

당한다. 김기림이 이러한 규정을 내리고 이 사실을 고수한 것 자체가 근대적인 현상이라 할 수 있는 바, 그에게 보였던 이러한 양상은 우리에게 근대를 열어주는 선언적인 성격을 띠는 것이다. 그가 문학의 가장 궁극적인 문제로 그 무엇보다도 '소통'을 제시하는 것도 이러한 사정을 설명해주는 것이다.

> 일반적인 시학은 사람과 사람의 교섭이라는 부면을 가진 언어의 한 특수 형태라는 사실에서 출발한다. 시가 형성하는 의미의 세계는 한 사회 안에 사는 사람의 전통적 교섭의 결과로서 성립하는 것이다. 이 관계를 제외한 시라고 하는 것은 어떤 음의 계열이거나 문자의 나열 이상의 것이 될 수 없다. 이 점에 시학이 언어학이 크게 관계되는 곳이다.
> 이렇게 시는 사람과 사람――즉 시인과 독자의 심리적 교섭 위에 성립된다. 즉 시인의 제작과정이라는 심리현상의 한 기호로서 시는 있는 것이고 그 기호가 독자에게 미치는 결과는 어떤 심리적 반응에 틀림없다.23)

「방법론 시론」을 다루고 있는 『시론』의 첫 장에는 이렇게 김기림이 생각한 시의 궁극적인 차원에 대한 언급이 놓여 있다. 시학은 언어학의 한 특수한 형태인데 그 가운데 '사람과 사람의 교섭'을 대상으로 하는 언어학이라는 것이 논지의 출발을 이루고 있다. 어떠한 언어 구조물이 교섭, 즉 커뮤니케이션을 유발한다는 것은 그것이 어떤 특정한 기능을 수행하였음을 의미한다. 그 속에 아무리 훌륭한 내용이 담겨 있다 하더래도 의미 작용을 하지 못하였다면 그것은 아무런 기능

---

23) 「시학의 방법」, 『전집2』, p.17.

을 하지 않은 것이다. 김기림이 '교섭'을 궁극적인 문제로 여긴 것은 교섭의 매개가 되는 작품이 하나의 기능체[24]임을 말하고 있는 것이다. 그리고 기능을 발휘하기 위해서, 즉 의미 작용을 하기 위해서는 발화 자체가 행위가 되어야 한다. 이때 더욱 본질적인 부분은 발화의 내용이기보다는 발화의 작용, 즉 발화가 일으키는 효과에 있는데 이를 위해서 작가는 시 텍스트가 요소로 취하는 '음이나 형태 소리나 의미 등의 모든 자질들을 건축학적 설계에 따라 구성'[25]해야 한다. 따라서 문예 비평의 대상이 되는 것은 그 작품이 지니고 있는 본질이나 목적이나 가치가 아니라 그것이 일으키는 효과[26]이다.

시학과 관련하여 제시하는 김기림의 일련의 언급들은 김기림이 시 작품을 기호의 구조물로 여기는 관점을 지니고 있음을 말해주는 것이다. 시가 하나의 기호로 이루어진 구조물일 때 그 속에서 의미가 되는 고정된 명제가 아니라 그것이 행하는 것, 독자들에게 영향을 미치는 텍스트의 잠재력에 있는 것이기 때문이다.[27] 구조주의 시학에서 중요하게 다루는 이러한 문제들은 '무엇을'이나 '왜'보다는 '어떻게'[28]를 중요시하는 김기림의 문제 의식과 동궤에 놓여 있는 것이다.

그런데 이 글에서 김기림은 '언어의 한 특수형태라는 사실에서 출발하는 교섭'이 의미를 형성한다고 하였을 때 거기에는 두 가지 측면이 작용하는 것이라고 부연하고 있다. 하나는 '한 사회 안에 사는 사람의 전통적 교섭'이고 다른 하나는 '시인과 독자의 심리적 교섭'이

---

24) 「시와 언어」, 『전집2』, p.20.
25) 「모더니즘의 역사적 위치」, 『전집2』, p.56.
26) 「시와 언어」, 『전집2』, p.25.
27) J.Culler, 앞의 책, p.93.
28) 「방법론 시론」, 『전집2』, p.11.

다. 결과적으로 보았을 때 양자 사이에 의미 작용이 이루어졌다면 그 작용은 심리학적인 차원에서 정서적 해석학적 반응이 일어났다는 것이다. 그런데 이러한 반응이 있기 위해서는 의식이 공유될 수 있는 영역이 전제되어야 하기 때문에 여기에는 시인과 독자를 둘러싸는 경험적 요소, 즉 사회와 역사, 전통 등이 필요하게 된다.

이 글을 통해 우리는 김기림이 '교섭'이 일어나기 위해 요구되는 영역별 요소로 '언어학'과 '심리학', '사회학'을 제시하고 있음을 알 수 있다. 여기에서 사실 김기림은 문학의 본질적 측면과 그것을 이루는 이들 요소들을 매우 간략하게 스케치하고 있지만 김기림은 문학의 '의사 소통 행위'라는 매우 중요한 부분을 건드리고 있고 문학의 본질이 그렇게 규정되었을 때 그 해명을 위해 필요한 인접 학문들을 매우 정확한 수준에서 짚어내고 있다.

특히나 김기림이 시학 연구에서 리차즈의 이론에 기댄 바가 크다고 했을 때 '사회학'의 영역을 끌어들이고 있는 것은 큰 성과가 아닐 수 없다. '사회학'적 요소를 도입하게 된 계기가 다른 누구의 영향에 의한 것이라 할지라도 여하튼 김기림은 이 두 영역을 결합시킴에 따라 의사 소통을 중심으로 하는 시학 연구에서 필수적인 요소들을 모두 다루고 있고 이로써 우리 나라에서 문예학을 논하기 위한 기초적인 터전을 확보하게 되었다고 할 수 있다.29)

---

29) 오세영은 김기림이 리차즈의 이론에서 사회학적 요소를 읽어내지 못한 것이 오해라고 지적하고 있다. 오세영은 리차즈가 『문예비평의 원리』 서문에서 "우리는—경험의 본성 혹은 전달과 가치 이론을 배제하고 비평할 수 없다"고 한 부분이 시학의 보조 과학으로서의 사회학의 필연성을 언급한 부분이라고 한다. 따라서 리차즈의 시론에는 리차즈 자신이 공표하지는 않았지만 분명 사회학적 요소가 중요한 부분으로 자리하고 있다고 밝히고 있다. 오세영, 「과학으로서의 시학과 새로운 시」, 『한국현대시인연구』, 2003, 월인, p.141.

리차즈의 이론을 수용하며 시학의 체계를 세우고 있는 「시의 이해」
는 전달과 수용이라는 소통 과정을 비교적 상세하게 그려내고 있고
그 부분에서 심리적 작용을 많이 다루고 있는 것이 사실이지만 그렇
다고 사회학적인 요소를 외삽시키듯이 처리하고 있는 것은 아니다.
김기림은 「시의 이해」의 첫 장인 '시의 비밀'에서 '교섭'이 '경험의 교
류에 의한 시적 기능의 발휘'[30]라고 함으로써 사회학적 영역의 중요
성을 부각시키고 있으며 3장에서 5장에서 서술되고 있는 '경험'과 '효
과'를 기술하는 부분에서도 경험 및 태도의 방향과 관련해서 예술의
두 가지 경향을 구분, 정리하고 있다.

> 한 개의 예술 작품은 한 토막의 끊어진 '물건짝'이 아니라, 그 전후
> 좌우에 일정한 사회적 관련의 그물을 늘이고 있는 한 기능적인 존재
> 다. 존재라느니보다는 사건이라고 부르는 게 옳을 만큼 끊임없고 복
> 잡한 작용이 그 한 점에 집중하였으며 또한 그 한 점에서 시작하여 끊
> 임없는 작용을 일으키는, 한 역점과 같은 것이라고 하겠다.
> 그러한 예술이 영향을 받으며 또 그 기능을 발휘하는 일정한 사회
> 적 테두리와 그것을 에워싼 시간의 한계가, 그 예술의 움직이는, 비유
> 해 말한다면 숨 쉬는 장소인 것이다.[31]

> 시를 받아들이는 과정에 있어서 그 망판(網版)의 효과로서의 태도
> 는 질적으로 여러 가지 음영을 가지고 있다함은 앞에서도 말했거니와
> 질이 다른 태도의 두 극단은 각각 반대되는 두 방향을 가리킨다. 즉
> 태도의 극한이라고도 할 외부 행동의 바로 한 걸음 앞의 선에서 장차
> 밖으로 향하여 스스로를 실현하려는 적극적인 태세의 그것과, 외부와

---

30) 「시의 이해」, 『전집2』, p.197.
31) 위의 글, p.197.

는 등을 지고 자꾸만 안으로 안으로 움츠러들려는 소극적인 것의 구별이 그것이다.[32]

위의 글들은 모두 두 가지 예술의 경향을 대비함으로써 사회학적 텍스트의 의미를 더욱 강조하고 있다. '한 토막의 끊어진 무엇', '존재', '안으로 움츠러들려는 소극적인 것'과 '사회의 기능적 존재', '사건', '밖으로 향하여 스스로를 실현하려는 적극적인 것'과의 대비가 그것인데, 여기에서 '안과 밖'의 의미를 구한다면 김기림이 그리고 있는 예술의 좌표점을 찾을 수 있을 것이다. 기능적인 관련성을 상실한 것, 외부의 세계를 외면하는 것이라는 점에서 전자가 소위 '예술을 위한 예술'로 대표되는 순수 미학적 담론을 의미하는 것이라면 후자는 이른바 사회학적 텍스트들을 가리키는 것이다. 전자가 예술의 자율성에 안주하여 외부 영역으로부터 고립된 채 체제 순응적인 예술의 경향을 보이는 것이라면 후자는 예술만의 폐쇄적 영역으로부터 벗어나 사회의 타영역과의 적극적인 교류를 꾀함으로써 해석학적 여지를 만드는 것이다.

이 가운데에서 김기림이 보다 더 강조하는 것은 물론 후자이다. 후자의 예술 경향은 자신의 지향점이 놓여 있는 기반이기도 하고 그가 사회학을 도입하게 된 계기가 되어준 것이기도 하다. 옐름슬레우의 기호 모델에 대입해보면 전자가 내용층위보다 상대적으로 표현층위에 역점을 두는 예술 경향이라면 후자는 내용층위와 표현층위가 균형 있게 구조화된 경향이라고 할 수 있다. 예술의 자율성이란 테제는 확실히 표현층위에서의 고도의 기술을 축적하는 동기가 되지만 내용의

---

32) 위의 글, p.248.

협소화를 가져온다는 것은 부인할 수 없을 것이다. 반면 자체의 자율적 영역을 넘어서서 타 영역과의 경계를 허물어뜨릴 때 내용의 계기들은 더욱 풍부해지고 따라서 대사회적인 기능을 발휘할 기회를 확장하게 된다. 내용층위가 강조된다고 해서 표현층위가 위축되는 것은 아니다. 오히려 확대된 내용층위를 표현하기 위해서 더욱 발전된 시적 의장들이 요구될 것이다.

문학의 궁극적인 본질이 '교섭'이라고 지정한 이상 어느 경우에도 '표현층위'를 도외시할 수는 없게 된다. 작가와 독자라는 각각의 독립된 계기들을 직접적으로 이어주는 것은 주관적인 세계에 속하는 철학이나 사상이 아니기 때문이다. '표현층위'는 내용을 특정한 형태로 조직해줌으로써 작품이 행위가 되고 사건이 되도록 해주는 역할을 한다. 현대문학이 '언어학'에 주목하는 것도 이 때문이다. 특히 현대시는 소리의 강조, 대조와 불협화음, 소리와 의미, 문법조직과 주체적 패턴 사이의 다양한 조합들로 언어 차원의 통합된 구조를 이루기 때문에 언어 자체를 '전경화'시킨 언어라고 할 수 있다.[33]

시 작품이 언어의 구조라고 보았을 때 물론 여기에서 전자의 예술 경향만 지시할 수 있는 것은 아니다. 조직된 언어 구조가 하나의 사건으로 기능하기 위해서, 김기림의 표현으로 '현장성'[34]을 획득하기 위해서는 언어의 의미적 차원에서 보편성을 획득하려는 움직임이 나타나기 때문이다. 김기림이 '언어의 건축학적 설계'라 하며 '제작으로서의 시'를 말했을 때에 그것은 표현층위를 강조하는 것이었지만 정확하게 얘기하면 여기에서 내용층위를 배제하는 것은 아니었다. 내용의

___

33) J.Culler, 앞의 책, p.51.
34) 김기림, 앞의 글, p.197.

보편성을 다루면 다룰수록 언어의 통합적 구조물은 더욱 강한 발화 행위가 되기 때문이다. 다시 말해서 표현층위와 내용층위는 자율적인 층위를 형성하고 있지만 그것은 어디까지나 상대적인 것이다. 내용층위와 표현층위는 서로를 향해 시계추의 진동처럼 왕복 운동을 한다. 시인은 그 운동 속에서 내용층위와 표현층위가 조화롭게 만나는 긴장된 순간을 포착해야 할 것이다. 이 역시 추상적이고 평면적인 차원에서의 좌표가 될 수는 없고 시대의 변화에 따라 다양한 변수들이 새로운 축으로 작용하는 역동적인 함수관계를 보이는 것이다. 여기에서 형식의 보편성이 표현층위의 강화로 나타난다면 내용의 보편성은 내용층위의 강화로 나타날 것이다.

김기림에게서는 앞에서 말한 예술의 두 가지 경향이 모두 나타났었다. 초기시가 상대적으로 표현층위를 강조하는 것이라면 후기시는 상대적으로 내용층위가 보다 강조된 것이다. 엄격하게 말해서 초기시가 사회 텍스트와 관계망에서 이해될 수 없는 것은 아니다. 그러나 후기시에 비해 볼 때 사회와의 상호텍스트성이 약한 것은 사실이다. 우리는 김기림의 작품들을 통해서 초기시의 경우 내용이 추상화되는 경향으로 기울 수 있다는 것을 확인해 보았다. 이와 관련하여 김기림은 위의 두 가지 경향의 예술을 오든이 명명한 "도피의 예술과 비유의 예술"로 표현하고 있다.

> "언제고 두 종류의 예술이 있다. 도피의 예술—왜냐하면 사람은 음식을 요구하듯 도피를 요구하는 때문에—과 비유(比喩)의 예술—그것은 사람에게 미움을 버리고 애정을 배우도록 가르치는 것—이다."(W.H.Auden, Psychology and Art, p.259.)

　　이 비유의 예술에서 얻어 받는 태도는 그 받아들이는 편의 실제 생
　활 속에 충실한 결과를 남기는 말하자면 적극성의 것이라고 하겠다.
　현실의 사정없는 분석과 관찰을 거쳐서 새 현실의 창조를 의도하는
　실천의 예술일 것이다.[35]

　김기림은 도피의 예술과 비유의 예술을 구분하는 기준으로 '현실에
대한 적극성의 정도'를 제시하고 있다. 도피의 예술이 현실과 분리된
채 폐쇄된 공간에 머물러 있는 것에 비해 비유의 예술은 현실에 적극
적으로 개입하여 새로운 세계를 창조한다는 것이다. 이러한 구분을
통해서 우리는 김기림의 시 창작 과정에 있던 체제 내적 태도와 체제
비판적 태도를, 객체와 주체 사이의 원거리 설정과 그 거리 좁힘의 양
상들을 대비시켜 볼 수 있다. 김기림은 전자가 '음식을 요구하는 것'
처럼 자연스러운 것이라 하였는데 이는 전자가 주체가 놓여 있는 환
경에 저항하지 않고 그 환경을 닮아감으로써 형성된다는 점에 비추어
볼 때 적절한 설명이라 생각된다.

　김기림이 후기로 갈수록 단자화된 개인적 주관의 영역을 벗어나
개인과 집단간에 내면적인 통일을 이룰 수 있는 세계로 나아갔던 것
도 도피의 예술에서 비유의 예술로 점진적으로 이동한 현상으로 설명
할 수 있다. 김기림은 이를 위해 경험의 공동 영역을 찾게 되었고 그
과정 속에서 민족과 역사, 전통, 사회와 같은 보편적인 경험세계에 눈
뜰 수 있게 되었다. 이러한 경험의 공동 영역은 내용의 보편성을 확보
해주는 역할을 한다.

　김기림이 이러한 세계를 열어보인 것은 그가 문학작품의 궁극적인

---

35) 위의 글, pp.248~9.

본질을 '교섭'이라고 보았기에 가능한 것이었다. 작가와 독자라는 주체들간의 소통을 꾀함에 따라 형식의 보편성 및 내용의 보편성에 주목하지 않을 수 없고 이에 언어학의 경계를 점차 넘어서서 인접한 영역에 개방될 수 있었다. 김기림은 이 때 새로이 개척된 부분을 '사회학'이라고 칭하였다. 심리학에 주목한 리차즈가 독자의 정서가 '한결같음'36)에 근거해 작품이 일으키는 '정의(情意)적 충동'37)의 차원에서 '교섭'을 설명하고 있다면 김기림은 '사회학'을 도입함으로써 작품과 독자가 경험의 충돌을 일으킬 수 있는 여지를 만들게 된다. 여기에서 말하는 '경험의 충돌'은 작가와 독자의 분리를 말해주기보다는 그들 사이의 대화적이고 화해적인 관계를 보여주는 것이다. 김기림은 작품이 작가에서 독자에 이르는 전달이 일의적(一意)적이고 단선적인 과정으로 이루어지는 것이 아니라 작품이 독자에게 작용하여 태도를 변화시키고 가치의 충격을 주는 것38)으로 보았는데, 작품이 일으키는 이러한 자극과 충돌들은 김기림이 예술에 내용의 보편적 영역을 끌어왔기 때문에 가능한 것이다. 사회학이라는 생활 세계의 면들이 작품에 도입됨으로써 생기게 되는 경험의 겹치는 부분과 겹치지 않는 부분들은 독자로 하여금 '해석(解釋, Interpretation)'의 여지를 주기 때문이다. 이러한 사정을 김기림은 시의 사회적 성격과 관련하여 설명하고 있다.

    예술의 사회적 기능이 실현되는 가장 단초적인 단순한 관계는 이렇

---

36) 위의 글, p.226.
37) 위의 글, p.220.
38) 위의 글, pp.260~2.

게 시인의 경험에서 시작하여 작품을 다리로 독자편의 경험에서 맺은 교섭이다. 시인의 경험에는 자기 이외의 다른 사람들과 함께 나누고 있는 것도 있으려니와 그에게만 고유한 부분도 있는 것이다. 독자는 시에서 시인과 더불어 나누고 있는 경험은 비교적 쉽사리 받아들일 것이나, 시인에게만 고유한 경험의 부분은 이미 알고 있는 경험을 실마리로 해서 해석(解釋, Interpretation)이라는 방법으로 그것에 접근해 가는 것이다. (중략) 객관적인 역사적, 사회적 연관도 시의 경험으로 한 번 번역됨으로써 비로소 주체화(主體化)되어 작품으로서 변신할 수 있게 되는 것이다.[39]

하나의 시가 언어의 구조물로 이루어지고 그 속에 사회적이고 역사적인 계기들이 의미화될 때 이에 접근할 수 있는 길은 언어법칙에 관한 분석적 이해와 함께 사회적이고 역사적인 형성체들에 관해 비판적, 해석학적 이해를 수행해야 한다. 시를 의사소통의 매개로 보았을 때 시를 설명할 수 있는 과학적인 분석 방법이 필요한 이유도 여기에 있다. 시라는 언어 구조물은 그것이 담고 있는 의미의 계기로 인해 언어학의 차원에서만 설명될 수 없는 소지를 갖는다. 시를 볼 수 있는 과학적인 분석 방법, 즉 문예학에서 언어학뿐만 아니라 인접학문을 포함하는 방법론을 계발하는 이유도 여기에 있다. 김기림이 자신의 과학적 시학을 수립하면서 언어학과 심리학, 사회학의 영역들을 도입하게 된 것도 이러한 사정과 관련되는 것이다.

이 정도 되면 김기림이 기획하고 있는 과학적 시학의 추상 수준을 어느 정도 짐작할 수 있게 된다. 그것은 구조주의 시학과 해석학의 차원을 아우르면서 그것을 넘어서는 곳에 있다. 1930년대 후반에 박용

---

39) 위의 글, p.199.

철, 임화 등과 더불어 '기교주의 논쟁'을 벌였을 때 자신의 창작의 방향에 대해 '경향파와 모더니즘의 종합'[40]이라든가 '내용과 기교의 통일'[41]이라고 말할 수 있었던 까닭도 여기에 있다. 이러한 종합은 단지 절충적으로 이루어진 것이 아니고 김기림이 기획하고 있던 문예학적 방법론의 수위에서 비롯된 것이다. 김기림은 그러한 종합이 분명히 이루어질 수 있다고 보았는데 그것은 관념적인 차원에서 막연하게 생각된 것이 아니고 자신의 창작적 실천을 통해서 그 근거를 보장받는 것이었다.

김기림이 언어학과 심리학, 사회학의 협동을 통해 자신의 시학을 수립함에 있어 일차적으로 고려했던 것은 시의 가장 기본적인 재료가 되는 언어의 구어체적 성격이다.

> 일찍이 우리는 시를 언어의 한 형태라 했다. 거기서 언어라고 한 것은 물론 구식 언어학자가 말하는 죽은 말의 집단이 아니고 산 말ㅡㅡ 다시 말하면 회화를 기초에 두고 한 말이다. 이런 의미에서 언어는 한 개의 사회적 행동이다. 역사적 사회라는 일정한 배경 아래서 바꾸어지는 사람과 사람의 교섭이다.[42]

> 시의 문제는 결코 인생문제에서 떨어진 한 한가한 제목이 아니라는 것을 재인식하게 한다. …시의 제작의 재료는 '말'이다. 그것은 단순히 소리나 글자의 모양을 한 기호가 아니고 우리의 경험을 대표하고 조직하고 전달한다. 다시 말하면 우리들의 의식의 활동을 대표한다. 의식이 역사적·사회적 규제를 받는다는 명제는 '말'이 역사적·사회적

---

40) 「모더니즘의 역사적 위치」, p.57.
41) 「시와 현실」, p.102.
42) 「시와 언어」, p.20.

규제에서 자유로울 수 없다는 명제의 동의반복이다[43]

「시와 언어」, 「과학과 비평과 시」는 모두 「방법론 시론」에 실려 있는 글들로 시가 '교섭'을 본질로 한다는 김기림의 입장을 보완하는 것으로 쓰여졌다. 작가와 독자 사이의 '교섭'을 궁극적인 목표로 설정하는 한 그 매개가 되는 자료는 당연히 그들 양자가 실제로 직접 사용하는 생활의 도구, '말'이 될 것이다. 즉 문학은 '구어적 의사 소통의 양상'으로 나타난다. 이때의 '말'은 예술의 재료이지만 음악에서의 음이나 회화에서의 선이나 색채처럼 순수하고 추상적인 것이 아니다. 그것은 실제의 생활 세계에서 직접적이고 포괄적으로 쓰이기 때문에 매우 구체적이고 의미 지향적이다. 즉 문학의 재료는 '오염된' 것이며 문학도 역시 생활 세계로부터 고립되거나 추상적으로 존재하기 힘들다. 김기림은 문학의 재료로 순수 언어 대신 '말'을 제시함으로써 자신의 문예학적 방법론을 사회적, 역사적인 경험의 관계망 속에 정초시키려는 의도를 드러낸다. 다시 말해 그가 지향하는 문학은 '단순히 소리나 글자로 이루어지는 기호'가 아니라 사회와 역사 한가운데에서 그 의미가 구해지고 그 속에서 하나의 '사회적 행위'가 될 수 있는 그러한 것이다.

여기에서 알 수 있듯이 '말'은 언어학과 심리학, 사회학을 연결해주는 고리에 해당한다. 김기림은 의식적으로 '의사소통'을 주장하고 '구어'를 말함으로써 시를 하나의 열려진 체계로 간주하고 있음을 알 수 있다. 그것은 독자에게 열려 있고 사회와 역사, 생활에 개방된다. 이것은 시의 텍스트성 및 시가 다른 영역과의 관계망에 놓임으로써 획

43) 「과학과 비평과 시」, p.30.

득하게 되는 상호텍스트적 성격을 설명해주고 있다.

텍스트가 일으키는 효과와 관련해서 볼 때 의미는 각기 단어, 발화, 텍스트 수준에서 환기된다.[44] 이것은 언어의 통사론적 측면, 의미론적 측면, 화용론적 측면의 구분에 대응할텐데, 텍스트의 수많은 의미 단위들 즉, 단어들, 줄거리 단편들, 텍스트 전체는 텍스트의 근원적 콘텍스트와 관련되지 않고서는 이해될 수 없다는 점에서 문예학이 가장 중점적으로 고려하는 부분은 화용론적 측면이다.[45] 문학 작품이 언어적 소여성 외에 언어외적이고 텍스트 초월적 관계들이 부과됨으로써 구성된다고 할 때 화용론은 가장 구체적인 기호론적 층위로서 문학 현상을 고립으로부터 벗어나 사회학적, 심리학적 문제들과 접맥될 수 있도록 하는 범주를 제공한다. 화용론의 필요성은 문학 텍스트가 상호텍스트적 연관관계를 가졌을 때 단지 텍스트 내재적 분석만으로 의미를 구할 수 없다는 점에서 비롯된다. 언어의 화용론적 측면에서 텍스트의 의미를 구하는 행위는 텍스트사회학의 장을 여는 출발점

---

44) J.Culler, 앞의 책, p.93.
45) 김기림은 시론에서 '화용론'이라는 용어를 사용하고 있지는 않다. 대신 '意義學'이 언어학에서 도입되어야 한다고 말하고 있다. 김기림은 '의의학'이 시가 '심리적 사실'로 나타나기 때문에, 즉 '시인의 제작과정과 독자의 향수과정을 통틀어 이루는 전달작용'의 측면에서 고려되어야 하는 요소라고 본다.(「시학의 방법」, 『전집2』, p.17) 김기림이 '의의학'과 관련하여 말하는 것은 리차즈의 심리학적 소통이론이다. 그런데 김기림은 여기에서 멈추지 않고 '시의 심리적 사실로서의 면을 성립시키는 것이 일정한 문화적 전통의 약속이며 역사적 단계의 특징'들이라고 부언하고 있다. 김기림이 소위 '사회학적 요소'들에 대한 설명을 덧붙이는 이유는 무엇일까? 김기림에게 '사회학적 요소'들은 작가와 독자 사이에 구체적인 경험의 영역들을 확보해줌으로써 시적 담론이 의사소통의 공간으로 기능할 수 있게 해주는 것으로 여겨진다. 김기림이 '사회학적 요소'를 강조하는 것, 그리고 초기 시론에서부터 일관되게 시의 구조적 성격 및 그에 따른 텍스트의 소통과 기능을 문제삼았던 것을 볼 때 김기림이 궁극적으로 중요시했던 것은 언어의 화용론적 측면이라고 생각된다.

이 된다.

본고에서는 김기림의 시적 텍스트들이 독자와 사회를 향해 특정한 의도와 이데올로기를 지니고 독자로부터 어떠한 반향을 일으키길 기도하며 제작되었다는 점에 착목하여 텍스트 사회학의 한 방법론인 담론 분석을 시도하였다. '담론'46)에서 분석되는 것은 단순히 문장 차원에서 서술된 내용이라든가 외부 현실의 반영 형태들이 아니고 문학 텍스트의 모든 층위, 서술, 문장, 의미, 음성의 차원에서 의미소와 이념소들이 표현되고 처리되는 방식이다.47) 이는 문학텍스트 내에 이데올로기가 개입되는 것이 단지 서술이나 반영으로 이루어지는 것이 아니라 의미론적 선택 및 통사론적 분류 방식을 통해 이루어진다는 사실에서 비롯된다.48) 즉 문학 텍스트는 글쓰기 방식을 통해 텍스트 내로 이데올로기를 침투시키며 또 그렇게 함으로써 사회와의 관계망 속에 놓인다.

본 연구는 지마가 실행하였던 세심한 분석틀을 사용하지는 않았지만 주체 세우기의 문제와 관련하여 시적 텍스트 내의 여러 계기들의 처리에 의해 김기림이 의도했던 주체의 성격이 구성된다는 점을 밝혀 보고자 하였다. 김기림이 주체 세우기에 주력했던 것은 당시의 상황에서 정체성을 확립하는 일이 필수불가결하고도 어려운 일에 속했기 때문이다.

1930년대는 철도 및 도로를 통한 교통망의 구축과 금융과 유통제도와 법체제의 정비, 학교 및 언론제도의 확대 등에서 드러나듯 일제의

---

46) discours의 역어인 이것 대신 허창운은 '술화'라 번역하고 있다. P.V.Zima, 『텍스트 사회학』, 민음사, 1991.
47) 위의 책, p.72.
48) 위의 책, p.45.

식민지 정책이 비교적 안정된 체제로 정착된 시기이다. 이 시기쯤 되면 일제의 지배체제가 어느 정도 고착된 현실로 받아들여져 식민지인들은 이를 한편으로는 극심한 한계상황과 고통으로 다른 한편으로는 변화된 생활감각으로 수용하게 된다. 울분과 분노가 체념 및 순응으로 점진적이면서도 미세하게 이동하면서, 식민지인들은 근대적 제도가 지닌 합리성의 편리에 직면해 일제와의 관계에서 실과 익을 따지는 감각을 지니게 된 것이다. 실제로 일본은 '낙후된 조선의 계발'과 '조선인은 황국의 적자'라는 이데올로기를 앞세워 우리 민족 앞에 다가왔고 근대적 제도 하에 살고 있던 우리 민족으로서는, 특히 유한 계급층은 의식적으로 일본과 경계를 긋지 않는 한 일제라는 타자성을 인식하기가 쉽지 않았다.

이러한 변화와 혼란은 일제의 침략이 근대를 이식하는 것으로 이루어졌기 때문에 야기된 것이다. 합리적 제도를 도구적 방편으로 하여 운용되는 근대는 그 제도적 성격으로 인해 어느 정도 편리함과 부를 보장한다. 물론 그러한 편리함과 부의 획득이 근대의 제도를 적절하게 이용할 수 있었던 계층에 한정된 것이고 조선의 대다수 민중은 그러한 제도적 관계망으로부터 철저하게 소외되어 있었지만 근대적 제도가 이식되어 서서히 뿌리를 내리게 됨에 따라 많은 사람들의 의식에 혼란을 준 것은 사실이다.

김기림은 이러한 환경의 변화에 가장 민감하게 대응한 사람이었다. 근대의 이중성에 대해 누구보다도 잘 이해하고 있었던 그는 근대에서의 주체와 타자를 정확하게 포착하고 그 속에서 우리 민족이 소외되지 않을 수 있는 길, 의식의 혼란에 좌초되지 않고 최소한의 정체성을 확보할 수 있는 길을 제안하게 된다. 그것은 근대의 주체가 되는 길이었다. 그리고 식민지 하에서 근대적 주체가 될 수 있는 길은 오직 추상적이고 관념적인 수준에서 근대의 방법론을 자기화하는 길뿐이었다. 그러나 실제적이고 구체적인 실천과 매개되지 않은 이 주체 확립의 길은 곧 허상임이 드러난다.

식민지인으로서 근대의 주체가 된다는 것은 쉬운 일이 아니었다. 김기림의 실험이 실패로 끝난 데 대해 우리가 느낄 수 있는 심정은 안타까움 그 이상도 이하도 아닐 것이다. 그러한 좌절과 안타까움은 그의 시 「바다와 나비」에 잘 형상화되고 있다. 그는 질주하는 근대의 그 변화 한복판에 있기를 포기한다. 그것은 식민지 지식인에게 불가능하고 너무도 벅찬 일이었기 때문이다. 그가 근대에 대해 '영원한 불평가'49)가 되기로 한 것도 이 때문이다. 그리고 그는 미네르바의 부엉이처럼 현실의 변화무쌍함을 모두 지나보낸 자리에서 예지와 통찰력을 키우게 된다.

주체 세우기라는 기획은 김기림이 문학 텍스트를 소통의 매개로 인식하는 것만큼 지속적으로 견지되는 문제였다. 김기림에게 그 둘은 동전의 양면처럼 동시에 진행되는 일이었다. 이것은 김기림이 문학 텍스트를 통해 결국 독자의 정체성을 확립하려 했다는 사실을 보여준다. 김기림의 이러한 의도는 식민지 지식인이 가질 수 있는 필연성을 띠는 것이지만 동시에 근대 문학의 본질적 기능을 건드리는 문제이다.

그런데 실제로 김기림이 그가 의도했던 효과를 만족할 만큼 이루

---

49) 김기림, 「올빼미의 주문」, 『기상도』, 『전집1』, p.150.

어냈는가 하는 문제는 사실상 우리가 확인해 볼 길이 없다. 이 문제는 수용의 측면에서 여러 가지 통계적 자료를 통해 고찰하는 수밖에 없다. 다만 우리가 인정하지 않을 수 없는 것은 김기림이 텍스트의 여러 장치들을 통해 독자가 텍스트 내에 참여하여 작가와 대화할 수 있는 '빈 틈'50)들을 마련하고 있다는 점이다.

이는 김기림이 표현층위를 끊임없이 강조한 점에서도 드러나고 후기에 들어 내용층위를 보완하고 있다는 점에서도 드러난다. 표현층위를 강조한 것은 일의적이고 지시적인 성격을 띠는 외시의(外示義 denotation)적 언어보다 공시의(共示義connotation)적 언어를 사용하고자 한 데서 드러나며 내용층위를 보완한 것은 경험세계라는 사회학적 영역을 도입한 것으로 나타난다. 이러한 과정을 통해 김기림은 독자를 텍스트 외부에 위치하여 작가의 일방적인 진술을 피동적으로 청취하는 자로 고정시키지 않고 언어 구조에 반응하고 경험세계에 주관적으로 해석해 들어가는 적극적이고 능동적인 주체로 탄생시킨다. 텍스트의 구성 방식을 통해 독자를 또다른 동등한 주체로 여기고 그들의 자리를 침해하지 않는 김기림의 이러한 태도는 후기시의 창작 과정에서 나타났던 객체존중의 태도의 연장선상에 놓이는 것이라 할 수 있다. 김기림은 객체를 대하는 인식론적 태도에 있어서나 텍스트를 구성하

---

50) 수용미학에서 '빈틈'의 개념을 정식화한 이론가는 볼프강 이저이다. 원문의 불확정성을 가리키는 '빈 틈'은 상상력의 활동 무대가 되어 독자로 하여금 주관적으로 개입하고 능동적으로 해석할 수 있게 하는 기능을 한다. 이저는 정보나 지시를 완벽히 전달하려 하는 확정성이 높은 원문에서는 독자가 상상력을 발휘하면서 오는 즐거움을 못느끼게 된다고 한다.(박찬기 외, 『수용미학』, 고려원, 1992, p.137.) 사회주의 작가들의 담론처럼 불확정적인 빈 틈이 결여되어 있는 경우 독자가 지루해지고 작품참여도가 낮아진다면 빈 틈이 넓고 너무 많은 경우는 난해하여 재구성 자체가 불가능해진다. 이 양자는 모두 독자와의 상호 작용에 실패하게 된다.

는 방식에 있어서 주체의 객체되기, 객체의 주체되기를 실질적으로 유도함으로써 타자와의 대화적이고 상호주체적인 세계를 전개하고 있다.

지금까지의 논의를 통해 우리는 김기림의 과학적 시론이 리차즈의 이론을 훨씬 넘어서 있다는 것을 보았다. 리차즈는 독서행위의 정서적 반응에 대해 논의함으로써 1920년대 독자 반응비평을 처음 시작한 사람 가운데에 속한다. 리차즈의 문예학적 모델은 독자와의 상호 '소통'을 절실하게 여겼던 김기림에게 매우 반갑게 다가왔을 것이다. 그러나 심리학적 반응에 한정시킨 리차즈의 관념적인 논의는 김기림에게 실질적인 유용성을 제공하지는 못한 것으로 보인다. 「시의 이해」를 기술하면서 김기림이 더욱 열정적으로 자신의 목소리를 개입시킨 부분은 심리적 반응 양상보다는 사회적 관계망들에 관한 것이었다. 특히 「방법론 시론」은 리차즈의 이론과는 거의 상관없이 김기림의 독자적인 사유에 의해 체계화되고 있다. 김기림이 수립하고자 기획했던 과학적 시학의 논리는 리차즈의 이론보다는 자신의 문학적 실천을 통해 이루어진 바가 크다고 할 수 있다. 이로써 김기림은 오히려 텍스트 사회학적인 영역에 자신을 개방시키며 사회와의 상호텍스트성을 강조하는 새로운 문예학적 윤곽을 제시하고 있다.

김기림은 「시의 이해」 머리말에서 "또 저자는 일부러 한글만으로 이 책을 쓰기로 했다. 이 정도의 학술논문이면 한글만으로 씀으로 과연 얼마만한 득실이 있다는 시험해 보기 위해서였다"라고 쓰고 있다. 이 말은 당시로서 김기림이 수립하고자 했던 과학적 시학이 얼마나 생소한 것이었는가를 짐작하게 해준다. 그 당시만 하더래도 문학을 예술로, 사상으로, 오락으로, 비평의 대상으로 보는 관점은 존재했었지만 그것을 과학의 범주에서 다루고자 했던 사람은 김기림 이외에 거의 없었다고 하는 편이 옳을 것이다. 더욱이 김기림이 기획한 과학적 방법론은 결코 편협하거나 편향된 것이 아니었다. 이러한 성과는 김기림이 지니고 있던 시대와 역사에 대한 책임감에서 비롯된 것이라고 보인다. 김기림은 시대를 이끌어가야 하는 지식인으로서, 또 시를 쓰는 전문인으로서 근대적 시의 창작과 시의 근대화를 이루어내기 위한 끊임없는 노력을 경주한 자라 할 수 있다.

제5장

결 론

　지금까지 살펴본 김기림의 담론에는 크게 세 층위의 목소리가 작용하고 있다. 하나는 실제로 시를 쓰고 시론을 써나가는 층이 있다. 감각하고 생각하고 충동을 느끼고 글을 쓰는 자아가 여기에 속한다. 또 하나는 텍스트 외부에서 텍스트를 구성하도록 유도하고 조정하는 층이다. 독자와의 '교섭'이 잘 이루어지도록, 시 텍스트가 독자에게 생산적이고 효과적인 담론으로 기능할 수 있도록 시의 구조를 조율해 가는 자아가 여기에 속한다. 마지막 하나는 이들 자아가 구성해 놓은 텍스트를 일반화시키고 추상화시키는 층, 텍스트로부터 보다 멀리 떨어져 시를 과학적인 방법론으로 바라보는 자아의 층이다. 과학적 시학을 포함하여 시와 시론을 중심으로 살펴본 김기림의 담론에는 이들 세 층위의 자아가 서로 대화하고 작용해 나가고 있음을 알 수 있다.

첫 번째 층과 관련해서 김기림의 세계관 및 인식론적 구조를 살펴볼 수 있을 것이다. 이 때 김기림의 시는 1930년대 중반 반성기를 기점으로 하여 크게 두 부분으로 나뉜다. 초기 시가 근대의 속성 가운데 합리성을 끌어내어 그에 대한 적극적인 지향을 보이고 있다면 후기시는 합리성 이외의 타자적 요소를 흡수하여 합리성을 넘어서는 보다 안정감 있는 세계를 전개하고 있다. 후기에 보인 세계관에 의하면 합리성과 근대는 절대적인 환경이 아니고 많은 결함과 한계를 지니는 상대적인 세계에 불과하다.

합리성을 긍정하고 근대를 희망적인 것으로 여겼을 때 김기림은 합리적인 인식 구조를 지니고자 한다. 주체는 객체와 분리되어 있고 객체는 주체에 의해 가장 합리적으로 포착될 수 있는 위치에 놓이는 것이라 생각하는 것이 그것이다. 여기에서 합리적으로 포착한다는 것은 대상을 가장 잘 파악한다는 것을 의미하는데 이 때 기준이 되는 것은 주체가 그것을 이용할 수 있는지의 여부이다. 주체의 목적에 합당하게 객체가 인식이 되었다면 그것은 잘 파악된 것이고 합리적으로 포착이 된 것이다. 이것은 객체를 있는 그대로 온전하게 드러내는 것과 아무런 상관이 없는 것이라 할 수 있다.

김기림의 초기시가 이와 같은 인식론을 지니고 있다고 본 주된 근거가 된 텍스트는 소위 이미지즘의 시들이었다. 김기림의 이미지즘 시들은 본래적 의미의 이미지즘보다는 회화시에 가까운 것이라 볼 수 있는 바, 본고는 이런 왜곡과 변형이 일어난 것이 그의 인식론적 구조에서 비롯된 것이라는 가정하에 텍스트를 분석해 보았다. 이러한 이미지즘 시가 초기 김기림의 인식론적 구조를 보여주는 것이라면 「'커피'盞을 들고」, 「汽車」, 「꿈꾸는 眞珠여 바다로 가자」, 「祈願」 등은 주관의 영역을 확보하고 그것을 객관적 상관물을 통해 객관화시키는 데 주력하는 것으로 보았다. 초기시에서 이들 두 유형의 시들은 공통적으로 세계는 자아와 분리되었으며 그 자아는 주관을 지니게 되었고, 이에 따라 분리된 세계와의 거리를 극복하기 위해 합리적 자아로 거듭나야 한다는 메시지를 담고 있다. 이 외에 「방」이나 「어둠 속의 노래」, 「가거라 새로운 生活로」등은 분열되고 절망한 자아를 딛고 합리적 자아가 탄생하는 과정을 보여주고 있다. 요컨대 초기에 시의 텍스트 차원에서 그 실체를 드러내고 있는 자아는 합리적 자아이다.

그런데 초기의 이들 시들은 단순히 작가의 충동에 의해서 쓰여진 것이 아니다. 여기에는 합리적 자아를 긍정하고 그 자아가 인식하고 행위의 주체로 설 수 있도록 텍스트 속에 규범화되고 양식화된 틀을 만드는 또다른 자아가 있다. 그것은 독자의 주체됨을 꾀하는 텍스트 외부의 자아이다. 그는 근대라는 변화된 조건에 대응하고 적응하기 위해 요구되는 인간형이 합리적인 자아라고 말해준다. 근대가 이미 세계의 시공간을 돌이킬 수 없이 바꾸어 놓았다면 개인은 그것을 수용할 수밖에 없고 또 합리적 주체로 섰을 때 잃는 것보다는 얻는 것이 더 많다고 타이르는 자아이다. 그는 텍스트 외부에서 작가를 움직여서 작가가 일정한 담론 구조를 생산하도록 이끌어간다. 그러한 특정한 담화구조가 구성되었을 때 작가뿐만 아니라 독자도 작가와 똑같은 합리적 주체로 탄생할 수 있기 때문이다.

김기림의 초기시는 특정한 담론 구조를 지니고 있다. 그것은 합리적 주체를 긍정하고 합리적 주체로 태어날 수 있게 하는 기능을 가진 구조이다. 이러한 이데올로기적 목소리가 초기시의 두 번째 층에 해당된다.

그런데 초기시를 창작하는 과정에서 작가는 시를 창작하는 데 있어서 합리성이 참으로 적절치 못한 요소라고 생각하게 된다. 합리적 인식론은 객체를 피상적으로 인식하게 하고 주체의 감정을 억압하며 또 합리주의적 세계관은 근대가 지닌 불합리한 요소들에 맹목이 되게 하기 때문이다. 이러한 문제제기는 텍스트 외부에서 담론을 구성하는 이데올로기적 자아와 논의되고 수용되어 새로운 주체를 탄생시키기로 합의된다. 이에 후기시에 나타나게 되는 인식론은 주체와 객체의 거리가 훨씬 가까워지고 주체와 객체 사이에 상호 교류가 오가며 서로 동화되고 매개되는 구조로 나타난다. 이 때의 주체는 더 이상 자신의 합목적성에 따라 고정된 시점을 고수하는 일점 시각의 주체가 아니다. 새로운 자아는 객체의 자리를 긍정하고 합리적 세계가 외면했던 타자들을 전폭적으로 수용하게 된다. 후기시에서 보이는 세계관 또한 과거처럼 근대를 긍정하거나 절대시하지 않고 적절히 비판하고 상대화하는 것이다.

이 속에서 작가는 근대의 합리적 세계와 다른 통일되고 화해된 세계를 펼쳐보이게 된다. 그러한 세계는 「기상도」에서 자아의 절대 공간을 통해 탄생한 통합된 주체에 의해 전개된다. 통합된 주체는 유토피아를 통해 현실에서 구할 수 없는 새로운 미래적 세계를 제시한다. 초기에 부정되었던 과거와 유년기와 전통과 고향이 전면화되면서 피폐한 현실을 풍요롭게 해주고 미래의 원형 심상이 되어 준다.

이 시기에 작가는 꿈과 미래와 과거에 대해 열정적으로 애기한다.

그것은 현실이 그러하지 못하다는 것을 반증하는 것이고 그러나 미래가 그럴 수 있다고 기대하는 것이다. 후기시의 담론 구조를 이끌어가는 또다른 목소리는 후기시에 등장하는 주체가 통합적이고 화해된 자아임을 인정하고 이처럼 통일된 주체성을 토대로 공동체의 결속을 도모할 것을 말한다. 작가와 독자가 서로 교류하고 공유함으로써 모두가 통일성을 회복한 자아가 되고 그럼으로써 공동체의 미래를 꿈꿀 수 있는 주체들이 될 것을 주문한다. 독자와 작가가 서로 나눌 수 있는 생활 세계의 이야기들이 등장하는 것도 이 때문이다. 식민지인으로서 겪는 민족적 아픔이나 소외감을 비롯하여 고향에서 느낄 수 있는 따뜻함과 포근함, 유년기의 행복들은 이곳에 살고 있는 사람이라면 모두다 공감할 수 있는 것들인데 독자와의 소통을 조율하고 유도하는 제 2층의 자아는 이러한 경험세계를 시적 내용으로 도입함으로써 독자와의 공동체적 유대감을 형성하도록 한다.

해방후 김기림의 시는 어쩌면 다소 직설적이고 단조롭다고 할 수 있을 것이다. 이때의 시는 모두 '노래'라는 형식에 포함시킬 수 있는 것으로 김기림은 흥분되고 고조된 정서를 바탕으로 그가 과거에 꿈으로만 꾸었던 세계를 담론화한다. 산업화에서부터 민중이 주인되는 민주주의 건설, 자유주의 이념, 타자를 지배하거나 배척하지 않는 상호 존중의 세계 등이 그가 기획하는 요소들이다. 이 시기의 담론들을 보면 그가 이러한 프로젝트를 얼마나 오래 전부터 준비해왔고 얼마나 내면적으로 갈망해왔는가를 알 수 있다. 그것은 결코 돌출적이거나 과거의 시들과 단절된 것이 아니다. 과거에 억압되어 왔던 이데올로기적 목소리가 전면화되어 나타난 것이 이 시기의 시들이다. 그것은 비로소 이 땅에 근대와 자유의 세계를 실현할 수 있으며 우리 민족이 그러한 실천의 주체가 될 수 있다는 벅찬 기대감에서 비롯된 것이다.

김기림이 우리에게 남겨놓은 유산과 과제는 무엇일까? 그는 비록 식민지의 조건에서였지만 근대라는 패러다임이 조선에도 실현되고 있었고 조선은 그러한 변화로부터 자유로울 수 없다고 생각한 자로서, 근대적 환경에 대해 누구보다도 치열하게 고민하고 그 속에서 우리 민족이 나아가야 할 방향에 대해 신중하게 탐구한 자이다. 그의 전체 담론은 그러한 고민과 탐구의 결과라고 할 수 있을 것이다.

그의 시는 어찌 보면 다소 경박해 보이고 유치해 보이지만 그러한 현상은 그에게 텍스트를 소통의 매개로 조절하고 이끌어갔던 또 다른 목소리, 이데올로기적 층의 자아가 있었기 때문에 비롯된 것으로 보인다. 어쩌면 예술적 형상화에 미흡해 보이는 시적 양상이 그의 시를 연구하는 걸림돌이 된 듯한데, 사실 그의 담론을 분석해보면 그가 보이는 논리의 정교함이나 추상 수준은 우리가 그동안 알고 있던 것보다 훨씬 높은 것이라고 생각된다. 이는 그의 시가 더욱 섬세하고 다양한 각도로 분석될 여지를 많이 안고 있음을 보여주는 것이다.

또 그의 시 창작 과정에서 보였던 사회와의 상호텍스트성은 그의 시론과 더불어 더욱 꼼꼼하게 해명되어야 할 부분이라고 생각한다. 그것은 그가 시론에서도 밝혔던 '예술성과 사회성의 종합'이라는 명제와 관련되는 것인데 이 명제는 사실 우리 근대문학과 현대문학 모두에서 지속적으로 문제되는 것이면서도 이를 해결하기 위한 방법론적인 차원에서의 논의는 지금까지 체계적으로 이루어지지 못한 듯하다. 김기림은 그러한 논의의 기초를 우리에게 제공해 주고 있다고 할 수 있다.

이는 우리 문학계에 텍스트를 바라보는 과학적인 시각과 틀이 아직까지 분명하고 다양하게 존재하지 않고 있다는 점과 관련해서 다시 한번 생각해 보아야 할 문제라고 생각한다. 수많은 방법론과 이론이 수용되고 실험되지만 정작 그것들이 우리의 현실 및 우리의 주인됨과 어느 정도의 관련을 맺고 있는지에 대해서는 진지하게 고민되지 않는 것이 사실이다. 김기림은 식민지라는 열악한 상황에서도 그것을 찾아내려 했던 지식인이었다. 그런 의미에서 그가 우리에게 남긴 문예학의 기초는 매우 소중한 부분이 아닐 수 없다. 그의 문예학은 이곳의 사회와 이곳의 현실, 그리고 이곳 사람들의 이념을 양식화할 수 있는 방법을 계발하는 지점에 놓여 있기 때문이다.

❀ 참고문헌

1. 기본 자료

김기림, 『김기림 전집』 1-6, 심설당, 1988.
이동영 편, 『이원조문학평론집』, 형설출판사, 1990.
임규찬 외 편, 『카프비평자료총서』 1-8, 태학사, 1990.
임　화, 『문학의 논리』, 학예사, 1940.
최재서, 『문학과 지성』, 인문사, 1938.
최재서, 『전환기의 조선문학』, 인문사, 1943.
기타 신문, 잡지 등.

2. 국내논저

강은교, 「1930년대 김기림의 모더니즘 연구」, 연세대 대학원, 1987.
김시태, 「기교주의 논쟁고」, 『제주대 논문집』 8, 제주대학교, 1976.
김연숙, 『레비나스 타자 윤리학』, 인간사랑, 2001.
김용직, 『한국현대시사(1)』, 한국문연, 1996.
김용직, 『김기림』, 건국대 출판부, 1997.
김용직 외, 『한국 현대시사의 쟁점』, 시와 시학, 1991.
김용직 편, 『모더니즘 연구』, 자유세계, 1993.

김유중, 『한국 모더니즘 문학의 세계관과 역사의식』, 태학사, 1996.

김윤식, 『근대시와 인식』, 시와시학사, 1992.

김윤식, 『한국 근대문학 사상비판』, 일지사, 1987.

김윤태, 「한국 모더니즘 시론 연구」, 서울대 대학원, 1985.

김인환, 「김기림비평」, 『문학과 문학사상』, 열화당, 1979.

김학동, 『김기림연구』, 새문사, 1988.

김학동, 『김기림 평전』, 새문사, 2001.

김 현 편, 『쟝르의 이론』, 문학과지성사, 1987.

문혜원, 『한국 현대시와 모더니즘』, 신구문화사, 1996.

박상천, 「기상도 연구」, 『한국학논집』 6, 한양대 한국학 연구소, 1984.

박정희, 「김기림 시 연구」, 서울여자대학교, 1995.

박찬기 외, 『수용미학』, 고려원, 1992.

박혜경, 「한국시의 모더니즘 수용양상 : 특히 김기림의 시와 시론에 비친
    T.S. Eliot의 영향을 중심으로」, 『인문과학연구논총』 19, 명지대학
    교 인문과학연구소, 1999.

백 철, 『조선신문학사조사』, 수선사, 1948.

송기한, 『한국전후시와 시간의식』, 태학사, 1996.

송민호, 「이상문학에 나타난 화폐와 글쓰기의 상관성 연구」, 현대문학연
    구 248집, 서울대 대학원, 2002.

송 욱, 『시학 평전』, 일조각, 1970.

서준섭, 「한국 현대비평사에 있어서의 시비평이론 체계화 작업의 한 양
    상」, 『비교문학 및 비교문화』 5, 한국비교문학회, 1980.

서준섭, 『한국 모더니즘 문학 연구』, 일지사, 1988.

신범순, 『한국 현대시의 퇴폐와 작은 주체』, 신구문화사, 1998.

신범순, 「능금의 기호학 새로운 감각의 유토피아」, 『시와정신』 3, 2003년
    봄.

신범순, 「원초적 시학과 레스토랑의 시학」, 『한국현대문학연구』12집, 한

국현대문학회, 2002.

엄경희, 「속도와 근대의식 : 김기림론」, 『숭실어문』 13, 숭실대학교 숭실
　　　어문학회, 1997.

오세영, 『20세기 한국시 연구』, 새문사, 1989.

오세영, 『문학연구방법론』, 시와시학사, 1993.

오세영, 『한국 근대문학론과 근대시』, 민음사, 1996.

오세영, 『20세기 한국시의 표정』, 새미, 2002.

오세영, 『한국현대시인연구』, 월인, 2003.

오세영, 『문학과 그 이해』, 국학자료원, 2003.

윤요녕 외, 『주체 개념의 비판』, 서울대학교출판부, 1999.

이미경, 「김기림 모더니즘문학연구」, 서울대 대학원, 1988.

이숭원, 『20세기 한국시인론』, 국학자료원, 1997.

이용훈, 「김기림 시와 바다」, 『해양문화연구』, 한국해양대학교, 1996.

이정우, 『담론의 공간』, 산해, 2000.

이정우 외, 『주체』, 산해, 2001.

이지나, 「김기림 모더니즘 문학에 있어서 도시 체험과 근대성의 인식」,
　　　『태릉어문연구』 8, 서울여자대학교 국어국문학과, 1999.

이지은 편, 『지식과 권력』, 열린글, 1991.

임덕순, 「서울의 수도 기원과 발전과정」, 서울대 대학원, 1985.

전홍실, 『영미 모더니스트 시학』, 한신문화사, 1990.

정순진, 『김기림 문학 연구』, 국학자료원, 1991.

정순진 편, 『김기림』, 새미, 1999.

조달곤, 「의장된 예술주의」, 『용연어문논집』 6, 경성대 국어국문학과,
　　　1993.

조영복, 『한국 현대시와 언어의 풍경』, 태학사, 1999.

차봉희 편저, 『수용미학』, 고려원, 1993.

최동호 편, 『새로운 비평의 논리를 찾아서』, 나남, 1990.

한계전, 「1930년대 모더니즘 시에 있어서의 문명비판」, 『국어국문학』
　　　　114, 국어국문학회, 1995.
한계전 외, 『한국 현대 시론사 연구』, 문학과 지성사, 1998.
한국현대문학연구회, 한국문학과 모더니즘, 한양출판, 1994.
허창운, 『현대 문예학의 이해』, 창작과 비평사, 1989.
허창운, 『현대 문예학 개론』, 서울대 출판부, 1993.
홍성암, 「김기림 연구」, 『한국학논집』 23, 한양대 한국학 연구소, 1993.
황동규 편, 『엘리어트』, 문학과 지성사, 1989.

3. 국외 논저

Adorno, T.W.(홍승용 역), 『미학이론』, 문학과지성사, 1993.
Adorno, T.W.(홍승용 역), 『부정변증법』, 한길사, 2001.
Adorno, T.W. & Horkheimer, M.(김유동 역), 『계몽의 변증법』, 문학과 지성
　　　　사, 2002.
Anderson, P.(김영희 외역), 「근대성과 혁명」, 『창작과 비평』, 1993 여름.
Ashcroft, B.(이석호 역), 『포스트콜로니얼 문학이론』, 민음사, 1996.
Bakhtin, M.M. 『The Formal Method in the Literary Scholarship』, Havard Univ.
　　　　Press, 1985.
Bakhtin, M.M.(송기한 역), 『마르크스주의와 언어철학』, 흔겨레, 1988.
Barthes, R.(정 현 역), 현대미학사, 1995.
Benjamin, W.(반성완 역), 『발터벤야민의 문학이론』, 민음사, 1983.
Berman, M.(윤호병 외역), 『현대성의 경험』, 현대미학사, 1994.
Bernstein, R.J., 『Habermas and Modernity』, The MIT Press, 1985.
Bigsby, C.W.E.(박희진 역), 『다다와 초현실주의』, 서울대 출판부, 1987.
Bradbury, M. & Mcfarlane, J., 『Modernism』, Penguine books, 1976.
Bürger, P.(김경연 역), 『미학이론과 문예학방법론』, 문학과 지성사, 1991.

Calinescu, M.(이영욱 외역), 『모더니티의 다섯얼굴』, 시각과 언어, 1993.

Culler, J.(이은경 역), 『문학이론』, 동문선, 1999.

Decombes, V.(박성창 역), 『동일자와 타자』, 인간사랑, 1990.

Dickie, G.(오병남 역), 『현대미학』, 서광사, 1982.

Dickie, G.(오병남 외역), 『미학입문』, 서광사, 1983.

Dodd, N.(이택면 역), 『돈의 사회학』, 일신사, 2002.

Easthope, A. 『Poetry as Discours』, London:Methuen, 1983.

Faucalt, M.(,이광래 역), 『말과 사물』, 민음사, 1987.

Faucalt, M.(이정우 역), 『지식의 고고학』, 민음사, 1992.

Faucalt, M.(이성우 역), 『담론의 질서』, 새길, 1997.

Faucalt, M.(오생근 역), 『감시와 처벌』, 나남, 1998.

Faulker, P.(황동규 역), 『모더니즘』, 서울대 출판부, 1985.

Fischer, E.(한철희 역), 『예술이란 무엇인가』, 돌베개, 1984.

Frisby, D., 『Fragments of Modernity』, Polity, 1985.

Giddens, A.(이윤희 역), 『포스트모더니티』, 민영사, 1991.

Giddens, A.(권기돈 역), 『현대성과 자아정체성』, 새물결, 1997.

Greimas, A.J.(김성도 역), 『의미에 관하여』, 인간사랑, 1997.

Habermas, J., 『The philosophical discourse of modernity』, Polity press, 1987.

Hall, S.(전효관 외역), 『모더니티의 미래』, 현실문화연구, 2000.

Hall, S.(전효관 외역), 『현대성과 현대문화』, 현실문화연구, 2001.

Harvey, D.(구동희 외역), 『포스트모더니티의 조건』, 한울, 1995.

Hjelmslev, L.(김용숙 외역), 『랑가쥬 이론서설』, 동문선, 2000.

Hulme,T.E.(박상규 역), 『휴머니즘과 예술철학』, 삼성출판사, 1982.

Jauß, H.R.(장영태 역), 『도전으로서의 문학사』, 문학과 지성사, 1986.

Kermode, F.(조초희 역), 『종말의식과 인간적 시간』, 문학과 지성사, 1993.

Lash, S. & Friedman, J., ed., (윤호병 외역), 『현대성과 정체성』, 현대 미학
사, 1997.

Laurent, A.(김용민 역), 『개인주의의 역사』, 한길사, 2001.

Levinas, E.(강영안 역), 『시간과 타자』, 문예출판사, 1997.

Lefebvre, H.(이종민 역), 『모더니티 입문』, 동문선, 1999.

Lotman, J.(유재천 역), 『예술텍스트의 구조』, 고려원, 1991.

Lučas, G.(황석천 역), 『현대리얼리즘론』, 열음사, 1986.

Martin, J.(서창렬 역), 『아도르노』, 시공사, 2000.

Meschonnic, H.(김다은 역), 『모데르니테 모데르니테』, 1999.

Osborne, P.(김경연 역), 「사회-역사적 범주로서의 모더니티의 이해」, 『이론』 5호, 1993, 여름.

Pollard, A.(송낙헌 역), 『풍자』, 서울대 출판부, 1978.

Rennaut, A.(장정아 역), 『개인』, 동문선, 2002.

Richards, I.A., Poetries and Sciences, Routledge & kegan paul, 1970.

Richards, I.A.(김영수 역), 『문예비평의 원리』, 현암사, 1983.

Runn, E.(김병익 역), 『마르크시즘과 모더니즘』, 문학과 지성사, 1991.

Ruthven, K.K.(김명렬 역), 『신화』, 서울대 출판부, 1987.

Simmel, G.(안준섭 외역), 『돈의 철학』, 한길사, 1985.

Spears, M.K. Dionysus & City, Oxford Univ. Press, 1970.

Todorov, T.(최현무 역), 『바흐찐: 문학사회학과 대화이론』, 까치, 1987.

Tzara, T. & Breton, A.(송재영 역), 『다다/쉬르레알리즘선언』, 문학과 지성사, 1991.

Zima, P.V.(허창운 역), 『텍스트사회학』, 민음사, 1991.

Zima, P.V.(허창운 역), 『문예미학』, 을유문화사, 1993.

Zima, P.V.(허창운 외역), 『이데올로기와 이론』, 문학과 지성사, 1996.

가라타니 고진,(김재희 역), 『은유로서의 건축』, 한나래, 1998.

찾아보기

■저자 김윤정

인천생
서울대학교 국어국문학과 졸업
동 대학원 졸업(문학박사),
「새로운 시대의 문학의 이름들」을 발표하면서 비평활동 시작
현재 충북대 강사

주요논저
「전봉건 시의 환상성 연구」, 「신경림 민중시에서의 '울음'의 의미」
『한국 모더니즘 문학의 지형도』 등이 있음

김기림과 그의 세계

2005년 4월 25일 1판 1쇄 초판 인쇄
2005년 4월 30일 1판 1쇄 초판 발행

지은이 ● 김 윤 정
펴낸이 ● 한 봉 숙
펴낸곳 ● 푸른사상사

등록 제2 - 2876호(1999.8.7)
서울시 중구 을지로3가 296 - 10 장양B/D 701호
대표전화 02) 2268 - 8706(7) 팩시밀리 02) 2268 - 8708
메일 prun21c@yahoo.co.kr / prun21c@hanmail.net : 홈페이지 //www.prun21c.com
편집 • 디자인 • 송경란/심효정/김수정 기획마케팅 • 김두천/한신규/지순이
ⓒ 2005, 김윤정

값 20,000원
ISBN 89 - 5640 - 332 - 5 - 03800

☞ 푸른사상에서는 항상 양서보급을 위해 노력하겠습니다.
　 저자와의 합의하에 인지 생략함